Reggie Nadelson

Kalter Verrat

Reggie Nadelson
Kalter Verrat

Ein New-York-Krimi

Aus dem Amerikanischen
von Claudia Feldmann

Piper München Zürich

Mehr über unsere Autoren und Bücher:
www.piper.de

Von Reggie Nadelson liegen im Piper Verlag vor:
Russische Verwandte
Rote Wasser
Kalter Verrat

Deutsche Erstausgabe
Juli 2009

Titel der englischen Originalausgabe:
»Fresh Kills«
William Heinemann, London 2006

Satz: Filmsatz Schröter, München
Druck und Bindung: CPI – Clausen & Bosse, Leck
Printed in Germany   ISBN 978-3-492-27142-4

Für Helena

ERSTER TEIL

Dienstag, 5. Juli

1

Das gleichmäßige Brummen des Motors über mir veränderte sich plötzlich. Ich setzte mich auf und blinzelte in die Sonne. Die kleine Sightseeing-Maschine, die ziemlich tief über Coney Island hinwegflog, begann zu stottern, und ich hielt in böser Vorahnung den Atem an. Neben mir lag mein Neffe Billy im Sand ausgestreckt, in der einen Hand ein Radio, in dem das Spiel der Yankees übertragen wurde, die Riesenfüße in schwarzen Turnschuhen, natürlich mit offenen Schnürsenkeln, auf den leeren Pizzakarton von Totonno's gestützt.

Die Maschine verschwand aus meinem Blickfeld, wahrscheinlich versuchte sie, den kleinen Flugplatz in der Nähe zu erreichen, von dem die Rundflüge für Touristen starteten.

Es war Dienstag, ein relativ kühler Tag für Juli, und außer uns waren nur wenige Leute, höchstens ein paar Dutzend, hier draußen am Strand, um die Sonne zu genießen. Zwei alte Männer hockten auf niedrigen grünen Klappstühlen und spielten Gin Rummy. Zwei Frauen in Nicky-Trainingshosen und passenden Windjacken in Rosa und Blau, wahrscheinlich ihre Ehefrauen, saßen daneben und lasen russische Zeitungen, die im Wind raschelten. Eine pakistanische Familie machte ein Picknick; sie packten lauter übereinandergestapelte Metallbehälter aus, unterhielten sich dabei auf Urdu – zumindest nahm ich an, dass es Urdu war – und stellten sich wahrscheinlich vor, sie wären an einem Strand in Karatschi. In Midwood, einem

Bezirk von Brooklyn, etwa drei Meilen von Coney Island entfernt, gab es eine große pakistanische Gemeinde. Der Duft des Essens wehte herüber, und ich bekam Hunger.

Ein pummeliges junges Mädchen mit karottenrotem Haar joggte schwerfällig am Wasser entlang. Ihre Beine kämpften sich durch den nassen Sand, während zwei Jungen sie leichtfüßig überholten. Ein Stück weiter hob eine neonblaue Meerjungfrau ihren bestickten blauen Fischschwanz hoch und trippelte zur Uferpromenade hinauf. Das Flugzeug tauchte wieder aus den Wolken auf. Sämtliche Blicke wanderten zum Himmel. Niemand rührte sich. Der blaue Schwanz der Meerjungfrau glitzerte im Sonnenlicht.

Alles schien sich wie in Zeitlupe abzuspielen, untermalt von der Musik eines Ghettoblasters – »Dock of the Bay« von Otis Redding, einer meiner Lieblingssongs. Mir ging auf, dass die Meerjungfrau zu den Mädchen gehören musste, die jedes Jahr in der Coney-Island-Mermaid-Parade mitliefen, soweit man in diesem Kostüm überhaupt laufen konnte.

Die Maschine schlingerte über den blauen Himmel, weg vom Strand und Richtung Meer. Plötzlich sackte sie ab, und ich sah, dass einer der beiden Flügel halb herabhing, wie bei einem verwundeten Insekt. Ich sprang auf, stolperte über den Sand, fischte das Handy aus meiner Jeans und wählte den Notruf. Doch es war zu spät. Das Flugzeug trudelte in einer langsamen Spirale nach unten, dann packte die Schwerkraft zu, und es fiel wie ein Stein.

Durch das Seitenfenster konnte ich zwei Gesichter sehen, die nach unten blickten. Vielleicht sahen sie das blaue Meer, das auf sie zuraste, Russinnen mit Zeitungen in der Hand, und einen Mann, der von Nathan's herübergelaufen kam, einen Hotdog mit einer Zickzacklinie aus Senf in der Hand. Ich fragte mich, ob die Menschen in dem Flieger den Senf erkennen konnten, was sie wohl gerade dachten und ob ihnen überhaupt die Zeit blieb, irgendetwas zu denken. Dann krachte die Maschine auf den Strand und zerbarst. Entsetzt rannten die Leute davon, voller Angst vor einer Explosion, Rauch und Feuer.

Billy war ebenfalls aufgesprungen. Die Leute um uns herum packten Handtücher und Taschen, Spielzeug und Karten, Zeitungen, Stühle, Radios und Kühltaschen und rannten zur Uferpromenade, dann blieben sie stehen, unsicher, was sie tun sollten.

Sind das Terroristen?, hörte ich eine Frau ihren Mann fragen. Attentäter? Der Ghettoblaster lief immer noch; jetzt sangen die Drifters »Up on the Roof«.

Das silbrige Flugzeug lag ein paar hundert Meter entfernt am Rand des Wassers, zerquetscht wie eine Coladose. Die Wellen schwappten auf den Sand und spülten über die Metallteile hinweg. Ich konnte die Umrisse der Passagiere erkennen, die halb aus der Maschine geschleudert worden waren, darunter auch ein kleines Mädchen, etwa drei Jahre alt. Es bewegte sich nicht.

»Ist es tot? Ist das kleine Mädchen tot?« Billy starrte gebannt zu dem Wrack hinüber.

»Lass uns gehen«, sagte ich zu Billy. »Komm schon.«

Er rührte sich nicht.

Wir waren nach Coney Island rausgefahren, weil Billy gesagt hatte, wenn er wieder in Brooklyn sei, wolle er als Erstes eine Pizza von Totonno's essen. Und aufs Meer hinausschauen und sich die Sonne auf den Pelz scheinen lassen. Er hatte die Hände in die Seiten gestemmt und das Gesicht zum Himmel gewandt, als posiere er für eine Sonnenmilch-Werbung.

»Los jetzt.«

Rettungs- und Streifenwagen rasten mit heulenden Sirenen heran und fuhren auf den Strand. Sanitäter liefen auf das Wrack zu, zerrten die Passagiere heraus und verfrachteten sie in die Rettungswagen. Unter den Einsatzkräften war eine Beamtin in einer roten Jacke, die mir bekannt vorkam. Aus dem Wrack stieg Rauch auf. Ich ergriff Billys Hand, er warf sich den Rucksack über die Schulter, und wir liefen los.

»Artie?«

»Alles in Ordnung?«, fragte ich Billy. Wir lehnten am Geländer der Promenade, sahen zu dem Flugzeugwrack hinüber und klopften uns den Sand von den Kleidern.

»Das ist echt verrückt«, sagte er. »Ich bin froh, dass du da bist.«

»Lass uns verschwinden.«

»Meinst du, die haben das überlebt?«

Ein ungefähr zehnjähriges Mädchen stand mit seiner Mutter neben uns und weinte. Billy wandte sich zu ihm hin.

»Keine Sorge«, sagte er, »das wird bestimmt wieder gut. Jetzt ist es ja vorbei. Alles in Ordnung?«

Billy Farone, der Sohn meiner Halbschwester, war vierzehn, schlaksig, aber breitschultrig und mit seinen knapp einsachtzig schon fast so groß wie ich. Während der paar Tage, die wir jetzt zusammen waren, hatte er alles genommen, wie es kam. Für einen Heranwachsenden war er ziemlich unkompliziert. Er interessierte sich für das, was die Menschen sagten und was sie bewegte, und er hatte Charme. Die Leute mochten ihn.

Er hatte dichtes blondes Haar, das ihm in die Stirn fiel, leuchtend blaue Augen, und seine slawischen Gesichtszüge mit den breiten Wangenknochen erinnerten mich entfernt an meinen Vater. Manchmal, wenn er so dastand, die Hände in die Hosentaschen gestopft, und in seinen klobigen, ungeschnürten Turnschuhen leicht hin und her schwankte, als sei er zu schnell gewachsen, um seine Glieder unter Kontrolle zu halten, war Billy noch ein Kind. Doch jetzt, wo er sich bemühte, das weinende Mädchen zu trösten, wirkte er nahezu erwachsen. In schwarzen Jeans, rotem T-Shirt und dunkelblauem Yankees-Blouson lehnte er am Geländer und blickte mit besorgter Miene aufs Meer und zu dem Wrack hinüber.

»Meinst du, die leben noch?«, fragte er erneut. »Die Leute in dem Flugzeug?«

»Ich weiß es nicht.«

Um das Thema zu wechseln, erzählte ich ihm, dass Charles Lindbergh ganz hier in der Nähe einen der ersten Flugplätze des Landes eröffnet hatte, den Floyd Bennett Field, 1923, drüben an der Dead Horse Bay. Die hieß so, weil sie dort damals die Kadaver der toten Pferde auskochten, um Fett daraus zu gewinnen. Der Gestank muss unerträglich gewesen sein.

»Wer ist Charles Lindbergh?«, fragte Billy, und ich erklärte ihm, dass Lindbergh der erste Mann gewesen war, der im Soloflug den Atlantik überquert hatte. Er war ganz allein auf dem Roosevelt Field in Long Island gestartet, und nach seiner Rückkehr hatte man ihm den Spitznamen Lucky Lindy gegeben. Billy fand die Geschichte offenbar spannend – er saugte interessante Informationen förmlich in sich auf und hörte aufmerksam zu, wenn man seine Fragen beantwortete –, aber als ich von der Entführung des Lindbergh-Babys berichtete, bat er mich aufzuhören.

Nach einer Weile setzten wir uns auf die Stufen der Uferpromenade. Billy sagte, er hätte schon am Flugbogen der Maschine gesehen, dass sie nicht in unserer unmittelbaren Nähe runterkommen würde, und er fühle sich ziemlich mies, weil er voller Neugier auf den Absturz gewartet hatte. Er hatte sich gefragt, ob sie wohl ins Trudeln geraten oder direkt mit der Nase nach unten abtauchen würde. Er wollte nicht, dass sie abstürzte, aber wenn es schon passierte, dann wollte er es sehen.

»Das ist doch genauso wie beim Autorennen, oder nicht?«, fragte er mich. »Wenn's nun einmal kracht, wollen die Leute es auch sehen. Stimmt's, Artie? Ich meine, das war doch irre. Willst du was von meinen Gurken?«

Er nahm eine Tüte voller Gurkenstücke aus seinem Rucksack. »Ich liebe Gurken«, sagte Billy und schwärmte mir von dem saftigen, knackigen grünen Fleisch vor. Besonders an heißen Tagen sei es so erfrischend, erklärte er mir. Und er genieße es, die dunkelgrüne Schale mit dem Schweizer Messer abzuschälen, das ich ihm geschenkt hatte, als er kleiner war. Er hielt mir die Plastiktüte hin.

Jede Menge Einsatzkräfte kletterten auf dem Wrack herum. Ich blieb, wo ich war, da ich nicht annahm, dass sie ausgerechnet auf einen Cop aus Manhattan warteten, der gerade seinen freien Tag hatte.

»Was ist?« Billy schob sich ein Stück Gurke in den Mund.

»Nichts.«

»Komm schon, Artie.« Er lächelte. »Was ist? Erzähl's mir. Bittebittebitte. Ich will wissen, was du denkst.«

Ich antwortete nicht, weil ich nicht lügen wollte. Ich dachte daran, wie sehr Billy sich verändert hatte. Es war kaum zu glauben, dass dies derselbe Junge war, der vor zweieinhalb Jahren einen Mann getötet hatte.

»Artie?«

»Ja?«

»Meinst du, wir können morgen angeln gehen?«

»Klar.«

»Super.« Er packte seine Gurkentüte wieder ein.

»Hast du einen bestimmten Ort im Sinn?«

»Ich dachte, irgendwo draußen in Long Island, vielleicht Montauk? Muss aber nicht unbedingt sein, Hauptsache, wir beide gehen zusammen angeln, so wie damals.«

Damals. Bevor sie Billy in dieser Anstalt – sie nennen es Therapiezentrum – in Florida eingesperrt haben.

Ich nickte.

»Ich könnte uns Sandwiches machen«, sagte er eifrig. »Das kann ich echt gut. So richtig dicke Dinger mit Salami und Käse und Schinken und gegrillter Paprika, und dazu ein paar Dosen Cola oder so, und dann machen wir uns einen schönen Tag. Ich hab gehört, da draußen haben sie schon die ersten Streifenbarsche gefangen. Und Snapper. Weißt du was?«

»Was denn?«

»Darauf kommst du nie.«

»Sag schon.«

»Angeblich kann man jetzt sogar im Central Park fliegenfischen.« Billy machte eine Bewegung, als werfe er eine Angel aus. »Komische Vorstellung, oder?«

»Wir fahren nach Long Island«, sagte ich. »Alles okay bei dir?«

»Bestens.« Er legte mir die Hand auf den Arm, zögernd, weil er sich festhalten wollte wie ein kleines Kind, aber schon zu alt dafür war. Seine Hand war so groß wie meine, die Haut rau, weil er ohne Handschuh Baseball spielte.

»Weißt du was?«, sagte er wieder.

»Nein, was denn?«

»Das glaubst du nicht. Du lachst mich bestimmt aus.«

»Abwarten.«

»Ich hab Hunger.«

»Das kann nicht sein«, sagte ich. »Wir haben eine komplette Pizza und zwei Calzone verdrückt, du hast deine Gurken gegessen, und zum Frühstück gab's Waffeln und Speck und einen ganzen Liter Orangensaft.«

»Ich befinde mich doch noch in der Wachstumsphase.« Er schraubte seine Stimme tiefer und ahmte einen dieser

Pseudowissenschaftler aus dem Fernsehen nach. Er hatte echtes schauspielerisches Talent. Lag wohl in der Familie.

Wieder dachte ich, dass er so entspannt wirkte. Er war geheilt. Alles hatte sich doch noch zum Guten gewendet. Er wirkte wie ein ganz normaler New Yorker Junge, der reden konnte wie ein Wasserfall, gewandt und witzig, manchmal ganz schön sarkastisch und sehr aufgeweckt. Seine Krankheit war verschwunden. Es war vorbei.

»Gut, dann gehen wir eben essen«, sagte ich. »Such dir was aus.«

»Du, Artie?« Er sah mich schüchtern an. »Kann ich dich was fragen?«

»Alles, was du willst«, sagte ich, doch bevor er loslegen konnte, klingelte mein Handy.

»Wo bist du?« Es war Sonny Lippert, mein ehemaliger Boss.

»Am Strand«, erwiderte ich. »Ich bin beschäftigt.«

»Kannst du mir einen Gefallen tun?«, fragte Sonny. »Ich stecke in einem beschissenen Fall, und da ist etwas, wofür ich keine Zeit habe. Ich möchte, dass du das für mich machst, okay?«

»Ich ruf dich morgen an.«

»An welchem Strand?«, fragte Sonny.

»Ist doch ganz egal. Ich bin am Strand und esse Pizza. Ich ruf dich später an. Hallo?« Ich tat so, als wäre die Verbindung abgebrochen.

Billy fragte: »Wer war das?«

»Nicht so wichtig. Worauf hast du Hunger? Willst du dir bei Nathan's einen Hotdog holen?«

»Ich möchte mir das Flugzeug ansehen.«

»Ich dachte, du wolltest was essen?«, sagte ich, doch er marschierte schon zum Strand hinunter. Ich lief hinter ihm her. »Was hast du gesagt?«

»Ich? Wieso?«

»Du hast irgendwas gemurmelt.«

»Echt? Hab ich gar nicht gemerkt.« Billy steuerte zielstrebig auf das Wrack zu. »Meine Güte, jetzt quatsche ich schon mit mir selbst, wie ein alter Knacker. Wer weiß, vielleicht fange ich auch bald an zu sabbern.« Lachend imitierte er den mühevollen, gebeugten Schritt eines alten Mannes. Dann richtete er sich wieder auf und ging neben mir her.

»Ich bin schon fast so groß wie du«, sagte er. »Wie alt sehe ich aus? Sei ehrlich.«

»Wie siebzehn«, sagte ich.

In meiner Familie, damals in Russland, hatte es viele große, kräftige Männer gegeben. Mein Vater war schon alles andere als klein, aber mein Onkel Joe war ein regelrechter Riese. Fast zwei Meter groß, mit gewaltigen Schultern und einem Hals so dick wie ein Baumstamm. In der Schule hatte er Basketball gespielt. Später brachte er sich um, weil er sich für ein Monster hielt. Ich war fünfzehn, als es passierte, aber niemand hatte mir etwas davon gesagt.

Irgendwann habe ich es dann aus meiner Mutter herausgeholt. Joe hatte eine Wodka-Fabrik in Wladikawkaz an der Wolga. Die Bauern dort, die durch Krieg und Hunger klein und ausgezehrt waren, hatten Angst vor ihm. Sie hänselten ihn, sagten, er sei ein Ungeheuer, vom Teufel erschaffen. Onkel Joe war zweiundvierzig, als er sich erschoss.

»Du wolltest mich doch was fragen«, sagte ich zu Billy.

»Ist nicht so wichtig.«

»Jetzt sag schon.«

Billy blieb stehen.

»Artie, kann ich bei dir bleiben? Ich meine, so richtig. Natürlich nicht jetzt, aber später, wenn sie mich rauslassen. Ich möchte so gern werden wie du. Ich denke andauernd daran. Ich könnte dir bei deinen Fällen helfen, und wir wären immer zusammen, verstehst du?«

Ich wusste nicht, was ich sagen sollte. Er war nur für kurze Zeit draußen. In zwei Wochen musste er wieder nach Florida zurück, und bis zu seiner Entlassung würde es noch eine ganze Weile dauern. Erst schwieg ich, doch ich wollte, dass er glücklich war, und so sagte ich: »Okay.«

»He, wer als Erster da ist«, rief Billy und rannte los, dass der Sand von seinen schwarzen Turnschuhen aufflog.

2 Bis ich Sonny Lippert auf uns zukommen sah, hatte ich überhaupt nicht mehr daran gedacht, dass vor ein paar Jahren eine Joggerin ganz hier in der Nähe blutige Kinderkleider am Strand gefunden hatte. Es war mitten im Winter gewesen – eine Frau in einem roten Fuchsmantel hatte an dem Tag ihre Hunde auf der verschneiten Uferpromenade ausgeführt. Zweieinhalb Jahre war das her. Sobald ich Lippert erblickte, fiel mir alles wieder ein, aber dann dachte ich, na und? Es hatte nichts zu bedeuten.

Wir standen in der Nähe des Flugzeugwracks. Billy wäre gerne noch dichter herangegangen, aber ein Uniformierter hatte ihn gebeten zurückzutreten, und er hatte sofort gehorcht und verständnisvoll genickt. Kurz darauf sagte er zu mir, er versuche, möglichst viel über Cops zu lernen, was sie taten, wie sie arbeiteten, um es später nachahmen zu können. Es war nicht bloß ein Spiel, sagte er. Wie alt muss ich sein, um Cop werden zu können?, fragte er mich. Wann kann ich anfangen?

»Scheiße, Mann, was machst du denn hier?« Das war Sonny Lipperts Stimme.

Lippert gab mir nicht die Hand, sondern umarmte mich auf diese typisch halbherzige Art, die amerikanische Männer draufhaben, und wich dann zurück, als erschrecke ihn sein eigener Überschwang. Er versank bis zu den Knöcheln im weichen Sand. Er war klein und drahtig, fast wie ein Junge, aber er sah gut aus. Als würde er sich endlich ein bisschen um sich kümmern. Er tastete seine Jackentaschen ab.

»Wo zum Teufel ist meine Brille?«, murmelte er genervt.

Er trug ein gelbes Hemd, ein schwarzes Leinenjackett, gute Chinos und teure Slipper. Sein Haar, eine dichte Kappe aus schwarzen Locken, zeigte die ersten Grauspuren. Offenbar hatte er endlich aufgehört, sie zu färben. Obwohl Lippert ungefähr fünfundsechzig war, hatte er eine feste, glatte Haut, aber ich glaubte nicht, dass er sich hatte liften lassen, wie böse Zungen behaupteten.

»Was *ich* hier mache?«, entgegnete ich. »Was machst *du* hier, Sonny?« Ich sah auf seine polierten Schuhe. »Du bist doch sicher nicht mit deinen Vierhundert-Dollar-Tretern zum Strand gekommen, um ein Sonnenbad zu nehmen, oder?«

»Geh mir nicht auf die Eier, Mann«, sagte Lippert. »Du hast gesagt, du wärst am Strand und würdest Pizza essen, also konntest du nur in Coney Island sein – ich weiß doch, dass du am liebsten zu Totonno's gehst. Ich brauche deine Hilfe«, fügte er leise hinzu, während er mit zusammengekniffenen Augen das Gewimmel rund um das Wrack musterte. »Erinnerst du dich noch, was an diesem Strand passiert ist? Ist schon über zwei Jahre her.«

»Ich hatte versucht, es zu vergessen, bis du hier aufgetaucht bist.«

Immer noch auf der Suche nach seiner Brille, ging Lippert zu einem der Uniformierten, der nahe beim Wrack stand, und stellte ihm ein paar Fragen. Der Typ wandte ihm sofort seine volle Aufmerksamkeit zu. Offensichtlich beeindruckte es ihn, dass Sonny Lippert ihn nach seiner Meinung fragte. Jeder kannte Lippert.

»Und?«, fragte ich, als er zurückkam.

»Ist 'ne Riesensauerei«, sagte Sonny und deutete auf das Wrack. »Sie haben keine Ahnung, was passiert ist, jedenfalls noch nicht. Ich glaube aber nicht, dass es Terroristen waren, ich meine, was soll das bringen, so eine kleine Kiste mit ein paar Leuten an Bord an einem Werktag auf einen fast leeren Strand zu jagen? Wahrscheinlich ist es bloß ein ganz normaler Touristenflieger, den sie zu voll gepackt haben. Das Ding ist zu schwer, und – zack – schon geht's abwärts. Und du bist also hier draußen, um Pizza zu essen?«

»Habe ich dir doch schon gesagt. Du bist verdammt schnell hier gewesen, Sonny.«

»Ich war sowieso in Brooklyn.« Er kickte einen roten Flipflop beiseite, der mit der Sohle nach oben im Sand lag. »Ich hasse diese einzelnen Schuhe. Ich meine, wo zum Teufel ist der andere?«

Nachdem seine Frau ihn verlassen hatte, kurz nach dem 11. September, war er völlig am Ende gewesen. Damals hatte er eine Flasche Scotch am Tag getrunken, manchmal auch zwei. Jetzt schien es ihm besser zu gehen, er war nüchtern, sah gesünder aus. Nach vierzig Jahren im Polizeidienst kümmerte Lippert sich nur noch um besondere Fälle, meistens Verbrechen an Kindern. Wenn er arbeitete, war er unerbittlich und angespannt, wie eine kostbare Uhr, bei der man ständig Angst hatte, sie zu überdrehen.

»Sonny, was ist los?«

»Ein alter Fall«, sagte er. »Ich bin da auf was gestoßen.«

»Erzähl.«

Lippert blickte sich um. Der Strand war mittlerweile voller Menschen, Einsatzkräfte, Touristen, die neugierig auf das Wrack starrten, Kinder, die auf der Uferpromenade gespielt hatten. Leute, die ihre Hunde ausführten, blieben stehen, und die Hunde begannen zu heulen, vielleicht weil sie etwas gerochen hatten. Ein Stück neben uns standen die Männer, die vorhin Karten gespielt hatten, mit ihren Frauen und sprachen auf Englisch, aber mit starkem russischen Akzent, über den Absturz.

»Terroristen«, sagte einer der Männer. »Ganz bestimmt.«

»Scheißkerle«, sagte der andere. »Schweine von Ausland.«

»Für euch sind immer Terroristen«, sagte eine der Frauen. »Vielleicht das ist ganz normale Unfall. Ihr schimpft immer nur gegen Fremde.« Ich fragte mich, was in ihren Augen wohl Fremde waren. Wahrscheinlich alle, die nicht aus New York kamen. Die vier diskutierten weiter.

»Nicht hier«, sagte Sonny. »Nicht jetzt. Ich muss mit dir allein reden, Artie. Lass uns von hier verschwinden.«

»Ich kann nicht.«

»Was soll das, Mann, willst du mich verarschen? Warum bist du wirklich hier?« Sein Blick fiel auf Billy. »Wer ist der Junge?« Endlich fand er seine Brille in einer Jackentasche und setzte sie auf. »Jetzt red schon.«

»Ich bin hier, um die Sonne zu genießen und eine Pizza von Totonno's zu essen, genau wie ich's dir gesagt habe.«

»Es ist Dienstag, Artie. Das lange Wochenende ist vorbei. Was ist los?«

»Was geht dich das an?«

»Es geht mich etwas an, weil ich etwas von dir will.«

Bevor Lippert weiterreden konnte, kam die Beamtin mit der roten Jacke, die mir bekannt vorgekommen war, zu uns herüber und lächelte mich an.

»Artie, nicht wahr?«, sagte sie.

»Ja. Wie geht es Ihnen?«

Sie streckte die Hand aus. »Clara Fuentes aus Red Hook.«

»Ich weiß«, sagte ich. »Nett, Sie zu sehen.«

Ich hatte Clara im vergangenen Jahr bei einem Fall in Red Hook kennengelernt. Eine gut aussehende Frau, das dunkle Haar zu einem Pferdeschwanz gebunden. Am deutlichsten war mir ihre knallrote Jacke in Erinnerung geblieben. Sie hatte mich damals gefragt, ob ich zu einer von diesen feinen Riesenpartys beim Kongress der Republikaner mitkommen wollte, bei der sie Dienst hatte.

»Wie geht es Ihnen, Clara?«

Sie hielt ihre linke Hand hoch, um mir den goldenen Ring zu zeigen, und strahlte. »Ich habe geheiratet.«

»Ich auch«, sagte ich. »Letzten Sommer.«

»Was sind wir doch für ein bürgerlicher Haufen. Sind Sie glücklich? Wie heißt sie?«

»Maxine.«

»Glückwunsch.«

»Ihnen auch.«

»Ich bekomme ein Kind.« Clara tätschelte sich den Bauch.

»Noch mal Glückwunsch.«

Sie deutete auf das Flugzeug. »Was halten Sie davon?«

»Keine Ahnung.«

Ganz gleich, wie friedlich und still die Stadt wirkte und wie überzeugend der Eindruck schien, dass alles wieder in Ordnung war, jeder Zwischenfall – ein abgestürztes Sightseeing-Flugzeug, ein umgekippter Öllaster, der auf dem Bruckner Boulevard explodierte, eine verunglückte Staten Island Ferry – versetzte mich sofort in Alarmbereitschaft. Mich und jeden anderen Cop in der City. Unter den Einsatzkräften hier am Strand waren auch ein paar Leute von der New Yorker Antiterroreinheit. Die Jungs waren gut, im Gegensatz zu den Typen vom FBI. Und sie waren fix.

Billy sprach mit einem Uniformierten, sehr ernst, sehr aufmerksam; beide blickten zum Wrack. Er hatte die Hände in den Hosentaschen vergraben und die Jacke bis oben geschlossen, als sei ihm kalt. Er winkte und schlurfte auf mich zu. Als er bei uns angekommen war, legte ich ihm die Hand auf die Schulter.

»Ist das Ihr Sohn?«, fragte Clara.

»Hi, ich bin Billy«, sagte er.

Clara gab ihm die Hand, tätschelte mir kurz den Arm und kehrte zu dem Flugzeugwrack zurück.

Sonny Lippert musterte den Jungen. »Willst du uns nicht vorstellen, Art? Wie heißt du?«, fragte er Billy.

Billy streckte die Hand aus und sagte: »Billy Farone.«

Lippert rührte sich nicht. Sein Gesicht sah plötzlich grau aus. Auf seiner Stirn zuckte ein Muskel. Ich dachte, jetzt bekommt er womöglich seinen nächsten Herzinfarkt. Sonny stand nur da und starrte Billy an, dann wich er ein winziges Stück zurück. Niemand hätte es bemerkt, außer mir. Und vielleicht Billy.

Lipperts Reaktion machte mich nervös, sein Gesichtsausdruck, sein Zurückweichen, das Flackern seiner Augen, und ich fragte mich, was er tun würde.

Auf einmal schien es ganz still zu werden. Der Lärm um uns herum, das Gequatsche der Russen, die Cops, die Rettungswagen, die Leute mit ihren Handys, der Wind, alles verstummte. Als wenn bei einem Film der Ton ausfällt. Wir drei standen schweigend am Strand. Lippert war derart schockiert, dass er kein Wort herausbrachte.

Vielleicht wusste er nicht, dass Billy vorübergehend aus diesem Zentrum in Florida entlassen worden war. Vielleicht hatte ihm niemand Bescheid gesagt, und jetzt war er sauer, weil man ihn übergangen hatte. Vielleicht hätte ich ihn anrufen sollen. Wir standen da wie Wachsfiguren, Lippert stocksteif, Billy lächelnd und mit ausgestreckter Hand.

Ich wusste, dass Billy geheilt war. In dieser Einrichtung in Florida – Internat, Therapiezentrum, Jugendgefängnis oder wie auch immer sie es nannten – hatten sie ihm geholfen. Kinder konnten sich verändern. Billy ging es besser. Als ich ihn vor ein paar Tagen in Florida abgeholt hatte, war ich bei seinem Psychiater gewesen, und er hatte gesagt, Billy habe sich sehr gut gemacht; er war witzig und umgänglich, liebenswürdig und intelligent, wie der kleine Junge von früher, bevor irgendetwas schiefgelaufen war. Ich hatte es sofort bemerkt. Es war nicht aufgesetzt. Es war echt.

»Hi«, sagte Lippert endlich. Er ergriff Billys Hand und klopfte ihm auf die Schulter, eine merkwürdige Geste, nicht freundschaftlich, sondern eher wie ein Arzt, der die Reflexe testet.

»Nett, Sie kennenzulernen«, sagte Billy.

»Ich ruf dich an«, sagte Sonny zu mir.

»Okay.«

Ohne ein weiteres Wort wandte Lippert sich ab, hob nur kurz die Hand und marschierte auf das Wrack zu. Er hatte mir nicht gesagt, was er von mir wollte. Vielleicht mochte er in Billys Gegenwart nicht darüber reden.

Vor zweieinhalb Jahren, als ich Billy in der Hütte am Strand von Breezy Point gefunden hatte, war Sonny als Erster dagewesen. Es war das Ende der Spur, die bei den blutigen Kinderkleidern am Strand von Coney Island begonnen hatte. Sonny war reingekommen und hatte Billy gesehen. Billy und den Mann, den er getötet hatte.

3 »Wer war dieser kleine, dünne Typ am Strand?«, fragte Billy, als wir in einem Restaurant an der Uferpromenade in Brighton Beach saßen, ungefähr eine Meile von Coney Island entfernt. »Er war so komisch. Hab ich irgendwas falsch gemacht, Artie? Er hat mich angesehen, als wäre ich ein seltsames Insekt. Ich glaube, er mochte mich nicht besonders.«

»Du hast dich vollkommen richtig verhalten.« Ich gab Billy die Karte. »Was willst du essen?«

»Aber wer war der Kerl denn nun?«

»Er heißt Sonny Lippert und war mal mein Boss. Mach dir seinetwegen keine Gedanken. Er ist manchmal ein bisschen seltsam, wie das bei älteren Leuten so ist. Hast du ihn nicht erkannt?«

»Warum sollte ich?«, fragte Billy.

»Alles okay bei dir?«

»Ja, ich freu mich riesig, wieder zu Hause zu sein, aber ich hab auch ein bisschen Schiss.«

»Wovor?«

»Na ja, du weißt schon, dass die Leute vielleicht nichts mit mir zu tun haben wollen«, sagte er. »Sag mal, kann ich das Lamm nehmen?« Er sah mich über die Speisekarte hinweg an und lächelte.

Es war früher Abend, der Strand leerte sich, und die Leute kamen in die Cafés und Restaurants entlang der Promenade. Die Tische um uns herum füllten sich, die Leute unterhielten sich auf Englisch und Russisch, Touristen studierten die Karte, Stammgäste bestellten Bier und Wodka. Musiker spielten auf der Promenade, drei Mädchen mit Geigen, ein paar Folksänger.

»Hast du schon mal von Wladimir Wysotski gehört?«, fragte ich Billy.

»Nein, wer ist das?«

»Er war so was wie der russische Bob Dylan«, sagte ich, und Billy nickte wissend. Wir sahen zu, wie die Familien über die Promenade schlenderten, die Frauen mit dem Kinderwagen, die Männer mit einer Flasche Baltika-Bier in der Hand oder einer Tüte Sonnenblumenkerne, deren Schalen sie über das Geländer in den Sand spuckten. Aus den Lautsprechern eines Cafés dröhnte Musik, die Sorte, die von Männern mit Schnauzbärten gesungen wurde, begleitet von Balalaikas.

Auf den Bänken entlang der Promenade saßen alte Männer. Früher hatten sie noch davon gesprochen, nach Hause zurückzukehren, aber ihr Zuhause gab es nicht mehr. Die Sowjetunion hatte aufgehört zu existieren. Wie Raumfahrer, die nicht wussten, wo sie landen sollten, saßen sie an der Küste von Amerika und starrten hinaus aufs Meer.

»Meinst du, ich kann das Lamm nehmen, Artie?«, fragte Billy erneut.

»Du kannst nehmen, was du willst, das weißt du doch. Du brauchst nicht extra zu fragen.«

»Wirklich?«

»Wirklich.«

Billy bestellte sein Essen auf Russisch. Seine Aussprache war nicht übel, aber er hatte etwas Mühe, die richtigen Worte zu finden. Die Kellnerin, höchstens zwanzig, blond, hübsch, mit braunen Augen und einer sehr eng sitzenden weißen Jeans, sah ihn an, als wäre er ein erwachsener Mann, der ihr gefiel. Er bat um eine Cola.

»Dein Russisch ist wirklich gut«, sagte ich zu Billy und bestellte ein Bier.

»Ich habe geübt«, erwiderte er. »Ich wollte, dass mein Russisch genauso gut wird wie deins.« Er nahm ein Stück Brot aus dem Korb und schob es sich in den Mund. »Zu Hause ist es so komisch, meine Mutter redet die Hälfte der Zeit Russisch, und mein Dad versteht so gut wie nichts. Er versteht sowieso nicht viel, egal, in welcher Sprache, und er stellt sich manchmal ziemlich ungeschickt an. Ich meine, ich mag ihn, aber er ist nicht gerade eine Leuchte, außer wenn es um das Restaurant geht. Das macht er richtig gut, stimmt's?«

Die Kellnerin brachte die Getränke.

»Dein Dad ist berühmt für sein Essen«, sagte ich zu Billy. »Johnny macht phantastische Gerichte. Er hat sechsundzwanzig Punkte im Zagat. Du weißt doch, was das heißt, oder?«

»Ja, das ist dieser Restaurantführer. Klar weiß ich das. Kann ich mal dein Bier testen?«

Ich schob ihm das Glas hin. Er probierte einen Schluck, verzog das Gesicht und griff wieder zu seiner Cola.

»Es ist echt nicht einfach mit den beiden«, sagte Billy ernst. »Ich weiß, es ist nicht ihre Schuld, aber meine Mom ist ziemlich durch den Wind mit dem ganzen russischen Kram, der ihr ständig durch den Kopf rattert, die Sprache, die Politik und was weiß ich. Sie hat dauernd Angst, dass sie sie nach Russland zurückschicken, und dann hat sie Angst, dass wir immer noch im Irak kämpfen, wenn ich achtzehn bin, und dass ich dann auch dahin muss. Und wenn sie es nicht mehr aushält, kauft sie Klamotten und rennt zum Psychiater.« Billy leerte sein Glas. »Mein Dad ist nicht so, aber dafür dreht sich in seiner Familie alles um Religion. Seine Mom wollte mich unbedingt zu einem Pfarrer schicken. Kennst du sie? Meine Grandma, Big Tina?

Die Verrückte, bei der es immer nach Vanille riecht? Ich meine, wie soll man da nicht zum Spinner werden, wenn man bei solchen Leuten aufwächst?«

»Du bist kein Spinner.«

»Danke«, sagte Billy. »Ich will nicht, dass du mich für verwöhnt hältst, meine Eltern sind schon ganz okay, sie schenken mir lauter schöne Sachen und so. Ich wünschte nur, ich könnte meiner Mom irgendwie helfen, damit sie sich nicht dauernd solche Sorgen macht.«

»Ja, geht mir genauso.«

»Sie verstehen mich einfach nicht«, sagte er. »Sie haben keinerlei, wie sagt man? Einfühlungsvermögen und so. Meine Mom und mein Dad haben nie begriffen, wie ich ticke, von Anfang an nicht, und wenn ich mich irgendwie anders verhalten habe als andere Kinder, haben sie sofort Schiss gekriegt, dass mit mir was nicht stimmt.«

»Zum Beispiel?«, fragte ich.

Billy holte tief Luft, fischte einen Eiswürfel aus seinem Glas, schob ihn sich in den Mund und kaute darauf herum.

»Als ich klein war, dachte ich, alle Wesen hätten Gefühle, auch die Fische in meinem Aquarium«, sagte er. »Ich gab ihnen Namen und kaufte ihnen eine kleine Burg aus Plastik, in der sie wohnen konnten.« Er brach ab. »Ich quatsche dich voll.«

»Nein, erzähl weiter«, sagte ich.

Die Kellnerin brachte zwei Teller mit gegrillten Lammspießen und Gemüsereis. Wir begannen zu essen. Billy futterte drauflos, als würde er nie genug kriegen. In dem Alter war ich genauso, meine Mutter scherzte immer, ich müsste einen Bandwurm haben. Ende der Sechzigerjahre gab es in Moskau jede Menge zu essen; zum Frühstück servierte meine Mutter Kaviar zu den gekochten Eiern, roten, schwarzen, alles, was ich wollte. In der Schule verputzte ich Riesenportionen Eintopf. Den ganzen Winter über aß ich jeden Tag auf dem Heimweg ein Eis. Den säuerlichen Vanillegeschmack russischer Eiscreme hatte ich immer noch auf der Zunge.

Nachdem Billy den letzten Rest Reis verdrückt hatte, lehnte er sich zurück und gähnte.

»Müde?«

»Ein bisschen. Ich bin ständig müde. In Florida fängt die Schule so früh an, und wenn sie uns wecken, denke ich immer, dass ich unmöglich aufstehen kann. Ich kann überall und jederzeit schlafen. Es ist, als würde ich nie genug Schlaf kriegen.«

»Hängt vielleicht mit dem Wachstum zusammen.«

»Meinst du? Manchmal kommt's mir so vor, als könnte ich hören, wie ich wachse.«

»Billy?«

»Ja?«

»Warum wolltest du eigentlich sofort nach Coney Island, als wir hier angekommen sind? Ich meine, gab es da noch einen Grund, außer dem Strand?«

»Hab ich doch gesagt, wegen der Pizza.«

»Und?«

»Ich weiß nicht, vielleicht einfach, um ein paar Orte wiederzusehen, an denen ich früher gerne war«, sagte Billy und gähnte erneut. »Und wenn's geht, würde ich gerne mal bei mir zu Hause vorbeifahren. Ein paar Sachen holen. Nach meinen Fischen sehen. Ich weiß gar nicht, ob Mom sich um mein Aquarium gekümmert hat. Weißt du das? Oder sind die Fische alle tot? Meinst du, irgendwer hat sie versorgt? Ich hab tausendmal geschrieben, E-Mails und sogar richtige Briefe, in denen genau drinstand, wie sie gefüttert werden müssen. Ich hab meiner Mom gesagt, welches Fischfutter sie kaufen soll und wann das Licht eingeschaltet werden muss. Ich wollte einfach herkommen und in der Sonne liegen und vielleicht 'ne Runde schwimmen. Und nach meinen Fischen sehen. Hab ich das nicht gesagt? Und das Meer riechen.«

»Gehst du in Florida denn nicht schwimmen? Gibt es da keinen Strand?«

»Glaubst du, die Fische sind alle tot?«, fragte Billy erneut. »Was? Oh, entschuldige – nein, wir dürfen nicht schwimmen gehen, außer im Pool der Schule, und die ist weit weg von allem, erst recht vom Strand. Sie erzählen uns, das Ganze wäre so abgelegen, damit wir draußen keinen Unsinn anstellen, aber in Wirklichkeit geht's nur darum, dass wir nicht weglaufen können. Und es ist ja auch irgendwie verständlich, ich meine, ein paar von den Kids sind schon ziemlich seltsam drauf. Stockdoof und echt abgedreht. Einer von den Jungs ist da, weil er notorisch geklaut hat – gutes Wort, notorisch, findest du nicht? Jedenfalls hat er immer nur haufenweise Schulsachen geklaut, Hefte und Stifte und so. Wozu klaut man so 'n Zeug, außer um es für ein paar Cents zu verkaufen? Der Typ spinnt. Er zieht sich dauernd Joints rein und kriegt deswegen regelmäßig Stress. Können wir vielleicht über was anderes reden?« Billy sah mich mit einem entschuldigenden Achselzucken an.

»Ja, klar.«

»Tut mir leid«, sagte er ganz leise. »Ich will dir nichts verheimlichen oder so, es geht mir nur zu schnell. Ich brauche erst mal ein bisschen Abstand.«

»So schlimm?«

»Nein«, sagte er. »Es ist schon okay, ich will nur jetzt nicht daran denken.«

»Möchtest du noch einen Nachtisch?«

»Können wir uns ein Eis holen? Ich kenne einen Laden, der hat das beste Mint Chocolate Chip der ganzen Stadt.«

»Klar.«

Billy zögerte.

»Der Mann da. Siehst du ihn?«

Ich drehte mich um. Auf der Promenade stand ein dicker Kerl und starrte uns an, doch sobald ich aufstand, marschierte er davon. Ich legte ein paar Scheine auf den Tisch und hielt Ausschau nach der Kellnerin. Billy war aufgesprungen.

»Komm, lass uns gehen, Artie! Bitte.«

Nachdem wir das Restaurant verlassen hatten, gingen wir die Brighton Beach Avenue entlang, unter den Gleisen der Hochbahn hindurch, deren Gerüst sich wie eine Metallkuppel über die Straße wölbte. Billy schien sich wieder beruhigt zu haben und hielt nach der Eisdiele Ausschau, die er im Kopf hatte. Ich fragte ihn, warum er vor dem Mann auf der Uferpromenade Angst gehabt habe, aber er schüttelte nur den Kopf und sagte, alles sei okay.

Die Schilder an den Geschäften, Banken und Restaurants waren überwiegend russisch. Im Schaufenster eines Lebensmittelgeschäfts waren Fische ausgelegt – goldglänzender Döbel, öliger, saftiger Stör, orangeroter geräucherter Lachs. Daneben gehaltvolles Schwarzbrot, russische Kekse und Gläser mit sauer eingelegtem Gemüse.

Auf der Straße wurde Russisch gesprochen, aber einige der Leute hatten asiatische Züge; Immigranten aus abgelegenen Republiken, die einst zur UdSSR gehört hatten, lösten zunehmend die Leute aus Moskau und Odessa ab. Auch Pakistanis, Lateinamerikaner und Chinesen zogen verstärkt in diese Gegend. Brighton Beach war mittlerweile so vielschichtig wie eine archäologische Ausgrabungsstätte. Viele von den jüngeren Russen waren von hier fortgezogen, in andere Ecken von Brooklyn oder nach Staten Island, New Jersey oder Long Island.

Am Rand des Gehwegs saßen ein paar uralte Juden auf Klappstühlen und unterhielten sich auf Jiddisch. Ihre Eltern hatten sich Anfang des zwanzigsten Jahrhunderts hier niedergelassen, als Brighton Beach noch die letzte Haltestelle der Straßenbahn gewesen war.

Als wir an der Ampel standen, starrte uns eine alte Frau misstrauisch an. Ich kannte sie nicht und Billy auch nicht, sie war einfach nur eine Russin mit Kopftuch und kaputten Schuhen.

Billy blieb dicht neben mir. Ich legte ihm kurz den Arm um die Schultern, nahm ihn dann jedoch wieder herunter. Ich wollte nicht, dass er meine Nervosität spürte. Jedes Mal, wenn ich nach Brighton Beach kam – und das tat ich nur, wenn es sich nicht vermeiden ließ –, umwehte mich wieder der giftige Hauch der Sowjetunion. Zumindest für mich war er giftig; er roch nach Angst und gekochten Kartoffeln.

In den Schaufenstern waren scheußliche Kleider dekoriert, türkisfarbene Angorapullover mit bauschigen Schultern und Goldperlenstickereien, Pelzstolen aus Fuchsfell, Lederhosen, und dazwischen kitschiges Porzellan. Drinnen sah man Frauen, die die Kleider anprobierten und das schwarz-goldene Porzellan musterten. Touristen kauften versalzenen Kaviar und aßen im Café Arbat Piroggen. Danach gingen sie wahrscheinlich ins National oder ins Rasputin, angesagte Nachtclubs, in denen der Wodka in Strömen floss und Feuerschlucker, Jongleure und langbeinige Showgirls auftraten. In den Seitenstraßen standen Nutten herum. Aber die Russenmafia war von hier verschwunden; es war wohl nichts mehr zu holen. Die Verbrechensrate war deutlich gesunken.

»Du bist so still«, sagte ich nach einer Weile zu Billy. »Was ist los?«

»Ich kann die Eisdiele nicht finden.« Er klang beunruhigt. »Ich finde sie einfach nicht.«

»Artemi!«, rief eine Stimme aus einem Eingang ein Stück weiter die Straße hinunter.

Dubi Petrowsky trat aus der Tür seines Buchladens und tätschelte liebevoll das schwere Hollandrad, das draußen angeschlossen war, eine Spezialanfertigung, wie er mir mal erzählt hatte.

»Komm«, sagte ich zu Billy. »Der Laden wird dir gefallen. Und vielleicht weiß Dubi, wo die Eisdiele jetzt ist.«

»Na, Artie, fährst du immer noch mit deinem Rad?«, fragte Dubi und winkte uns beide in seinen Laden.

Dubi war groß und hager, mit einem sympathischen Gesicht und einer Hakennase, die ihm etwas von einem traurigen Vogel gab. Sein Buchladen war der beste in ganz Brooklyn. Dubi war in Odessa geboren, sprach aber ein fast akzentfreies Englisch, außerdem Russisch, Französisch und Jiddisch. Er war um die fünfzig, wirkte jedoch alterslos. Wenn man ihn zum Abendessen zu sich nach Hause einlud, erschien er mit einer Tüte voller Lebensmittel, in der sich mindestens ein Käsekuchen, eine Pastete und Salami befanden. Ich wusste, dass Dubi morgens gegen fünf aufstand, um im Fitnessstudio zu trainieren. Den Rest des Tages verbrachte er in seinem Laden, der vom Boden bis zur Decke mit Büchern vollgestellt war; die Erstausgaben bewahrte er in einer alten Mahagonivitrine auf.

Dubi gab mir die Hand und begrüßte Billy, freundlich und mit ehrlichem Interesse.

»Sieh dich ruhig um«, sagte er. »Vielleicht findest du ja etwas, das dir gefällt.«

Billys erster Blick fiel auf ein Regal mit Zeitungen und Zeitschriften in allen möglichen Sprachen, Russisch, Ukrainisch, Englisch, Französisch, Arabisch, Spanisch, Urdu. Schon von klein auf war Billy ein leidenschaftlicher Leser gewesen. Er hatte alles gelesen, was ihm zwischen die Finger kam, Abenteuergeschichten, Science-Fiction, Romane, Geschichtsbücher.

»Interessierst du dich für Zeitungen?«, fragte Dubi ihn.

»Ja«, sagte Billy leise. »Wow, kann ich mir die mal ansehen?«

»Natürlich.«

»Zeitungen sind spannend. Ich lese gern, was in der Welt passiert, wissen Sie. In Florida komme ich nicht so leicht an welche ran, aber einiges bekomme ich auch übers Internet.«

»Nur zu, sieh dich in Ruhe um«, sagte Dubi zu Billy, der bereits fasziniert in den Regalen stöberte. »Und dir geht's gut, Artemi? Was macht Maxine? Wie ich sehe, hast du ein paar Pfund zugelegt, die Ehe scheint dir also gut zu bekommen.«

»Ja«, sagte ich. »Maxine ist mit den Mädchen in San Diego, Verwandte besuchen. Sie klappern alle möglichen Zoos und Freizeitparks ab und essen Pizza mit Ananas.«

»Klingt gut.«

Auf Dubis selbst gebautem Ladentisch, der ebenfalls voller Bücher war, stand ein kleiner Fernseher; Paul McCartney sang gerade »Yesterday«, und sein altes Jungengesicht legte sich in verschmitzte Knitterfalten. Die Kamera ging auf Totale. McCartney stand auf dem Roten Platz.

Dubi hatte meinen Blick bemerkt. »Ein Beatle in Moskau. Ich hätte Gott weiß was darum gegeben, dabei sein zu können. Nie im Leben hätte ich gedacht, dass die Beatles mal da drüben auftreten. Es ist wie ein Traum. Ach, übrigens, ich habe einen Verleger für mein Buch gefunden«, fügte er hinzu. »Es wird tatsächlich gedruckt.«

»Wirklich? Das ist ja phantastisch, Dubi.«

»Die Geschichte der Beatles in der UdSSR, und das bei einem richtigen Verlag in Manhattan.«

»Herzlichen Glückwunsch.«

»Das ist natürlich nur der erste Band.«

»Hast du noch mehr in petto?«

»Natürlich. Die Beatles sind das A und O. Die Beatles haben die gesamte Weltgeschichte seit 1961 bestimmt. In der UdSSR waren alle Beatles-Fans. Sogar Außenminister Iwanow hat gesagt, er hätte als Junge mit den Songs von den Beatles Englisch gelernt. Bei diesem schmierigen Putin bin ich mir allerdings nicht so sicher. Das ist ein übler Kerl, Artemi. Eiskalt, aber der Westen kriecht ihm förmlich in den Arsch, wegen Erdgas, Diamanten und Öl. Alles andere interessiert die doch nicht.«

»Stimmt.«

Zu Billy gewandt, sagte er: »Als ich so alt war wie du, war ich völlig verrückt nach den Beatles. Bittels. Wir sagen Bittels, denn woher hätten wir wissen sollen, wie es richtig heißt? Und es ist noch immer die beste Band der Welt. Die Stones sind auch okay, aber keiner macht so gute Songs wie McCartney.«

»Kennst du die Beatles?«, fragte ich Billy.

Billy schnitt eine Grimasse. »Na logisch, glaubst du vielleicht, ich krieg gar nichts mit? Klar kenn ich die Beatles!«

Dubi zwinkerte ihm zu, griff unter seinen Ladentisch und überreichte Billy das Album, das McCartney in Moskau aufgenommen hatte. Auf dem Cover prangte ein roter Stern.

»'ne LP! Wow, das ist ja cool! Vielen Dank«, sagte Billy. »Wahnsinn. Tausend Dank. Ich bin jetzt schon Beatles-Fan. Das Album ist bestimmt klasse. Artie, sieh mal!«

»Dein Onkel Artie denkt, alle Russen, die hier draußen in Brighton Beach leben, sind Gauner oder überkandidelte Weiber in Pelzmänteln«, sagte Dubi. »Erzähl doch mal, welche Bücher du am liebsten liest, Billy.«

Knie an Knie hockten die beiden sich vor eines der unteren Regale und blätterten in den Büchern. Dubi zog Bände heraus, gab sie Billy, und gemeinsam sahen sie sie sich an, diskutierten über Handlung, Figuren und Schreibstile. Ein schmales, gebundenes Buch weckte Billys Interesse.

»Was hast du da?«, fragte ich ihn.

Billy stand auf, um es mir zu zeigen. Es ging um das Fliegenfischen in Montana. Gelenkig wie ein junger Mann sprang Dubi auf und sah über Billys Schulter.

»Ich kaufe es dir«, sagte ich.

Dubi wehrte ab. »Es ist ein Geschenk. Komm doch die Tage mal mit deinem Neffen zum Essen, Artie.«

Wir gaben uns die Hand. Billy war schon halb aus dem Laden, als Dubi mich festhielt und sagte: »Prima Junge, Artemi. Er gefällt mir.«

Billy wich von der Tür zurück. »Wer ist der Mann da draußen auf der Straße?«

Ein paar Meter von uns entfernt begrüßte ein alter Mann mit imposantem Bart, dessen Gesicht von der Sonne purpurrot glühte, überschwänglich ein paar Touristen.

»Rabbi Abraham Abraham«, sagte Dubi. »Behauptet immer, er wäre schon in Brighton Beach gewesen, als hier noch Hühner auf den Straßen herumliefen. Muss deutlich über achtzig sein. Bezeichnet sich gerne als König von Brighton Beach. Ich hab mal gesehen, wie er mit den Coney Island Ice Breakers mitten im Winter im Meer schwimmen war. Soll ich dich ihm vorstellen, Billy?«

Ich sagte: »Ich glaube, das muss nicht sein.«

»Na, dann macht's gut, ihr beiden. War nett, dich kennenzulernen, Billy. Artie hat schon so viel von dir erzählt. Ich hab gehört, dass du nach Hause kommst.«

»Wo hast du das gehört?«, fragte ich. »Von wem hast du das, Dubi?«

Doch Dubi war bereits im Hinterzimmer seines Ladens verschwunden, wo das Telefon klingelte.

Die Sonne stand schon sehr tief.

»Sollte ich lieber Onkel Artie sagen?«, fragte Billy.

»Was meinst du?«

»Das hab ich nie getan. Ich hab dich immer nur Artie genannt.«

»Das ist doch auch völlig okay.«

»Ich hab Dubi nach der Eisdiele gefragt«, sagte Billy.

»Und?«

»Er hat gesagt, er mag amerikanisches Eis nicht. Aber ich muss sie finden, verstehst du? Sie muss hier irgendwo sein. Da gibt es einfach das beste Eis, das ich je gegessen habe. Ich hab die ganze Zeit daran gedacht, als ich in Florida war. Ich bin oft mit meinem Dad hingegangen, als ich noch kleiner war.«

Es schien Billy regelrecht aus der Fassung zu bringen, dass er die Eisdiele nicht fand.

»Ich kann mich nicht erinnern«, sagte er. »Ich weiß nicht, ob sie verschwunden ist oder ob ich vergessen habe, wo sie war.«

Während Billy über das Eis nachgrübelte, bemerkte ich, dass uns ein Wagen folgte. Ein schäbiger brauner Lincoln Town Car. Er war ein paar Meter entfernt, und ich konnte nicht sehen, wer am Steuer saß, aber ich spürte, dass jemand aus dem Wagen mich beobachtete. Oder Billy. Hatten sie es auf Billy abgesehen? War ihm jemand auf den Fersen? Jemand, der wusste, dass Billy vorübergehend aus diesem Heim in Florida entlassen worden war, und ihm jetzt auf den Zahn fühlen wollte?

»Pass doch auf, du Penner«, sagte eine gereizte Stimme. Ich hatte versehentlich eine Frau mit blonder Mähne, verwaschener Jeans, hautengem Top und lilafarbener, mit Goldperlen bestickter Jeansjacke angerempelt. »Pass auf«, sagte sie erneut.

Ich hielt den Mund und berührte Billy am Arm.

»Wir können uns doch irgendwo anders ein Eis holen.«

»Ich finde es schrecklich, dass ich nichts mehr wiederfinden kann, Artie.«

»Du meinst die Eisdiele?«

»Alles Mögliche«, sagte Billy. »Ich finde einfach nichts mehr wieder. Ich erinnere mich nicht. Ich weiß nicht, ob sie weg sind oder ob's an mir liegt.«

»Ob wer weg ist?«

»Zum Beispiel der Laden, in dem ich mir mal Turnschuhe gekauft habe. Oder der Knish-Stand.«

Das Auto war immer noch da.

»Komm, lass uns gehen.«

Mein Handy klingelte. Es war Sonny Lippert. Er wollte, dass ich ins Peter Luger kam, wo er gerade zu Abend aß. Ich sagte, dass ich keine Zeit hätte, aber er ließ nicht locker.

»Ich hätte ja in Coney Island mit dir geredet, aber es war nicht der richtige Moment«, sagte Sonny.

»Ich ruf dich später zurück.«

Billy zupfte mich am Ärmel. »Wenn du dahin musst, dann geh ruhig. Das mit dem Eis ist nicht so wichtig. Ich will sowieso noch zu Hause vorbei, nach den Fischen sehen und meine Sachen holen. Wir können uns ja hinterher wieder treffen. Den Hausschlüssel habe ich dabei. Du vertraust mir doch, oder?«

»Ich komme mit dir.«

»Kannst du mir nicht einfach vertrauen? Ich bin vierzehn, Artie. Bitte! Sonst ist es für mich genauso wie in dem Heim.«

»Dann bleib stehen und rede mit mir.«

Billy hielt inne und lehnte sich gegen eine Mauer.

»Ich möchte nach Hause.«

Schweigend gingen wir zum Auto zurück. Ich tat so, als betrachtete ich die Schaufenster, aber das Einzige, was ich sah, war Billys Spiegelbild. Er ließ den Kopf hängen und starrte auf das Pflaster. Die Suche nach der Eisdiele hatte er aufgegeben. Als er aufblickte und mich ansah, war sein Gesicht traurig.

Nach einer Weile fragte er: »Können wir wirklich angeln gehen?«

»Ja. Such dir einen Ort aus, und wir fahren hin.«

»Ach, der Ort ist mir nicht so wichtig.«

»Du bist echt gut drauf, weißt du das? Ich finde es toll, wie locker du mit allem umgehst.«

»Wirklich?« Billy wurde rot, aus Verlegenheit oder vor Freude oder beides. »Ich habe einiges gelernt«, sagte er. »Ich glaube, das ist jetzt mein richtiges Ich, Artie. Irgendwas ist passiert, so ähnlich wie bei Leuten, die einen Hirntumor kriegen und dann ganz komisch werden. Vielleicht hatte ich auch einen Hirntumor oder eine Hirnblutung oder so was in der Art, und das ist jetzt weg, oder dieser nette Arzt hat mich geheilt, der ist wirklich richtig gut. Verstehst du? Und jetzt möchte ich gern nach Hause, zu meinen Fischen.«

»Komm, steig ein«, sagte ich, als wir bei meinem Wagen angekommen waren.

»Hast du das Auto gesehen, das uns gefolgt ist?«, fragte Billy. »So ein großes, hässliches in einem komischen Braun? Ich hab gesehen, wie du rübergeschaut hast. Meinst du, die wollten was von uns?«

»Nein, glaube ich nicht. Das hat bestimmt nichts zu bedeuten.«

»Wohin fahren wir?«

»Zu dir nach Hause.«

Ich fuhr die kurze Strecke nach Manhattan Beach, wo die Farones lebten. Mittlerweile war es dunkel. In den gepflegten Vorstadthäusern mit ihrem makellosen Anstrich, den manikürten Rasenflächen und den Gipsstatuen brannten Lichter. Die Häuser reichten bis hinunter an den Strand, der in dieser Gegend Privateigentum war. Ich sah ein paarmal in den Rückspiegel, aber das braune Auto war verschwunden. Alles Einbildung, sagte ich mir. Ich war Billys wegen nervös, wollte sicher sein, dass ihm nichts zustieß.

Mein roter Caddy war ziemlich auffällig. Ich wusste, ich sollte mir lieber einen anderen zulegen, aber ich hing an dem Wagen, und Maxine sagte immer: »Ich habe dich nicht geheiratet, um in einem beigefarbenen Kombi herumzufahren. Du gibst meinem Leben erst den Glamour, also behalte den Wagen, egal, wie oft er in die Werkstatt muss.« Ich sah auf die Datumsanzeige meiner Uhr. Dienstag, 5. Juli. Am Sonntag würde Maxine zurückkommen, und ich freute mich darauf. Sie fehlte mir.

Ich hielt vor dem Haus der Farones. Billy sprang aus dem Auto, rannte die Einfahrt hinauf und blieb winkend vor der Tür stehen. Endlich zu Hause. Er hatte den Schlüssel schon in der Hand.

Wieder klingelte mein Handy; es war noch mal Lippert.

»Komm ohne den Jungen«, sagte er.

Ich stieg aus. Billy kam mir wieder entgegengelaufen. »Mein Schlüssel passt nicht«, sagte er.

Ich holte einen Schlüsselbund aus der Tasche.

»Hier«, sagte ich. »Die hat mir deine Mom mitgegeben.«

»Hat sie das Schloss auswechseln lassen?«

»Scheint so.«

Billy sank in sich zusammen. »Sie wollen mich nicht hier haben, stimmt's?«

»Nein, das war ganz bestimmt nicht der Grund. Pass auf, du kümmerst dich jetzt um deine Fische oder was immer du vorhast, und ich hole dich in einer Stunde wieder ab. Aber du verlässt nicht das Haus, okay? Ich darf dich eigentlich nicht allein lassen, und auch wenn ich mir blöd vorkomme, so den Aufpasser zu spielen, geht es nicht anders.«

Billy strahlte über das ganze Gesicht. »Ich versprech's. Du kannst mich alle zwei Minuten anrufen, wenn du willst, aber ich find's klasse, dass du mir vertraust. Danke!«

»Ja, ich vertraue dir.«

Er schlang die Arme um mich und gab mir einen Kuss auf die Wange. Dann ließ er mich los und errötete.

»Danke, Artie.«

»In zwei Stunden bin ich zurück.«

»Gut. Okay.« Billy fing an zu lachen.

»Was ist denn so komisch?«

»Nichts. Ich bin einfach nur glücklich.«

Billy ruderte fröhlich mit den Armen und hüpfte zur Haustür, während er laut und falsch »Yesterday« pfiff. Oben angekommen, drehte er sich um und winkte mir zu, als fühle er sich frei.

4

Eine Woche zuvor hatte Genja auf ihrer neuen Terrasse gestanden – aus importierten Feldsteinen, wie sie mir sagte – und auf den Swimmingpool geblickt, der oval und dunkelblau war, geschmückt mit Fischen aus Goldmosaik, die vom Poolboden herauffunkelten. Echtes Blattgold, sagte Genja.

Sie hatte mich an dem Morgen angerufen und klang ziemlich beunruhigt. Ich war zu ihr gefahren und hatte sie gefragt, was los war, doch sie rückte nicht mit der Sprache heraus. Stattdessen führte sie mich, wie sie es in ähnlichen Situationen schon oft getan hatte, durchs Haus.

Neben dem Pool waren modische Liegestühle mit blauweiß gestreiften Auflagen arrangiert, für Plaudereien und Cocktails, sagte Gen, als kämen regelmäßig Prominente zu Besuch. Sie schwärmte für die Hollywoodpartys vergangener Zeiten und hatte sich eine Bar mit weißem Lederbezug und passenden Hockern anfertigen lassen, außerdem gab es einen glänzenden Edelstahlgrill, Glastische und große Terracottatöpfe mit weißen Orchideen. Genja zupfte ein paar vertrocknete Blätter von einer Pflanze und lächelte gedankenverloren.

Aus dem Haus hörte man die Stimmen von Handwerkern, die neue Küchenschränke einbauten. Eine Kreissäge ertönte. Vier Transporteure schleppten ächzend Möbel herein, die dick in Folie und Klebeband verpackt waren, wie Mumien. Das Haus war Genjas Ein und Alles. Es war, als versuche sie sich aus dem ganzen teuren Zeug ein Leben zusammenzubasteln, als brauche sie diese materiellen Dinge, um sich nicht aufzulösen.

Ich konnte es nachvollziehen. Genja brachte es nicht fertig, sich von Johnny Farone zu trennen, weil er sie geheiratet und ihr damit die amerikanische Staatsbürgerschaft verschafft hatte, weil er ihr das Haus und die Möbel, das Auto und all die Kleider gekauft hatte und weil sie zusammen einen Sohn hatten.

»Was ist los?«, fragte ich sie.

»Sie lassen ihn für zwei Wochen raus«, sagte Genja auf Russisch. »Billy, meine ich. Ich wollte nach Florida fliegen und ihn abholen, aber Johnny bekommt genau an dem Wochenende in London irgendeine Auszeichnung für sein Restaurant, und wir hatten schon seit Ewigkeiten vor, mal nach London zu reisen. Ich habe mit Billys Arzt in Florida gesprochen, seinem Psychiater, und auch mit dem Leiter des Hauses, und beide meinten, es sei völlig in Ordnung. Du bist sein Pate, Artemi, du bist sein Vormund, falls uns irgendwas zustößt. Dein Name steht in allen seinen Papieren. Wenn er sich gut benimmt, kann er vielleicht öfter mal raus, oder sie lassen ihn früher gehen. Aber ich weiß, es ist zu viel verlangt.« Sie setzte sich auf den Rand eines Liegestuhls, nahm ein Päckchen Dunhill aus der Jackentasche und löste die Zellophanhülle von der rot-goldenen Schachtel.

Ich setzte mich neben sie. »Du willst nicht hin.« Es war keine Frage.

Sie zündete sich eine Zigarette an, zog daran, stieß den Rauch aus und sagte: »Ich habe Angst.«

Genja wirkte distanziert, emotionslos. Wegen der vielen Botoxspritzen regte sich in ihrem Gesicht fast nichts mehr, und man wusste nie, was sie fühlte. Ihr Körper war hart und durchtrainiert vom Fitnessstudio. Sie schlug ein Bein über das andere und spielte mit dem Fuß, der in einer silberfarbenen Sandalette aus Schlangenleder steckte. Ihre Wadenmuskeln bewegten sich unter der gebräunten Haut; sie hatte mir erzählt, dass sie sich regelmäßig auf die Sonnenbank legte. Sie trug Caprihosen aus schwarzem Leinen und einen weißen Seidenblazer. Ihre teuren Kleider – Gen ließ mich jedes Mal wissen, wo sie sie gekauft hatte – wirkten wie eine Kostümierung.

»Ich bin eine Designerhure«, hatte sie mal zu mir gesagt, an einem der seltenen Abende, an denen wir zusammen in die Bar des Four Seasons gegangen waren und sie genug getrunken hatte, um über sich selbst zu lachen. Irgendwie wirkte sie meist zu dünn, wie brüchig.

»Hast du ihn überhaupt schon mal besucht?«, fragte ich sie.

»Wen?«

»Billy«, sagte ich. »Deinen Sohn.«

»Sei nicht böse auf mich, Artemi. Ja, einmal war ich da. Johnny besucht ihn öfter. Glaubst du, ich bin eine schlechte Frau, eine schlechte Mutter? Dieses Haus, in das sie Billy gesteckt haben, macht mir Angst. Es weckt Erinnerungen.«

Unser Vater, Genjas und meiner, hatte für den KGB gearbeitet. Er war längst mit einer anderen Frau verheiratet gewesen, als sie auf die Welt gekommen war. Genja sagte, er hätte ihre Mutter gezwungen, sie zur Adoption freizugeben. Er wollte sie nicht in seiner Nähe haben. Nach Genjas Aussage hatte er nie auch nur einen Versuch unternommen, sie zu sehen.

Als junge Frau hatte Genja einmal vor seinem Büro gewartet und ihn angesprochen, als er herauskam. Sie hatte ihm gesagt, wer sie war. Er hatte sie höflich begrüßt, aber mehr nicht. Die UdSSR war ein prüdes Land. Ein uneheliches Kind hätte seine Karriere ruiniert.

In der Sowjetunion hatte Genja ständig Angst gehabt,

weil es sie eigentlich nicht geben durfte, weil mein Vater – unser Vater – beim KGB war, und später, weil er seinen Job verlor. Jetzt war sie in Brooklyn, aber sie hatte immer noch Angst. Durch die Sache mit Billy waren die Polizei, die Gerichte und diese Institution in Florida in ihr Leben eingedrungen. Ich wusste, Genja dachte, es wäre eine Anstalt, in die sie durchgedrehte Kinder aus armen Familien steckten.

Selbst nach fast zwanzig Jahren in Amerika ließ die Angst sie nicht los. Genja hatte Angst vor der Regierung, vor dem Gesetz, davor, dass man sie nach Russland zurückschickte, wegen unseres Vaters, wegen ihrer Vergangenheit, wegen ihres Sohnes. In ihrer Vorstellung bedeutete die Rückkehr nach Russland Deportation und Gefängnis. Diese Art von Angst war der giftige Bodensatz, der von der Sowjetunion zurückgeblieben war, und er machte die Leute krank. Genja hatte nie daran geglaubt, dass sie ein eigenes Leben hatte, weder im Guten noch im Bösen.

»Kannst du ihn holen?« Sie zog erneut an ihrer Zigarette.

»Ja, natürlich.«

»Wirklich? Oh, Artemi, ich danke dir.«

»Was ist, wenn ihr aus London zurückkommt, und Billy ist noch hier?«

»Ich weiß nicht.« Genja saß auf ihrem edlen Liegestuhl am Swimmingpool ihres großen Hauses und überlegte, was sie gegenüber ihrem Sohn empfinden sollte. »Vielleicht ist es dann ja okay.«

»Wo soll ich ihn abholen?«

»Ich schreibe es dir auf, Artemi. Ich kümmere mich um alles. Wir sind ja nur vier, fünf Tage weg. Wenn ich zurück bin, probieren wir es. Ich werde mir Mühe geben. Er kommt hierher, zu uns nach Hause. Versprochen.« Sie drückte ihre Zigarette in einem schweren Glasaschenbecher auf dem Beistelltisch neben ihr aus. »Ich schwöre es.«

Sie griff erneut in ihre Jackentasche und holte einen Schlüsselbund heraus. »Hier sind die Schlüssel, falls du dich mit Billy hier aufhalten willst. Ihr könnt alles benutzen, den Pool, den Garten, was ihr wollt.« Alles war also bereits arrangiert.

»Artie?«

»Ja?«

»Ist es erlaubt, dass ich gehe nach London?« Genja sprach auf einmal Englisch, steif und mit starkem Akzent. »Sie lassen mich wieder hierher?«

»Du bist Amerikanerin«, sagte ich, während sie aufstand, um Johnny von unserer Vereinbarung zu berichten. Ich folgte ihr und dachte, arme Genja. Sie war amerikanische Staatsbürgerin, aber sie würde bis zu ihrem Tod Immigrantin bleiben.

Johnny Farone lag im Wohnzimmer auf einem weißen Ledersofa und schlief, die Füße unter einer schwarzen Kaschmirdecke. Genja berührte ihn am Arm. Er öffnete die Augen und drehte sich uns zu.

»Hi, Johnny, wie geht's?«, sagte ich, weil mir nichts Besseres einfiel.

Mühsam richtete er sich auf. Johnny war fett geworden. Durch die Gallen- und Leberprobleme und den Diabetes hatte seine Haut eine gelblich graue Farbe angenommen. Er beugte sich vor, um seine Füße sehen zu können, und versuchte, sie in Sandalen zu schieben, die auf dem Boden standen, gab es dann jedoch auf.

»John, Artie holt Billy aus Florida ab«, sagte Genja. »Bitte bedank dich bei ihm.«

»Danke, Mann.« Johnny zog sein orangefarbenes Polohemd über den karierten Shorts zurecht. »Vielen Dank. Das ist wirklich toll. Ich hab mich so darauf gefreut, endlich mal mit Genja nach London zu fliegen, weißt du? Wir hatten die Reise schon lange geplant, bevor wir erfuhren, dass sie Billy nach Hause lassen.«

»Ja.«

»Das wird ihm guttun, Artie. Ich meine, du verstehst dich mit dem Jungen, und er hängt so an dir, und ihr könnt so viel zusammen unternehmen, Baseball und Angeln und was weiß ich.« Johnny nahm sich einen Schokoladentrüffel aus der Glasschale, die auf dem Beistelltisch stand, und schob ihn sich in den Mund. »Und wenn wir zurück sind, kann er bei uns bleiben. Gott, wie ich Billy vermisse.« Johnny war ein herzensguter Kerl, und er liebte seinen Sohn.

»Wie läuft das Restaurant?«

»Hab ich dir schon erzählt, dass ich drüben in Staten Island einen neuen Laden aufmache? Komplett neu, direkt am Jachthafen, mit Blick aufs Meer und allem Schnickschnack«, sagte Johnny. »Da drüben sitzt jetzt 'ne Menge Geld, lauter reiche Russen und so. Rate mal, wie ich den Laden nenne.«

»Keine Ahnung.«

»Staten Island Fishing Club«, sagte Johnny triumphierend. »Na, was sagst du? Gefällt's dir? Ich meine, wo du mit Billy so gerne angeln gehst. Und das Ganze wird ja sowieso irgendwann Billy gehören«, sagte er, als wäre mit seinem Sohn überhaupt nichts geschehen.

Das Farone's, Johnnys Restaurant in Brooklyn, war ein Renner, aber er hatte auch hart dafür gearbeitet. Er hatte bei Null angefangen, ein pummeliger Kerl mit einem Laden für Autoersatzteile und ohne große Erwartungen. Der Erfolg hatte Johnny großzügig und loyal gemacht – er konnte sein Glück bis heute nicht fassen. Seit bei ihm Diabetes festgestellt worden war, bemühte er sich, weitgehend auf Sahnesoßen, schwere Barolos, süße Liköre und rotes Fleisch zu verzichten, obwohl das die Dinge waren, die er nach seiner Frau und seinem Sohn am meisten liebte, aber was blieb ihm anderes übrig, seufzte er. Ich mochte Johnny.

Ich ging zur Treppe.

»Wo willst du hin?« Genja hielt mich am Ärmel fest.

»In Billys Zimmer«, sagte ich. »Nachsehen, ob da irgendwas ist, was er vielleicht braucht.«

»Du solltest mich vorher fragen«, sagte sie. »Du solltest fragen, Artemi.«

»Tut mir leid. Lass uns zusammen raufgehen.«

Doch Genja manövrierte mich durch den Flur zur Haustür.

»Ich brauche eine Zigarette, Artemi. Komm mit mir nach draußen.«

Sie zog die Tür hinter sich zu und zündete sich eine an. Ich fragte: »Darfst du in deinem eigenen Haus nicht rauchen?«

»Der Rauch zieht so schnell in die Möbel.« Genja setzte sich auf die oberste Stufe. Ich hockte mich neben sie, griff nach ihrer Zigarette und zog ein paarmal daran.

»Ich dachte, du hättest aufgehört?«, sagte sie.

»Ich versuch's. Wann lassen sie Billy raus?«

»Samstag.«

»Dann fahre ich Donnerstagmorgen los, damit auf jeden Fall genug Zeit ist.«

»Danke, Artemi. Das ist wirklich lieb von dir. Dann reise ich also nach London, okay? Eigentlich fliege ich nicht gern, aber Johnny hat nicht lockergelassen, er hat gesagt, Gen, die wollen mir eine Auszeichnung für eines der besten Restaurants in New York geben, das ist eine Ehre, und es ist eine wichtige Zeitschrift, also bitte komm mit, es wird dir gefallen. Du siehst, ich bin eine echte amerikanische

Ehefrau.« Sie lächelte spöttisch. »Ich richte das Haus ein, ich gehe shoppen, und ich begleite meinen Mann auf Geschäftsreisen.«

Wieder griff ich nach ihrer Zigarette.

»Behalte sie«, sagte Genja und zündete sich eine neue an. »Als ich Billy damals in Florida besucht habe, war er in der geschlossenen Abteilung, Artemi. In der geschlossenen. Hinter verschlossenen Türen.« Sie schlang die Arme um sich. »Sein Zimmer war nett, sehr gemütlich, und die Flure waren himmelblau, mit aufgemalten Wolken und lauter selbst gemalten Bildern an den Wänden, wie in einem Kinderkrankenhaus, aber die Türen waren alle abgeschlossen. Ich musste immer nur an die Anstalten für Geisteskranke in der Sowjetunion denken. Ich kann da nicht noch mal hin.«

Ich gab ihr einen Kuss auf die Wange. »Ist schon okay.«

»Ich schulde dir was.«

»Unsinn. Ist doch keine große Sache«, sagte ich. »Ich nehme Billys Angelzeug mit. Da freut er sich bestimmt.«

»Ich weiß nicht, wo es ist.«

5

»Willst du ein Steak?«, fragte Sonny Lippert, als ich im Peter Luger in Williamsburg ankam, wo er einen festen Tisch und eine hauseigene Kreditkarte hatte. Es war die einzige Möglichkeit, dort zu bezahlen, außer natürlich in bar, und sie gaben diese Karten nicht jedem. Nachdem ich Billy im Haus seiner Eltern abgesetzt hatte, brauchte ich nur zwanzig Minuten, um zu dem Restaurant zu kommen.

»Ich habe schon gegessen.« Ich war immer noch ein wenig verstimmt wegen der Art, wie Sonny sich am Strand Billy gegenüber verhalten hatte.

»Mit dem Jungen? Hast du mit dem Jungen gegessen?«

»Er ist mein Neffe, okay? Und er heißt Billy.«

»Schon gut. Setz dich, Mann«, sagte Lippert. »Komm, trink wenigstens was.«

»Ich muss noch fahren.«

»Ha ha ha.« Er griff nach seinem Weinglas und trank einen Schluck. »Ein netter Cabernet. Aus Kalifornien, aber frag mich nicht, wie das Zeug heißt. Das Blöde am Weintrinken ist, dass man dauernd mit irgendwelchen nervtötenden ›Fachleuten‹ zu tun hat. Schenken Sie ihm auch was ein«, sagte er zu dem Kellner. Seit seinem Herzinfarkt hatte Sonny den Scotch gegen Wein eingetauscht.

Das Restaurant war gut besucht. Dicke Männer, den Bauch unter die Tischkante geklemmt, schaufelten sich die besten Steaks von New York in den Mund, zusammen mit Hash Browns, Pommes und Rahmspinat. Die meisten der

Typen trugen Jacketts, die jetzt über der Stuhllehne hingen, und Slipper mit Bommeln. Eine Menge teure Rotweine wurden aufgefahren. Ein Mann in einem Hemd mit Monogramm zählte mit dröhnender Stimme seinen Tisch ab. Sieben Leute, verkündete er, dann also sieben Flaschen. Jede Flasche kostete wahrscheinlich einen Tausender.

An dem kleinen Ecktisch schnitt Lippert ein Stück von seinem englisch gebratenen Porterhouse-Steak, das in Blut und Butter schwamm, kaute in aller Ruhe und nahm erneut einen Schluck Wein.

»Woher wusstest du, wo ich war, Sonny? Bist du extra meinetwegen zum Strand gekommen? Ja, ich weiß, ich habe gesagt, ich wollte Pizza essen, und du hast messerscharf geschlossen, dass ich in Coney Island war, aber was sollte das Ganze? Was willst du von mir?«

»Wie ich schon sagte, eigentlich wollte ich schon am Strand mit dir sprechen, aber mit dem Flugzeugabsturz war es nicht der passende Moment. Genau genommen habe ich angerufen, weil ich euch alle zum Abendessen einladen wollte, dich und Maxine und die Kinder, und als du dann sagtest, du wärst am Strand, habe ich mir gedacht, ich geh mal ein bisschen auf der Promenade spazieren.« Er legte seine Gabel weg.

»Das war alles? Du wolltest uns zum Essen einladen?«

»Wo ist Maxine überhaupt?«

»In Kalifornien, mit den Mädchen.«

»Kümmerst du dich auch gut um sie?«

»Spar dir deine Vorträge, okay?«

Maxine, mit der ich seit letztem Sommer verheiratet war, sagte immer, Sonny und ich wären wie ein altes Ehepaar. Er hatte mir zur Hochzeit seinen Baseball mit dem Autogramm von Jackie Robinson geschenkt, sein kostbarstes Stück. Er war seit jeher der Ansicht, ich wäre ein Idiot, was Frauen anging, und damit hatte er nicht ganz Unrecht, aber er meinte, mit Max hätte ich endlich die Kurve gekriegt.

»Ich möchte, dass du etwas für mich tust. Ich würde mich ja selbst drum kümmern, aber ich stecke gerade in einem ziemlich wichtigen Fall«, sagte Sonny.

»Ich hab zu tun.«

In letzter Zeit arbeitete ich hauptsächlich im Büro. In der Abteilung hatten sie angefragt, ob jemand Russisch konnte, und so hockte ich jetzt am Schreibtisch, las Faxe aus Moskau und aß zu viele Süßigkeiten. Das Zeug, das aus dem Faxgerät kam, war größtenteils wertlos. Das einzig Interessante, worauf ich gestoßen war, waren Geldschiebereien von Pakistan nach London, die über eine Bank in Tschetschenien abgewickelt wurden, und Überweisungen an ein paar Gebrauchtwagenhändler in der Nähe von Detroit, die ebenfalls aus Tschetschenien kamen, vermutlich Geldwäsche. Diese Sachen übernahmen die Jungs von der Antiterroreinheit, während ich mich mit faulen Konten und Immobilienschiebereien beschäftigen durfte.

Der Job war ganz okay, obwohl mir der Lärm der Bezirkswache fehlte, die Flüche der Kollegen, das Knallen der Spindtüren und der Mief nach abgestandenem chinesischen Essen, der spätabends in der Luft hing. Dafür musste ich nicht mehr abends und am Wochenende arbeiten, und mein Magengeschwür hatte Pause, weil ich mir nicht mehr dauernd Tote ansehen musste. Ich hatte einen geregelten Tagesablauf, und ich konnte mir ein paar Tage freinehmen, wenn es mal nötig war. Sonst hätte ich Billy auch nicht aus Florida abholen können.

Der Kellner, der ständig um Sonny herumsprang, brachte mir den Scotch, den ich bestellt hatte. Ich kippte ihn in einem Zug hinunter und sah auf die Uhr.

»Als ich jung war, aßen hier lauter einflussreiche alte Männer«, sagte Sonny. »Wir lungerten oft hier in der

Gegend herum und sahen die Autos vorfahren, und dann stiegen diese Kerle mit Alpakamantel und Hut aus, wie Rod Steiger in ›Die Faust im Nacken‹, weißt du, was ich meine?«

Sonny fing wieder mit seinen alten Geschichten an, und ich wusste immer noch nicht, ob es Taktik war oder ob sein Hirn von dem ganzen Scotch, den er früher getrunken hatte, ein bisschen aufgeweicht war. Er tauchte oft in seine Kindheit und Jugend in Brooklyn ab, die von einem Haufen Leute bevölkert war – seinen Eltern, die ihm als Gutenachtgeschichte Marx vorgelesen hatten, Gangstern, Gewerkschaftsleuten, Politikern, Boxern, Baseballspielern, Floyd Patterson, Jackie Robinson, Julius und Ethel Rosenberg und dann natürlich den Musikern, die er liebte, wie Dizzy Gillespie und Charlie Parker. Ich hatte aufgehört, ihn deswegen anzumachen. Ich wusste nicht, was von all seinen Geschichten tatsächlich stimmte, aber für Sonny waren sie so real, dass es letzten Endes egal war.

Am Nachbartisch saßen vier Leute, die sich laut auf Französisch unterhielten. Ich hörte mit einem Ohr zu. Es ging um Geschäftliches.

Sonny blickte über seine Schulter. »Verstehst du, was die reden, Mann?«

»Ja, so einigermaßen.«

»Wie kommt's?«

»Du weißt, dass ich Französisch spreche, Sonny. Was willst du von mir?«

»Deine Mutter hat's dir beigebracht, stimmt's? Ich hasse diese Scheißsprache, und die Kerle da quatschen auch noch so laut, als wären sie taub«, brummte Sonny. »Kochen können die Franzosen ja ganz leidlich, und sie haben ein paar gute Schriftsteller. Weißt du, warum ich die Sprache nicht leiden kann? Ich hasse die Überheblichkeit der Franzosen und ihren Antisemitismus, aber vor allem hasse ich ihre Sprache, weil ich sie nie richtig gelernt habe. Ich hätte mich mit Sprachen befassen sollen, so wie du, dann hätte ich die guten Bücher im Original lesen können. Balzac. Victor Hugo. Flaubert. Verdammt.«

»Sonny, ich muss gehen.«

»Mein Französischlehrer an der Highschool hatte mich auf dem Kieker, weil ich der Kleinste in der Klasse war. Er hieß Mr. Driscoll, und wenn er mich fragte: ›Sonny, *comment allez-vous?*‹, kriegte ich keinen Ton heraus. Ich wusste die Antwort, aber ich war wie gelähmt, Mann, und dann drehte Driscoll sich zu den anderen Jungen um und sagte mit einer widerlich süßlichen Stimme: ›Helft ihm auf die Sprünge, Jungs.‹ Und dann hat mich die gesamte Klasse verprügelt. Habe ich dir nie von ihm erzählt? Oder von unserem Duschlehrer, Mr. Castro, der uns beigebracht hat, wie man sich einseift? Unglaublich, sage ich dir. Ich hätte Zola im Original lesen können, wenn dieses Schwein von Driscoll nicht gewesen wäre. Ich hätte sogar Proust lesen können, Mann, obwohl der mir gar nicht so liegt, dieser Gesellschaftsquatsch mit den ganzen Gräfinnen und Empfängen und so, aber diese Sprache! All das hätte ich lesen können, wenn dieser verfluchte Driscoll nicht gewesen wäre. Helft ihm auf die Sprünge, Jungs. Ich muss mal aufs Klo, Artie.«

Lippert stand auf. Er griff in seine Tasche und warf ein Polaroidfoto auf den Tisch, dann drehte er sich um und ging zu den Toiletten. Ich wusste, er wollte mich zappeln lassen, wollte, dass ich mich neugierig fragte, was das für ein wichtiger Fall war, an dem er arbeitete. Aber ich wollte mich nicht ködern lassen. Ich sah erneut auf die Uhr und dachte, dass es langsam Zeit sei, Billy abzuholen. Dann griff ich nach dem Foto. Auf dem Bild war eine Babypuppe. Ein Fuß fehlte.

»Was zum Teufel ist das?«, fragte ich Sonny, als er an den Tisch zurückkam. »Was soll das bedeuten?«

»Das ist eine Puppe«, sagte Sonny. »Mit einem abgetrennten Fuß.«

»Das sehe ich, Sonny.«

»Hör zu, erinnerst du dich an die alten Fälle, die nie aufgeklärt wurden? Das Mädchen in Long Island und das andere draußen in Rockaway, denen sie einzelne Körperteile abgehackt hatten? Ist schon Jahre her.«

»Ja, ich erinnere mich.«

»Als ich im Krankenhaus lag und später, als ich zu Hause war und Zeit hatte, habe ich ein bisschen recherchiert. Es gab noch mehr Fälle, einen davon im Norden. Und jetzt wieder. In Jersey, nicht weit von Bayonne. Genau dieselbe Geschichte, Artie. Ein kleines Mädchen, dem sie die Füße abgehackt haben.«

Ich sagte nichts.

»Warum tut einer so was, Mann? Damit die Kleine nicht weglaufen kann? Aber warum bringt er sie dann um?«

»Ich weiß es nicht.« Ich hatte das Foto noch in der Hand, und Sonny entriss es mir.

»Das ist ihre Puppe. Kein Hinweis darauf, wer sie ist. Scheiße, Artie, sie hatte ihre Puppe dabei.« Er kippte seinen Rest Wein hinunter. »Wer tut Kindern so was an?«

Das hatte ich ihn schon zahllose Male sagen hören: Wer tut Kindern so was an? Lippert hatte sich jahrelang in solche Fälle verbissen; selbst jetzt, wo er eigentlich im Ruhestand war, arbeitete er noch als Berater bei der Spezialeinheit für Verbrechen an Kindern, die er ins Leben gerufen hatte. Ich fühlte mit ihm, aber ich konnte ihm nicht helfen, jedenfalls nicht solange Billy hier war.

»Ich muss los, Sonny.«

»Willst du ein Foto von der Kleinen sehen?«, sagte Sonny. »Der Kerl hat sie auch noch vergewaltigt.«

»Es tut mir leid.«

»Hör zu, ich will gar nicht, dass du bei diesem Fall einsteigst, ich wollte dich nur um einen Gefallen bitten, weil ich im Moment keine Zeit dafür habe. Ich muss den Kopf frei haben für die Sache in Jersey, okay? Es ist für Rhonda.«

Rhonda Fisher, die seit ungefähr dreißig Jahren Lipperts Assistentin und seit Ewigkeiten in ihn verliebt war, hatte endlich ihre Chance bekommen, als er seinen Herzinfarkt hatte. Sie war jeden Tag zu ihm ins Krankenhaus gegangen. Er heiratete sie nicht und zog auch nicht mit ihr zusammen, aber sie kochte für ihn, und ab und zu führte er sie zum Essen aus.

Sonny markierte zwar immer noch gern den Coolen und stand oft unter Strom, aber seit er mit Rhonda zusammen war, wirkte er viel gelöster. Sie hörte mit ihm die Musik, die er liebte, und sie kümmerte sich um ihn. Seit er sie in sein Leben gelassen hatte, trank er weniger und aß besser.

Anstatt sich unterwegs ein Sandwich zu holen – meistens Zunge und Emmentaler – oder nur etwas zu trinken, schien er das Essen jetzt zu genießen. Ich sah zu, wie er sich ein weiteres Stück von seinem Steak abschnitt. Zum ersten Mal hatte ich den Eindruck, dass es ihm tatsächlich wichtig war, was auf seinem Teller lag.

»Und worum geht's?«, fragte ich.

Die Freundin einer Cousine oder die Cousine einer Cousine, jedenfalls irgendeine Bekannte oder Verwandte von Rhonda drüben in Staten Island war in Schwierigkeiten, erklärte er mir. Russen, wahrscheinlich einfache Leute. »Sie brauchen Hilfe. Sieh es einfach als eine gute Tat, Mann, damit du nicht als Kakerlake wiedergeboren wirst.«

»Rhonda ist Russin?«

»Ihre Großeltern. Von beiden Seiten«, sagte Sonny. »Russische Juden.«

»Und die leben in Staten Island?«

»Nein, die sind längst tot, aber ein paar Verwandte sind in den Achtzigerjahren rübergekommen. Hör zu, es ist keine große Sache. Das Ganze dauert höchstens zwei Stunden.«

»Ich kenne mich da drüben überhaupt nicht aus.«

»Ich frage nur, weil Rhonda mich darum gebeten hat. Die Frau hat sie angerufen und gefragt, ob ihr Freund – damit war wohl ich gemeint – nicht einen Kollegen hätte, der Russisch spricht. Nach dem, was Rhonda mir erzählt hat, ist diese Frau nachts aufgewacht, hat gehört, dass ein Einbrecher im Haus war, der Ehemann ist runter und hinter dem Kerl her, und dann ist ihr Mann verschwunden. Nicht wieder aufgetaucht.«

»Vielleicht hatte er genug von ihr.«

»Bitte fahr hin und rede mit der Frau, mehr verlange ich ja gar nicht.«

»Wer war sie noch mal?«

»Grundgütiger, Mann, hab ich dir doch eben gesagt, irgendeine Verwandte von Rhonda. Die Frau weiß nicht weiter, keiner versteht sie, und Rhonda fühlt sich verpflichtet, ihr zu helfen. Also hat sie gesagt, sie weiß da vielleicht jemanden.« Sonny kaute weiter an seinem Steak. »Gutes Fleisch.«

»Wie ist diese Frau auf die Idee gekommen, dass du jemanden kennst, der Russisch kann?«

»Rhonda erzählt doch andauernd von mir.« Sonny lächelte, ein zaghaftes, melancholisches, schüchternes Lächeln, das ich bei ihm noch nie gesehen hatte, und ich begriff, dass er Rhonda wirklich liebte.

»Wusste die Frau von mir?«

»Woher zum Teufel soll ich das wissen? Ja, kann sein. Wieso ist das wichtig? Vielleicht hat Rhonda ihr auch von dir vorgeschwärmt«, sagte er. »Schließlich ist sie dein größter Fan. Schau einfach mal, ob du was tun kannst, okay?«

»Nein.«

»Wie bitte?«

»Ich habe diese Woche frei, und ich habe schon was anderes vor.«

»Mit dem Jungen? Was soll das eigentlich werden?«

Ich hatte keine Lust, mit ihm über Billy zu reden. Ich schwieg. Sonny wartete.

»Okay, meinetwegen«, lenkte ich schließlich ein. »Ich fahre hin.«

»Morgen wäre gut«, sagte Sonny.

»Nein. Wenn es mir passt.«

»Ich verlange ja nicht, dass du dein Leben änderst, Mann. Ich bitte dich nur, nach Staten Island rüberzufahren.«

»Ich hab gesagt, ich mach's. Für Rhonda. Ich fahre rüber und rede mit der Frau, aber den Zeitpunkt überlass bitte mir, okay? Wie heißt sie?«

Lippert nahm einen Zettel mit Namen und Adresse aus seiner Jackentasche.

»Hier, steht alles drauf«, sagte er. »Warst du schon mal in Staten Island? Die Leute da sind ganz anders drauf, als würden sie gar nicht in New York leben. Ich meine, ich kapiere, wie die Leute in Brooklyn ticken oder in der Bronx und sogar in diesem elenden Queens, aber Staten Island ist wie ein Paralleluniversum, als wäre man schon in New Jersey.«

»Woher weißt du so viel darüber?«

»Ich hab da drüben mal am College unterrichtet, vor ewigen Zeiten, als Aushilfe. Damals lebte ich mit einem Mädchen zusammen. Wilde Zeiten. Albert Manascalo war Bezirksbürgermeister.« Wieder tauchte Sonny in der Vergangenheit ab. »Seine Freunde nannten ihn Al. Er hatte so viel Macht, dass er einen Juden zum Ehrenitaliener ernennen konnte, wenn ihm danach war. Alles drehte sich nur um Glauben, Schuld und Sühne. Ganz schön finster. Hast du mal Dostojewski gelesen? Da ist das alles drin.«

»Staten Island ist wie Dostojewski?«, fragte ich. »Da komme ich nicht mehr mit.«

»Wart's ab, Mann. Weißt du, wie die Lady heißt, zu der du fahren sollst? Gorbatschow.«

»Willst du mich verarschen?«

»Nein, sie heißt wirklich so. Ist aber nicht mit ihm verwandt. Obwohl, wer weiß, vielleicht hat sich ja ein Zweig der Familie nach Staten Island abgesetzt. Vorname Vera.«

»Ich nehme doch noch ein Steak.«

6

Jugendliche flitzten auf ihren Skateboards durch die dunklen Straßen von Brooklyn, kreuz und quer, wie die Wagen beim Autoscooter. Unverhofft tauchten sie im Licht der Straßenlaternen auf, schossen über den Gehweg, sprangen auf die Fahrbahn, jagten hinter Autos her, ließen sich von ihnen jagen, hängten sich an eine Stoßstange, um ein Stück mitzufahren, und verschwanden dann ebenso plötzlich wieder in der Dunkelheit zwischen den Häusern.

Ich war auf dem Weg durch Brooklyn, nach dem Treffen mit Sonny. Ich hatte wahrscheinlich mehr getrunken, als ich sollte, und ich fuhr zu schnell, als die Kids auf der Straße auftauchten. Dieser Teil von Brooklyn, ein paar Meilen vom Meer entfernt, war flach gebaut, heruntergekommen und arm. Immigranten – Pakistanis, ein paar Chinesen, ein paar Juden – teilten sich das Viertel ängstlich mit den hiesigen Banden.

Draußen vor einem Lebensmittelladen standen zwei Jungen, kräftige Kerle, die fast wie erwachsene Männer aussahen, mit einem Sixpack Bier in der Hand. Ein paar Jüngere bettelten darum, eine Dose abzukriegen, und marschierten mit gefälschtem Personalausweis in den Laden, um Zigaretten zu kaufen. Hier stellte keiner viele Fragen.

»Pass doch auf, du Idiot«, brüllte ein weißer Junge, etwa sechzehn und mit verschlagenem Gesicht, der wie aus dem Nichts auf seinem Skateboard vor mir aufgetaucht war und mich zu einer Vollbremsung zwang. Der Junge tanzte mit seinem Skateboard über die Straße, wiegte sich hin und her, rollte auf meinen Wagen zu, streckte die Hand aus und legte sie auf die Motorhaube, forderte mich mit feixendem Lachen heraus. Die Baseballkappe saß verkehrt herum auf seinem Kopf, der Schritt seiner Hose hing ihm fast bis auf die Knie. Er spielte mit mir. Im Licht der Scheinwerfer konnte ich sein höhnisches Grinsen sehen. Am liebsten hätte ich Gas gegeben. Stattdessen beugte ich mich aus dem Seitenfenster und sagte ihm, er solle sich verpissen. Doch er zog nur eine Grimasse, zeigte mir den Fuck-you-Finger und stieß einen Pfiff aus. Zwei von seinen Kumpeln, die auf dem Gehweg warteten, sprangen mit ihren Skateboards auf die Straße. Es waren Weiße, vielleicht auch Latinos.

Ich drückte auf die Hupe und blendete die Scheinwerfer auf. In dem grellen Fernlicht sahen die Jungen aus wie Clowns, einer von ihnen war nicht älter als Billy. Dann rollten alle drei grinsend und ohne Vorwarnung auf mein Seitenfenster zu.

Wieder drückte ich auf die Hupe. Sagte ihnen, sie sollten verschwinden. Warnte sie. Kurbelte die Scheibe hoch, trat aufs Gaspedal, zwang sie zurückzuweichen. Ich war genervt und ein bisschen nervös, und einen winzigen Moment lang war es mir egal, ob ich einen von ihnen anfuhr. Im Rückspiegel sah ich, dass zwei von ihnen mir bis zur Straßenecke folgten, wo ich abbog und Vollgas gab.

Die Seitenstraße lag verlassen da. Plötzlich tauchte im Rückspiegel das braune Auto auf. Mir brach der Schweiß aus, und in einem Anfall von Panik fragte ich mich, ob die Jungs mit den Skateboards mich absichtlich in diese Einbahnstraße manövriert hatten, ob alles geplant gewesen war und die Kids etwas mit dem braunen Auto zu tun hatten. Aber das war Unsinn. Solche Spielchen hatten nichts zu bedeuten, jedenfalls meistens nicht.

Ich fuhr an ein paar chassidischen Juden in altertümlichen Gewändern vorbei, die über Gott oder den aktuellen Diamantenpreis diskutierten. Fuhr weiter, Richtung Meer, Richtung Strand, durch heruntergekommene, verlassene Straßen, das Auto immer noch hinter mir. Ich fuhr einen Schlenker über eine geschlossene Tankstelle und sah, dass der Wagen Rostflecke und Aufkleber auf der Stoßstange hatte. Der Fahrer sah dick aus, mit einem massigen Schädel.

Dann war er plötzlich weg. Einfach so. Das machte es noch unheimlicher, dass er irgendwo auftauchte und dann wieder verschwand. Als wollte er mich gar nicht verfolgen, sondern eher nervös machen, mir Angst einjagen. Wahrscheinlich war ich betrunkener, als ich dachte. Der Kerl in dem Auto gab mir das Gefühl, gejagt zu werden. Ich bildete mir ein, ihn wieder im Rückspiegel zu sehen, und fragte mich, ob ich Halluzinationen hatte oder einfach nur Angst.

Ich fuhr, so schnell es ging, ohne irgendwas zu rammen, nach Manhattan Beach und zum Haus der Farones.

Niemand war auf der Straße, außer einem jungen Mädchen auf dem Fahrrad. Ich erkannte sie, es war die kleine Pummelige, die in Coney Island am Strand gejoggt hatte, als das Flugzeug herunterkam. Ich parkte und stieg aus dem Wagen, ein paar Meter vom Haus der Farones entfernt. Einen Moment lang blieb ich auf der Straße stehen und lauschte auf das Geräusch eines anderen Autos, doch ich hörte nur das leise Rauschen des Meeres.

Die Tür stand einen Spalt offen. Alles war dunkel. Ich wusste, ich hätte Billy nicht allein lassen dürfen.

»Billy?«

Das ganze Haus war stockdunkel, abgesehen von einem schwachen Licht, das vom Garten hereinschien. Ich hörte ein leises Geräusch, konnte es aber nicht orten. Ich griff nach meiner Waffe. Wo steckte er?

»Billy?«

Ich kam mir wie ein Trottel vor, als ich meine eigene Stimme hörte. Trotz des mulmigen Gefühls, das in mir hochkroch, ging ich leise die Treppe hoch und zu Billys Zimmer. Vorsichtig öffnete ich die Tür. Terpentingeruch schlug mir entgegen.

Das Zimmer war leer. An den Wänden waren in horizontalen Streifen Farbmuster aufgemalt. Ein Lappen voller Farbkleckse lag auf dem Boden. Tapetenrollen lehnten in einer Ecke, daneben eine zusammengeklappte Leiter. In der Mitte stand ein einfacher Arbeitstisch mit einem Radio, ein paar Farbdosen, einer Schachtel von Dunkin' Donuts und mehreren Pinseln in einem Einmachglas mit schmutzigem Wasser. Daneben drei blau-weiße Pappbecher, einer davon noch halb voll mit Kaffee, in dem eine Zigarettenkippe schwamm.

Billys Sachen waren verschwunden. Möbel, Bücher, Kleider, Poster, Computer – alles weg. Der Raum, in dem er von klein auf gewohnt hatte, existierte nicht mehr. Es war, als hätte jemand jede Spur von Billy gelöscht.

Die Klimaanlage lief nicht, es war heiß in dem Zimmer. Draußen im Garten fiel ein schwacher, gelblicher Lichtschein auf die Terrasse, den Pool, die Liegestühle und die weißen Orchideen, die in der Dunkelheit geisterhaft schimmerten. Der Insektenvernichter neben der Terrasse war an. Ein Sprinkler bewässerte den Rasen in wechselnden Mustern.

Das Geräusch, das wie das Trippeln einer Maus klang, kam aus der Garage unter Billys Zimmer. Es wurde lauter, bewegte sich, in die Küche, die Treppe hinauf, dann wurde es durch den Teppich gedämpft. Ein Tier, dachte ich. Ein Hund. Die Farones hatten keinen Hund. Ich wartete.

»Hast du das gesehen?« Billy stand mit düsterer Miene in der Tür seines leeren Zimmers. Er hatte das Geräusch gemacht; er war barfuß die Treppe heraufgekommen.

Ich hätte ihn gern in den Arm genommen, aber da ich nicht wusste, wie er darauf reagieren würde, fragte ich nur: »Alles okay?«

»Ja.«

»Was ist mit den Fischen?«

»Ich kann sie nicht finden, weder die Fische noch das Aquarium. Hoffentlich sind sie nicht tot.« Im ersten Moment zitterte seine Stimme, wie bei einem kleinen Jungen, dann wurde sie wieder fester. »Vielleicht hat mein Dad sie mit ins Restaurant genommen, damit er sie füttern kann. Sähe ihm ähnlich. Wahrscheinlich gibt er ihnen Pasta Alfredo oder irgendwas in der Art.«

»Muss schlimm für dich gewesen sein, dein Zimmer so vorzufinden«, sagte ich.

»Ist schon in Ordnung«, sagte Billy. »Wirklich.«

»Die Haustür stand offen.«

»Die habe ich für dich offen gelassen. Ich bin nicht rausgegangen. Ich hab's dir versprochen. Ich war nur im Garten und in der Garage. Da haben sie meine Sachen verstaut.«

»Es war kein Licht zu sehen.«

»Ich hab nur die kleine Lampe in der Garage angemacht.«

Billy ging wieder die Treppe hinunter, und ich folgte ihm in die Küche, von der eine Tür in die Garage führte. Genjas grüner Range Rover stand an seinem üblichen Platz, genau wie die lange Werkbank, die sie Johnny geschenkt hatte und die er nie benutzte. Sein silberner Porsche, der eine Stange Geld gekostet hatte und in den er mit seinem dicken Bauch kaum noch reinkam, war nicht da. Wahrscheinlich hatte er ihn beim Restaurant stehen lassen. An der Wand waren mehrere blaue Plastikkisten gestapelt, und daneben standen Billys Angelsachen, sein Fahrrad und der Computer.

Auf einer der Kisten lag ein Stapel Schulbücher. Mit der typisch russischen, snobistisch angehauchten Begeisterung für alles Intellektuelle hatte Genja Johnny dazu gebracht, edle Klassikerausgaben von Tolstoi, Puschkin und Dostojewski anzuschaffen, in Leder gebunden und mit Goldprägung, die sie im Wohnzimmer hinter Glas zur Schau stellte. Hatte Genja sie bei Dubi Petrowsky gekauft? Hatte Dubi vielleicht von ihr erfahren, dass Billy nach Hause kommen würde?

Genja hatte Angst davor, dass Billy nach Hause kam. Sein Zimmer auszuräumen und zu renovieren war eine Möglichkeit, ihn verschwinden zu lassen. Ich war wütend auf sie. Ich hatte ihr eine Nachricht in London hinterlassen, dass Billy bei mir in New York war, aber sie hatte nicht zurückgerufen. Ich überlegte, ob ich sie noch einmal anrufen sollte, aber was sollte ich ihr sagen? Dass sie eine lausige Mutter war?

»Artie?« Billy hielt einen dunkelblauen Kapuzenpulli in der Hand, den er aus einer der Kisten genommen hatte. »Meine Sachen passen mir nicht mehr. Glaubst du, sie haben sie deshalb hierhingepackt? Als ich in mein Zimmer kam, war alles weg, Artie, sie haben meine Sachen genommen und sie in diese Kisten gepackt.« Er legte den Pulli weg und griff nach einer Jeans. »Meinst du, sie wollten meine Sachen weggeben?« Er klang erstaunlich ruhig, viel ruhiger, als ich an seiner Stelle gewesen wäre. »Vielleicht haben sie gedacht, ich komme nicht mehr zurück? Oder sie wollten gar nicht, dass ich zurückkomme?«

»Vielleicht haben sie einfach nur gedacht, dass du aus den meisten Klamotten herausgewachsen bist«, sagte ich. »Aber du hast doch ein paar Sachen aus Florida mitgebracht, oder?«

»Ja, klar, ich hab meine Tasche doch in deiner Wohnung gelassen, weißt du nicht mehr? Ich hätte nur einfach gerne meine alten Kleider wiedergehabt. Meinst du, das ist eine Metapher, oder so? Dass die alten Sachen nicht mehr passen? Würde mir gefallen.«

Ich nahm den Deckel von einer der Kisten ab. Noch mehr Bücher. Billy inspizierte die Titel. Ich fror, als ich ihn da stehen sah, seine gesamte Kindheit in Plastikkisten in der Garage seiner Eltern verstaut.

»Vielleicht wollte deine Mom dein Zimmer neu streichen.«

»Auf der Tapete sind Frauen mit altmodischen Kostümen abgebildet und goldene Bordüren, und die Farbe in den Töpfen ist rosa. Glaubst du im Ernst, das hätte sie für mich ausgesucht? Wir sollten lieber ehrlich miteinander sein, findest du nicht?«, sagte Billy. »Ich hab kein Problem damit, was meine Mom getan hat, wirklich nicht.« Er nahm einen dicken weißen Pullover aus einer der Kisten und zog ihn an. Die Ärmel waren ungefähr fünfzehn Zentimeter zu kurz. Er fing an zu lachen, und ich fiel mit ein.

»Ich glaube, wir sollten morgen mal einkaufen gehen.«

»Gute Idee«, sagte Billy. »Wir könnten meine Sachen doch irgendwelchen armen Kindern geben. Meine Großmutter, Big Tina, hat ihr Zeug immer der Kirche gespendet. Ich könnte ihr die Sachen vorbeibringen.« Er sah mich an. »Obwohl, sie ist schon echt komisch. Die ganzen Farones sind komisch, außer mein Großvater, und auf dem hacken sie alle nur herum. Ach, ist mir egal, sind ja bloß alte Klamotten. Ich bin bei dir, das ist die Hauptsache.« Er hob die Hand zum Abklatschen und grinste gleichzeitig, weil es eine so abgedroschene Geste war.

»Komm, lass uns was trinken«, sagte ich, und meine Stimme, die von den kahlen Steinwänden der Garage widerhallte, klang weit entfernt und dünn.

In der Küche schaltete ich das Licht an. Billy nahm zwei Fresca aus dem Kühlschrank.

Die neue Einrichtung, sehr edel mit italienischen Glasfronten und Arbeitsflächen aus Granit, war makellos sauber wie ein OP-Saal. Der Motor des Kühlschranks summte leise.

Ich trank einen ausgiebigen Schluck von der Limonade und sagte: »Tut mir leid, dass es so spät geworden ist.«

»Wo warst du?«

»Hatte was mit der Arbeit zu tun«, sagte ich. Die Wege eingerechnet, war ich zwei Stunden bei Sonny Lippert gewesen.

»Ich habe mich schon früh daran gewöhnt, allein zu sein«, sagte Billy nachdenklich. »Da unten in Florida sind mir eigentlich zu viele Leute. Man muss das Zimmer mit anderen teilen. Die Mahlzeiten werden gemeinsam eingenommen. Man hat nie Zeit für sich. Irgendwie ist immer ein Psychiater da oder sonst wer. Ich genieße das total, dass ich jetzt mal allein sein kann, rumsitzen und lesen oder einfach abhängen.«

»Ist es schlimm da?« Ich setzte mich an die Küchenbar, und Billy kletterte auf einen Hocker mir gegenüber.

»Nö, geht schon. Aber langweilig ist es manchmal«, sagte er und strich sich das Haar aus der Stirn. »Ein paar von den Lehrern sind echt gut. Ich meine, die meisten von den Kids da können kaum lesen, verstehst du? In Englisch haben sie mich zum Tutor gemacht. Ich betreue einige von den Jüngeren. Das gefällt mir. Die sind schon richtig froh, wenn jemand sie mal nicht wie Vollidioten behandelt.«

»Das ist doch prima.«

»Artie?«

»Ja, Kleiner?«

Er verdrehte die Augen.

»Was ist?«

»Du kannst mich doch nicht mehr ›Kleiner‹ nennen«, sagte Billy. »Ich bin vierzehn.«

»Okay, verstanden.«

»Hör mal, ich muss dir was sagen.« Erneut fuhr Billy sich durchs Haar, aber diesmal wirkte er nervös, als hätte er etwas zu verbergen.

»Was denn?«

»Ist mir ziemlich unangenehm.« Er leerte seine Dose und rollte sie zwischen den Händen hin und her.

»Jetzt spuck's schon aus.«

»Also gut. Es ist nämlich so, dass ich rauche. Ich versuche schon dauernd, damit aufzuhören, aber manchmal geht's einfach nicht ohne, und ich glaube, zwei Wochen halte ich das nicht aus. Und ich will dich nicht anlügen, auf keinen Fall. Bist du jetzt sauer?«

»Wie machst du das denn in Florida?«

»Wir schmuggeln sie rein. Die wissen das. Wahrscheinlich denken sie, wir sind alle so verkorkst – und ein paar von den Kids haben vorher schon jede Menge Drogen genommen –, dass ein paar Zigaretten da auch nicht mehr schaden können.« Billy zog ein Päckchen aus seiner Tasche.

»Du weißt, dass ich dir jetzt eigentlich einen Vortrag halten sollte, oder?«, sagte ich. »Das Zeug ist wirklich totaler Mist. Du machst dir die Lungen kaputt und was weiß ich noch alles, und irgendwann krepierst du.«

»Hast du aufgehört?«, fragte Billy.

»Ich versuch's.«

»Kann ich trotzdem eine rauchen? Nur eine?«

»Du musst mich nicht um Erlaubnis fragen.«

»Lass uns rausgehen, damit ich Moms Haus nicht vollstinke«, sagte Billy. »Sie kann das nicht leiden. Sogar sie geht zum Rauchen vor die Tür.«

»Ich weiß«, sagte ich, und wir gingen zusammen auf die Terrasse.

Draußen beim Pool, in dem gedämpften Licht, das vom Küchenfenster herüberstrahlte, zündete Billy sich eine an. Er rauchte nicht wie ein Jugendlicher, der nur so tut als ob, sondern wie ein Erwachsener, der das Nikotin braucht.

Ich gierte danach, es ihm gleichzutun, aber ich riss mich zusammen, weil ich dachte, ich sollte so was wie ein Vorbild sein.

»Lass uns nach Hause fahren. Zu mir«, sagte ich. »Morgen gehen wir angeln, und dann kaufen wir dir ein paar coole neue Klamotten.«

»Macht's dich kribbelig, wenn ich rauche?«, fragte Billy. »Ich bin echt froh, dass du aufgehört hast. Ich will, dass du für immer da bist. Und ich werde mir wirklich Mühe geben.« Er drückte die Zigarette in einem der Aschenbecher auf den Glastischen aus.

Im Haus klingelte das Telefon.

»Ich geh dran«, sagte ich.

Durch das Küchenfenster sah ich, wie Billy sich auszog und seine Kleider sorgfältig über einen Stuhl legte. Von hinten sah er aus wie ein Mann. Er sprang in den Pool. Wasser schwappte über den Rand. Von der Straße klang das Dröhnen eines Müllwagens herüber, der Abfälle in seinem Rachen zermalmte.

Schon als ich nur den Hörer abnahm, noch bevor die Stimme am anderen Ende sprach, spürte ich, dass etwas faul war.

»Schaffen Sie ihn von hier weg«, sagte die Stimme.

»Wer ist da?«

»Wir wollen den Jungen hier in Brooklyn nicht haben, kapiert?«

»Wer zum Teufel ist da?«

»Ist doch scheißegal. Ich weiß, wer Sie sind. Sie sind doch dieser russische Cop, der mit Johnny Farones Frau verwandt ist, oder? Also hören Sie zu, entweder Sie schaffen den Jungen hier weg, oder wir tun's für Sie. Haben Sie verstanden? Er hat schon genug Scheiße angestellt, und ich will nicht, dass so was noch mal passiert, also sehen Sie zu, dass er von hier verschwindet.«

Ich hielt den Mund. Ich wollte mir die Stimme dieses Mistkerls einprägen.

»Der Junge ist Müll«, sagte die Stimme am anderen Ende. »Und Müll lässt man nicht im Haus rumliegen. Man schleppt ihn auch nicht in die Nachbarschaft. Ich will keinen Müll in meiner Nähe, also schaffen Sie ihn weg.«

Ich sagte ihm, er könne sich seinen Müll sonst wohin stecken, und legte auf, aber ich hatte Angst. Ich wusste, wer der Anrufer war. Es war Stanley Shank, der Bruder von Heshey, dem Typen, der gestorben war. Den Billy angeblich umgebracht hatte.

Ich dachte über Shanks Tonfall nach. Er hatte damit gerechnet, dass ich bei den Farones ans Telefon gehen würde. Er war nicht überrascht gewesen. Er wusste, wo ich war. Er wusste, dass Billy bei mir war. Das braune Auto, das mir gefolgt war, gehörte Shank. Warum zum Teufel hatte ich nicht mit ihm geredet? Ich hätte ihn beruhigen sollen, anstatt ihn anzumachen. Er war ein durchgeknallter, jähzorniger Kerl, der mit dem Messer auf jemanden losging, wenn er wütend war.

Shank war groß, fett und hässlich, mit einem Kopf wie eine Melone und breiten, wabbeligen Schultern, aber er war ein Kraftpaket. Und hinterhältig. Früher hatte er ein Boot gehabt, drüben in der Sheepshead Bay, mit dem er Leute zum Angeln rausfuhr. Die Anlegestelle war nur eine halbe Meile von Manhattan Beach entfernt, wo das Haus der Farones stand. Shank kannte sich mit Anglermessern aus, hatte ja genug davon an Bord gehabt.

Ich hatte mal gesehen, wie Shank am Anleger Fische

ausnahm. Er war geschickt mit dem Messer, und auf seinem konzentrierten Gesicht lag hämische Freude. Und ich wusste auch, welchen Schaden er damit Menschen zufügen konnte.

Jemand hatte mir erzählt, dass Shank pleitegegangen war und das Boot an irgendwelche reichen Russen verkaufen musste, und seither war er noch unberechenbarer als vorher.

Ich glaubte nicht, dass er Billy körperlich angreifen würde – der Verdacht würde sofort auf ihn fallen –, aber ich hatte Angst, er könnte die Boulevardzeitungen anrufen und ihnen sagen, dass Billy draußen war. Shank würde es so darstellen, dass Billy ein Monster war und nur aufgrund irgendwelcher Beziehungen Freigang bekommen hatte. Danach würde Billy nichts anderes übrig bleiben, als in dieses Zentrum in Florida zurückzukehren. Und vielleicht nicht einmal mehr das, wenn Shank genug darauf herumritt, dass Billy von Anfang an in ein richtiges Gefängnis gehört hätte.

Billy konnte nicht in Brooklyn bleiben.

Von der Küche aus sah ich zu, wie er aus dem Pool kletterte, sich mit einem blauen Handtuch abtrocknete und wieder anzog. Sein Blick fiel auf irgendetwas Großes, Rechteckiges, das an der Rückseite des Hauses stand, sorgfältig mit einer schwarzen Plane abgedeckt. Billy ging darauf zu, nahm die Plane vorsichtig ab und stand dann reglos da. Ich konnte nicht erkennen, was unter der Plane war.

Ich ging raus auf die Terrasse.

»Was ist das?«, fragte ich ihn.

Billy drehte sich um. »Mein Aquarium. Es ist leer. Kein einziger Fisch mehr drin, Artie. Es ist leer und sauber gemacht und weggepackt, als ob ich es nie wieder brauchen würde. Glaubst du, mein Dad hat die Fische wirklich mit ins Restaurant genommen?«

»Wir können anrufen, wenn du willst.«
»Ich weiß nicht«, sagte Billy. »Nein, lieber nicht.«
»Warum nicht?«
»Ich bin ziemlich sicher, dass die Fische tot sind.«
»Dann lass uns in die City zurückfahren.«
Billy nickte. »Darf ich fahren?«, fragte er. »Bitte!«

Auf dem Weg von Florida hierher hatte ich Billy ab und zu ans Steuer gelassen. Ich hatte ihn am Samstag des langen Feiertagswochenendes abgeholt, und wir waren gemeinsam nach Hause gefahren, er und ich. Ich hätte gern einen Abstecher nach Cape Canaveral gemacht, um mir die Startrampe der Shuttles anzusehen, aber da Billy unruhig war und so schnell wie möglich nach New York wollte, fuhren wir durch.

Wenn wir auf eine ruhige, gerade Strecke kamen, überließ ich ihm das Steuer. Billy sagte, er habe das Fahren von mir gelernt, und er erinnere sich noch gut, wie ich ihm die Telefonbücher unter den Hintern geschoben und ihn frühmorgens auf den leeren Straßen von Brooklyn hatte üben lassen.

Er war ein guter Fahrer. Mittlerweile kam er ohne die Telefonbücher aus, und er fuhr entspannt, aber konzentriert, einen Ellbogen auf dem Fensterrand, beide Hände auf dem Lenkrad und den Blick nach vorn gerichtet, ohne sich vom Radio ablenken zu lassen.

In den kleinen Städten, in denen wir haltmachten, um etwas zu essen, wehte überall an den Häusern und in den Gärten die amerikanische Flagge. In einem staubigen Ort waren die Laternen- und Ampelpfähle mit Bildern von Soldaten behängt, die im Irak kämpften. Viele Latinos und auch ein paar Frauen. Sie waren jung, neunzehn oder zwanzig. Manche waren schon tot, andere würden es bald sein. Die ganze Hauptstraße entlang, bis draußen zum

Gewerbegebiet flatterten die Bilder an zerzausten gelben Bändern.

Einmal kam uns eine Parade entgegen, ein mit Girlanden geschmückter Feuerwehrwagen, ein paar Veteranen in Uniformen des Zweiten Weltkriegs und dahinter ein Haufen Kinder. Es war wie im Film.

»Montag ist der 4. Juli. Mein Unabhängigkeitstag«, sagte Billy. »Stimmt's?«

Ich hatte Billy beim alten Farone abgeholt – Johnnys Vater, John senior –, der sich in einer Siedlung in Florida niedergelassen hatte, wo viele Italiener aus New York ihren Lebensabend verbrachten. Die Straßen waren nach romantischen italienischen Städten benannt: Pisa, Bellagio, Siena. Die Häuser hatten billige Fassaden und verdorrte Vorgärten.

Donna Farone, eine von Johnnys Schwestern, lebte bei dem alten Herrn. Eigentlich hieß sie Maria LaDonna, aber alle nannten sie einfach Donna. Nur dank ihrer Anwesenheit hatte Billy die Erlaubnis bekommen, seinen Großvater zu besuchen. Er hatte den alten Mann immer gern gehabt, weil der ihn früher oft zum Angeln mitgenommen hatte, so wie ich auch.

John senior war nach Florida gezogen, nachdem seine Frau ihn nach siebenundvierzig Jahren Ehe vor die Tür gesetzt hatte, weil er angeblich scharf auf kleine Mädchen war. Für diese Behauptung hatte es nie Beweise gegeben, und kurz nach seiner Ankunft in Florida hatte er einen Schlaganfall erlitten. Jetzt saß er im Rollstuhl und brachte seine Zeit damit zu, das Sprechen zu üben.

Als ich dort ankam, saß Billy draußen auf der Treppe, zusammen mit einem jungen Mann, der, wie sich zeigte, sein Psychiater war. Er stand auf, stellte sich vor – Andy Swiller, nett, Sie kennenzulernen –, und wir gingen ein kurzes Stück spazieren.

Er war groß und schmal, trug Chinos und ein kurzärmeliges, grün kariertes Hemd und erzählte mir, er sei noch in der Ausbildung und arbeite als Assistenzarzt in dem Therapiezentrum. Viele angehende Mediziner kämen für ihre Facharztausbildung dorthin – Verhaltensforscher, Genetiker, Psychiater –, da das Zentrum sehr vielfältige Modalitäten biete. So drückte er sich aus.

Ich fragte ihn, was Billy hatte. Er sagte, es sei nicht das Asperger-Syndrom, aber ebenso wenig eine andere Form von Autismus. Da es weder das eine noch das andere sei, müsse man von einer komorbiden Störung ausgehen. Wenn mir einer mit solchem Fachchinesisch kam, wurde ich sofort ärgerlich.

»Und was genau heißt das?«, fragte ich.

»Man kann Kinder nicht so einfach in eine Schublade stecken«, sagte Swiller, außerdem sei jetzt nicht der richtige Moment, um darüber zu reden, aber er hoffe, Billy würde diese Störung irgendwann überwinden und ein normales Leben führen. Solche Kinder gebe es. Er sagte, er habe Billy sehr gern, sie verstünden sich prima, zumal sie beide aus Brooklyn kämen und Yankees-Fans seien.

Ich ließ nicht locker. »Wie geht es ihm?«

»Wollen Sie meine professionelle Meinung hören oder meinen persönlichen Eindruck?«

»Ich dachte, in Ihrem Job wäre das dasselbe.«

»Stimmt auch wieder«, sagte Swiller. »Ich glaube, es geht ihm gut. Es geht ihm besser.«

»Ist er geheilt?«

»Sorgen Sie dafür, dass er ein anständiges Pastrami-Sandwich kriegt, wenn er in New York ist«, sagte Swiller und kritzelte mir seinen Namen und die Telefonnummern auf eine Karte. Er wünschte mir alles Gute, gab Billy die Hand, sagte, ich könne ihn jederzeit anrufen, dann stieg er in sein Auto.

»Bist du startklar?«, fragte ich Billy.

»Und ob!«

Durch die Fliegengittertür des Hauses sah ich Donna Farone und einen alten Mann im Rollstuhl, vermutlich Farone senior.

»Alles klar da draußen, Billyboy?«, rief er hinaus. Es ging also ganz gut mit dem Sprechen.

Es war etwa vier Uhr morgens, in einem Motel irgendwo in Virginia, als Billy schreiend erwachte. Er setzte sich im Bett auf, schweißüberströmt, und erzählte mir von seinen Albträumen, in denen er hingerichtet wird. Jemand führt ihn in die Todeszelle, sticht ihm eine Nadel in den Arm, und er ist tot.

Es hatte ein paar Tage nach seiner Ankunft in Florida angefangen. Er war kaum je von zu Hause fort gewesen, allenfalls hatte er mal bei einem Jungen aus der Nachbarschaft übernachtet. Er hatte immer sein eigenes Zimmer gehabt. Er hatte wenig Kontakt zu anderen Kindern gehabt, schon gar nicht zu solchen wie denen, mit denen er in dem Therapiezentrum zu tun hatte, die kaum lesen und schreiben konnten. Er fühlte sich umzingelt. Er wurde beobachtet. Und da begannen die Träume.

In Florida passiert das jede Nacht, sagte Billy. Die Geräusche der anderen Jungen, mit denen er das Zimmer teilt, schleichen sich in seinen Schlaf, und er weiß nicht, ob er wach ist oder träumt. Das Husten, Schnarchen, Niesen und Murmeln der anderen erinnert ihn an das Geräusch des Kühlschranks zu Hause: erst ein gleichmäßiges Brummen, dann plötzlich ein Klacken, ein Gluckern und dann wieder das Brummen.

Wenn er nachts aufwacht – und er sagte, er wache alle paar Stunden auf –, wälzt er sich hin und her und sehnt sich verzweifelt nach Stille. Er hat kalte Füße. Die Decke ist zu kurz, sodass seine großen Füße unten rausgucken. Irgendwann schläft er wieder ein. Eine Weile gibt es dann nichts, nur das tiefe Loch des Schlafs. Dann kommen die Träume. Wände, die sich auf ihn zuschieben. Scharen von Jungen, die ihn verhöhnen. Er selbst in der geschlossenen Abteilung, die Türen am Ende des Flurs verriegelt. Er fühlt sich gefangen wie in einem Netz, wie ein Fisch am Haken, er zappelt bis zur völligen Erschöpfung und kommt doch nicht frei.

Banden von Jungen, die ihn durch einen langen Flur jagen, und alle brummen, schnalzen, gurgeln und schnarchen. Sie laufen hinter ihm her zur Todeszelle, dann beginnen die Schreie. Er weiß nicht, ob es eine echte Todeszelle ist oder ein Videospiel, aber es geht um ihn, und sie werden ihm eine Nadel in den Arm bohren und ihn töten. Jeden Morgen ist sein Bettzeug schweißgetränkt.

Billy hat die Bücher gelesen und die Filme gesehen, er weiß, dass die anderen durch ein kleines Fenster zusehen, wie er stirbt. Das ist der schlimmste Teil, wie die anderen zusehen, während er auf den Tisch geschnallt ist und jemand die Nadel einsticht.

In seinen Träumen wacht Billy schreiend auf. Niemand kommt. Er streckt die Hände nach einem Wort aus, kriegt es nicht zu fassen, obwohl es direkt vor ihm hängt, Buchstaben aus Eis, die zu schmelzen beginnen. Es ist da und doch unerreichbar, in dieser Traumwelt aus nie gemerkten Telefonnummern und vergessenen Namen, und er reckt und streckt sich, so weit er nur kann, weil es das Einzige ist, das ihn retten, ihn in Sicherheit bringen kann. Die Hintergrundgeräusche werden lauter, die Jungen kommen immer näher.

Jede Nacht. Billy hasst es, schlafen zu gehen. Er wird die Träume nicht los. Er weigert sich. Wird bestraft. Sie nehmen ihm einen Teil seiner Bücher weg. Er kann nicht schlafen. Er kriegt das Wort nicht zu fassen.

In der Nacht in dem Motel, auf dem Weg von Florida nach New York, bekam ich Billy nach etlichen Stunden dazu, sich wieder hinzulegen. Ich saß die ganze Nacht bei ihm. Als es draußen hell wurde, sank er in einen leichten Schlaf.

Und von da an schien alles besser zu sein. Wir fuhren weiter. Ich dachte, vielleicht war die schlimmste Zeit für Billy vorbei. Unterwegs redeten wir und lachten und futterten riesige Tüten Kartoffelchips und Erdnüsse, und als wir schließlich den Holland Tunnel erreichten, sah das Auto aus wie eine Müllkippe. Ich war fast davon überzeugt, dass die Zeitungen recht gehabt hatten: Die Sache mit Heshey Shank war reine Notwehr gewesen. Oder Billy war durchgedreht, nicht zurechnungsfähig, als er Heshey tötete.

Als wir aus dem Tunnel herauskamen, bog ich auf die Canal Street ab. Billy hielt den Kopf aus dem Fenster, zog ihn wieder zurück und lachte.

»Was ist?«

»Ich bin glücklich«, sagte Billy.

»Weshalb?«

»New York«, sagte er. »Wir sind zu Hause.«

7

»Ich schließe die Tür ab«, sagte Billy, als wir das Haus der Farones verließen.

Er schloss sehr sorgfältig ab, als wolle er mir beweisen, wie gewissenhaft er war, während ich die Einfahrt hinunterging. Die meisten Häuser in der Straße waren erleuchtet, und alle paar Meter stand eine Laterne, die ein gelbliches Licht auf dem Gehweg verbreitete.

Roch ich es, bevor ich es sah? Ein widerlicher Gestank nach vergammeltem Müll schlug mir entgegen. Am Rand des Vorgartens, wo Genja pinkfarbene Rosen gepflanzt hatte – die Nachbarn schätzten so einen eleganten Touch, hatte sie mir erzählt –, lag ein Haufen Müll. Reste von Hamburgern, Bananenschalen, Eierschalen, die in der Dunkelheit eigenartig leuchteten, Bierdosen, durchgeweichte Zeitungen und benutzte Windeln. Man konnte die Scheiße riechen.

Ich hielt Ausschau nach der Mülltonne, konnte sie jedoch nicht entdecken. Dann fiel mir ein, dass die Tonnen, die zum Haus gehörten, ordentlich neben der Garage gestanden hatten. Jemand hatte seinen eigenen Müll mitgebracht und ihn hier ausgeleert.

»Lass uns verschwinden«, rief ich Billy zu. »Los.«

»Wieso? Was ist?«, fragte er und kam die Stufen hinunter.

»Steig ins Auto.«

»Okay, ich komme schon«, sagte Billy, dann sah er den Müll. »Diese Müllmänner sind doch echt Idioten.«

»Wahrscheinlich wollte jemand sein Zeug noch schnell in den Wagen werfen und hat danebengetroffen«, plapperte ich drauflos, um Billy nicht zu beunruhigen.

»Schon gut, Artie, ist nicht weiter schlimm. Aber ich finde, wir sollten den Dreck wegräumen.«

»Steig ins Auto, bitte«, sagte ich. »Lass uns fahren.«

Vom Auto aus rief ich einen jungen Cop in Brighton Beach an, den ich kannte. Bobo – sein richtiger Name war Boris Borisowitsch Lewin, die Eltern waren russische Immigranten – war ein netter Kerl, der einen Teil seiner Ausbildung bei mir absolviert hatte. Er wohnte immer noch bei seinen Eltern, und er wusste über alles Bescheid, was in Brighton Beach vor sich ging. Ich fragte ihn, ob er dafür sorgen könne, dass jemand den Vorgarten der Farones sauber machte, und bat ihn, beim Haus vorbeizufahren und nachzusehen, ob alles in Ordnung war.

Auf dem Weg in die City schlief Billy ein. Das Radio lief, aber er hörte es nicht; sein Atem ging tief und gleichmäßig. Wenn er schlief, sah er aus wie ein kleiner Junge. Der Arzt in Florida hatte recht. Billy konnte das alles hinter sich lassen. Die Krankheit war vorbei. »Es geht ihm gut«, hatte der Psychiater gesagt. In meiner Wohnung in der City war Billy in Sicherheit.

Ich blickte in den Rückspiegel. Ich wollte Billy aus Brooklyn hinausschaffen, weg von Stanley Shank und seinen Drohanrufen und den Mistkerlen, die er seine Freunde nannte.

Als ich Billy ansah, wurde mir bewusst, dass ich noch nie zuvor jemanden so geliebt hatte wie diesen Jungen. Es fühlte sich an, als wäre er mein eigener Sohn, schon immer.

Als wir die Brücke erreichten, verkündete der Wettermann auf 1010, dass in den nächsten Tagen kein Regen zu erwarten sei. In den Sportmeldungen hieß es, die Yankees hätten lausig gespielt. In den Nachrichten berichteten sie über den Flugzeugabsturz in Coney Island und über einen kleinen Jungen, der auf einem unbebauten Grundstück in Midwood tot aufgefunden worden war. Jemand hatte mit einem Messer auf ihn eingestochen und ihn dann mit seinem Skateboard erschlagen. Er war erst acht Jahre alt gewesen. Es hätte einer von den Jungen sein können, die ich vorhin gesehen hatte. Es hätte Billy sein können.

Als ich über die Brücke fuhr und die Lichter von Manhattan auf mich zukommen sah, fühlte ich mich schon wesentlich besser. Dann klingelte das Handy.

»Ich war bei dem Haus, wie du mich gebeten hast«, sagte Bobo Lewin, der junge Cop aus Brooklyn. »Ich habe den Müll selbst weggeräumt, Artie. Was für ein Scheißkerl tut denn so was?«

»Ist dir sonst noch was aufgefallen?«

»Nicht viel. Der Briefkasten hat ein paar Kratzer, na ja, und dann natürlich der Müll. Für mich sieht das so aus, als wollte jemand diesen Farones einen kleinen Denkzettel verpassen. Ich habe die Türen und Fenster überprüft«, sagte Bobo, eifrig bemüht, einen guten Eindruck bei mir zu hinterlassen. »War das in Ordnung, Art? Ist das Haus bewohnt? Der Pool war voll Wasser.«

»Ja, das war prima, danke«, sagte ich. »Die Leute, die da wohnen, sind für ein paar Tage weg, geschäftlich oder so. In London. Ich sage ihnen Bescheid, du brauchst dich darum nicht zu kümmern. Das war wirklich nett von dir, Bobo. Ich schulde dir was.«

»Ach, Unsinn, Artie. Soll ich die Sache zu Protokoll nehmen?«

»Lieber nicht. Ist das okay?«

»Kein Problem«, sagte Bobo. »Sind das Freunde von dir?«

»Verwandte.«

»Donnerwetter, du hast Verwandte, die echt nett wohnen«, sagte er, nicht neidisch, nur anerkennend. »Aber eines war merkwürdig.«

»Was denn?«

»Hinten im Garten bin ich über einen Haufen Glasscherben gestolpert, ich hätte mich fast damit umgebracht. Ich meine, ich weiß, dass ich da eigentlich nichts zu suchen hatte, aber ich dachte mir, du wolltest, dass ich mich gründlich umsehe, oder, Artie?«

»Völlig korrekt«, sagte ich zu Bobo. »Erzähl weiter.«

»Die Scherben waren riesig und verdammt dick – hast du 'ne Ahnung, woher die stammen könnten? Ich hätte mir fast die Hand abgetrennt. Die Scheißkerle, die so was tun, könnte ich glatt umbringen«, sagte er und fragte dann: »Ist das irgendwie wichtig? Soll ich noch mal hinfahren?«

»Könnten die Scherben mal ein Aquarium gewesen sein?«

»Ein was?«

»Ein Glasbehälter für Wasser und Fische.«

»Ja, wär schon möglich.«

»Was hast du damit gemacht?«

»In die Tonne getan, zu dem anderen Müll. War das in Ordnung?«

»Ja.«

»Was sind das für miese Typen, die so was tun, Artie?«

»Keine Ahnung«, sagte ich. Da ich nicht wollte, dass Bobo Alarm schlug, fügte ich hinzu: »Vielleicht bloß irgendein Penner von der Müllabfuhr, der keine Lust hatte.«

»Ja, Artie, das könnte sein.« Er war bemüht, mir zu gefallen. »Ach, da war noch was Seltsames, aber nur eine Kleinigkeit.«

»Ja?«

»Zwischen den Scherben habe ich so ein komisches Plastikteil gefunden, sah aus wie eine Spielzeugburg, eine kleine Burg aus Plastik, mit Türmen und so.«

Später, als Billy im Bett lag und schlief, lief ich ruhelos durch die Wohnung. Ich schaltete den Fernseher ein, dann machte ich ihn wieder aus, weil ich die Nachrichten nicht mehr hören konnte. Ich legte ein Stan-Getz-Album auf – »Spring Is Here« –, das mich immer aufmunterte. Über den Lautsprechern hing das berühmte Foto von Getz, aufgenommen von Herman Leonard. Sid McKay hatte es mir zur Hochzeit geschenkt. Der arme, tote Sid.

Während die Musik lief, ging ich duschen und machte mir einen Kaffee. Ich überlegte, ob ich noch mal nach Brooklyn fahren und Stanley Shank zur Rede stellen sollte, aber es war eine blödsinnige Idee. Schließlich hatte ich keinen Beweis dafür, dass er den Müll in den Vorgarten der Farones gekippt hatte.

Lass gut sein, sagte ich mir. Vergiss es. Wichtig war nur, dass Billy nichts zustieß, und hier in der City, in meiner Wohnung – beziehungsweise in der von mir und Maxine und den Zwillingen – war er sicher. Ich ging noch mal in Millies Zimmer, wo ich ihn einquartiert hatte, und sah nach ihm. Er schlief tief und fest.

Hier war Platz genug für ihn. Die Mädchen könnten sich eine Zeit lang ein Zimmer teilen. Wenn alles gut lief, während Billy draußen war, würden sie ihn vielleicht vorzeitig entlassen. Es war nur eine Träumerei, so würde es nicht laufen, aber ich fand die Vorstellung schrecklich, dass er in diese Einrichtung zurückmusste, wo ihn Hinrichtungsträume quälten.

Ich hatte Maxine angerufen, als ich nach Florida fuhr, um Billy zu holen. Ich wusste, dass er ihr nicht geheuer war und sie ihn sicher nicht in der Wohnung haben wollte, aber sie hatte nichts gesagt, da sie wohl annahm, dass er bei seinen Eltern in Brooklyn wohnen würde. Und ich hatte nicht erwähnt, dass er bei mir bleiben würde. Ich würde ihn am Freitag nach Brooklyn bringen, wenn Johnny und Genja wieder hier waren. Maxine würde erst Sonntag zurückkommen. Und wer weiß, vielleicht änderte sie ja ihre Meinung, wenn sie Billy erst kennenlernte.

Mir war nach einem Drink zumute, aber der Scotch war alle, und auf Bier hatte ich keine Lust. Allein hier in der Wohnung zu sein, ohne Max und die Mädchen und all den Lärm, den sie machten, deprimierte mich. Es war mir unglaublich schwergefallen, meinen Loft zu verlassen und in diese Wohnung zu ziehen, aber Maxie hatte es sich so sehr gewünscht. Es war eine Eigentumswohnung, auf ihren Namen eingetragen, mit Blick auf den Fluss, einer guten Schule in der Nähe und einem eigenen Zimmer für die beiden Mädchen. Max konnte zu Fuß zur Arbeit gehen, ein Luxus, den sie, wie sie mir erzählte, noch nie zuvor genossen hatte. Sie hatte immer den Zug nehmen müssen, manchmal zwei verschiedene U-Bahnen und dann noch den Bus.

Ich tat so, als ob ich mich dort wohlfühlte. Sie schien die dünnen Wände, den billigen dunkelroten Teppich im Flur und das Gezeter der Nachbarn über uns nicht zu bemerken – oder vielleicht störte es sie einfach nicht. Für sie war es die schönste Wohnung, die sie je gehabt hatte, und sie freute sich jeden Abend, wenn sie nach Hause kam, in unsere gemeinsame Wohnung in dem nagelneuen Hochhaus in Battery Park City. Ich freute mich, dass sie so glücklich war, und hätte gern genauso empfunden. Ich gab mir wirklich Mühe.

Ich ging raus auf den kleinen Balkon, von dem aus man, wenn man sich vorbeugte, den Fluss sehen konnte, den

Radweg entlang des Hudson und das neu angelegte Grün, das mich an die Vorstädte erinnerte. Ein Junge und ein Mädchen, vielleicht neunzehn oder zwanzig, lehnten am Geländer und küssten sich. Ich fühlte mich alt. Ich ging in die Küche und schenkte mir ein Glas Wein ein. Dann warf ich noch einen Blick in Billys Zimmer. Ich legte eine andere Platte auf, dann schaltete ich die Musik ab. Vielleicht war es ja in Ordnung, wenn ich für eine Stunde wegging. Ich brauchte Gesellschaft.

Unten im Eingang gab ich Jorge, dem Türsteher, einen Zwanziger und bat ihn, in einer halben Stunde mal nach Billy zu sehen. Jorge war ein netter Kerl. Zuverlässig. Billy war vierzehn. Was sollte schon passieren? Ich verließ das Haus, drehte noch mal um und gab Jorge meine Handynummer. Er sagte, ich solle mir keine Sorgen machen.

Ich zog den Reißverschluss meiner Jacke hoch und marschierte los. Auf halbem Weg dachte ich, ich sollte lieber umkehren, ich hätte Billy nicht allein lassen dürfen, aber ich ging weiter. Es gab eine Menge, was ich hätte tun oder lassen sollen, aber wenn man stehen blieb, fing man an nachzudenken, und bisher war schließlich alles gut gelaufen, sagte ich mir, also wozu sich zu viele Gedanken machen?

8

Alles an Tolja Swerdlow war überdimensional, seine Körpergröße, sein Auftreten, die Art, wie er einen begrüßte – fröhlich, traurig, wütend, je nach Stimmungslage –, und sobald er mich in die Bar kommen sah, rief er über den Lärm hinweg: »Artjom, mein Lieber, mein Freund, wie schön, dich zu sehen! Komm her und trink was. So viel du willst. Champagner! Vom Feinsten!«

Die Ärmel seines schwarzen Seidenhemds hochgekrempelt, eine riesige Schürze um den Bauch und größer als sämtliche Gäste, stand Tolja hinter der Theke. Mit seinen knapp zwei Metern und dreihundert Pfund Lebendgewicht war er ein Schrank von einem Kerl, mit einem Gesicht wie eine Statue von den Osterinseln und Grübchen, so groß wie eine Babyfaust. Das Haar – das, wie ich plötzlich bemerkte, die ersten grauen Strähnen aufwies – fiel ihm in die hohe Stirn. Er beugte sich über die Theke, sagte etwas zu einem Mann, der dort saß, und stellte uns einander vor. Wir gaben uns die Hand.

Der Mann war Engländer – den Namen hatte ich nicht verstanden –, und wie sich herausstellte, gehörten ihm mehrere Restaurants in Downtown Manhattan, unter anderem auch die Bar, in der wir uns befanden und die Tolja offenbar kaufen wollte. Der Typ sah nicht schlecht aus. Er unterhielt sich mit Tolja sehr ernsthaft über frühe sowjetische Filme – Sergej Eisenstein oder so, ich bekam in dem Lärm nicht alles mit –, während Tolja versuchte, einen Preis für die Bar aus ihm herauszuholen.

Tolja nahm eine Flasche Champagner aus einem Weinkühlschrank, schnappte sich zwei Gläser, überließ seinen Platz dem richtigen Barkeeper und kam auf die andere Seite der Theke, wo er die beiden Gläser füllte und mir eines davon anbot.

»Willst du?«, sagte er zu mir. »Was ist los mit dir?«

»Nichts«, erwiderte ich. »Ja, ich kann ein Glas vertragen. Und hinterher einen Scotch.«

»Sei kein Idiot. Das ist Krug, Artjom, das ist Nektar aus dem Paradies. Da kannst du keinen Scotch draufkippen. Manchmal habe ich den Eindruck, du bist immer noch ein russischer Bauernlümmel«, sagte er. »Du siehst übrigens beschissen aus.«

»Bauernlümmel? Ich bin in Moskau aufgewachsen, und jetzt lebe ich in New York, du Blödmann.« Ich probierte den Champagner, und er war köstlich.

»Selber Blödmann«, sagte Tolja lachend und fügte etwas richtig Derbes auf Russisch hinzu. Mit mir sprach er abwechselnd Russisch und Englisch, und wenn er wollte, konnte er ein makelloses Englisch sprechen.

Tolja beherrschte fünf Sprachen, er konnte in allen Gedichte zitieren, er kannte sich mit Kunst und Wein und Musik aus, aber manchmal, wenn er übermütig oder wütend oder betrunken war oder sich an seinen Eltern rächen wollte, die beide berühmte Schauspieler und Intellektuelle in Moskau gewesen waren, schob er sich eine dicke Cohiba in den Mund, zog ein Seidenhemd für tausend Dollar an, markierte den Großspurigen und redete absichtlich gebrochen, wie ein Bauer oder Gangster. Es machte mich wahnsinnig, aber jeder Versuch, es ihm abzugewöhnen, war zwecklos.

Der Champagner heiterte mich auf. Und natürlich die Gegenwart von Tolja, für den guter Wein, gutes Essen und gut aussehende Frauen die Lebensgrundlage waren.

»Entschuldige mich noch einen Moment, Artjom. Ich will, dass er an mich verkauft«, sagte Tolja und wies mit seiner riesigen Hand auf den Engländer und die Bar um uns herum. »Ich will eigene Bar für mich. Bar mit Name Prawda sollte doch Russen gehören, oder? Wär prima. Ich richte neu ein, serviere Kaviar und Champagner, und vielleicht ich werde moderner DJ.« Er ahmte einen Typen nach, der mit beiden Händen Schallplatten scratchte. »Vielleicht auch nicht.«

Während er weiter mit dem Engländer verhandelte, trank ich meinen Champagner und lehnte mich neben einem hübschen Mädchen, das ein dünnes, weißes T-Shirt ohne BH darunter trug, an die Theke.

Tolja Swerdlow, mit dem ich seit mittlerweile über zehn Jahren befreundet war, hatte früher in Moskau als DJ beim Radio gearbeitet und auf Chinesisch eine Sendung über die russische Rockszene gemacht; was anderes kriegten die armen Kerle in China damals nicht rein. Ich hatte zu der Zeit Moskau schon verlassen, aber ich wusste, dass Tolja riskante Sachen gemacht hatte und ins Gefängnis gewandert war, weil die Arschlöcher von der Regierung Rock 'n' Roll als »musikalisches Aids« ansahen. Das waren noch andere Zeiten gewesen.

Tolja wandte sich wieder mir zu. »Aber Name behalte ich. Ist doch guter russischer Name, Prawda – bedeutet Wahrheit.« Er lachte über seinen eigenen Scherz. »Ich will rauchen. Lass uns rausgehen«, sagte er, gab dem Engländer die Hand und schob sich durch die Menge nach draußen. Ich folgte ihm.

Es war spät und mitten in der Woche, aber es war Sommer, und überall waren noch Leute unterwegs. Gruppen von phantastisch aussehenden Mädchen in Miniröcken und eng anliegenden, bauchfreien Tops schlenderten die Straße rauf und runter. Ihre Flipflops und Pantoletten flappten sexy über das Pflaster. Tolja lehnte sich gegen die Hauswand, schenkte mir Champagner nach und drückte mir dann die Flasche in die Hand.

Er nahm eine Cohiba aus seinem goldenen Etui, auf dem eine Zigarre eingraviert war, mit einem Rubin für die brennende Spitze, und schob sie sich in den Mund. Er lächelte einigen der vorübergehenden Mädchen zu, und dann und wann winkte eines zurück und rief seinen Namen. Tolja kannte eine Menge Leute.

»Ich liebe den Sommer«, sagte er und nahm die Zigarre wieder aus dem Mund. »Ich liebe diese Zeit, wenn die Mädels in winzigen Röcken und Oberteilen rumlaufen und alles zeigen, was sie haben. Obwohl es einen als Mann natürlich in den Wahnsinn treibt, wenn alles so verlockend dargeboten wird.« Er wandte sich zu mir. »Sag mal, hast du eigentlich meine Nachricht gekriegt, dass ich wieder hier bin? Ich hatte dir auf Band gesprochen und auch gesagt, wo ich derzeit abends zu finden bin.«

»Was glaubst du, woher ich wusste, wo du steckst?«

»Wieso kommst du dann erst jetzt? Ich bin schon seit einer Woche zurück.«

»Tut mir leid, wirklich. Wie geht's dir, alter Freund?«

Vor fast einem Jahr hatte ich Tolja mitten in der Nacht zum Flughafen gebracht. Ich wusste nicht, wohin er wollte. Er hatte New York in aller Eile verlassen, und ich hatte keine Ahnung, ob es dabei um irgendwelche krummen Immobiliengeschäfte oder um Schlimmeres ging.

In der Zwischenzeit hatten wir ein paarmal miteinander telefoniert. Erst war er in Havanna gewesen, dann in Moskau, was mir einige schlaflose Nächte beschert hatte. Wer sich da drüben mit den Immobilienhaien anlegte, wurde umgebracht. Und falls man den Anschlag überlebte, gab es immer noch Putin, der einen einlochen konnte. Putin mochte keine reichen Leute, die er nicht unter seiner

Knute hatte. Soweit ich wusste, gehörte Tolja nicht zu den russischen Oligarchen, aber er hatte eine Menge Geld, und er spielte gern den Mächtigen. Bei einem unserer Telefonate hatte er Abramowitsch beim Vornamen genannt. Ich war heilfroh, dass Tolja wieder in New York war.

»Ich war letzte Woche unterwegs«, sagte ich. »Aber jetzt bin ich ja hier. Alles okay bei dir?«

»Mir geht's bestens.« Tolja wechselte zu Russisch. »Ich habe aufgehört mit den Geschäften, habe alles verkauft, meinen gesamten Besitz, außer einer netten kleinen Wohnung in Moskau, einer in New York und einem Haus am Strand von Havanna. Ich habe meine Geschäfte aufgegeben, Artemi Maximowitsch, weil Geschäfte scheiße sind. Die Kommunisten hatten recht. Karl Marx war definitiv auf dem richtigen Trip. Gut, er hat keinen ganz ausgefeilten Plan für die Zukunft vorgelegt, vielleicht wollte er auch gar nicht so leben, zumal er ja darauf stand, wenn seine Frau hübsche Kleider trug, und um die Details hat er sich auch nicht weiter gekümmert – die verdammten Arbeiter sind nämlich konservativer als ihre Chefs, weißt du –, aber er hat ganz klar vorhergesehen, wie das Ganze sich entwickeln würde, wie pervers der Kapitalismus werden würde, Artjom. Ich möchte Zeit mit meinen Töchtern verbringen, Bücher lesen, mehr über Wein lernen. Ich will ein richtiger Weinprofi werden. Und gute Musik hören.«

»Wie, deine Rockzeiten sind vorbei? Wirst du jetzt etwa alt, oder was?«

»Du, mein lieber Artjom, hast überhaupt keinen Musikgeschmack. Du hörst dir weißen Jazz an, glaubst du vielleicht, das ist Musik?«

»Und das aus dem Mund eines Mannes, der Boris Grebenschikow für den besten Rockstar aller Zeiten hielt! Ach, ich war heute übrigens bei Dubi Petrowsky, und er hat einen Verleger für sein Buch über die Beatles gefunden.«

»Netter Kerl, dieser Dubi«, sagte Tolja. »Vielleicht werde ich mir einen kleinen Weinberg kaufen, Artjom.« Er war leicht angeheitert und bester Laune. Ich bewunderte sein schwarzes Leinenjackett. Brioni, sagte Tolja.

Trotz all seiner hehren Theorien konnte Tolja keinem Anzug und keinem Seidenhemd widerstehen. Der Name Brioni war für ihn ein Kosewort, und nach seiner letzten Zählung besaß er sechsundvierzig Paar handgearbeiteter Gucci-Slipper mit Schnallen aus achtzehnkarätigem Gold. Er nahm mir die Champagnerflasche ab und hielt sie hoch wie eine Trophäe.

»1990er Krug«, sagte er. »Mein Lieblingsjahrgang. In dem Jahr ist viel passiert. Die Trauben sind prächtig gediehen, und die Kommunistenschweine mussten abtreten. Ein sehr gutes Jahr.« Er summte ein paar Takte des entsprechenden Sinatra-Songs, und ich sagte ihm, er solle die Klappe halten. Wir mussten beide lachen. Dann fragte er: »Willst du was essen?«

»Lieber trinken.«

»Lass uns da rübergehen.« Tolja deutete auf eine Bank, und wir setzten uns. Er hatte sich die Zigarre wieder in den Mund gesteckt, holte sein schweres goldenes Feuerzeug heraus und zündete sie langsam und genüsslich an.

»So, jetzt sitzen wir wie zwei alte Kerle auf der Bank, und ich frage mich, was ist mit Artjom los. Warum ruft er nicht an? Warum sagt er jetzt nichts, außer Small Talk über die Beatles? Was ist los?«

Ich wollte nicht mit Tolja über Billy sprechen. Ich hatte Sonny Lipperts Gesicht gesehen, als wir unten am Strand waren, und ich hatte keine Lust, mir jetzt auch noch Vorträge von Tolja anzuhören. Ich sah auf die Uhr. Mich packte wieder diese Unruhe. Ich stand auf.

»Ich sollte nach Hause gehen.«

»Artjom, bitte, setz dich hin. Ich sehe dir doch an, dass

irgendwas nicht in Ordnung ist.« Tolja wechselte nicht mehr zwischen den Sprachen hin und her, sondern blieb bei Russisch, der Sprache, die er stets wählte, wenn es um ernste Dinge ging. Ich mochte sein gebildetes, schnurrendes Russisch; es gab mir das Gefühl, als streichle jemand meine Seele. Es erinnerte mich an meinen Vater und Onkel Joe, den Riesen, der das schönste Russisch von allen sprach. Wenn Joe ab und zu seine elende Fabrik im Süden verließ und uns in Moskau besuchte, bestand meine Mutter immer darauf, dass er uns etwas von Puschkin vorlas.

Tolja schenkte uns noch etwas von dem Champagner ein und stellte die Flasche auf dem Gehweg neben der Bank ab.

»Was ist los mit dir?«, sagte er.

»Mit mir ist gar nichts.«

»Willst du nicht reden?«

»Ich weiß nicht.«

»Willst du was essen?«

»Das hast du mich eben schon gefragt. Nein, will ich nicht. Wie geht's Valentina?«

»Gut.«

»Und deiner Freundin?«

»Wem?«

»Deiner Freundin, dieser netten Russin, von der du meintest, du könntest dir vorstellen, mit ihr zusammenzusein.«

»Keine Ahnung.« Tolja war eine Katastrophe, was die Wahl seiner Frauen betraf. Normalerweise stand er auf Stripperinnen und Nutten, bis auf das eine Mal, als er in eine zickige kleine Architektin verliebt gewesen war, die ihn aber nur unglücklich gemacht hatte. Er ging nicht weiter auf meine Frage nach der netten Russin ein.

»Dieser Champagner ist einfach göttlich«, sagte er und betrachtete die Flüssigkeit in seinem Glas, als wäre es eine wunderschöne Frau. »Aber hast du schon mal einen Clos de Menil probiert? Dafür lasse ich jeden Anzug und jede Frau stehen.« Er lächelte. »Na ja, die Frau vielleicht nicht.«

»Wollen wir jetzt über Wein reden, Tolja? Das Zeug ist mir scheißegal. Ich habe keine Ahnung davon, ich weiß nur, dass es roten und weißen gibt.«

»Ich liebe es, wenn du den Philister mimst«, sagte er. »Du glaubst, es macht dich amerikanischer, wenn du dich dumm stellst. Aber gut, rede über was anderes. Du bist doch derjenige, der meine Fragen nicht beantwortet, der irgendwas vor mir verbirgt.«

»Hast du was zu rauchen?«

Er hielt mir sein Zigarrenetui hin, doch ich schüttelte den Kopf. Nach einigem Suchen zog er ein zerknautschtes Päckchen Zigaretten aus seiner Tasche.

»Ich könnte einen Raucherclub aufmachen«, sagte er, nun wieder auf Englisch. »Was macht Maxine? Ist sie vielleicht schwanger?«

Die Zigarette schmeckte wunderbar.

Tolja stützte die Ellbogen auf die Knie und betrachtete seine Zigarre. »Es ist der kleine Farone, nicht? Irgendwas ist mit Billy Farone.«

Die Haut an meinen Armen fühlte sich kalt an.

»Woher zum Teufel weißt du das?«

»Ich bin ein Genie.«

»Erzähl keinen Mist. Sag mir lieber, woher du das weißt.«

»Beruhige dich. Ich kenne dich halt. Was ist mit ihm? Ist er krank?«

»Nein.«

»Warst du bei ihm?«

Ich nickte.

»In dem Heim in Florida, wo sie ihn hingeschickt haben?

Bei der Sache hatte doch Sid McKay irgendwie die Finger im Spiel, nicht?«

Wieder nickte ich.

»Und, wie geht es dem Jungen?«

»Gut.«

Wir schwiegen. Ich musste mit Tolja reden. Ich musste es ihm sagen.

»Als deine Mädchen noch klein waren, da hättest du doch alles getan, um sie zu beschützen, oder?«

»Ich würde für sie töten«, sagte er ganz ruhig und selbstverständlich, als ginge es darum, ihnen ein Glas Wasser zu holen. »Damals wie heute.«

»So geht's mir mit Billy. Ich liebe Maxines Zwillinge und deine Valentina, aber bei dem Jungen ist es, als wäre er mein eigenes Kind. Ich kann es nicht erklären.«

»Er ist dein Fleisch und Blut.«

»Ich glaube nicht an diesen Quatsch. Das ist doch bloß sentimentaler russischer Blödsinn.«

»Glauben – nicht glauben«, sagte Tolja mit einer wegwerfenden Handbewegung. »Was du glaubst oder nicht glaubst, ist völlig egal, Artemi, es ist, wie es ist. Du kannst daran nichts ändern. Billy gehört zu deiner Familie.«

»Ich war bei ihm.« Ich warf die Zigarette weg. »Es geht ihm gut, ich meine, es geht ihm besser. Ich glaube, er ist geheilt, oder vielleicht ist er einfach aus diesem ganzen Mist herausgewachsen. Sein Arzt hat mir gesagt, so was kommt vor. Billy ist intelligent und gut aussehend und witzig, er erzählt viel und ist sehr aufmerksam, und wenn ihn etwas wirklich interessiert, zum Beispiel Baseball oder Bücher oder das Angeln, dann ist er mit Herz und Seele dabei. Scheiße, glaubst du, ich bin irgendwie pädophil geworden?« So etwas konnte ich nur zu Tolja sagen, und als er laut loslachte, ging es mir gleich besser.

»Artjom, genauso fühlen Leute, wenn es um ihre Kinder

geht. Du bist nicht pädophil, du willst ja nicht mit dem Jungen ins Bett, sondern für ihn sorgen. Ich weiß noch, als meine Mädchen klein waren, habe ich oft dagesessen und sie angeschaut und gedacht, was für eine wunderbar weiche Haut sie haben, und es hat mir Spaß gemacht, sie zu baden«, sagte Tolja. »Ich habe einen Neffen in Moskau, du kennst ihn nicht, und mit ihm war es genau dasselbe. Irgendwann, als er kurz davor war, zum Mann zu werden, und die ersten Härchen auf der Oberlippe sprossen, habe ich ihm einen Gutenachtkuss gegeben und gedacht, was für ein wunderbarer Junge er ist. Ich wollte keinen Sex mit ihm. Das hat damit nichts zu tun. Es ist völlig normal.« Er sah mich an. »Aber das ist doch nicht alles, oder? Willst du es mir erzählen, oder kann ich zurück in die Bar?«

»Er ist hier.«

»Wo?«

»In unserer Wohnung.«

»Wieso das denn?«

»Du hast doch gesagt, es wäre in Ordnung, für ihn zu sorgen.«

»Ja klar, aber das heißt doch nicht, dass du ihn hierher nach New York in eure Wohnung bringen kannst. Was ist passiert? Wo ist seine Mutter? Ist Billy weggelaufen?«

»Nein, sie haben ihn für zwei Wochen rausgelassen. Seine Eltern sind in London. Ich habe ihnen versprochen, dass ich mich bis Freitag um ihn kümmere, dann geht er zu ihnen nach Hause. Billy ist jetzt ganz anders.«

»Ich glaub's dir ja. Du musst es nicht dauernd wiederholen.«

»Du kannst dich selbst davon überzeugen. Ich würde mich freuen, wenn ihr zwei euch kennenlernen würdet.«

»Ich mich auch«, sagte Tolja leise.

»Warum stört es dich, dass er bei mir ist?«

»Wegen seiner Mutter. Wegen deiner Halbschwester,

Genja. Sie könnte es dir übel nehmen, dass du ihr den Jungen wegnimmst. Und ihr Vater genauso, der dicke Johnny Farone.«

»Aber ich nehme ihn doch niemandem weg.«

»Ich meine es im übertragenen Sinn. Billy liebt dich mehr als seine eigenen Eltern«, sagte Tolja. »Ich habe die beiden kennengelernt, und selbst ich würde dich ihnen vorziehen.«

»Besten Dank.«

»Ich verstehe schon, warum du es getan hast«, sagte er. »Es war auch bestimmt die richtige Entscheidung. Ich will nur nicht, dass du Ärger mit den Eltern kriegst, okay? Das ist alles. Komm morgen mit Billy zu mir. Wir machen einen New Yorker Brunch.«

»Danke.«

»Was soll der ganze Quatsch von wegen ›danke‹? Du bist mein Freund.«

»Es ist mir wichtig, dass du mir glaubst«, sagte ich auf Russisch.

»Ich glaube dir.«

»Ich habe Angst, dass jemand Billy aus dem Weg schaffen will.«

»Irgendwas Konkretes?«

»Ich weiß nicht.«

»Willst du darüber reden?«

»Nicht jetzt.«

»Dann geh nach Hause und kümmere dich um ihn. Und kommt morgen zu mir.«

»Ich habe ihm versprochen, dass wir morgen angeln gehen.«

»Dann kommt eben vorher zu mir«, sagte Tolja. »Ich habe erstklassigen geräucherten Wildlachs, aus Norwegen, den kriegst du nirgendwo sonst. Ich habe ihn selbst reingeschmuggelt«, fügte er triumphierend hinzu.

»Ich muss los.« Ich stand auf und hielt Ausschau nach einem Taxi. Tolja verabschiedete sich auf russische Art, mit drei Wangenküssen.

»Fährst du zu eurer Wohnung zurück?«

»Ja.«

»Das ist gut. Du solltest ihn nicht allein lassen.«

»Warum? Was soll das?«

»Reg dich nicht auf«, sagte Tolja. »Billy war lange weg, er braucht Zeit, um sich daran zu gewöhnen, dass er hier in der Stadt und bei dir ist. Außerdem hast du eben gesagt, es passt jemandem nicht, dass er hier ist, also braucht er dich. Pass auf ihn auf.«

9

Nach dem Champagner war ich beinahe entspannt, und als ich am Flussufer, nicht weit von unserem Haus entfernt, Sonny Lippert stehen sah, machte es mir nichts aus.

Es war kurz vor Mitternacht. Sonny wollte mit mir über den Fall in Jersey reden – das Mädchen, das getötet worden war und dem der Täter die Füße abgetrennt hatte –, weil er ihn an die anderen, nie aufgeklärten Fälle erinnerte, die ihm immer noch im Kopf herumspukten. Er war überzeugt, dass es sich um einen Serienmörder handelte, da die Fälle, die teilweise schon Jahre zurücklagen, alle dieselbe Handschrift trugen.

Wir waren Nachbarn, Sonny und ich. Er war schon einige Jahre vor uns nach Battery Park City gezogen, nur ein paar Blocks von unserer Wohnung entfernt. Trotzdem liefen wir uns nicht oft über den Weg, und so war ich überrascht, als ich ihn erblickte. Offenbar hatte er auf mich gewartet.

Den Hudson im Rücken, lehnten wir uns an das Geländer. Sonny ließ den Blick über die Wohnhäuser gleiten, die hier dicht an dicht in die Höhe ragten, nur ein paar Blocks westlich von der Stelle, wo das World Trade Center gestanden hatte und wo jetzt dieses riesige Loch im Boden war.

»Hör zu, Art, tut mir leid, dass ich so viel geredet habe. Dieser verdammte Fall macht mich ganz kirre. Ich habe hier draußen gewartet, weil ich hoffte, du würdest vorbeikommen, damit ich mich bei dir entschuldigen kann. Manchmal holt mich die Vergangenheit so heftig ein, dass ich das Gefühl habe, ich gehe unter. Ich denke dauernd an die alten Zeiten, an meine Eltern, ich träume von ihnen, träume davon, wie ich in die Ritze zwischen ihren Betten gefallen bin, als ich klein war, nur dass ich immer weiter falle, und dann tauchen lauter andere Kinder auf, denen Arme und Beine fehlen. Ach, vergiss es, Mann. Du denkst bestimmt, ich hab 'ne Schraube locker, stimmt's?«

»Ist schon in Ordnung, Sonny. Pass auf, ich komme demnächst mal einen Abend vorbei, und dann hören wir ein bisschen Musik, okay? War's das, oder liegt dir noch was auf der Seele?«

»Ich wollte mich auch noch dafür entschuldigen, wie ich mich gegenüber Billy Farone verhalten habe – ich war einfach nur so überrascht, ihn zu sehen, verstehst du? Und dann wollte ich dich noch mal bitten, mir mit der Sache in Staten Island zu helfen. Damit ist es mir ernst, das ist kein Ablenkungsmanöver oder so. Rhonda hat mich darum gebeten. Sie hat ein schlechtes Gewissen, weil sie diesen Leuten nicht geholfen hat, und es macht sie verrückt, dass sie nichts für sie tun kann. Sie war schon da und hat Geld und Lebensmittel gebracht. Die Frau kann ein bisschen Englisch, aber sie braucht jemanden, mit dem sie in ihrer eigenen Sprache reden kann. Ich könnte dich sogar hinfahren, zum Beispiel morgen früh. Ich muss sowieso bei jemandem in der Ecke vorbei, und ich kenne mich da drüben in Staten Island ganz gut aus.«

»Warum machst du es dann nicht selbst?«

»Ich kann mich nicht um Rhondas persönliche Angelegenheiten kümmern, während ich an einem Fall dran bin.«

»Okay«, sagte ich. »Geht in Ordnung. Ich bin Rhonda sowieso noch was schuldig.«

»Das ist doch Unsinn.«

Der Champagner hatte mich sentimental gemacht. »Doch, ich stehe in ihrer Schuld, weil sie sich um dich gekümmert hat, als du im Krankenhaus warst und fast abgekratzt wärst. Sie hat jede Nacht in deinem Zimmer geschlafen und den Leuten im St. Vincent's die Hölle heiß gemacht, damit sie dich auch ja gut versorgen.«

»Danke, Mann.«

»Gern geschehen.« Ich sagte ihm gute Nacht und wandte mich zum Gehen, hielt dann jedoch noch einmal inne.

»Hast du schon irgendwas über den Flugzeugabsturz gehört?«

Sonny sagte mir, dass die Leute in dem kleinen Flieger, der am Strand zerschellt war, Russen waren, eine Familie. Nur der Vater und der Pilot hatten überlebt, aber der Zustand des Vaters war noch kritisch.

Lippert glaubte nicht, dass die Tatsache, dass es Russen waren, irgendetwas zu bedeuten hatte. Überhaupt glaubte er nicht, dass das Ganze irgendetwas zu bedeuten hatte, er fand nur, dass Leute, die kleine Kinder in einen solchen Flieger mitnahmen, Idioten waren. Das Flugzeug kam irgendwo aus New Jersey.

»Ich hab mit jemandem gesprochen, der mit Cohen gesprochen hat, und ich denke, wir können davon ausgehen, dass es wirklich nur Ausflügler waren«, sagte Sonny. »Ich meine natürlich den *anderen* Cohen.« David Cohen war der Chef der Antiterroreinheit der City, und Sonny hatte Verbindungen zu ihm wie zu allen anderen wichtigen Leuten in der Stadt. »Es war genauso, wie sie es im Fernsehen gesagt haben: Das Flugzeug war ein Schrotthaufen, und es ist abgestürzt, Punkt. Das finde ich das Schlimmste daran, diese Sinnlosigkeit.«

»Versteh ich gut.«

»Meinst du, die werden je wieder was da hinbauen, wo die Twin Towers gestanden haben?«

»Ich weiß es nicht, Sonny.«

»Die schlagen sich um das Grundstück wie Hunde um einen Knochen. Nicht zu fassen, Mann.«

»Ja, und einige behaupten jetzt, die Türme wären einfach nicht solide genug gebaut worden, um einem Anschlag standzuhalten. Die armen Schweine, die darin umgekommen sind, könnten vielleicht noch am Leben sein. Glaubst du das?«

Wieder blickte Sonny zu den Hochhäusern hinauf, und dann lachte er, ein kurzes, schnaubendes Lachen.

»Weißt du noch, wie kurz nach dem 11. September die Gerüchte aufkamen, Bernie Kerik hätte sich eine Wohnung gekauft, von der er direkt in die Grube sehen konnte?«, fragte Lippert.

»Klar weiß ich das noch.«

»Unser hochgeschätzter Polizeichef. Mann, das war vielleicht 'ne Marke. Es heißt, er hätte manchen Leuten Gipsbüsten von sich geschenkt. Und angeblich hat er sich mit seiner Freundin – wie hieß sie noch? Judith Soundso, die Verlagsfrau – auf den Balkon gestellt und sie von hinten gevögelt, mit Blick auf Ground Zero. Na ja, schließlich hat der 11. September ihn zum Helden gemacht, da hat ihm das wohl einen besonderen Kick gegeben.« Lippert schüttelte den Kopf. »Glaubst du, das ist nur bösartiges Geschwätz?«

»Wer weiß«, sagte ich.

»Artie?«

»Ja?«

»Wo ist Billy?«

Ich deutete auf mein Haus. »Oben. Er schläft.«

»Bring ihn so bald wie möglich zurück zu seinen Eltern, Art, damit es keinen Ärger gibt. Mehr sag ich dazu nicht.«

»Was meinst du mit Ärger? Was soll das heißen?«

»Du weißt schon, Mann. Damit dem Jungen nichts passiert.«

»Es ist alles in Ordnung«, sagte ich.

»Na ja, du wirst schon wissen, was du tust.«

»Willst du mir Honig ums Maul schmieren?«

»Spinn nicht rum, Mann«, sagte Sonny. »Aber du hast Maxine doch gesagt, dass du den Jungen bei euch in der Wohnung hast, oder? Du solltest es ihr sagen. Geh nach Hause, und schlaf dich aus. Ich hau jetzt auch ab. Muss noch ein paar Telefonate erledigen. Ich will den Kerl haben, der die Kleine in Jersey und all die anderen auf dem Gewissen hat. Den mache ich fertig, das schwöre ich dir. Bis morgen.«

Sobald ich die Wohnungstür öffnete, wusste ich, dass etwas anders war als vorher. Ich konnte nicht sagen, woran es lag. Ein Geruch. Ein Gefühl. Ich hatte selbst schon in einer Menge Wohnungen herumgeschnüffelt, und ich spürte es einfach. Vielleicht bildete ich es mir auch nur ein. Vielleicht hatte ich zu viel getrunken. Auf dem Tisch lagen einige von meinen CDs, und ich wusste nicht mehr, ob ich sie selbst da liegen gelassen hatte. Selbst wenn nicht – was war denn schon dabei, wenn Billy aufgestanden war und sich Musik angehört hatte? Aber wenn nun jemand anders hier gewesen war?

Ich sah nach Billy. Er lag immer noch im Bett und schlief fest, die Decke über den Kopf gezogen, sodass die Füße unten rausguckten.

In meinem Schlafzimmer lag das Hemd noch auf dem Bett, wo ich es beim Umziehen hingeworfen hatte, aber ich hatte den Eindruck, dass es anders dalag als zuvor. Aber vielleicht bildete ich mir auch das nur ein. Mir war ein bisschen schwummrig, und ich zog mich aus, dann schlüpfte ich wieder in die Hose und ging nach unten zu Jorge, dem Türsteher, der vor dem Haus stand und rauchte.

Jorge sagte, Billy habe die Wohnung nicht verlassen, und

er selbst sei einmal oben gewesen, um nach ihm zu sehen. Ja, er sei die ganze Zeit in der Lobby gewesen, bis auf einen Gang zum Klo und die paar Minuten, in denen er sich sein Abendessen geholt habe. Ein Frühstücks-Burrito, sagte er, obwohl es Abend war, aber der Laden an der Ecke machte die Dinger selbst, und sie waren einfach köstlich. Guten Kaffee hatten sie auch. Zum Nachtisch hatte er sich einen Black & White Cookie genehmigt, manchmal nahm er allerdings auch einen Rosinen-Muffin oder, wenn es sehr heiß war, ein Häagen-Dazs-Eis mit Schokoüberzug. Wie bei allen New Yorkern war auch bei Jorge jede Mahlzeit eine komplizierte Geschichte.

Ich glaubte, dass Jorge die Wahrheit sagte, was Billy betraf, aber seine Abwesenheit wegen des Essens machte mich unruhig. Ich fuhr mit dem Aufzug wieder nach oben, und die Frau, die mit mir in die Kabine trat, starrte mich an, weil ich kein Hemd trug. Ich konnte nicht erkennen, ob sie angewidert oder interessiert war. Ich hatte wirklich ziemlich einen sitzen.

»Sag's Maxine«, hatte Sonny mir geraten.

Ich wollte Max nicht belügen. Ich wollte nicht noch einmal alles falsch machen. Wir waren verheiratet, ich liebte sie, und wir waren Freunde. Sie würde keinen Anfall kriegen, weil ich Billy für ein paar Tage in der Wohnung hatte. Warum auch?

Maxine war verdammt zäh. Sie war durch den 11. September zur Witwe geworden, und sie hatte unmittelbar nach dem Anschlag als Gerichtsmedizinerin in Ground Zero gearbeitet, als sie die Überreste der Feuerwehrmänner ausgruben, die bei dem Einsatz gestorben waren; ihr Mann war einer von ihnen gewesen. Sie hatten ihn nie gefunden, nicht einmal einen Finger, wie sie immer wieder sagte. Nicht einmal einen Finger.

Ich sah auf die Uhr. Es war ein Uhr nachts. Zehn Uhr in

San Diego. Ich wählte Maxies Handynummer und wartete.

»Hi!«, sagte sie. »Hi!«

»Wo bist du? Melde ich mich zu spät?«

»Wir sind auf einem Schiff, zu einer Dinnertour durch die Bucht. Es ist sagenhaft schön hier, Schatz, ich wünschte, du könntest dabei sein. Und San Diego ist so sauber! Die Mädchen sind begeistert, und sie verstehen sich prima mit ihren Cousinen. Warte mal, ich geb sie dir – ach nein, sie sind oben an Deck. Ich glaube, ich habe ein paar Gläser zu viel getrunken, falls ich also dummes Zeug rede, liegt's am Wein. Weißt du was, wir haben vorhin am Tisch einen älteren Mann kennengelernt, der hier in der Gegend lebt, und er hat erzählt, er hat das Mondfahrzeug entwickelt, das Ding, womit sie damals nach der Landung da oben rumgefahren sind. Unglaublich, oder? Ich find's toll, wie leicht man mit den Leuten hier ins Gespräch kommt. Was gibt's denn?«

Max war voller Überschwang, und ich sah sie förmlich vor mir, die langen Beine ausgestreckt, ein Glas Wein in der Hand, wie sie munter drauflosplauderte und alle bezauberte, einschließlich dem Typen, der angeblich das Mondfahrzeug entwickelt hatte. Maxine war vierzig, aber sie sah zehn Jahre jünger aus. Sie war intelligent und pragmatisch, und sie liebte mich. Ich wollte sie nicht belügen. Trotzdem war ich nervös, was die Sache mit Billy betraf.

Ich sagte: »He, rauchst du etwa? Das klang eben, als würdest du Rauch auspusten.«

»Ja, eine habe ich mir genehmigt. Ich konnte nicht anders. Und du?«

»Ich auch«, sagte ich. »Ich gebe mir wirklich Mühe, aber ich war mit Tolja was trinken, und da habe ich gemogelt. Er will sich eine Bar kaufen.«

»Du liebe Güte«, sagte Maxine.

»Ich vermisse dich.«

»Ich dich auch. Und wie.«

»Du, ich muss dir was sagen.«

»Hast du im Lotto gewonnen?«

»Schön wär's.«

»Du hast im Lotto gewonnen und den Schein verloren, aber ich liebe dich trotzdem. Macht es dir was aus, dass wir dauernd so knapp bei Kasse sind?«, fragte Maxine. »Bereust du, dass du keine reiche Frau geheiratet hast?«

»Red keinen Quatsch.«

»Okay, ich bin eine dumme Nuss, wie meine Onkel gesagt hätten. Aber du hättest eine Reiche heiraten können«, sagte Maxine. »Du warst ein heißer Typ, als ich dich kennenlernte.«

Froh, das Geständnis noch hinausschieben zu können, erwiderte ich: »Was heißt hier ›war‹?«

»Jetzt bist du unter der Haube.«

»Und, gefällt's euch da unten?«

»Oh, Artie, es ist ein Traum – die Sonne scheint, die Strände sind phantastisch, der Zoo war ein echtes Erlebnis, und die Mädchen sind einfach hin und weg. Ich wünschte wirklich, du wärst hier. Aber was wolltest du mir denn nun sagen?«

Ich erzählte es ihr. Dass ich Billy Farone wie besprochen in Florida abgeholt hatte, weil seine Eltern verreist waren. Und dass ich ihn für ein paar Tage mit zu uns genommen hatte, bis sie zurückkamen.

Warum?, fragte Maxine mit deutlich kühlerer Stimme. Warum hast du das getan? Sie hätten den Jungen gar nicht erst rauslassen dürfen. Sie sagte, sie wisse, wie viel Billy mir bedeute, aber es sei nicht mein Job, auf ihn aufzupassen. Billy hat doch Eltern, sagte sie. »Ich meine, schließlich hat er einen Mann getötet.«

Ich schwieg.

»Artie? Bist du noch dran?«

»Das war eine komplizierte Geschichte«, sagte ich.

»Nein.«

»Er hat sich verändert. Du wirst schon sehen. Es geht ihm gut.«

»Ich will ihn nicht sehen«, sagte sie. »Ich will ihn nicht in der Nähe der Mädchen haben und auch nicht in unserer Wohnung, weder jetzt noch später. Und ich will nicht, dass irgendjemand mitkriegt, dass er da ist. Das könnte uns zur Zielscheibe machen«, fügte Maxine hinzu. »Bring ihn woanders hin. Ich will ihn nicht da haben, und ich will auch nicht weiter darüber reden.«

»Du bist ziemlich hart.«

»Tut mir leid, wenn du das so siehst.«

»Du wirst sehen, er ist ein ganz anderer Mensch«, sagte ich.

»Nein«, sagte sie. »Ich will ihn nicht sehen.«

Ich lag im Bett und starrte an die Decke. Ich konnte nicht schlafen. Man hörte kaum Geräusche, nicht mal einen Müllwagen, nur das ferne Tuten eines Schleppers auf dem Fluss. Die Uhr zeigte drei, dann vier, und ich musste immer wieder daran denken, wie kalt Maxines Stimme gewesen war, als sie sich geweigert hatte, mit mir weiter über Billy zu reden.

Irgendwann musste ich wohl eingeschlafen sein. Als ich morgens wach wurde, platzte mir fast der Schädel. Ich griff nach dem Telefon, um Maxine anzurufen, aber in Kalifornien war es erst fünf Uhr. Außerdem gab es ohnehin nicht viel zu bereden. Sie wollte Billy nicht hier haben.

ZWEITER TEIL

Mittwoch, 6. Juli

10

»Wach auf, Artie.« Billy stand neben dem Bett, ein Glas Orangensaft in der Hand. Er trug verwaschene Jeans, ein Jeanshemd und seine schwarzen Turnschuhe. Er war putzmunter.

Ich schlug die Decke zurück, setzte mich auf, nahm den Saft und trank einen Schluck. Dann registrierte ich, dass ich nackt war und Billy mich ansah. Ich zog die Decke wieder hoch, bevor ich weitertrank. Keine Ahnung, warum ich das tat, aber irgendwie störte es mich, dass er mich so sah.

»Danke«, sagte ich. »Toller Service.«

»Geht aufs Haus«, lachte er. »Soll ich dir Frühstück machen? Ich kann ganz gut kochen. Hat Mum mir beigebracht.«

»Wie spät ist es?«

»Kurz vor neun.«

»Mist«, sagte ich. »Dann müssen wir uns beeilen.«

»Warum?«

»Wir sind zum Frühstück eingeladen. Aber es wäre prima, wenn du einen Kaffee machen könntest!«

Billy verließ das Zimmer, und ich ging unter die Dusche. Als ich mich angezogen hatte, ging ich in die Küche. Der Kaffee war fertig, Billy schenkte mir einen Becher voll und gab ihn mir.

»Super. Danke«, sagte ich. »Hörst du eigentlich gern Musik, Billy?«

»Klar. Warum fragst du?«

»Nur so.«

»Ich höre alles Mögliche, sogar Klassik, wie Ellie sie spielt.« Elena, seine ältere Halbschwester, Genjas Tochter aus erster Ehe, war Flötistin bei einem Orchester in Seattle. »Ich habe ein bisschen in deinen CDs gestöbert«, sagte Billy. »War das okay?«

»Natürlich«, sagte ich. »Bist du startklar? Wir müssen vorher noch zu meinem Loft. Erinnerst du dich? Da, wo ich früher gewohnt habe, vor der Hochzeit mit Max. Wir werden dort bleiben, du und ich, deshalb musst du deine Sachen mitnehmen.«

»Maxine will mich wohl nicht hier haben«, sagte Billy, und ich fragte mich, ob er unser Gespräch belauscht hatte. Ich versuchte mich zu erinnern, ob ich Max mit dem Handy oder übers Festnetz angerufen hatte. Festnetz, dachte ich. War da nicht ein Klicken in der Leitung gewesen? Hör auf, ermahnte ich mich. Mach dich nicht verrückt.

Ich wollte Billy nicht anlügen.

»Sie kennt dich noch nicht.«

»Ist schon okay, Artie. Ich versteh das«, sagte er. »Außerdem mag ich deinen Loft. Ich fand's da früher immer ganz toll.«

»Wir werden zusammen dort wohnen.«

»Du meinst, du und ich?«

»Ja. Billy?«

»Hm?«

»Bist du gestern Abend noch weggewesen?«

»Nein«, sagte er und schob die Hände in die Hosentaschen. »Das würde ich nie tun, ohne es dir zu sagen. Einmal bin ich aufgewacht, und du warst nicht da, und da habe ich eine geraucht – tut mir echt leid, Artie, wirklich –, aber danach bin ich wieder ins Bett gegangen. Ich weiß, du hast dein eigenes Leben, das ist auch völlig okay, und ich hab mir gedacht, du bist halt noch mal raus, einen trinken oder so. Aber vielleicht kannst du mir nächstes Mal Bescheid sagen, ich hab mir nämlich Sorgen gemacht, auch wenn's eigentlich blöd ist.«

Ich fühlte mich mies. Ich hatte ihm etwas vorgeworfen, was ich selbst getan hatte. »Du hast recht. Entschuldige bitte.« Ich deutete auf die Zeitungen, die auf dem Sofa lagen. »Hast du gelesen?«

»Glaubst du mir nicht, oder was?« Seine Stimme klang gedämpft, ein wenig enttäuscht, aber nicht feindselig. »Wegen dem Rausgehen?«

»Doch, ich glaube dir. Was liest du als Erstes in der Zeitung?«

»Wenn ich weg bin, du weißt schon, da unten in Florida, lese ich am liebsten Geschichten über New York. Manchmal kann ich mich nicht mehr erinnern, wie es war, früher, als ich noch zu Hause war, ich habe kein Gefühl mehr dafür, und dann hilft es mir, wenn ich was über New York lese.«

»Das kenne ich, dieses Suchen nach einem früheren Lebensgefühl.«

»Ich wünschte, ich wüsste, wie die Leute in dem Flugzeug sich gefühlt haben.«

»Warum?«

»Es interessiert mich einfach. Bei wem sind wir denn zum Frühstück eingeladen?«

»Bei einem Freund von mir, Tolja Swerdlow. Er wohnt im Meat Packing District. Er ist ein verrückter Kerl, und früher war er mal ein ziemlich bekannter Rockstar in der Sowjetunion. Sein Russisch ist viel besser als meins, du kannst also mit ihm üben, wenn du willst. Aber erst fahren wir kurz zum Loft.«

»Ich hole meine Sachen.«

Billy verschwand in Millies Zimmer und kam kurz darauf mit seiner Reisetasche und dem Angelzeug zurück.

Wir gingen hinunter zum Auto, fuhren zur Walker Street, brachten seine Sachen in den Loft, und dann ging es weiter zu Tolja.

»Hör mal, ich muss heute noch was erledigen«, sagte ich. »Es dauert höchstens zwei Stunden. Meinst du, du könntest so lange bei Tolja bleiben? Sobald ich fertig bin, hole ich dich ab, und wir gehen angeln.«

»Kann ich nicht mit dir kommen?«

»Das geht leider nicht«, sagte ich. »Hast du zufällig noch eine Zigarette?«

»Du bist ja schlimmer als ich«, sagte Billy lachend und holte sein Päckchen raus. Es war nur noch genau eine übrig.

Zum ersten Mal seit gestern blickte ich nicht über die Schulter. Wir teilten uns die Zigarette, Billy und ich, reichten sie kichernd hin und her, wie Jugendliche, die heimlich rauchten.

»Überraschung! Überraschung!« Wir waren kaum zur Tür hinein, da fiel mir Valentina Swerdlow, Toljas zwanzigjährige Tochter, um den Hals, gab mir einen Kuss auf die Wange, begrüßte Billy und stellte uns ein kleines Mädchen vor, das sich an ihre Hand klammerte, als hinge sein Leben davon ab. Das Mädchen hieß Luda.

Val hatte Luda aus Russland mitgebracht, und die Kleine sprach kaum ein Wort Englisch. Auf Russisch erklärte Val ihr, ich sei ein Freund ihres Vaters und gehöre quasi zur Familie, und sie solle mich Onkel Artie nennen. Dann stellte ich ihnen Billy vor. Er starrte Val, die eine echte Schönheit war, wie hypnotisiert an, und als sie ihm einen Kuss gab, lief er rot an und senkte verlegen den Kopf.

»Ich wollte dich überraschen, Artie. Du wusstest nicht, dass ich wieder hier bin, oder? Daddy musste mir versprechen, dass er dir nichts verrät. Was meinst du, soll ich dich auch weiter Onkel Artie nennen?«, sagte Val mit einem

Zwinkern. Sie ließ die Hand des Mädchens los, und die Kleine kletterte auf einen roten, eiförmigen Sessel und baumelte mit den Beinen.

Luda war etwa neun oder zehn Jahre alt, mit einem ernsten slawischen Gesicht, großen Augen und feinem, blondem Haar, das mit zwei rosafarbenen Satinschleifen zu Zöpfen gebunden war. Auch ihre Shorts, das T-Shirt und die Sandalen waren rosa. Ihr gegenüber hing ein riesiger Plasmabildschirm an der Wand, auf dem »Die Unglaublichen« lief. Von Val dazu ermuntert, schaute sie sich den Film an, aber alle paar Sekunden sah sie zu Val hinüber, als wolle sie sich vergewissern, dass sie noch da war.

»Billy, magst du dich nicht ein bisschen zu Luda setzen?« Val legte ihm den Arm um die Schultern. »Ich glaube, das würde ihr gefallen.«

»Ja, klar«, sagte Billy und setzte sich neben Ludas Sessel auf den Boden.

»Er ist ein echter Schatz, und gut aussehen tut er auch. Wer ist er?«, fragte Val.

»Billy ist mein Neffe.«

»Wow.«

»Ich glaube, er hat sich bereits in dich verliebt.«

»Ach, Unsinn.«

»Wann bist du zurückgekommen?«

»Gestern, mit dem Flieger aus Moskau«, sagte Val. »Zusammen mit Luda.«

»Wo ist dein Dad?«

»Bagels holen. Er meinte, er müsste dafür zu Murray's, weil das die einzig Essbaren sind.«

Billy plauderte mit der Kleinen, und sie strahlte ihn an. Ich setzte mich mit Val auf das riesige, cremeweiße Sofa. »Du siehst gut aus«, sagte ich. »Verändert.«

Mit ihren einsachtzig und dem leuchtend roten Haar war Valentina ein echter Blickfang. Sie war eine solche Schönheit, dass man sie kaum ansehen konnte, ohne zu starren. Ihr Gesicht zog die Blicke an wie ein Magnet. Als ich sie das letzte Mal gesehen hatte, waren ihre Haare platinblond und streichholzkurz gewesen, doch jetzt waren sie lang und üppig und zu einem Pferdeschwanz gebunden. Sie trug enge schwarze Jeans und einen ärmellosen schwarzen Rolli. Ihre Füße waren nackt.

»Findest du mich schön?«, hatte sie mich bei unserer letzten Begegnung gefragt, bevor sie New York verlassen hatte und nach Russland gegangen war.

Val sah sich selbst mit den Augen anderer Leute, und das machte sie nervös. Ich schämte mich ein bisschen dafür, wie leicht es gewesen wäre, ihren Reizen zu verfallen, aber sie war halb so alt wie ich, und sie war Toljas Tochter. Er hätte mich umgebracht.

»Wie ist es in Moskau denn jetzt so?«, fragte ich sie.

»Lass uns was trinken, eine Bloody Mary oder so«, schlug Val vor.

Ich sah zu Billy und Luda hinüber, die immer noch vor dem Bildschirm saßen.

»Die kommen auch ohne uns klar«, sagte Val, und so folgte ich ihr in die riesige Edelstahlküche, in der Tolja saß, ein Zigarillo im Mund, und Kaviar aus einer blauen Dose auf einen Teller mit warmen Blini schaufelte. Er trug riesige Leinenshorts, ein Leinenhemd und ein Paar cremeweiße Gucci-Mokassins ohne Socken.

»Bewunderst du meine Beine, Artjom? Ich habe sehr schöne Beine«, sagte Tolja.

»Ich dachte, du wärst Bagels holen«, sagte ich.

Er deutete auf eine Tüte, in der mindestens zwei Dutzend davon sein mussten. »War ich auch. Bin schon wieder zurück.« Mit dem Daumen wies er auf eine Tür hinter ihm. »Die Küchentür führt direkt ins Treppenhaus. Meine Valentina sieht klasse aus, nicht?«

Vor Jahren, als Val noch ein Kind gewesen war, hatte ein Moskauer Gangster, der sich an Tolja rächen wollte, sie entführt und ihr einen Finger abgetrennt. Daraufhin war Tolja mit seiner damaligen Frau und den Zwillingen, Valentina und Mascha, nach Miami gezogen. Die Mädchen waren wie Amerikanerinnen aufgewachsen. Kein Akzent, keine russischen Eigenheiten, nichts, was sie an ihre Heimat erinnerte, außer Vals Finger, der nur ein kurzer Stummel war.

»Ja«, sagte ich. »Sie sieht phantastisch aus.«

Val nahm einen Krug mit Bloody Mary aus dem Kühlschrank und goss die Mischung in schwere, breite Gläser. Wir setzten uns an den Tisch, während Tolja weiter das Frühstück vorbereitete, die Bagels auf einen Teller legte und den Lachs, den er angeblich eingeschmuggelt hatte, aus der Packung nahm.

»Was hast du in Russland gemacht?«, fragte ich Val.

Sie nippte an ihrem Drink, der einen roten Schnurrbart auf ihrer Oberlippe hinterließ.

»Erst war ich in Moskau«, sagte sie. »Dann bin ich herumgereist. Ich war sogar in Tschernobyl und den anderen Dörfern in der Sperrzone. Daddy ist natürlich ausgeflippt, wie du dir denken kannst. Die Gegend da ist gespenstisch, ein regelrechtes Sowjet-Mausoleum. Ich habe Kinder getroffen. Niemand interessiert sich für sie, Artie. Die Leute reden allen möglichen intellektuellen Blödsinn über die Welt nach dem Zusammenbruch der Sowjetunion, aber es sind die Kinder, die verstrahlt sind und Krebs haben und die am meisten unter den Geiseldramen in Beslan und Moskau leiden. Andere werden in Krankenhäusern mit infizierten Spritzen behandelt, weil die Schwestern die sauberen an Drogensüchtige verkaufen. Wieder andere sind einfach nur Opfer der allgegenwärtigen Armut.« Val leerte ihr Glas in einem Zug und verschluckte sich. Hustend stellte sie es auf den Tisch. »Ich trinke zu schnell. Und zu viel.«

»Was ist mit Luda? Woher kommt sie?«

»Ist sie nicht süß?«, sagte Val. »Ich habe sie mitgebracht, damit sie mal Ferien machen kann. Das erlauben sie. Sie war in einem Waisenhaus. Ihr Vater ist tot. Ihre Mutter kann sich nicht um sie kümmern, sie hat Krebs im Endstadium. Sieh mich nicht so an, ich habe nicht vor, die Welt zu retten. Ich möchte nur, dass Luda einmal in ihrem Leben eine schöne Zeit hat.«

»Artie?«

Es war Billy. Er hatte im Türrahmen gestanden und zugehört.

»Was ist?«

»Ich glaube, Luda hat Hunger oder so was. Sie weint. Ich weiß nicht so ganz, was los ist. Tut mir leid.«

»Ich gehe schon«, sagte Val.

»Hab ich was falsch gemacht?«, fragte Billy besorgt.

»Nein, natürlich nicht«, sagte Val. »Es ist prima, dass du ihr ein bisschen Gesellschaft geleistet hast.«

»Lasst uns essen«, sagte Tolja. Val kam mit Luda an der Hand zurück, und wir setzten uns alle an den Küchentisch.

»Geht es Luda wieder besser?«, fragte Billy auf Englisch.

»Alles in Ordnung«, sagte Val.

Der Tisch bog sich förmlich unter dem ganzen Essen: Räucherlachs, Blini mit Kaviar, eine Schale mit saurer Sahne und eine mit Crème fraîche, Weißfisch, Kohlenfisch, Döbel und geräucherter Stör, Heringshappen, drei Arten Frischkäse – Frühlingszwiebel, Kaviar und Kräuter – und ein Riesenberg Bagels, Sticky Buns und Croissants. Ich merkte, was für einen Hunger ich hatte.

»Ich habe den Saft vergessen«, sagte Tolja.

Mit einem halben Bagel in der Hand sprang Billy auf. »Ich hole ihn.«

Er öffnete eine der beiden Türen des Kühlschranks – ein Ungetüm aus Edelstahl mit durchsichtigen Glastüren und einem leise schnurrenden Motor, das wie ein riesiges Tier in einer Ecke der Küche stand – und nahm vorsichtig einen Krug Orangensaft heraus.

»Wahnsinn, ist der groß«, sagte Billy zu Tolja. »Da könnte man glatt reinklettern, wenn nicht so viel drin wäre. Perfekt zum Chillen.« Er lachte über seinen eigenen Scherz. »Wussten Sie schon, dass wir gestern einen Flugzeugabsturz miterlebt haben? Artie und ich waren in Coney Island am Strand, und der Flieger ist direkt vor uns runtergekommen. Haben Sie's im Fernsehen gesehen? Es war überall, auch in den Zeitungen. Ich war live dabei.«

»Ich hab's mitgekriegt«, sagte Val knapp. »Lasst uns essen.«

Billy erzählte weiter von dem Flugzeugabsturz.

»Vielleicht können wir später darüber reden«, sagte Val, während Luda neugierig ein Croissant beäugte. Billy begriff, dass er wohl etwas Falsches gesagt hatte, wenn er auch nicht wusste, was, und beugte sich über seinen Teller.

»Muss ich mich entschuldigen?«, flüsterte er mir zu.

»Ist nicht so wichtig.«

Wir unterhielten uns abwechselnd auf Englisch und Russisch, damit Luda auch etwas verstand. Val merkte, dass Billy verletzt war, weil sie seine Geschichte über den Flugzeugabsturz nicht hatte hören wollen, und so rückte sie mit ihrem Stuhl ein Stück näher, sprach leise mit ihm und kitzelte ihn mit einem Gänseblümchen, das sie aus der Vase auf dem Tisch genommen hatte, unterm Kinn. Billy sah aus, als schwebe er im siebten Himmel.

Nachdem wir uns die Bäuche vollgeschlagen hatten, flüsterte Luda Val etwas zu, und die beiden gingen ins Wohnzimmer, um fernzusehen. Billy fragte, ob er helfen könne, und dackelte hinter Val her wie ein Welpe. Als Val zurückkam, setzte sie sich neben mich. Tolja war draußen auf der Terrasse, in der einen Hand den Zigarillo, in der anderen das Telefon.

»Billy guckt sich mit Luda das Baseballspiel an und erklärt ihr die Regeln«, sagte sie. »Er ist wirklich ein Schatz. Und, Artjom, Onkel Artie, was gibt's Neues?« Sie lehnte sich zurück und streckte ihre nackten Arme zur Decke, dass der Rolli über ihren Brüsten spannte.

»Gefällt dir mein Parfüm, Onkel Artie?« Val legte einen Arm auf meinen Stuhlrücken.

»Hör auf zu flirten.«

»Ich bin ein böses Mädchen«, sagte sie. »Du hast ja keine Ahnung.«

»Inwiefern böse?«

»Ich weigere mich zu tun, was sich für ein reiches Mädchen geziemt«, sagte Val. »Ich will nicht heiraten, ich will keine von diesen Horrorbräuten werden, du weißt schon, mit Hochzeitsfeier im Ritz und Vera-Wang-Brautkleid und Verlobungsring mit dickem Brilli für hunderttausend Dollar, zumal sowieso keine von denen vorhat, lange verheiratet zu bleiben. Das bin ich nicht, und das werde ich auch nie sein. Aber meine arme Mommy in Florida redet von nichts anderem, also habe ich zu ihr gesagt, warum heiratest du nicht noch mal, Mom? Sie hat doch den passenden Typen mit Jachtmütze, goldenen Sakkoknöpfen und Mitgliedschaft im Country Club. Aber sie will nicht, also wird meine Schwester einspringen müssen. Schließlich ist Mascha ja die Brave«, fügte Val hinzu. »Und da du schon fragst, ich gehe gern mit Männern ins Bett. Ich mag das Gefühl, tun zu können, was ich will.«

»Du bist noch ein Kind.«

»Nein, das bin ich nicht«, sagte sie. »Bin ich nie gewesen, abgesehen von meiner Schwärmerei für dich.«

»Hör auf.«

»Ich meine es ernst«, sagte sie. »Jedenfalls ein bisschen. Was macht dein Liebesleben?«

»Ich bin ein verheirateter Mann.«

»Na und?«

»Lass den Quatsch. Erzähl mir von dir.«

»Ach, weißt du, ein Matrose in jedem Hafen, wie es früher so schön hieß.« Sie senkte die Stimme und fragte: »Was ist eigentlich mit Billy, deinem Neffen? Wieso habe ich ihn noch nie gesehen? Ich kann mich nicht erinnern, ihn letztes Jahr bei deiner Hochzeit gesehen zu haben.«

Ich war mir nicht sicher, wie viel Val über Billy wusste. Sie war damals nicht in New York gewesen, als die Sache draußen in Breezy Point passiert war. Und zum Zeitpunkt meiner Hochzeit hatten sie Billy schon nach Florida geschickt.

»Lass uns ein andermal darüber reden, okay?«, sagte ich.

Val spielte mit dem kleinen goldenen Kreuz, das an einer dünnen Kette um ihren Hals hing. »Ich gehe zurück, Artie.«

»Hat es dir in Russland gefallen?«

»Ich habe mich nützlich gefühlt. Ich bin nicht gläubig, Artie, jedenfalls nicht auf die übliche Weise, aber ich glaube an bestimmte Dinge. Schließlich bin ich Russin. Als Russin gehst du unter, wenn du nicht an irgendwas glaubst, es sei denn, du bist sechzehn und spielst in Wimbledon Tennis oder etwas in der Art, und dann ist sowieso alles zu spät.« Sie lachte. »Die armen kleinen russischen Tennisspielerinnen. Du solltest sie sehen, wie sie mit sieben Jahren in Miami oder sonst wo ankommen, mit nichts als Hoffnung im Gepäck.«

Ich griff nach der Kaffeekanne.

»In Russland könnte ich helfen«, sagte Val. »Ich könnte mich um ein paar von den Kindern kümmern und ihnen vielleicht einen Arzt besorgen.«

»Darin wärst du bestimmt gut.«

»Mir gefällt das nicht, dass sie da drüben rumgondelt«, sagte Tolja, der von der Terrasse hereinkam. »Überall Terroristen, radioaktiver Dreck und Leute mit Aids. Jetzt bleibt sie hier.«

»Pop! Mir ist doch überhaupt nichts passiert. Ich war in Sicherheit, und alle haben sich um mich gekümmert. Ich schwör's.«

»Du siehst, ich habe nichts mehr zu melden«, sagte Tolja zu mir. »Ich will dir was zeigen.« Er nahm eine Zigarrenkiste aus dem Regal und klappte sie auf. Der Duft war himmlisch.

»Wir teilen, jeder eine«, sagte er und nahm eine Zigarre heraus. »Etwas ganz Besonderes. Partagas Serie D, aus spezielle Fabrik in Kuba, nicht für Touristen, schwer zu kriegen, 1A-Qualität, Artemi. Ich investiere.«

»Wie viel?«

»Was, wie viel? Wie viel für Perfektion?«, fragte Tolja und begann mit seinem Anzünderitual.

»Ich dachte, du hättest genug vom Geschäftemachen.«

Er reichte mir die Zigarre, damit ich probieren konnte.

»Ist pure Genuss, Artjom.«

»Mein Dad ist wie ein Kind. Verdirb ihm nicht das Spiel«, sagte Val und räumte das Geschirr ab.

»Hör mal, Tolja, kann ich Billy ein paar Stunden hierlassen?«, fragte ich.

»Ist auch dein Zuhause, wenn du willst«, sagte er. »Natürlich. Klar. Wir sind hier ganze Tag.«

Mein Handy klingelte, und da ich die Nummer nicht kannte, ging ich nach draußen auf die Terrasse, von der man einen freien Blick auf den Meat District, den Fluss und die halbe City hatte. Es war ein warmer Morgen, aber nicht heiß, und auf dem Hudson konnte man kleine Wellen erkennen. Von der Zigarre in meiner Hand stieg kräuselnder Rauch auf. Ich nahm einen Zug. Normalerweise mochte ich Zigarren nicht besonders, aber die hier war anders, geschmackvoll, und einen kurzen Moment lenkte sie mich vom Telefon ab.

»Hören Sie mich?« Es war wieder diese hässliche Stimme.

»Wer ist da?«

»Schaffen Sie ihn weg. Den Jungen. Ich will ihn nicht hier in der Stadt haben, kapiert?«

»Shank?«, sagte ich. »Shank? Lassen Sie den Scheiß, okay?« Damit beendete ich das Gespräch.

Shank – oder wer immer es war – hatte einmal zu oft angerufen. Die Drohungen waren nichts als heiße Luft, versuchte ich mir einzureden. Ich schaltete das Handy aus und steckte es in die Tasche.

»Wer war das, Artjom?«

Ich drehte mich um. Tolja stand hinter mir.

»Niemand.« Ich hatte keine Lust, mir irgendwelche klugen Ratschläge Billys wegen anzuhören. »War nicht wichtig.«

»Wie du meinst.«

Die Asche von meiner Zigarre fiel herunter, und ich sah zu, wie sie Richtung Fluss geweht wurde. Ich drückte die Zigarre aus und warf sie in den Mülleimer in der Küche.

»Ich muss jetzt los«, sagte ich zu Billy, der nach wie vor mit Luda vor dem Riesenbildschirm im Wohnzimmer saß. Ich winkte ihn zu mir. »Ist das okay, wenn ich dich hierlasse?«

»Klar. Haben wir doch schon besprochen«, sagte er. »Steht Angeln immer noch auf dem Programm?«

»Wir fahren heute Nachmittag raus.«

»Prima. Mach dir um mich keine Sorgen.« Billy beugte sich vor und flüsterte mir verschwörerisch zu: »Die kleine Russin, Luda, ist ja echt niedlich, aber auch ganz schön anstrengend.«

»Inwiefern?«

Er verzog das Gesicht. »Sie plappert auf mich ein, sie sagt, sie findet es schön zu reden, aber ich weiß gar nicht, was ich antworten soll. Ich meine, ich verstehe höchstens die Hälfte, sie redet so ein seltsames Russisch, und manches klingt ein bisschen wie Babysprache. Ich will ja gern nett zu ihr sein, aber – meine Güte ... Und dann hat sie gesagt, sie hat mich lieb, weil ich jetzt ihre Familie bin. Ganz schön schräg. Aber ich geb mir Mühe. Ich meine, Val freut sich doch bestimmt, wenn ich's richtig mache, oder?«

»Du magst Val, nicht?«

»Was soll das denn jetzt heißen?«

»Hör mal, Luda hat eine schwere Zeit hinter sich«, sagte ich. »Es ist prima, wenn du nett zu ihr bist, aber du bist nicht für sie verantwortlich. Das ist nicht dein Job. Ach, da fällt mir ein, hast du dich eigentlich schon bei deinen Eltern in London gemeldet? Hast du die Nummer?«

»Mist, das habe ich völlig vergessen. Kann ich das von hier aus machen?«

»Tolja und Val gehören sozusagen zur Familie. Du kannst hier alles tun, was du willst.«

»Okay, aber bleib nicht zu lange weg, okay?«

»Versprochen.«

»Ich kümmere mich so lange um die Kleine«, sagte Billy. »Es macht mir nichts aus, weißt du, sie ist wirklich süß, auch wenn sie ohne Punkt und Komma redet.«

»Weißt du eigentlich irgendwas über Russland, über die Zustände dort?«

»Mann, Artie, ich war in Florida, nicht auf dem Mars.

Da unten gibt's auch Fernseher. Ich weiß, du willst mir die Zeit hier möglichst schön machen, und ich find's nett, dass du mich dauernd fragst, ob es mir gut geht, aber ich bin kein Baby mehr.« Billy umarmte mich kurz und stand dann etwas verlegen da. Ich musste daran denken, wie er mich als kleiner Junge oft umarmt hatte.

»Wo willst du noch mal hin?«, fragte er.

»Nach Staten Island.«

»Wegen eines Falles, stimmt's?«

»Genau.«

»Erzählst du mir später davon?«

»Mach ich«, sagte ich.

Als ich kurz darauf ging, warf ich noch einen Blick ins Wohnzimmer. Billy und Luda saßen auf dem Boden und spielten Mikado. Billy widmete ihr seine ganze Aufmerksamkeit, und sie sah mit einem Ausdruck schierer Verzückung zu ihm auf – oder vielleicht war das das falsche Wort, es war eher Ergebenheit, als würde sie alles für ihn tun, aus lauter Dankbarkeit für seine Zuwendung.

11

Ich fuhr über die Verrazano Bridge nach Staten Island. Wie ein Gewebe aus gesponnenem Stahl spannte sie sich elegant über die Narrows, die den Hudson mit dem Atlantik verbanden. In der Mitte der Brücke war man hoch oben, zig Stockwerke über der City, Brooklyn im Rücken, zur Rechten die Freiheitsstatue und die Südspitze von Manhattan und vorne die geschwungene Linie des Hafens. Der Übergang zum Atlantik auf der linken Seite war unterbrochen von Coney Island, wo der alte Fallschirmturm des Vergnügungsparks wie ein kaputtes Spielzeug in den Himmel ragte.

Ich liebte diese Brücke, die Brooklyn mit Staten Island verband, die Art, wie sie sich über das Wasser auf die riesige, weitläufige Insel zu werfen schien, die den fünften New Yorker Stadtbezirk bildete, dreimal so groß wie Manhattan, aber im Vergleich dazu so gut wie leer. Ich liebte es, wie New York von Wasser durchzogen und umspült war, ein regelrechter Archipel. Hier oben hatte ich das Gefühl, atmen zu können. Billy war in Toljas Obhut. Niemand folgte mir. Ich war mir nicht mal sicher, ob der Anrufer vorhin wirklich Shank gewesen war. Vielleicht sah ich auch nur Gespenster.

Neben mir auf dem Beifahrersitz saß Sonny Lippert, die Arme über der Brust gekreuzt, und döste. Ich hatte ihn vor einer Weile angerufen, und er war schon bei der Arbeit gewesen, aber er hatte gesagt, er würde mit mir rüberfahren, wie er es versprochen hatte, und bei der Gelegenheit vielleicht einen Bekannten besuchen. Ich könnte ihn unterwegs rauslassen, er würde sich dann für den Rückweg ein Taxi nehmen.

Staten Island war für mich fast so weit weg wie Iowa. In meinem ganzen Leben war ich höchstens vier-, fünfmal dort gewesen, ein paarmal, um meinen ehemaligen Partner Hank Provone zu besuchen, und einmal zu einer Grillparty bei Maxine und ihrem ersten Mann Mark, die damals in der Nähe des Arthur Kill gewohnt hatten, am anderen Ende von Staten Island, gegenüber von New Jersey.

Einmal war ich mit Lily Hanes auf der Fähre hin und zurück gefahren, als wir noch ein Paar waren. Wir hatten oben auf dem Deck gesessen, Bier getrunken und die Skyline und die Lichter von Manhattan genossen. Lilys rotes Haar, damals trug sie es noch lang, war vom Wind zerzaust worden. Später war der Mond aufgegangen, schwer und gelb, und hatte sich im Wasser gespiegelt, und ich war glücklich gewesen.

Ich fuhr von der Brücke, an einem alten Fort aus den Zeiten des Unabhängigkeitskriegs vorbei und in die ausgedehnten Wohngebiete von Staten Island. Die Insel sah riesig und fremd aus und mindestens so groß wie Queens. Im Auto lief eine Sheryl-Crow-CD, die Maxine mir geschenkt hatte.

»Hast du vielleicht noch andere Musik?« Lippert öffnete die Augen. »Ich muss wohl eingeschlafen sein.«

Ich legte ein Album von Clifford Brown auf, von dem ich wusste, dass Sonny es gerne hörte. Ein paar Minuten später sagte er: »Kannst du da drüben mal anhalten? Ja, genau, am La Rocca. Da bin ich früher oft gewesen. Gute Pizza und gutes Eis. Außerdem muss ich mal pinkeln. Ich werd langsam alt, Mann.«

Ich parkte den Wagen, und wir gingen in die Pizzeria. Der Besitzer erinnerte sich noch an Sonny oder tat zumindest so und bot uns einen Espresso an. Sonny nickte und bestellte dazu eine kleine Pizza im sizilianischen Stil, mit Ricotta und Mozzarella.

»Ich hatte kein Frühstück«, sagte Sonny. »Setzen wir uns nach draußen, Art? Du kannst ein Stück abhaben.«

Nachdem Sonny seine Blase erleichtert hatte, gingen wir mit dem Espresso und der Pizza auf die Terrasse und setzten uns an einen Tisch. Lippert fing an zu essen. »Hier, nimm dir, Mann.«

»Nein danke«, sagte ich. »Ich habe gerade gegessen. Willst du mir nicht von deinem Fall erzählen, von dem kleinen Mädchen in Jersey mit der Puppe?«

»Willst du mir was Gutes tun?« Er blickte über die Straße zu der Reihe von Wohnhäusern, die meisten davon mit amerikanischer Flagge, gepflegtem Vorgarten und Rasensprenger.

»Ja, klar.«

»Dann verschon mich jetzt damit«, sagte Sonny. »Ich hab die ganze Nacht wach gelegen und an den Scheißkerl gedacht, der das getan hat, dass er irgendwo da draußen rumläuft und womöglich schon nach dem nächsten kleinen Mädchen Ausschau hält.«

Ein großer Schwarzer stieg aus einem Geländewagen, der vor dem La Rocca angehalten hatte, und ging hinein. Durch die offene Tür hörte man ihn mit dem Besitzer lachen.

Lippert wandte den Kopf. »Die Zeiten hier müssen sich geändert haben. Wusstest du, dass Staten Island das einzige Gebiet oberhalb der Mason-Dixon-Linie war, das während des Bürgerkriegs auf der Seite des Südens gekämpft hat? Deshalb waren die Italiener, die hier lebten, auch alles andere als begeistert, als die Du-weißt-schon-wer aus

Brooklyn rüberkamen. Und als 1963 die Verrazano Bridge eröffnet wurde, hatten sie Angst, die ›Außenseiter‹, wie sie die Schwarzen nannten, würden sich hier breitmachen. Niemand sprach es aus, aber alle hier waren der Ansicht, Staten Island gehöre den Weißen. Die Iren wurden gerade noch akzeptiert, aber die anderen … Und ich drücke mich übrigens sehr viel höflicher aus als die Leute damals.«

»Schon klar, Sonny.«

»Stattdessen kamen noch mehr Italiener, und die Brücke bekam den Spitznamen ›Guinea Gangplank‹ – *guinea* war damals eine abfällige Bezeichnung für die italienischen Einwanderer. Am meisten Geld konnte man hier mit Müll und Immobilien machen. Ich weiß noch genau, wie das ablief: Man suchte sich ein mit Bäumen bewachsenes Gelände, fällte nachts die Bäume, und am nächsten Morgen war es kein Problem mehr, die Baugenehmigung zu bekommen, denn das abgeholzte Land musste ja vor der Erosion bewahrt werden – das war die italienische Logik.« Sonny lachte schnaubend. »Direkt neben dem College, an dem ich damals unterrichtete, lag ein bewaldeter Hügel. Eines Morgens war der gesamte alte Baumbestand verschwunden. Überall nur noch Schlamm. Die Leute vom Bauamt waren da, bevor der Schlamm getrocknet war, und erteilten die Genehmigung, dreißig sogenannte ›Mother-Daughters‹ zu bauen. So was wie ein Zwei-Generationen-Haus; am Anfang wohnt die Tochter unten, und später, wenn Mama langsam abbaut – wow, hast du die Beine gesehen, Mann? –, zieht sie nach unten, und die Tochter wandert mit dem, was von ihrer Familie übrig ist – der Ehemann verbringt inzwischen die meisten Nächte mit seiner Freundin im Holiday Inn –, nach oben. Na ja, jedenfalls haben sie immer schön den Genpool im Auge behalten. Hauptsache weiß. In letzter Zeit ziehen auch viele Russen hierher. Weiße Russen, sozusagen.«

»Ja, Sonny, danke für deine Geschichtsnachhilfe, aber können wir jetzt vielleicht zu dieser Gorbatschowa fahren, oder wie sie heißt, Rhondas Verwandte, ich muss nämlich zurück in die Stadt.«

Aber Sonny war noch nicht bereit zu gehen. Es war, als hätte er sich in einem seiner Riffs verloren, wie ein bekiffter Musiker. Ich hatte Jahre gebraucht, um zu begreifen, dass das Sonnys Ablenkungsstrategie war, seine Art, das Grauen in Schach zu halten. Wenn er an einem üblen Fall arbeitete, flüchtete er sich in seine Vergangenheit. Einmal hatte er mich mitten in einer Geschichte über seine Kindheit plötzlich angesehen und mit klarer Selbsterkenntnis gesagt: »Sie halten mich davon ab, an den Tod zu denken. Meine Geschichten. Verstehst du?«

Sonny aß das letzte Stück Pizza und sagte: »Ganz früher war Staten Island eine Art Erholungsgebiet, in dem die Leute den Sommer verbrachten, die Reichen in Villen, die Arbeiter in Fischerhütten entlang der Raritan Bay oder an der Atlantikküste. Das war noch vor der Brücke und vor der Fähre. Die Staten Island Ferry wird dieses Jahr hundert, Mann, wusstest du das?«

»Nein, wusste ich nicht.«

»Und dann ist jemand auf die Idee mit dem Müll gekommen. Im Grunde genial – Müll ist die perfekte Metapher für die wirtschaftliche Mobilität und für die Wegwerfmentalität der Vereinigten Staaten. Jeder von uns produziert pro Jahr zehn Tonnen Müll. Müll ist eklig. Müll stinkt. Keiner will sich weiter damit befassen, nachdem er vom Hausmeister auf die Straße gestellt worden ist. Um das Problem zu lösen, haben wir aus den Müllmännern ›Wertstoffentsorger‹ gemacht, ihnen ein anständiges Gehalt, eine erstklassige Krankenversicherung und eine Rente gegeben, die höher ist als das letzte Gehalt, und ihnen gestattet, nach zwanzig Dienstjahren in den Ruhestand zu gehen – oder eher, falls sie es schaffen, aufgrund ihrer Arbeit berufsunfähig zu werden, was für die meisten kein Problem sein dürfte. Mann, wir ersticken im Müll. Aber dann haben wir uns gefragt, was um alles in der Welt machen wir mit dem Zeug, nachdem die Wertstoffentsorger ihn eingesammelt haben? Und dabei dreht sich alles um Logistik und Grundbesitz, vor allem in Städten wie New York, wo jeder Quadratmeter kostbar ist. Verstehst du, was ich meine?«

»Ich muss jetzt wirklich los«, sagte ich, und endlich stand Sonny auf und folgte mir zum Auto, ohne jedoch mit seinem Sermon aufzuhören.

»Wie viele Juden haben Lust, sich mit Müll zu befassen?«, fragte er.

Ich startete den Wagen. »Soll das ein Judenwitz werden oder was?«

»Für uns Juden ist Grundbesitz das Seagram's Building oder ein paar Tausend Quadratmeter am Wasser, draußen in Great Neck.«

»Wo muss ich hin?«, fragte ich.

»Eine ordentliche Ausbildung wäre natürlich auch ein Weg hier raus und nach oben, wenn man keinen Grundbesitz hat. Aber manche Leute, wie zum Beispiel die braven, katholischen Italiener, die nichts von höheren Schulen und subversiven, unnützen Dingen wie zum Beispiel Literatur halten, kapieren schnell, dass man auch mit Logistik Geld verdienen kann. Und mit Müll«, sagte Sonny triumphierend. »So wie hier in Staten Island. Der Platz war vorhanden. Also haben sie sich gefragt, wie kriegt man jemanden dazu, sich an einem Ort niederzulassen, der Fresh Kills heißt? Gar nicht. Ich meine, als Italiener ist dein Bedarf an Killern und dergleichen gedeckt, du willst nur noch in Frieden deine Cannoli futtern. Ein paar von ihnen fangen an nachzudenken, blöd sind sie ja nicht, und sie sagen sich: Schaffen wir doch den Müll nach Fresh Kills. Und voilà, schon haben wir die größte Müllkippe der Erde. Das Ding ist so groß, dass man es sogar aus dem All sehen kann, genau wie das Luxor Hotel in Vegas. Unglaublich, was? Da drüben musst du rechts ab, ja, da bei dem Schild.«

»Wirklich unglaublich.«

»Alles passte zusammen. Wem gehörte das Land, das die City für ein Schweinegeld gekauft hat? Wer saß in der Baubehörde, mit der die City verhandeln musste? Welcher ›Wohltätigkeitsverein‹ stand hinter all dem? Die Antwort liegt ja wohl auf der Hand«, sagte Sonny. »Wer hat es geschafft, sich das Land unter den Nagel zu reißen, obwohl es eigentlich der Stadt gehörte? Wer hat den Transport übernommen? Wer hat den ganzen Müll rübergeschleppt? Ich hab das Ganze live miterlebt, Mann. Früher waren da ein paar Fischerhütten, Marschland und sonst nichts, und dann plötzlich diese riesige, verfluchte Müllkippe. Das hat vielleicht gestunken, sag ich dir.« Sonny lachte. »Aber der Knackpunkt an Staten Island ist, die Leute haben sich hier niedergelassen, um in Ruhe ihren Zorn zu pflegen. Ich weiß, wovon ich rede. An der nächsten wieder rechts.«

»Bist du sicher, dass wir hier richtig sind?«

»Ich leite dich da hin, wo du mich absetzen sollst. Ich erklär dir dann, wie du weiterfahren musst.«

»Kommst du nicht mit?«

»Das wäre wohl ziemlich unangebracht. Ich meine, wieso sollte jemand aus den oberen Chargen wie ich seiner Freundin zuliebe wegen eines kleinen Vorfalls in Staten Island rumschnüffeln? Außerdem muss ich mich noch mit jemandem treffen, wegen der Sache mit dem Mädchen aus Jersey.«

»Wie du meinst.« Ich war genervt; alle Straßen hier sahen gleich aus, und sie schienen alle endlos weiterzugehen.

»Da drüben nach links«, sagte Sonny. »Ich weiß noch,

irgendwer sagte damals, das Wasser rund um Staten Island sei so verseucht, dass es einem die Füße wegätzt, wenn man reingeht.«

Auf dem Weg zu Sonnys Freunden, die in einer Gegend namens Todt Hill wohnten, gab es jede Menge italienische Restaurants. In den Vorgärten standen Gipsstatuen des heiligen Antonius, und viele der Bungalows waren offenbar rund ums Jahr mit Weihnachtsdeko geschmückt. An einer Tür hing ein Poster von den Marines mit den Worten »Stolz im Kampf«. An anderen Türen, Hauswänden und Fenstern hingen Fotos von Feuerwehrmännern, die bei ihrem Einsatz am 11. September gestorben waren.

Hier in Staten Island konnte man die unterschwellige Angst immer noch spüren. Überall Flaggen, Schlachtrufe, blau-weiß-rot. Die Rückenlehne einer Terrassenschaukel war mit einer laminierten Flagge überzogen. Jede zweite Straße war nach einem toten Feuerwehrmann benannt. Staten Island hatte mehr Feuerwehrmänner verloren als jeder andere Stadtteil. Früher hatte ich mich oft über die Straßennamen in den Außenbezirken amüsiert – Father Cappuccino Boulevard und dergleichen. Dann kam der 11. September.

Maxine war beinahe außer Fassung geraten, als sie eine Straße nach ihrem verstorbenen Mann benennen wollten. »Darauf lege ich keinen Wert«, hatte sie gesagt. Sie hatten es trotzdem gemacht, und sie musste hingehen und feierlich das Band durchschneiden. Ich begleitete sie und fühlte mich mies, weil ich noch am Leben war.

Der Rest der Stadt hatte sich einigermaßen beruhigt – es gab Tage, da hatte ich das Gefühl, wir hätten es überwunden oder zumindest einen Zustand wohltuender Betäubung erreicht –, aber in Staten Island hatte man den Eindruck, die Leute warteten auf den nächsten Anschlag, als sei es etwas Unausweichliches. Ich sah auf die Datumsanzeige meiner Uhr. Heute war der 6. Juli; noch zwei Monate bis zum vierten Jahrestag des 11. September. Vier Jahre und kein weiterer Anschlag. Jedenfalls noch nicht.

»Nette Ecke, nicht?«, sagte Sonny, als wir in eine hügelige Gegend mit vielen Bäumen und stattlichen Häusern kamen.

»Ist es noch weit, Sonny?«

»Einfach immer geradeaus«, sagte er. »Wo war ich stehen geblieben? Ach ja, genau, die Leute sind hierhergekommen, um ihren Zorn zu pflegen.«

»Stimmt, du hast so was gesagt.« Es war zwecklos, Sonny war nicht zu bremsen.

Während ich mit einem Ohr zuhörte, betrachtete ich die Gegend. Säulengeschmückte Eingänge, ausgedehnte Rasenflächen, kunstvoll beschnittene Bäume und Sträucher. Einige der Bauten hier sahen aus wie das Weiße Haus, andere wie Mafiapaläste, was sie vermutlich auch waren.

»Weißt du was, Art, die Waffen, die sie in den sogenannten Kulturkriegen einsetzen, die haben sie hier in Staten Island getestet«, sagte Sonny. »Das ist kein Witz. In dem Krieg ging es um das Herz und den Verstand der Kinder. Die Leute hier sind Sturm gelaufen, weil sie Angst hatten, dass die Regierung oder die Schulen ihnen in die Erziehung reinpfuschen. Oder gar in die Kirche, die allerhöchste, unfehlbare Institution. Wer würde dann die Kultur weitergeben, die familiären Werte und die Wahrheit über Sex und die Erschaffung der Welt und Gott? Das ist alles nichts Neues, Mann«, sagte Sonny. »Ich hab damals am College unterrichtet, und in den Klassen waren fast nur Mädchen, weil die Jungen arbeiten mussten. Den Mädchen wurde ein kurzer Ausflug in die subversive Welt der Bildung gestattet, bevor sie einen Job als Krankenschwester oder Sekretärin antraten oder gleich heirateten und Kinder bekamen. Die Lehrer, die sauer waren, weil man sie in die Walachei geschickt hatte, bumsten die Studentinnen, und die Studentinnen taten so, als wären sie hip, und es war eigentlich ganz amüsant. Ich hab damals ein nettes Mädchen kennengelernt. Aber egal.

Jedenfalls erzählten die Mädchen dann, wie sie abends nach Hause kamen und ihre Väter und Freunde gegen das Böse in der Welt wetterten. Zu Hause herrschte regelrecht Krieg. Während Mom die Pasta aufträgt, sagt das Mädchen zum Beispiel: Was, wenn Vietnam falsch ist – jedenfalls haben sie damals so was gesagt, heute wäre es wahrscheinlich eher: Sollte man Massenvernichtungswaffen nicht abschaffen, oder: Was ist so schlimm daran, wenn Janet Jackson beim Super Bowl ihre Brust entblößt, oder: Ich glaube, ich studiere Jura, oder, das Allerschlimmste: Ich möchte für eine Weile nach Manhattan ziehen. Das ist quasi so, als wolltest du freiwillig ein paar Jahre in der Hölle verbringen. An der nächsten Ecke links«, sagte Sonny. »Weißt du, was ich gemacht habe, Mann?«

»Nein, was?«

»Ich ahnungsloser Trottel habe einen Abend organisiert, zu dem die Studentinnen ihre Freunde und Väter mitbringen konnten, um ihnen zu zeigen, was wir am College so machen, und wir haben Knabberkram und was zu trinken besorgt, um dem Ganzen einen einladenden Rahmen zu geben. Ich stehe also auf, begrüße alle und erzähle von den Unterrichtsinhalten, wobei ich das mit dem Bumsen natürlich weglasse, und plötzlich springt so ein bulliger junger Kerl von seinem Stuhl auf, legt sich fast auf den Konferenztisch, an dem wir alle sitzen und lauwarmen Weißwein aus Plastikbechern trinken, und brüllt los, die ganzen ›Gauchos und Nigger‹ würden Staten Island ruinieren. Genau in dem Moment geht die Tür auf, und Lloyd Stevens kommt rein, ein Schwarzer und ein Schrank von einem Kerl. Alles erstarrt. Lloyd füllt den gesamten Türrahmen aus, und das Licht hinter ihm im Flur lässt seine Haut noch dunkler wirken. Und was macht er? Er sagt mit vollkommen ruhiger, sanfter Stimme: ›Ich war in meinem Büro hier gegenüber, und da es auf einmal so ungewöhnlich laut wurde, dachte ich mir, ich sehe mal nach, ob ich irgendwie helfen kann.‹

Lloyd ist ein Riese mit nettem Gesicht, so wie Sidney Poitier in ›In der Hitze der Nacht‹, und er wendet sich diesem durchgeknallten Italiener zu, der halb auf dem Tisch liegt und was von Gauchos und Niggern brüllt, streckt ihm die Hand hin und sagt: ›Hallo, ich bin Lloyd Stevens, soll ich Ihnen den Wein reichen?‹ Der Spruch ist doch filmreif, oder?« Sonny lachte so sehr, dass ihm die Tränen über die Wangen flossen. »Mann, das waren Zeiten. Ah, da wären wir. Fahr da drüben in die Einfahrt.«

Der Wagen rollte über knirschenden Kies, und ich hielt neben einem Porsche und zwei Mercedes. Bevor Sonny ausstieg, fragte er: »Kommst du zurecht?«

»Kein Problem«, sagte ich.

»Danke, Art. Ich hab dir ja alles Nötige über Staten Island gesagt. Denk dran, sie sind hierhergekommen, um ihren Zorn zu pflegen.«

»Ich fahr dann mal«, sagte ich. »Ihr Name ist Vera Gorbatschowa, war doch so, oder?«

12

Noch während ich den Wagen vor dem Haus der Gorbatschows parkte, streckte eine Frau den Kopf zur Tür hinaus, als hätte sie am Fenster gestanden und auf mich gewartet. Doch als ich die Einfahrt hinaufging, verschwand sie und schlug die Tür wieder zu. Es waren keine Polizisten zu sehen, aber da das angebliche Verbrechen bereits zwei Wochen zurücklag, überraschte mich das nicht weiter. Ich drückte auf die Klingel, worauf die Titelmelodie von »Doktor Schiwago« erklang, und wartete.

Das Haus lag nicht weit von der Mülldeponie in Fresh Kills entfernt, und es war mit drei amerikanischen Flaggen geschmückt, eine hing an der Tür, eine an einem Fahnenmast, und die dritte steckte in einem mit Sand gefüllten Betonkübel. Ein weiterer Kübel war mit dunkelroten Geranien bepflanzt, passend zum Lack der Haustür. Die Mauern wiesen sechs verschiedene Verkleidungen auf.

Man könnte ein Buch schreiben über die Mauerverkleidungen an den Häusern der New Yorker Vororte. In der Straße, in der die Gorbatschows wohnten, präsentierte sich ein buntes Gemisch aus Schindeln, Naturstein, Klinker in allen möglichen Farben, Holzpaneele, Holzschindeln, Kalkstein, Sandstein, Granit und Marmor – teils echt, teils Imitate. Das Haus der Gorbatschows hatte einen aus Naturstein gemauerten Kamin, der an der Außenseite hochgezogen war, und die Vorderseite bestand aus etwas, das aussah wie rosa Granit. Die auf Mahagoni getrimmte Haustür hatte ein ovales Buntglasfenster mit dem Abbild irgendeines Heiligen und einen Messingklopfer in Form eines Adlers, und davor hing ein Windspiel, das im Wind klimperte. Der Rasen im Vorgarten war makellos wie ein Teppich, dekoriert mit schmalen, säuberlich angeordneten Beeten aus roten, weißen und blauen Blumen.

An der Seite des Hauses wuchsen ein paar Tomatenpflanzen, mit Stöcken gestützt, daneben standen ein babyblauer Ford Escort, ungefähr acht oder neun Jahre alt, eine umgekippte Mülltonne und ein kleines Dreirad.

»Hallo?«, sagte eine Stimme, und ich zuckte zusammen. Die Tür öffnete sich wieder, und die Frau von eben trat heraus. »Wer sind Sie?« Sie sprach mit starkem russischen Akzent.

Ich zeigte ihr meine Marke, fragte sie auf Russisch, ob sie Vera Gorbatschowa sei, und sagte ihr, Rhonda Fisher habe mich gebeten, bei ihr vorbeizuschauen. Ja, bestätigte sie, sie sei Vera Gorbatschowa, aber in Amerika würden alle nur die männliche Form Gorbatschow verwenden, keiner mache sich die Mühe, die weibliche Anredeform zu benutzen. Sie bat mich herein und sagte, ich solle sie einfach Vera nennen.

Sie war anders, als ich erwartet hatte. Ihr Englisch war geradezu katastrophal, aber sie sprach ein gepflegtes Russisch. Sie war sehr klein, höchstens einsfünfzig, und das trotz der hochhackigen, goldfarbenen Pantoletten, mit denen sie klackernd über den Steinboden ging. Ich schätzte sie auf etwa fünfzig.

Ihr blondes Haar war lässig mit einem Stift hochgesteckt, und sie war auf typisch slawische, nicht mehr ganz taufrische Weise hübsch. Es war kühl für Anfang Juli, und sie zog die weiße Jeansjacke fester um sich. Darunter trug sie ein hautenges schwarzes Top und hellblaue Steghosen, die, wie ich sah, als sie sich umdrehte und mich ins Haus führte, ihren Po betonten.

In der Küche erzählte Vera mir, während sie ein paar edle Kaffeetassen aus dem Schrank nahm, ihr Mann, der in der Nacht des Einbruchs verschwunden war, sei Italiener und heiße Al Laporello, aber sie habe seinen Namen bei der Heirat nicht angenommen. Sie deutete auf einen Stuhl. Ich setzte mich. Auf dem Tisch stand ein Teller mit Keksen.

Vera machte sich an einer roten Espressomaschine zu schaffen, die auf der Arbeitsfläche aus Marmorimitat stand. Das Radio war auf einen russischen Popsender gestellt, und Vera ließ es an, sodass die Songs – die Art, wie man sie an der Uferpromenade in Brighton Beach hörte – zusammen mit dem Kaffeeduft den Raum erfüllten. Als Alla Pugatschowa zu singen begann, lächelte Vera.

»Ein schönes Lied«, sagte sie.

Al sei älter als sie, fuhr Vera fort. Er war Aufseher in dem Abfallunternehmen, in dem sie gearbeitet hatte. Sie hatte eine Ausbildung als Chemikerin gemacht, bevor sie nach Amerika gekommen war. In Kiew, fügte sie hinzu. Sie sagte, sie sei Halbukrainerin, betrachte sich aber als reine Ukrainerin, weil die den Russen überlegen waren. Ukrainer waren Europa näher.

Sie zündete sich eine Zigarette an und legte sie dann auf dem Rand der Arbeitsfläche ab, während sie den Kaffee in die schwarz-goldenen Tassen füllte. Irgendwie hatte ich nicht den Eindruck, dass Vera Gorbatschow sonderlich unter dem Verlust ihres Mannes litt.

»Ich nehme an, Sie sind wegen des Einbruchs hier?« Vera stellte die beiden Tassen auf den Tisch, griff wieder nach ihrer Zigarette und setzte sich zu mir. »Bitte bedienen Sie sich«, sagte sie und deutete auf die Kekse.

Ich lehnte dankend ab. »Ja, Ihre Cousine Rhonda Fischer hat mich darum gebeten.«

»Sie ist nicht meine Cousine, nur eine entfernte Verwandte, aber eine sehr nette Frau. Sie hat mir mal Räucherlachs und Bagels und Pastrami mitgebracht.« Vera stieß den Rauch aus. »Und Schwarzbrot.«

»Sie sagte, Sie wollten mit jemandem reden, der Russisch spricht.«

»Ja, die Polizisten hier in Staten Island sprechen kein Russisch. Mein Englisch ist leider sehr schlecht. Manchmal helfen die Leute mir nur wegen meines Namens. Sie fragen mich, ob ich mit *dem* Gorbatschow verwandt wäre.«

»Und was antworten Sie darauf?«

»Natürlich ja.«

»Wie lange leben Sie schon hier?«

»Schon viele Jahre«, sagte Vera. »Aber ich habe mich nie bemüht, richtig Englisch zu lernen. Nur so viel, wie ich für meinen Job brauche.« Sie stand auf, nahm Käse und Cracker, Sahne für den Kaffee, Salami und ein Glas roten Kaviar aus dem Kühlschrank und stellte alles auf den Tisch. Wenn man häufiger mit russischen Fällen zu tun hatte, lief man ernsthaft Gefahr zu platzen. Kein Russe ließ einen gehen, bevor man nicht bis oben abgefüllt war. Vielleicht war es auch ihre subtile Art, sich an der Polizei zu rächen.

Ich schnitt mir ein Stück Brie ab. »Danke. Wollen Sie mir nicht erzählen, was passiert ist?«

»Ja, natürlich.«

Vera Gorbatschow setzte sich wieder, allerdings nur auf die Stuhlkante, legte ihre Zigarette in den Aschenbecher und nahm sich einen Keks vom Teller. Sie begann, die Schokostücke herauszupulen, und schob sie sich einzeln in den Mund.

»Kann ich weiter Russisch reden?«

»Natürlich. Deshalb bin ich ja hier.«

»Es war vor zwei Wochen. Wir lagen im Bett und schliefen. Ich schlafe immer sehr gut«, sagte sie, »aber mein Mann ist ja, wie gesagt, schon älter und muss nachts öfter mal raus. In dieser Nacht bin ich wach geworden, weil ich ihn rufen hörte. Ich bin aufgesprungen, um nachzusehen, und da stand mein Mann, nur in Unterhose, auf dem Treppenabsatz und brüllte jemandem unten im Wohnzimmer etwas zu.«

»Haben Sie den Mann gesehen?«

Sie schüttelte den Kopf. »Nur einen Umriss. Mein Mann hat erst diesen Kerl angebrüllt und dann mich, erstens, weil ich wieder ins Schlafzimmer verschwinden sollte, und zweitens, weil ich angeblich die Haustür offen gelassen hatte. Das stimmte aber nicht. Dann ist der Kerl abgehauen, und mein Mann ist ihm hinterher. Ich habe ihm noch zugerufen, er solle ihn laufen lassen, aber nein, er musste natürlich seine Ehre verteidigen, also ist er hinter dem Kerl hergerannt.«

»Wie konnten Sie das alles sehen?«

»Von der Treppe hat man einen recht guten Blick aufs Wohnzimmer. Kommen Sie, ich zeig's Ihnen«, sagte Vera.

Ich folgte ihr aus der Küche und durch das Wohnzimmer, in dem ein riesiger Plasmabildschirm an der Wand hing. Gegenüber dem Bildschirm stand ein gelbes Ledersofa, davor ein zotteliger weißer Teppich und ein langer Beistelltisch aus schwarzem Glas mit einer milchig blauen Vase mit Seidenblumen und einem Stapel Kinderspiele darauf.

»Haben Sie und Ihr Mann Kinder?«, fragte ich.

»Nicht mehr«, sagte sie, dann fügte sie hastig hinzu, als ob meine Frage ihr unangenehm wäre: »Die Sachen sind von meinen Nichten. Meine Schwester ist mit einem Russen verheiratet, der ist so reich, dass sie das Spielzeug einfach doppelt kauft und einen Satz davon bei mir lässt. Sie meint, so wäre es einfacher.«

»Wo wohnt sie?«

»Auch in Staten Island, drüben am Wasser, wo die schicken Häuser von den Russen stehen, die richtig Geld haben«, sagte Vera. »Meine Schwester ist sehr nett und ihr Mann auch, und wir kümmern uns umeinander. Sie haben ein riesiges Haus mit echten Kronleuchtern. Der Fernseher da ist von ihr. Ach Gott, ich rede zu viel«, sagte sie mit einem gequälten Lachen, während sie in den Flur und die Treppe hinaufging. Oben angekommen, rief sie mir zu: »Kommen Sie her, dann können Sie es sehen.«

Ich folgte ihr und stellte mich neben sie. Sie hatte die Wahrheit gesagt: Vom Treppenabsatz konnte man tatsächlich das gesamte Wohnzimmer überblicken.

»Was geschah, nachdem Ihr Mann den Einbrecher angebrüllt hatte?« Der Absatz, auf dem wir standen, war schmal, aber das schien sie nicht zu stören; sie rührte sich nicht vom Fleck. Ich wich ein wenig zurück, um ihr nicht zu nahe zu rücken.

»Ich habe meinem Mann zugerufen, er solle den Kerl laufen lassen. Der Typ stand da und fuchtelte mit einer Pistole herum, dann ist er zur Tür hinausgerannt, und mein Mann, dieser Idiot, ist hinter ihm her.«

»Haben Sie die Polizei gerufen?«

»Es schien nichts Wertvolles zu fehlen, und mein Schmuck ist ohnehin oben. Ich dachte, er würde gleich zurückkommen, er musste mir nur mal wieder beweisen, was für ein starker Mann er ist«, sagte sie.

»Wie lange haben Sie gewartet?«

»Ungefähr fünf bis zehn Minuten. Dann wurde ich unruhig. Ich habe mich angezogen und bin nach draußen gegangen, aber es war niemand zu sehen. Dann habe ich meine Schwester angerufen, und ihr Mann hat sich auf die Suche gemacht. Als das auch nichts brachte, habe ich die Polizei gerufen. Ich mag die Polizei aber nicht.«

»Warum?«

»Ich bin in Kiew aufgewachsen«, sagte Vera, als erkläre das alles.

»Haben Sie mit der Polizei gesprochen?«, fragte ich und ging wieder hinunter ins Wohnzimmer.

Sie folgte mir. »Wozu soll das gut sein? Ich spreche nur wenig Englisch, und die interessieren sich doch gar nicht für uns. Sie machen sich ihre Notizen, aber weiter passiert nichts. Wahrscheinlich würden sie nicht mal nach ihm suchen.«

»Halten Sie es für möglich, dass Ihr Mann tot ist?«

»Nein, das glaube ich nicht. Es fühlt sich nicht so an.«

»Also haben Sie stattdessen Rhonda angerufen.«

»Na ja, ich wusste, dass ihr Freund ein hohes Tier bei der Polizei ist. Das stimmt doch, oder?«

Ich dachte an Sonny. »Könnte man so sagen, ja.«

Vera setzte sich auf das gelbe Ledersofa. Ich fragte sie, ob ich eine Zigarette haben könnte. Das gemeinsame Ritual des Rauchens, so redete ich mir ein, diente schließlich der Arbeit. Außerdem lechzte ich nach einer Zigarette.

Mit einem roten Bic gab Vera mir Feuer, und der erste Zug schmeckte göttlich. Da ich das Gefühl hatte, sie verschwieg mir etwas, setzte ich mich auf einen Stuhl mit blauem Kunstlederbezug und versuchte es mit Small Talk.

»Sie kommen also aus der Ukraine? Kiew, nicht wahr?«

»Ja«, sagte sie. »Und Sie, wie haben Sie so gut Russisch gelernt?«

»Als Kind.«

»In New York?«

»Nein, in Moskau.«

Vera spielte die Spröde. Und sie war ein Snob. Ich kam mir allmählich wie ein Idiot vor, fragte mich, wozu ich überhaupt hergekommen war. Ich begann mir Sorgen um Billy zu machen, obwohl er bei Tolja ganz munter gewirkt hatte. Mit seinem Charme hatte er alle für sich eingenommen, Tolja, Val und die kleine Luda. Billy hatte etwas, das die Leute ansprach.

War es wirklich Stan Shank gewesen, vorhin am Telefon? Oder doch jemand anders? Es gab ein paar Cops, denen es nicht passte, wie wir mit Billy verfahren waren. Und Eltern aus dem Viertel der Farones, die aufgebracht waren über das, was Billy getan hatte.

»Gibt es sonst noch etwas, das Sie mir erzählen wollen?«, fragte ich Vera Gorbatschow.

»Sie stammen also aus Russland?«, sagte Vera. »Dabei klingen Sie so amerikanisch. Aber wahrscheinlich haben Sie schon als Kind Englisch gelernt.«

Ich nickte und dachte an Birdie, die Freundin meiner Mutter, die mir in ihrer Einzimmerwohnung am Stadtrand von Moskau Englisch beigebracht hatte.

»Ich bin schon sehr lange hier«, sagte ich. »Und Sie?«

»Fünfzehn Jahre«, sagte Vera. »Waren aufregende Zeiten damals. Mein damaliger Freund meinte, Glasnost bedeute, wir könnten jetzt um die ganze Welt reisen. Ich weiß nicht, wo er gelandet ist. Mich hat es nach Staten Island verschlagen. Reisen Sie gerne?«

»Doch, ja.«

»Ich auch. Vor allem Florida gefällt mir. Da ist es so schön sonnig und warm«, sagte sie. »Waren Sie schon mal da?«

»Haben Sie Ihren Mann geheiratet, als Sie in die Staaten kamen?«

»Warum fragen Sie? Denken Sie, ich hätte ihn wegen der Aufenthaltserlaubnis geheiratet?«

»Haben Sie?«

»Ja«, sagte sie. »Aber er ist schon in Ordnung. Al Laporello ist ein netter italienischer Mann, nur dass die Italiener auf die Russen herabsehen. Wir sind besser als Schwarze, aber wir sind Immigranten.«

»Sie sagten, Ihr Mann sei älter als Sie?«

»Ja. Vierzehn Jahre.«

»Erzählen Sie mir ein bisschen von ihm.«

»Oh, er ist wirklich nett für einen Müllmann.« In Veras Stimme schwang leise Herablassung mit. »Ich meine, Müll ist doch eklig, das stinkt, und niemand würde sich freiwillig damit befassen, außer den Italienern.«

»Mögen Sie Italiener nicht?«

»Wir sind doch alle Amerikaner, oder?«, entgegnete sie sarkastisch.

»Wieso sprechen Sie dann kein Englisch?«

»Tue ich ja, aber ich hatte Rhonda gefragt, ob sie mir jemanden vorbeischicken kann, der Russisch spricht, so wie Sie, damit ich die Einzelheiten richtig erklären kann.«

Ich vermutete, dass ihr Englisch wesentlich besser war, als sie behauptete; sie drehte sich im Kreis, und ich verstand nicht, warum. Im Grunde war es mir auch egal. Es war nicht mein Fall.

»Heute ist es hier besser als vor zehn Jahren«, sagte Vera. »Viele Russen verlassen Brighton Beach und kommen nach Staten Island. Das gilt jetzt offenbar als das neue Brooklyn.«

»Und was ist das neue Staten Island?«

»New Jersey. Mittlerweile kriegt man hier überall russische Lebensmittel, Süßigkeiten, Kaviar, Brot, Räucherfisch, Kekse und sogar Zeitungen. Und die Schwester meines Schwagers hat hier in der Gegend einen Schönheitssalon aufgemacht. Er heißt ›Queen of Hearts‹. Netter Name, oder?«, sagte sie. »Die machen sehr gute Haarschnitte, auch für Männer. Ich kann Ihnen die Adresse geben.«

»Danke. Sie scheinen sich keine allzu großen Sorgen um Ihren Mann zu machen.«

»Anfangs schon«, sagte sie. »Aber dann habe ich mir gedacht, wahrscheinlich ist es wie beim letzten Mal. Er ist nämlich schon mal für ein paar Wochen verschwunden. Und dann war er eines Tages wieder da. Ich war halb verrückt vor Sorge, aber irgendwie muss man ja weitermachen.«

»Kann ich mir den Rest des Hauses mal ansehen?«, fragte ich.

»Soll ich Ihnen das Schlafzimmer zeigen?« Vera stand auf und räkelte sich. Sie war durchaus sexy, und sie baggerte mich an. Aber ich war allmählich zu alt für diesen Quatsch.

»Ich würde gern noch einen Kaffee trinken«, sagte ich zu Vera.

»Wie Sie mögen«, sagte sie.

Während Vera in der Küche war, lief ich nach oben und warf einen kurzen Blick in das Schlafzimmer, ein Gästezimmer und das Bad, das komplett in schwarzem Marmor gefliest war. Mir fiel nichts Ungewöhnliches auf. Auf einer Kommode stand ein Hochzeitsfoto. Laporello trug einen Smoking mit Rüschenhemd, und mit seinem Bauch und dem fast kahlen Schädel war er nicht gerade eine Schönheit, aber er sah glücklich aus.

Unten wartete Vera mit zwei Tassen frischem Kaffee. Sie hatte die Jeansjacke ausgezogen, und unter dem engen Top konnte ich ihre Brüste sehen. Ihre Nippel zeichneten sich unter dem dünnen Stoff ab. Ich wandte den Blick ab und trank meinen Kaffee.

»Wir sind allein«, sagte sie. »So würde sich Ihre Fahrt nach Staten Island doch wenigstens lohnen. Sie können sich ja vorstellen, ich wäre eine einsame Hausfrau, die auf den Milchmann wartet.« Vera kicherte.

Ich schämte mich für sie.

»Einfach so, nur aus Jux, wie früher. Haben Sie das nie gemacht?«, fragte sie.

»Vergessen Sie's.«

»Sind Sie sicher?«

»Ja.«

»Tja, dann bye-bye, Artie.«

»Sie können mich anrufen, wenn Ihnen noch was zu dem Vorfall einfällt.«

»Ich werde mich bei Rhonda bedanken, dass sie mir Artie geschickt hat, der so gut Russisch spricht«, sagte sie spöttisch.

Ich verabschiedete mich und sah zu, dass ich aus dem Haus kam. Ich hatte getan, worum Sonny Lippert mich gebeten hatte. Ich würde ihm sagen, dass mir die Situation im Haus der Gorbatschows in Staten Island ein wenig merkwürdig vorkam und dass Vera ihren Mann nicht allzu sehr zu vermissen schien, aber dass das nichts war, womit die Kollegen von der dortigen Bezirkswache nicht fertig würden.

Irgendwann würden sie Al Laporello und diesen Einbrecher finden. Ich hoffte nur, dass Laporello noch lebte, wenn sie ihn fanden. Aber ich hatte mit all dem nichts mehr zu tun; mein Job hier war erledigt.

Als ich im Auto saß, warf ich einen Blick in den Rückspiegel und dann noch einen auf das Haus der Gorbatschow. Es war niemand zu sehen. Ich zog die Tür zu und fuhr los. Zurück in die Stadt. Zurück zu Billy.

Auf dem Heimweg verfuhr ich mich prompt.

Ich kramte eine Karte aus dem Handschuhfach und versuchte, mich darauf zu orientieren, während ich fuhr. Staten Island breitete sich als riesige, endlose Fläche zwischen Manhattan, Brooklyn und Jersey aus. Die Küste nach Jersey bestand vorwiegend aus Containerhafen und Öllagern. Die übrigen Ränder der Insel waren von Buchten, Vogelschutzgebieten, Marschen und Bächen durchzogen, von denen ich noch nie gehört hatte. Ich kam an vernagelten Fabrikgebäuden vorbei, an verlassenen Industriegebieten und vergammelten Docks, Piers und Kais. Die Wasserränder von New York waren schwieriges Gelände; hier konnte ein Mensch spurlos verschwinden.

Ich rief bei Tolja an, um mich zu vergewissern, dass es Billy gut ging, aber der Anschluss war besetzt.

Ungefähr eine Meile vom Haus der Gorbatschow entfernt bog ich nach links ab und landete in einer Sackgasse mit Strandhafer, hoch gewachsenem Unkraut und ein paar abgewrackten Wohnmobilen. Ein Schild verwies auf eine Strafanstalt. Ich wendete, sah erneut auf die Karte und fuhr Richtung Wasser.

Ein weiteres Schild zeigte nach Fresh Kills. Ich war zweimal auf der Deponie gewesen. Sie war unvorstellbar groß, ein Berg, ein Meer, eine endlose Landschaft aus Müll, riesige, schwankende Klippen, an denen die Möwen pickten, das Ganze umwabert von unerträglichem Gestank. Die Leute sagten, sie wachten nachts davon auf; wie übel vollgeschissene Windeln in praller Sonne, sagten sie, es drehte einem den Magen um. Warum war ich das erste Mal in Fresh Kills gewesen? Ich wusste es nicht mehr. Das zweite Mal war nach dem 11. September, als sie die Deponie wieder in Betrieb genommen hatten.

Die zerstörten Überreste der Twin Towers – Papierhaufen aus Kopierern, Brocken von Rigipswänden, Plastikteile von Computern, verbogene Aktenschränke – wurden damals mit Frachtern nach Fresh Kills geschafft. Das Ganze wurde zu einem deprimierenden Lager, in dem Polizisten und Gerichtsmediziner sämtliche Überbleibsel des Anschlags durchsuchten, einige davon unbeschreiblich. Ich war rübergefahren, um mich mit einem Freund zu treffen, der dort arbeitete. Danach war ich nie wieder dort.

Als ich endlich auf der Verrazano Bridge gelandet war und das Blau des Wassers bewunderte, das im Sonnenlicht funkelte, begann ich mich zu fragen, was Vera Gorbatschow eigentlich gewollt hatte. Außerdem war es mir immer noch nicht gelungen, mit Billy zu sprechen – der Akku in meinem Handy war so gut wie leer –, und ich stand mittlerweile ziemlich unter Strom. Ich hatte das Gefühl, mich zerreißen zu müssen: Ich sollte für Billys Sicherheit sorgen, durfte ihn dabei aber nicht zu sehr einengen, und obendrein sollte ich noch Sonny Lippert zufriedenstellen. An der Sache mit der Gorbatschow war irgendwas faul. Ich wählte noch einmal Toljas Nummer, und diesmal war die Leitung frei, aber es ging niemand dran.

13

Mit einem Mint-Chocolate-Chip-Eis in der Hand und Unschuldsmiene lehnte Billy unten bei mir an der Tür, als ich nach Hause kam. Ich rastete aus. Als ich nach der Tour durch Staten Island wieder bei Tolja aufgekreuzt war, war Billy nicht mehr dort gewesen. Tolja hatte mir erklärt, Billy habe Lust auf ein Eis gehabt und nach Klamotten schauen wollen, also habe er ihn gehen lassen. Ich wäre ihm fast an die Gurgel gegangen. Dann hatte Billy angerufen und mir mitgeteilt, er stünde draußen vor meinem Loft.

Als ich ihn da stehen sah, in schwarzer Jeans und grünem T-Shirt, völlig vertieft in sein Eis, war ich stocksauer – vor allem deshalb, weil ich mir solche Sorgen gemacht hatte.

»Hi, Artie.«

»Was zum Teufel hast du gemacht?«

Er sah mich beunruhigt an. »Nichts Schlimmes. Sei nicht böse. Bitte. Hier, du kannst den Rest haben.« Er hielt mir das Eis hin. »Es ist wirklich lecker.«

»Nein danke.« Ich schloss die Tür auf und ging hinein, Billy hinter mir. Ich nahm die Post aus dem Kasten, stieg in den Aufzug und fuhr nach oben.

»Probier doch mal«, sagte Billy und hielt mir erneut das Eis hin, wie ein Friedensangebot.

Ich nahm es und kostete.

»Gut, oder?«

»Ja.«

»Alles okay?«, fragte Billy.

»Du hast mich gebeten, nicht wegzugehen, ohne dir Bescheid zu sagen, könntest du also bitte in Zukunft so nett sein, *mir* Bescheid zu sagen, wenn du weggehst und wohin?«

»Versprochen. Aber du kannst mich auch jederzeit anrufen.«

»Wie denn?«

»Ich habe ein Handy. Ich gebe dir die Nummer«, sagte Billy. »Ich dachte, ich hätte sie dir schon gegeben.«

»Die lassen euch da unten in Florida Handys benutzen?«

»Was soll das werden, ein Verhör?« Er lachte nervös. »Komm schon, Artie, ist doch alles nicht so wild.«

»Ja, ja.«

»Als sie mich rausgelassen haben, durfte ich mir ein Handy besorgen, damit sie wissen, wo ich bin«, sagte Billy. »Ich meine, damit sie mich erreichen können. Bitte, Artie, sei nicht sauer auf mich. Ich mache dir was zu essen. Wir können auch zusammen eine rauchen. Hast du Lust, das Spiel zu gucken?«

»Mal sehen.«

»Artie?«

»Was denn?«

»Es macht mir Angst, wenn du dich meinetwegen so aufregst. Und dann diese Sache mit dem Müll bei uns zu Hause, ich meine, ist alles in Ordnung? Oder will mir jemand was tun?«

»Nein«, sagte ich. »Keiner will dir was tun. Komm, schauen wir uns das Spiel an.«

»Wir beide? Zusammen?«

»Klar.«

Er schaltete den Fernseher ein, warf sich aufs Sofa und leckte weiter an seinem Eis, und ich sagte mir: Krieg dich wieder ein. Ich schob Billys Füße zur Seite und setzte mich neben ihn. Dann klingelte das Telefon.

»Hast du ihn gefunden?« Es war Tolja.

»Ja.«

»Wenn er wieder mal ein Eis haben will, lass ihn gehen«, sagte Tolja. »Du kannst ihn nicht ein Leben lang bewachen, Artemi, hörst du? Ich weiß, wovon ich rede. Ich habe zwei Mädchen. Ich habe mein halbes Leben damit verbracht, auf sie aufzupassen, und irgendwann musste ich loslassen. Du selbst hast mir gesagt, ich müsse Valentina loslassen. Es geht nun mal nicht anders. Ich habe Billy kennengelernt. Du hast mir gesagt, er ist geheilt, also wo ist das Problem?«

»Magst du ihn?«

»Ja. Und Luda ist völlig vernarrt in ihn. Er ist sehr nett zu der Kleinen gewesen. Und das freut natürlich wiederum Valentina. Außerdem wollte ich dich noch für heute Abend zu Ludas Geburtstagsparty einladen.«

»Danke«, sagte ich. »Wo soll die denn stattfinden?«

»Ich miete ganzes Spielekaufhaus für einen Abend für kleine Luda«, sagte Tolja.

»Und wann?«

»Sechs, sieben Uhr. Billy kommt natürlich auch. Ist Party für Kinder, okay? Danach wir fahren nach East Hampton, für Übernachtungsparty. Kommt doch mit. Ich hab gemietet große Haus, direkt am Meer, mit Pool, Tennisplatz und Orchideenbäume. Hast du schon mal gesehen Orchideenbäume?«

»Ich schätze, Billy ist ein bisschen zu alt für einen Kindergeburtstag im Spielzeugladen.«

»Nächste Woche ich miete Madison Square Garden, dann er kann Basketball spielen, und heute er kommt zu Ludas Party. Die beide passen zusammen wie Bruder und Schwester, Artjom, beide Kinder mit traurige Geschichte.«

Obwohl ich sonst mittlerweile darüber hinweghörte, ging mir Toljas Gangster-Englisch in diesem Moment gewaltig auf die Nerven.

»Sprich vernünftiges Englisch mit mir, verdammt noch mal«, fuhr ich ihn an. »Oder meinetwegen Russisch. Aber lass diesen Mist, okay? Ich hab schon Kopfweh.«

»Dann nimm ein Aspirin«, sagte Tolja. »Bis später.«

»Mal sehen.«

»Hast du deinen Einsatz in Staten Island erledigt? Klingt ja, als hätte er dir prima Laune verpasst«, sagte Tolja. »Hast du dich schon brav bei Sonny Lippert zurückgemeldet?« Tolja und Sonny konnten sich nicht riechen.

»Ja, ich habe Sonny angerufen, und ja, ich war bei dieser Frau in Staten Island. Weißt du, wie die heißt? Du wirst es nicht glauben: Gorbatschow. Diese verfluchten Russen.«

»Du meinst, so wie wir?« Er lachte. »Oh, ich vergaß, du bist ja Amerikaner. *God bless America*«, sagte er und fing an, die Hymne zu singen. Dann wechselte er über auf die »Internationale«. Er hatte eine phantastische Stimme, und auch wenn ich es nie im Leben zugegeben hätte, bekam ich jedes Mal eine Gänsehaut.

»Gibt's in Staten Island eigentlich noch irgendwas anderes als Müll?«, fragte Tolja.

»Keine Ahnung. Sah nicht so aus.«

Einen Klecks grünlicher Eiscreme am Kinn und eine Dose Cola in der Hand, lag Billy auf dem Sofa in meinem Loft und schaute sich die Eröffnung des Yankee-Spiels an. Er wirkte so zufrieden, wie es ein Vierzehnjähriger nur sein kann.

Ich ging ins Schlafzimmer, um mich umzuziehen, und schaltete das Radio ein. Neben dem Wetterbericht und den Börsennachrichten brachten sie auch etwas über einen Obdachlosen, der in der Mott Street überfallen worden war. Ich merkte nur deshalb auf, weil die Mott Street gleich um die Ecke lag.

In den Straßen von Chinatown herrschte immer starker Betrieb. Leute kauften Pak Choy und Litschis und feilschten um nachgemachte Vuitton-Taschen und Prada-Portemonnaies. Zwischen all den Passanten und Händlern konnte man einen Obdachlosen, der auf dem Gehweg lag, leicht übersehen, und niemand hatte bemerkt, dass er blutete. Die meisten Leute schlugen einfach einen Bogen um die Obdachlosen, jetzt, wo wieder so viele von ihnen auf den Straßen hockten. Erst nach einer ganzen Weile hatte ein Polizist ihn entdeckt.

Ich hörte mir die restlichen Nachrichten an, ging zum Schrank, in dem ich immer noch ein paar Sachen deponiert hatte, nahm eine saubere Hose und ein neues, schwarzes Polohemd heraus, das ich irgendwo im Ausverkauf mitgenommen hatte.

Während ich mich umzog, fiel mir auf, dass eine alte Jeansjacke vom Bügel gerutscht war und auf dem Boden lag. Das abgetragene Ding hatte ich seit Jahren nicht mehr angehabt. Ich hängte es wieder auf.

»Hi.« Billy lächelte mir vom Sofa entgegen.

Es war dasselbe einnehmende Lächeln, das mein Vater immer aufgesetzt hatte, wenn er etwas wollte, zum Beispiel dass ich mir in der Schule mehr Mühe gab oder dass meine Mutter sich keine Sorgen machte, wenn er mit mir übers Wochenende zum Angeln fuhr; wahrscheinlich war es dasselbe Lächeln, dass er als KGB-Agent in den Fällen zum Einsatz gebracht hatte, bei denen keine härteren Maßnahmen nötig waren. Ich wusste, dass ich es von ihm geerbt hatte, und das war mir suspekt – nicht so sehr das Lächeln selbst, aber die Fähigkeit, Leute zum Reden zu bringen.

Irgendwie kam ich mir dabei immer wie ein Betrüger vor, verschlagen, hinterhältig.

Aber mein Vater war tot, und meine Mutter konnte nicht mehr sprechen. Früher, als wir noch in der Sowjetunion waren, hatte sie viel geredet. Sie hatte Ärger bekommen, weil sie die Wahrheit über das System gesagt hatte, und mein Vater hatte seinen Job verloren, weil sie eine geschwätzige Jüdin war. Aber jetzt, in dem Pflegeheim in Haifa, steckte sie so tief im Alzheimer-Nebel, dass niemand mehr an sie herankam. Ich hatte sie nach der Hochzeit im letzten Sommer noch einmal besucht. Maxine wäre gerne mitkommen, aber ich hatte gesehen, wie sie bei jeder Nachricht von einem Selbstmordattentat im Fernsehen zusammenzuckte, und so war ich alleine hingeflogen.

Meine Mutter hatte in einem Sessel am Fenster gesessen. Ich hatte mich zu ihr hinuntergebeugt, um ihr die Hochzeitsfotos zu zeigen.

Ma?

Keine Reaktion. Da war nur noch die Hülle einer Frau, die aussah wie meine Mutter.

Ich setzte mich aufs Sofa und strubbelte Billy durchs Haar.

»Wow.« Billy sah sich Ausschnitte eines alten Spiels von den Yankees gegen die Red Sox an. »Wahnsinn, was für ein Wurf!«

»So was darfst du über die Sox nicht sagen. Die sind doch unsere Feinde. Habe ich dir denn gar nichts beigebracht?«

»Wieso sind sie unsere Feinde?«

»Das war schon immer so«, sagte ich.

»Aber das ist unfair«, sagte er und klang wie ein Kind dabei. »Wenn sie was gut machen, muss man doch auch sagen können, dass es gut war.«

»Wenn du ein echter New Yorker sein willst, musst du gegen die Red Sox sein«, sagte ich. »Das ist einfach so.«

Er sah verwirrt aus.

»War nur 'n Scherz«, sagte ich. »Na ja, fast.«

»Sie bringen uns bei, nicht wütend zu werden«, sagte Billy ernst. »Wir sollen uns rational verhalten. Mir gefällt das, rational zu sein. Wirklich. Einer von meinen Therapeuten hat gesagt, wenn du über irgendwas wütend bist, rede mit dir selbst. Wenn man intelligent ist, kann man sich selbst verbessern.«

»Wie viele Therapeuten hast du denn?«

»Nicht so wichtig, Artie. Lass uns das Spiel gucken, okay? Es fängt gerade an.«

»Wer spielt denn überhaupt?«

»Die Yanks gegen die Orioles«, sagte er.

»Tut mir leid wegen des Angelns, aber wir gehen morgen, versprochen.«

»Wie war's in Staten Island?«

»Ziemlich seltsam.«

»Können wir nicht da angeln gehen?«

»Natürlich.«

»Wenn du da an einem Fall arbeiten musst, könnte ich dir doch helfen.«

»Soll ich ehrlich zu dir sein?«

Billy nickte.

»Ich kann dich bei der Arbeit nicht mitnehmen.«

»Verstehe.«

»Tut mir leid.«

»Wenn du noch mal nach Staten Island musst, könnte ich doch im Auto warten«, sagte Billy. »Oder du setzt mich bei einem Café ab oder so. Und danach gehen wir angeln. Kann ich mal an deinen Computer? Ich würde gerne nachschauen, wo man da angeln kann, für den Fall, dass du noch mal hinmusst. Okay?«

»Ja, mach ruhig.«

Plötzlich beugte er sich aufgeregt vor.

»Ich habe eine bessere Idee«, sagte er. »Ist zwar ein bisschen verrückt, aber könnten wir uns nicht den Rest des Spiels noch live angucken? Wir könnten mit der U-Bahn rüberfahren. Was meinst du? Weißt du noch, wie du nach dem 11. September mit mir ins Stadion gefahren bist und mir die Yankees-Jacke geschenkt hast, und alle haben gesungen?«

»Daran erinnerst du dich noch?«

»Natürlich erinnere ich mich daran«, sagte Billy. »Ich erinnere mich an alles, was wir zusammen gemacht haben, weil die Zeiten mit dir die schönsten in meinem ganzen Leben waren.«

»Ich habe Tolja Swerdlow versprochen, dass wir nachher zu der Geburtstagsparty für Luda kommen, die kleine Russin. Aber wir müssten es eigentlich schaffen, das Spiel zu Ende zu gucken, irgendwo was zu essen und trotzdem noch zu der Party zu gehen.«

»Oh ja, bitte«, sagte Billy.

»Schon gut, schon gut.«

»Hör mal, ich finde, sie sollten Luda hier in Amerika behalten.«

»Warum das denn?«

»Weil sie so voller Zorn ist«, sagte er. »Vielleicht kann ihr hier jemand helfen.«

»Helfen?«

»Ich meine, diese ganzen Waisenkinder in Russland, so wie Luda, die haben ein beschissenes Leben, keiner kümmert sich um sie, und überall sind Terroristen«, sagte Billy. »Luda hat mir erzählt, da gibt's Leute, die nehmen Kinder als Geiseln und bringen sie um. Alles, was diese Kinder mitkriegen, ist furchtbar, und ich wette, die denken den Rest ihres Lebens nur noch an Rache.«

»Klingt leider einleuchtend«, sagte ich.

»Findest du?« Billy strahlte. »Sag mal, hast du manchmal das Gefühl ... Ach, nicht so wichtig.«

»Nein, sag ruhig.«

»Hast du manchmal das Gefühl, ich wäre dein Sohn?«

»Ja, na klar. Komm, wir müssen los, sonst verpassen wir zu viel vom Spiel.«

Ich ging in die Küche, wo ich meinen Zweitschlüssel in einer Dose aufbewahrte. Ich gab ihn Billy.

»So musst du nicht mehr unten vor der Tür warten. Nur für den Fall.«

»Danke«, sagte Billy und strahlte. »Dafür, dass du mir vertraust«, fügte er hinzu und steckte den Schlüssel ein. »Ich find's schön, dass wir hier sind. Mich stört's überhaupt nicht, dass Maxine mich in eurer anderen Wohnung nicht haben wollte. Hier gefällt's mir viel besser.«

Der Loft sah übel aus. Vor einem der großen Fabrikfenster stand ein Gerüst, und die Wände mussten dringend gestrichen werden. Ich hatte den größten Teil meiner Sachen und einiges an Möbeln in unsere gemeinsame Wohnung gebracht, und so wirkten die Räume ziemlich kahl. Ursprünglich hatte ich vorgehabt, zu renovieren und dann mit Maxine und den Mädchen hier einzuziehen, doch mir war bald klar geworden, dass sie sich in der Wohnung am Fluss viel zu wohl fühlte, um je wieder dort wegzugehen. Also lag der Gedanke nahe, den Loft zu vermieten, um ein bisschen Geld nebenher zu verdienen. Seit Monaten sagte ich mir immer wieder, dass ich ihn irgendwann vermieten würde.

Auf dem Weg ins Schlafzimmer wandte Billy sich um und sagte: »Das hier ist deine richtige Wohnung, nicht?«

Er kannte mich, er hatte ein Gespür für das, was in mir vorging. Vorläufig wollte ich nicht darüber nachdenken, wie es sein würde, wenn Maxine zurückkam und ich Billy zu seinen Eltern bringen musste, die gar nicht wussten, was sie mit ihm anfangen sollten. Ich wollte nicht, dass er nach Florida zurückging. Ich schob das alles weit von mir. Irgendwas würde sich schon ergeben.

Ich schaltete den Fernseher aus. Ich ging ins Schlafzimmer, um etwas Geld aus einem Versteck im Schrank holen. Als ich hereinkam, sah ich Billy. Er drehte mir den Rücken zu. Er stand vor dem offenen Schrank und betrachtete sich in dem Spiegel, der an der Innenseite der Tür angebracht war. Ich konnte sein Spiegelbild sehen. Er trug meine alte Jacke, die, die vom Bügel gerutscht war.

Der Obdachlose, der in Chinatown auf der Straße überfallen worden war, starb an dem Nachmittag, während wir im Stadion saßen und den Yankees zujubelten, die die Orioles mit 12:3 abservierten.

Wir aßen Hotdogs mit Bergen von Sauerkraut und einer Riesenportion Senf und Ketchup, Billy tat auch noch Mayo obendrauf. Und als Nachtisch eine Tüte Cracker Jacks. Wir jubelten und brüllten zusammen mit der Familie neben uns. Die fünf Kinder, vier davon Mädchen, steckten von Kopf bis Fuß in Yankee-Fanklamotten.

Der Himmel war bleigrau, aber solange es nicht regnete, störte das keinen. Die Stimmung war prima, weil die Yanks endlich mal wieder gut spielten, und wir brüllten und klatschten, bis wir heiser waren und uns die Hände wehtaten.

»Guck mal, Artie, die Frau an dem Stand mit der Zuckerwatte«, sagte Billy und stupste mich an. »Die hat ein Kopftuch von Louis Vuitton auf. Das ist so typisch New York.«

»Wie ich sehe, hat Florida deinem New Yorker Snobismus keinen Abbruch getan.«

»Wenn deine Mom einen ganzen Schrank voller Louis-

Vuitton-Sachen hätte, einschließlich einer Hundetragetasche, obwohl wir gar keinen Hund haben, würde dir so was auch auffallen. Ich könnte Designer-Beobachter werden, wie diese Leute, die mit ihren kleinen Büchern im Central Park sitzen und nach verschiedenen Vogelarten Ausschau halten. Verrückt, nicht? Vuitton, Armani und Chanel erkenne ich sofort. Meine Mom redet fast von nichts anderem. Wahnsinn, hast du gesehen, wie Derek den gefangen hat?« Er sprang auf.

Die einzigen bezahlbaren Plätze, die ich auf den letzten Drücker noch bekommen hatte, waren ganz weit oben. Billy war so aufgeregt, dass er keine Minute still sitzen konnte, er zappelte herum, dann lehnte er sich so weit über das Geländer, dass mir mulmig wurde, doch er sagte, er wolle nur einen besseren Blick auf Randy Johnson. Er setzte sich wieder und diskutierte mit seinem Sitznachbarn darüber, ob Randy mit seinem Wurf die Yankees wohl raushauen könnte.

»Ich bin ja immer noch ein Fan von Derek«, sagte er. »Ich glaube, er ist mein Lieblingsspieler. Ich weiß alles über ihn! Oder Mariano. Der ist echt cool. Er erinnert mich an Gary Cooper in ›Zwölf Uhr mittags‹.«

»Alle sind Fans von Derek«, sagte ich, während Jeter im vierten Inning einen Single schlug.

Billy fragte: »Wo findet das denn eigentlich statt, diese Party für Luda?«

»In einem Spielzeuggeschäft«, sagte ich. »Irgend so ein Riesending in Midtown. Da warst du bestimmt schon mal mit deiner Mom.«

»Sollten wir Luda nicht ein Geschenk mitbringen?«

»Meinst du?«

»Wir könnten ihr was von den Yankees schenken, eine Jacke und eine Baseballkappe oder so«, sagte Billy.

»Von mir aus.«

»Wahrscheinlich sind auf der Party nur kleine Mädchen, oder?«

»Ich fürchte ja«, sagte ich. »Aber Val kommt auch.«

»Was du nicht sagst.« Er verdrehte die Augen, dann grinste er breit und schnappte sich den letzten Schluck von meinem Bier.

Als wir das Stadion verließen und uns inmitten der Menschenmassen Richtung U-Bahn schoben, kamen plötzlich zwei Chevrolet Suburban mit Sirene und Festbeleuchtung angerast und hielten mit quietschenden Reifen vor dem Eingang. Die Türen flogen auf, und vier Kerle mit Schutzanzug und Helm sprangen heraus, die M4 im Anschlag, wie Marines in einem Kriegsfilm. Die Leute, die immer noch aus dem Stadion strömten, blieben wie erstarrt stehen.

Neben Billy und mir stand eine Schar japanischer Touristen in kurzärmeligen Hemden, die vermutlich hier waren, um zuzusehen, wie Hideki Matsui ein paar Homeruns landete. Sie wirkten panisch. Ich hörte Stimmen in der Menge, die fragten, ob es einen Anschlag gegeben habe. Jemand meinte, vielleicht drehten sie gerade einen Film. Aus dem Stadion erklang immer noch Frank Sinatras »New York, New York« herüber – das spielten sie immer, wenn wir gewonnen hatten; bei einer Niederlage spielten sie die Version von Liza Minelli –, und Billy sah mich besorgt an.

Ich hob die Hand, um die Leute um mich herum zu beruhigen. Die Typen in den Chevvies gehörten zur Hercules-Truppe, einer der Antiterroreinheiten der New Yorker Polizei. Sie führten ohne Vorankündigung Einsätze an verschiedenen Orten in der Stadt durch, zur Übung und um den Leuten zu zeigen, dass sie da waren. Die Jungs waren gut. Und schnell. Einer von ihnen hatte einen Hund dabei, der den Boden abschnüffelte.

Gab es einen Anschlag? Oder war es nur eine Übung? Immer wieder wurden Stimmen aus der Menge laut.

»Wir sind hier, um Sie zu beschützen«, sagte einer der Einsatzleute zu einer Frau, die wütend war, weil sie die Straße nicht überqueren durfte.

»Was ist mit meinen Bürgerrechten?«, fragte sie erbost mit breitem Bronx-Akzent.

»Meinst du, das ist ein Bombenspürhund?«, flüsterte Billy mir zu, während einer von dem Hercules-Team einem Touristen aus Baltimore erklärte, dass sie dazu da waren, Menschen zu schützen.

»Es ist kein Anschlag«, rief jemand.

»Idiot«, sagte ein anderer.

Ein paar Minuten wartete die Menge wie unter Strom, dann löste sich die Anspannung. Es war nur eine Übung. Keine Gefahr. Jedenfalls fürs Erste. Die Leute setzten sich wieder in Bewegung, Richtung U-Bahn.

Niemand hier in New York glaubte, dass die Regierung irgendetwas tun konnte, falls es einen weiteren Anschlag gab. Deshalb hatte die Stadt ihre eigenen Antiterrormaßnahmen eingeleitet. Leute vom Geheimdienst hatten in einem unauffälligen Fabrikgebäude unten in Tribeca, nicht weit von meinem Loft, Quartier bezogen, und weitere Einheiten waren über alle Stadtbezirke verteilt.

Beim Anblick der Hercules-Typen mit ihren Kampfanzügen und Maschinengewehren beschlich mich für einen Moment wieder ein ungutes Gefühl, aber dann nahm ich Billy am Arm, und wir gingen in den Fanshop der Yankees, um ein Geschenk für Luda zu kaufen.

»Alles in Ordnung, Artie?«, fragte Billy.

»Ja«, sagte ich. Dann klingelte mein Handy. Es war Sonny Lippert. Er klang aufgeregt.

»Ich bin auf 'ner heißen Spur, Mann«, sagte Lippert laut. »Ich hab zwei Verdächtige für den Mord an dem kleinen Mädchen in Jersey.«

»Na, das ist doch gut«, sagte ich und sah zu, wie Billy in den Regalen des Fanshops stöberte.

»Hör mal, ich hab nicht vor, dich in diesen Fall reinzuziehen, es war schon super, dass du für mich zu Rhondas Verwandter gefahren bist, aber ich wüsste gern, ob du noch Unterlagen von dem Fall draußen in Sheepshead Bay vor zwei Jahren hast.«

»Ich kann mal nachsehen. Aber ich glaube, ich habe alles ins Büro gegeben.«

»Vielleicht hast du ja irgendwas aufgehoben? Etwas, das du lieber für dich behalten wolltest?«

»Ich weiß nicht, was du meinst. Ich sehe nach, okay?«

»Bist du allein?«

Ich blickte auf die Menschenmassen, die immer noch auf die U-Bahn zuströmten.

»Nicht ganz«, sagte ich. »Ich bin beim Stadion.«

»Erinnerst dich noch, dass wir damals diesen Drogensüchtigen für den Täter hielten?«

»Ja. Und?«

»Ich bin mir da nicht mehr so sicher, Mann. Deshalb rufe ich dich an. Wir werden überprüfen, ob wir DNA-Spuren an der Kleinen finden, und sie dann mit ein paar anderen vergleichen.«

»Wie kommst du darauf?«

»Die Art, wie die Mädchen aussahen. Das Messer, dass der Mörder benutzt hat.«

»Ich schaue nach, ob ich was finde, Sonny.«

»Danke, Mann. Weißt du noch, wie sie hieß?«, fragte Sonny, und mir war klar, dass es nur ein Schachzug war. Er wusste ganz genau, wie sie hieß, aber er wollte, dass ich es sagte.

»Ja, weiß ich noch.«

»Und?«

»Sie hieß May Luca. Tu nicht so, als hättest du's vergessen. Ich muss jetzt los.«

»Was bist du denn auf einmal so kiebig, Mann? Ach, da ist noch was.«

»Was denn?« Ich wusste, was kommen würde. Und ich wollte es nicht hören. »Ich bin auf dem Weg zur U-Bahn, Sonny, ich kann dich kaum noch verstehen.«

»Diese May Luca, die Kleine, die drüben in Sheepshead Bay ermordet wurde, war die damals nicht mit Billy Farone befreundet? Waren die beiden nicht auf derselben Schule? Irgendwie steckten die doch zusammen, oder?«

»Was soll die Frage, Sonny?«

»Gar nichts, ich dachte bloß, vielleicht erinnert sich der Junge noch an irgendwas, das May betrifft. Ist er im Moment bei dir?«

»Ja.«

»Das ist gut.« Lipperts Tonfall wurde sanfter. »Genieß die Zeit mit ihm. Ich wünschte, ich würde meine Kinder öfter sehen.«

»Ich sehe nach, ob ich was finden kann«, sagte ich und klappte mein Handy zu.

»Was meinst du?« Billy hielt die Geschenke hoch, die er für Luda ausgewählt hatte; in der einen Hand hatte er eine kleine Ausgabe seines dunkelblauen Satinblousons mit dem Yankee-Abzeichen, in der anderen eine Derek-Jeter-Puppe. »Glaubst du, das gefällt ihr?«

Ich versicherte ihm, Luda würde sich bestimmt über die Sachen freuen, und bezahlte. Dann verließen wir den Laden, gingen die Treppe zur Haltestelle hinauf – hier in der Bronx fuhr die U-Bahn oberirdisch, auf einem Hochgleis – und warteten. Mein Puls raste. Ich war nicht in Form; das Treppensteigen hatte mich außer Atem gebracht. Ich sah auf meine Uhr. Es war zwanzig nach sechs. 6. Juli.

14

»Willkommen, willkommen!« Die junge Frau am Eingang trug Hotpants mit Harlekin-Karo, eine rot-weiß-blaue Lockenperücke mit purpurfarbener Chiffonschleife und einen gelben Pelzblouson, der aussah wie gefärbtes Hasenfell. »Ich bin Miss Jelly Bean, und wie ich höre, wollt ihr heute mit uns hier in Toy Heaven feiern. Wie wär's mit ein paar Süßigkeiten?«, fügte sie hinzu und zupfte ein paar Weingummis und Bonbons von dem smaragdgrünen Tutu, das sie über den Hotpants trug.

Aus einem hüfthohen Behälter, der aussah wie ein überdimensionales rotes Gummibärchen, nahm Miss Jelly Bean Handys in Rosa und Pink mit Blümchenhülle und drückte jedem Mädchen, das hereinkam, eines davon in die Hand. Als Klingelton spielte es den Barbie-Song.

Hinter Miss Jelly Bean standen noch mehr riesige, durchsichtige Behälter mit allen erdenklichen Süßigkeiten – Weingummi, saure Drops, Karamellbonbons, Lakritze, Schokorosinen, M&Ms und Gummibärchen in zehn verschiedenen Farben, einschließlich rosa. Die Kinder, alle Mädchen, alle neun oder zehn Jahre alt, genau wie Luda, liefen aufgeregt schnatternd umher; einige kauten auf einem Stück rosafarbener Pizza herum, andere drängten sich um einen Fotoautomaten, um sich ablichten zu lassen, wieder andere ließen sich das Gesicht bemalen oder ein Tattoo auf den Arm kleben.

Insgesamt waren es etwa zwanzig Mädchen. Ein paar von ihnen standen in einem Grüppchen beieinander, Süßigkeiten und Limonade in der Hand, und unterhielten sich über ihre Kleider. Sie sahen aus wie kleine Manhattan-Ladys bei einer Cocktailparty. Andere blickten staunend nach oben, wo ein Akrobat an einem Trapez atemberaubende Kunststücke vollführte. Die Decke war mit zahllosen rosafarbenen Luftballons geschmückt, dazwischen drehten sich funkelnde Discokugeln, und überall standen riesige rosafarbene Lavalampen.

»Du meine Güte«, sagte Billy. »Wo sind wir denn hier gelandet?«

»Betrachte es einfach als soziologische Studie«, erwiderte ich leise. »Weißt du, was ich meine?«

»Ich weiß, was Soziologie ist.« Er nahm sich eine Handvoll M&Ms. »Und Anthropologie.« Er betrachtete die Mädchen. »Wusstest du, dass sie in manchen Gegenden von Afrika alle Jungen, wenn sie so ungefähr vierzehn sind, in eine Art Lager schicken und sie erst wieder rauslassen, wenn aus ihnen vernünftige Leute geworden sind? Ich frag mich nur, was ist mit den Mädchen?«

Hinter einem zweieinhalb Meter hohen Regal, das bis obenhin mit Stofftieren gefüllt war, einschließlich zweier lebensgroßer Gorillas mit schimmerndem Fell, tauchte Tolja auf. Ich hatte beinahe damit gerechnet, dass er als Clown verkleidet kommen würde, doch er hatte ein schwarzes Seidenhemd, eine leuchtend rote Seidenhose und rote Mokassins aus irgendeinem Spezialleder an. In seinem einen Ohr steckte der große Smaragd, den er manchmal trug. Hinter ihm erschien Valentina in einem kurzen rosafarbenen Kleid. Sie hielt Luda an der Hand und sah schmunzelnd auf die Schuhe ihres Vaters.

»Nicht gerade der typische amerikanische Daddy«, sagte sie zu mir. »Stell dir nur mal vor, wie viele Reptilien ihr Leben für seine Schuhe lassen mussten. Glaubst du, ich erbe sie später mal?«

»Sehr schöne Geburtstagsparty für Luda«, sagte Tolja. »Ich habe gemietet ganze Laden für heute Abend. Billy, tut mir leid, dass fast nur kleine Mädchen da.«

»Schon okay. Ist ja schließlich ihre Party.«

»Aber ich hab Auto für dich und Videospiele. Willst du sehen? Ist im Untergeschoss. Eins von die Mädchen hat mitgebracht ihre Bruder, ist ungefähr so alt wie du und wartet schon.« Er war mal wieder in seinen Gangster-Slang verfallen.

»Wow!« Billy strahlte. »Ja, das fänd ich super, danke.« Er zögerte.

»Was ist?«, fragte ich.

»Wie soll ich Sie eigentlich nennen?«, sagte er zu Tolja.

»Wenn du willst, nenn mich Onkel Anatoli. Aber Tolja ist auch okay.«

Mit Billy im Schlepptau machte er sich auf den Weg zur Rolltreppe, vorbei an Regalen mit quietschgrünen Fröschen, gelben Schlangen und Kängurus in Blau und Lila.

An einem Karaoke-Stand lief Musik, und ein Mädchen in eng anliegenden rosafarbenen Shorts und passendem Trägerhemdchen machte auf Barbra Streisand und sang aus voller Lunge »People«. Danach präsentierte ein Quartett Village People mit »YMCA«. Die kleinen Gören hatten die komplette Choreografie drauf.

»Meine Güte, das haben sie schon auf Kinderpartys gespielt, als ich selbst so klein war«, sagte jemand hinter mir.

Ein halbes Dutzend Erwachsene liefen zwischen den Kindern umher und spielten die Animateure. Einer von ihnen, ein Typ, der aussah, als verdiente er sein Geld sonst als Tänzer am Broadway, stellte sich mir als Guru Pralinishi vor, der den göttlichen Zauber der Praline pries. Außerdem gab es noch zwei Hobbits und einen Unglaublichen, der aussah wie ein arbeitsloser Arnold Schwarzenegger. Sie alle trugen große, rosafarbene Rucksäcke, aus denen sie Geschenke für die Kinder zogen – singende Armbanduhren, Digitalkameras, Kleidungsstücke, Bonbontüten und echtes Geld; die Münzen waren rosa eingefärbt.

Luda, dic immer noch Vals Hand hielt, hüpfte auf und ab und plapperte aufgeregt auf Russisch, unfähig, auch nur einen Moment still zu stehen. In ihr Haar waren glitzernde rosa Perlen eingeflochten, und sie trug ein pinkfarbenes Kleid mit passenden, hochhackigen Schuhen, die ebenfalls glitzerten.

Ein Teil des Ladens war in eine Designerboutique verwandelt worden, und die Mädchen konnten sich Partykleider aussuchen und sie in einem Umkleideraum, der mit einem rosafarbenen Samtvorhang abgetrennt war, gleich anziehen.

»Stella McCartney«, verkündete eine Mini-Fashionista, die hinter dem Vorhang hervorkam.

»Galliano«, trumpfte eine andere auf und zupfte ihren Rock zurecht. Das gehöre nun mal dazu, sagte sie lässig und fügte hinzu, sie sei schon bei einer Menge solcher Partys gewesen. »Bei einer haben wir total süße kleine Nerzjacken bekommen.«

Luda zupfte mich am Ärmel und sagte auf Russisch: »Guck mal, da.«

»Was denn?«

Sie zog mich zu einem Bereich, über dem ein Schild mit der Aufschrift »Säuglingsstation« hing.

In dieser nachgebauten Pflegestation für Neugeborene kümmerten sich junge Frauen in weißer Schwesterntracht um unechte Babys. Sie nahmen sie hoch, fütterten sie mit echten Fläschchen und ließen sie Bäuerchen machen. Die Babys gab es als Weiße, Schwarze und Asiaten, und auf Bestellung gab es auch »Sonstige«, sogar Indianer, wie mir eine der Schwestern mitteilte. Eine andere Schwester, die, nach ihrem Körperbau zu schätzen und der Art, wie sie sich bewegte, sonst vermutlich als Pole Dancer an der Eleventh Avenue arbeitete, legte mir eine der Babypuppen in den Arm.

»Sieht doch total echt aus, oder?«, sagte sie. »Die Mädchen sind ganz verrückt danach. Wir können die Puppen gar nicht so schnell nachbestellen, wie sie gekauft werden. Ich hab gehört, mittlerweile verkaufen sie die schon direkt vom LKW und auf dem Schwarzmarkt, für den doppelten oder sogar dreifachen Preis. Verrückt, nicht?«

Das Ding in meinem Arm war in eine Stoffwindel, echte Babykleider und eine Decke gehüllt, wog etwa fünf Pfund, und die Haut fühlte sich fast echt an. Hastig gab ich es der Schwester zurück.

Mit vor Anstrengung wippendem Pferdeschwanz ließen sich zwei der kleinen Partygäste von der Pseudokrankenschwester zeigen, wie man einen Säugling wickelte und fütterte. Eines der beiden Mädchen wiegte das unechte Baby mit erfahrenen Bewegungen in ihren Armen. »Das sind keine doofen Spielpuppen«, sagte sie mit wichtiger Miene. »Die sind wie echte Babys.«

Die Schwester hielt Luda eine der Puppen hin, doch die kleine Russin zuckte zurück, nachdem sie die gummiartige Haut berührt hatte, und schob sie von sich. Sie wandte sich einer Reihe von Computerbildschirmen zu, die auf der gegenüberliegenden Seite aufgestellt waren.

Mit geröteten Wangen kletterte sie auf einen der Hocker, die vor den Bildschirmen standen. Sie wirkte überdreht von den vielen Eindrücken und Süßigkeiten.

»Was ist das?«, fragte Luda mich.

Ein junger Typ mit einer Digitalkamera versuchte sie zu fotografieren und erklärte ihr, er würde das Bild in den Computer eingeben, sie könne Haar- und Augenfarbe auswählen, und dann würde der Apparat eine Puppe herstellen, die genauso aussah wie sie selbst.

Da ich nicht wusste, ob Luda irgendetwas davon verstanden hatte, übersetzte ich für sie. Als sie begriff, worum es ging, fing sie an zu weinen, lautlos.

»Das gefällt mir nicht«, sagte Val. »Es ist gruselig. Komm, Luda, wir gehen tanzen.«

Luda folgte ihr gehorsam zu einer Tanzfläche, und die beiden zappelten zu der Karaoke-Musik herum.

»Hey.«

Ich drehte mich um. Es war Billy, der mir die Rennbahn mit den Modellautos im Untergeschoss zeigen wollte. Doch als ich mich gerade umdrehte, um ihm zu folgen, rief Luda mich von der Tanzfläche.

»Ich komme gleich nach«, sagte ich zu Billy.

Er zuckte die Achseln und wandte sich ab.

»Warte«, sagte ich, doch er war bereits verschwunden.

»Wirklich ein hübscher Junge«, sagte eine Stimme hinter mir. Es war Lily, Lily Hanes.

»Danke.«

»Es ist Billy Farone, nicht?« Sie lehnte an einem Regal voller Schlenkerpuppen mit gelben Haaren.

»Ja.«

»Beth ist auch hier.« Lily deutete auf eine Gruppe tanzender Mädchen; die größte mit dem schwarzen Haar war Lilys Adoptivtochter.

Ich blickte hinüber. »Sie sieht phantastisch aus. Sie wird mal genauso groß wie du.«

»Kann aber nicht an den Genen liegen«, sagte Lily lächelnd. »Wie geht es dir, Artie? Du hast mir gefehlt.«

Ich erwiderte, es gehe mir gut, und bemühte mich, das Kribbeln in meinen Eingeweiden zu ignorieren, das ihre Worte in mir auslösten.

Lily sah gut aus. Sie hatte ihr rotes Haar zurückgebunden und trug eine grüne Seidenbluse und schwarze Jeans. Ich hatte nicht mitbekommen, dass sie nicht mehr in London war.

Das letzte Mal, als sie für eine Weile in New York gewesen war, hatten wir uns ein paarmal gesehen. Ich war bei ihr zu Hause gewesen, um Beth zu besuchen. Ich hatte Lily damals bei der Adoption geholfen, und die Kleine war mir ans Herz gewachsen. Ab und zu war ich mit ihr ins Kino gegangen, und wenn ich sie danach nach Hause brachte, hatten Lily und ich uns sehr zivilisiert benommen, wie Geschiedene, die ihren Frieden miteinander gemacht hatten. Ich war nie auf einen Drink geblieben, hatte mich nicht einmal hingesetzt. Irgendwann hatte ich dann gehört, dass sie und Beth nach London zurückgegangen waren.

Ich fragte: »Bleibst du jetzt hier?«

»Ich hoffe es.«

»Immer noch an der 10th Street?«

»Ja. Die Wohnung würde ich nie aufgeben. Ich hatte sie nur untervermietet.«

»Und wohnst du allein da?«

Sie lächelte. »Willst du wissen, ob Beth bei mir lebt?«

»Sie ist wirklich eine kleine Schönheit.«

»Sie fliegt nächste Woche zurück nach London.«

»Sie bleibt also bei diesem Ted, Ned, Fred oder wie er heißt, deinem holden Angetrauten?«

Lily sagte: »Er hat eigene Kinder aus erster Ehe, und Beth fühlt sich wohl bei ihnen, mit den anderen Kindern und dem Haus mit Garten. Sie will den Sommer dort verbringen und vielleicht auch einen Teil des Schuljahrs.«

»Wie ist das für dich?«

»Ich weiß nicht. Beth liebt ihre Schule, und ich habe nichts dagegen, dass sie einen Teil ihrer Schulausbildung in London absolviert. Ich kann rüberfliegen, und sie kann herkommen. Wir werden sehen. Vermissen werde ich sie bestimmt.«

»Aber nicht genug, um mit Wie-heißt-er-noch zusammenzubleiben?«

Lily wechselte das Thema. »Ich war letzten Sommer mal bei dir, aber du warst nicht da. Ich habe vor dem Haus gestanden und gewartet.«

Ich erinnerte mich. Es war kurz nach der Hochzeit mit Maxine gewesen. Ich hatte sie vom Auto aus gesehen, wie sie im Regen auf der Straße gestanden hatte, aber ich war wieder weggefahren.

»Auf meine Anrufe hast du auch nicht reagiert«, sagte sie.

»Tut mir leid.« Mir fiel auf, dass die Spannung zwischen Lily und mir weg war; vielleicht konnten wir nach all den Jahren doch noch Freunde werden.

Lily sah sich um.

»Ich finde es schrecklich, so ein Brimborium zu veranstalten, so viel Geld für einen Kindergeburtstag auszugeben, aber anscheinend ist das hip«, sagte sie. »Die Leute schmeißen Partys für Einjährige im Four Seasons, für Tausende von Dollar. Das ist doch dekadent. Erzähl mir von Billy. Wie geht es ihm?«

»Meinst du, hier gibt es irgendwo was zu trinken?«

»Wenn Tolja eine Party schmeißt, gibt es immer was zu trinken«, sagte sie und führte mich zur Bar.

Überall standen Sicherheitsleute; Tolja hatte einen ganzen Trupp im Laden verteilt, Russen, die nur aus Muskeln und Tätowierungen bestanden. Obwohl sie rot-weiß gestreifte Hemden trugen, sahen sie immer noch wie Gewichtheber aus, mit Armen wie Ochsenkeulen.

Plötzlich sprang mir ein Clown in den Weg und zog Grimassen. Ich wich zurück. Ich hatte Clowns schon immer gehasst, schon als ich noch ein kleiner Junge war und

Moskau außer dem Staatszirkus nicht viel zu bieten hatte. Meine Mutter war einmal mit mir dorthin gegangen, und wie sie mir später erzählte, hatte ich den ganzen Heimweg über geweint. Fünf Jahre war ich damals.

An der Bar kletterte Lily auf einen der Hocker, und ich setzte mich neben sie.

»Hallo«, begrüßte uns eine Milchmagd mit Rüschenschürze. »Für die Großen haben wir Erwachsenenlimo«, sagte sie und nahm eine Flasche Rosé-Champagner aus dem Kühlschrank hinter der Bar.

Lily zog sich eine Schale mit Red Hots heran; sie warf die Bonbons einzeln in die Luft, fing sie mit dem Mund auf und spülte sie mit dem Champagner hinunter. »Nicht übel, das Zeug«, sagte sie.

»Wie lange geht diese Veranstaltung?«

»Die ganze Nacht«, sagte Lily. »Es ist eine Übernachtungsparty.«

»Großer Gott.«

»Erzähl mir von Billy.«

»Na ja, es ist wohl ziemlich gut gelaufen in diesem Heim in Florida, und deshalb haben sie ihn für zwei Wochen nach Hause gelassen. Ich bin runtergefahren und habe ihn geholt, weil Genja ziemlich ausgeflippt ist, als sie Billy dorthin geschickt haben. Sie wollte, dass er auf eines dieser Internate für schwierige Kinder kommt, du weißt schon, diese Edelschulen, die zigtausend im Monat kosten, aber der Richter war anderer Meinung.«

»Artie, du weißt doch, in diese Internate kommen Kinder, die emotional verkorkst sind oder bei kleineren Vergehen erwischt wurden, Ladendiebstahl, Verkauf von Gras oder so. Das mit Billy ist ein anderes Kaliber.«

»Ich weiß. Aber ich habe mit seinem Therapeuten gesprochen, ich habe Billy den ganzen Tag um mich, und ich weiß, dass er geheilt ist. Glaubst du mir?«

Sie sah mich mit ihren blassgrauen Augen an, und ich wusste, dass sie ehrlich antworten würde. Lily Hanes, die ich seit über zehn Jahren kannte und mit der ich ein Gutteil dieser Jahre zusammen gewesen war, sagte immer geradeheraus, was sie dachte, ohne Spielchen, ohne Lügen.

Sie legte die Hand auf meinen Arm. »Ja«, sagte sie. »Ich glaube dir. Ich kann gar nicht anders.«

»Danke.«

»Ich sage das nicht, weil du es hören willst. Als überzeugte, wenn auch ziemlich desillusionierte Linke glaube ich an die Macht der Zuwendung, und wenn Billy eine miese Kindheit hatte, aber jemand in Florida Zugang zu ihm gefunden und ihm geholfen hat, sich selbst zu verstehen, warum sollte er dann nicht geheilt sein? Und wenn man daran nicht glaubt, wozu dann das Ganze? Und außerdem gibt's auch in der Psychologie Moden. Vor ein paar Jahren haben sie das Asperger-Syndrom aus der Mottenkiste geholt, angeblich eine mildere Form von Autismus, und jetzt hat es plötzlich jeder. Mittlerweile gibt es so viele intelligente Leute, die angeblich diese Krankheit haben, dass das Ganze schon als Genie-Syndrom durch die Presse geistert. Den Dummen verpassen sie dafür den Aufkleber Fragiles-X-Syndrom.«

»Billy hat kein Asperger. Ich habe mit seinem Psychiater gesprochen. Was ist das mit dem Fragilen X?«

»Irgendein genetischer Fehler, hauptsächlich bei Jungen. Auf Rikers Island haben sie einen Haufen Studien durchgeführt, angeblich hat ein großer Teil der Häftlinge dieses Syndrom«, sagte Lily. »Aber ich glaube nicht an diesen ganzen genetischen Quatsch. Wenn alles bereits vor der Geburt festgelegt wäre, bräuchte man sich gar keine Mühe mehr zu geben. Verdammt, ich brauch 'ne Zigarette. Kommst du mit, eine rauchen?«

»Danke, Lily.«

»Du wirst mir doch jetzt nicht etwa sentimental, wie ein alter Russe, der sich nach der Heimat und den Silberbirken sehnt, oder?« Sie lächelte. »Komm.«

Ich wollte mit ihr eine rauchen. Ich wollte alles mit ihr machen. Alles.

»Es ist schön, dich zu sehen«, sagte ich. »Weißt du noch, wie wir nachts mit der Staten Island Ferry gefahren sind?«

»Nicht«, sagte Lily.

Während wir nach dem Ausgang suchten, erspähte ich Tolja. Umrundet von zehnjährigen Mädchen, die vor ihm auf dem Fußboden saßen, spielte er auf der Gitarre und sang ihnen ein russisches Liebeslied vor. Ohne Band, ohne Bass, ohne den ganzen Technikkram, den er als Rocker gehabt hatte, kam seine Stimme erst richtig zur Geltung. Hinter dem Kreis der Mädchen stand Billy. Er hörte einen Moment zu, dann wandte er sich ab und verschwand.

»Wusstest du, dass Tolja so singen kann?«, fragte ich Lily.

Sie nickte. »Er hat früher oft für Beth gesungen, als sie klein war. Auch Wiegenlieder.«

»Du weinst ja.«

»Unsinn.«

Ein Stück abseits der Mädchen saß Valentina, ebenfalls auf dem Fußboden, die Arme um Luda gelegt. Als sie uns sah, stand sie auf.

»Weißt du, wo Billy hingegangen ist?«, fragte ich sie.

»Nach unten, zu der Rennbahn und den Videospielen. Aber er hat gesagt, für den Geburtstagkuchen kommt er rauf. Ich bin Valentina«, fügte sie hinzu und gab Lily die Hand. »Toljas Tochter.«

»Und das ist Lily Hanes«, sagte ich.

»Dachte ich mir schon«, sagte Val. »Freut mich wirklich sehr, Sie kennenzulernen. Mein Dad redet andauernd von Ihnen, ich meine, wirklich *andauernd*!«

»Hi«, sagte Lily. »Ich muss mal raus, eine rauchen.«

Val sah uns beide an, dann sagte sie: »Na klar. Geht nur.«

Es war Mitternacht. Die Straßen waren leer. Die Luft war kühl, der Himmel klar, und wir standen draußen vor dem riesigen Spielzeuggeschäft. Der Rauch von Lilys Zigarette roch verlockend. Lily hielt sie mir hin, und ich nahm einen tiefen Zug.

Plötzlich fing sie an zu lachen. Laut und übermütig, wie sie es immer in meinen Träumen tat – ich träumte öfter von ihr, als ich zugeben wollte. Ihr Lachen war ansteckend, und wenige Augenblicke später fiel ich mit ein.

»Was ist?«, sagte ich, als ich wieder Luft bekam.

»Das Ganze ist so unglaublich komisch«, sagte sie. »Dieser Laden. Die ganzen Spielsachen. Tolja in seiner roten Hose und wir beide mit einem Haufen zehnjähriger Gören, die sich benehmen, als wären sie dreißig, und die unechten Babys und diese Milchmagd.«

Lilys Schulter berührte meine, und in dem Moment wusste ich, dass ich nicht ohne sie sein konnte. Jetzt erst, da ich neben ihr stand, hatte ich das Gefühl, endlich wieder atmen zu können.

Ich dachte an Maxine und die Mädchen, an die Wohnung, an alles. Ich würde dazu stehen, so gut ich konnte. Ich würde nicht mit Lily ins Bett gehen. Aber ich musste mit ihr reden, sie sehen.

»Es klappt nicht«, sagte Lily. »Oder?«

»Nein.«

»Ich meine, dass wir uns nicht sehen.«

»Hab ich schon verstanden«, sagte ich.

»Was sollen wir tun?«

»Was meinst du denn?«

»Keine Ahnung. Nichts, wahrscheinlich.« Lily nahm

meine Hand und lehnte den Kopf dagegen. »Aber jetzt geht's mir schon besser.« Sie warf die Zigarettenkippe in den Rinnstein, wo sie in einer kleinen Pfütze landete. »Ich komme schon zurecht, solange wir uns ab und zu sehen. Wir sollten wieder reingehen«, sagte sie. »Artie?«

»Ja?«

»Das mit Billy wird schon glattgehen. Mach dir keine Sorgen.«

Die Schreie waren schrill und panisch, und sie schienen überhaupt nicht wieder aufzuhören, das Geschrei eines kleinen Mädchens, dessen Lungen schier bersten wollten.

Luda kauerte mit zerknittertem Kleid und schmutzigem Tüllrock auf dem Boden des Spielzeugladens, und Val hockte neben ihr und versuchte, sie in den Arm zu nehmen. Vor ihr kniete Billy, die Hände auf Ludas Schultern, und flüsterte ihr mit gesenktem Kopf etwas zu.

Lily war mit Beth nach Hause gegangen. Tolja hatte die übrigen Mädchen an der Bar um sich versammelt und sang mit ihnen Beatles-Songs, während die Milchmagd Eiscreme servierte, um sie abzulenken.

Luda fing erneut an zu schreien, und Billy sprang plötzlich auf, das Gesicht wie eine Maske, dann rannte er davon, durch den Raum und die Treppe hinunter. Ich wollte ihm nachlaufen, doch Tolja hielt mich auf.

»Lass ihn einen Moment in Ruhe. Ich schicke einen von meinen Jungs runter, um nach ihm zu sehen. Ihre Schreie haben ihm Angst gemacht.«

»Was ist passiert?«, fragte ich.

»Die Puppen.« Er warf mir ein Päckchen Zigaretten zu. Das Rauchverbot war mir in dem Moment egal. Ich zündete mir eine an.

»Was ist damit? Sag schon.«

»Hör mal, ich muss zusehen, dass die Mädchen ruhig

bleiben, bis wir sie nach Hause bringen können. Es ist wegen der Puppen, die man mit dem eigenen Gesicht anfertigen lassen kann«, sagte Tolja und zeigte auf ein Regal, in dem eine ganze Reihe von Puppen mit Ludas Gesicht saßen.

»Warum haben Sie so viele gemacht?«, fragte ich die Frau, die die Computer bediente.

»Ich dachte, sie wollte sechs davon zum Mitnehmen. Ich habe nicht verstanden, was sie gesagt hat. Der Junge hat für sie übersetzt.«

»Welcher Junge?«

»Der große mit den blonden Haaren.«

»He, warten Sie.« Miss Jelly Bean rief hinter mir her, aber ich rannte schon zur Treppe. Als ich unten ankam, fragte ich einen von Toljas Muskelmännern, wo Billy war, aber er sagte mir in seinem derben Russisch, dass er den Jungen nicht gesehen hatte.

Wo ist er? Wo ist er?, fragte ich jeden, den ich sah. Ich lief wieder rauf ins Erdgeschoss, Richtung Ausgang, vorbei an Vitrinen mit lächelnden Barbies und Puppen in Ballkleidern und Astronautenanzügen, Plüschteddys, Modellbahnen, Spielzeugklavieren und Miniaturschlagzeugen, Regalen mit grellbunten Büchern und blinkenden, dudelnden Gameboys, das Ganze untermalt von Rap-Musik, die aus unzähligen Lautsprechern kam. Als ich endlich draußen war, lief mir der Schweiß den Rücken hinunter. Billy war nirgends zu sehen, aber ich hörte immer noch Ludas Schreie.

DRITTER TEIL

Donnerstag, 7. Juli

15 Früh am Donnerstagmorgen riss mich das Telefon aus dem Schlaf. Es war Vera Gorbatschow. Sie weinte und rief irgendetwas Unzusammenhängendes auf Russisch in den Hörer.

»Bitte kommen Sie her«, drängte sie. »Jetzt gleich.«

Ich sagte ihr, sie solle den Notruf wählen, wenn es ein Problem gab, und legte auf. Ich fühlte mich wie Blei. Hatte nicht gerade viel Schlaf gekriegt. Ich tastete nach den Zigaretten und Streichhölzern, die ich auf dem Fußboden liegen gelassen hatte.

Als ich nach der Party im Spielzeugladen nach Hause gekommen war, halb verrückt vor Sorge um Billy, hatte ich ihn friedlich schlafend auf dem Sofa vorgefunden.

Ich blieb noch eine Weile liegen, rauchte und versuchte, einen klaren Kopf zu kriegen. Es war eine Schnapsidee gewesen, mit Billy zu dieser Party zu gehen. Ich hatte ihm versprochen, dass wir etwas zusammen unternehmen würden, Angeln, Baseball und so, typischen Männerkram eben, und stattdessen hatte ich ihn zu einer Party für kleine Mädchen mitgeschleift.

Ludas Schreie hatten ihm Angst eingejagt. Als seine Versuche, sie zu trösten, nichts nützten und sie immer weiter schrie, hatte er es nicht mehr ausgehalten und war einfach zu meinem Loft zurückgegangen.

Ich wollte Billy nicht noch mal allein lassen, außerdem glaubte ich nicht, dass Vera Gorbatschow in ernsthaften Schwierigkeiten war; sie schien mir eher der Typ zu sein, der ständig nach Aufmerksamkeit heischte. Ich mochte sie nicht. Außerdem hatte sie etwas Verschlagenes an sich, eine Art lauernde Aggressivität, die mich an Big Tina Farone erinnerte, Billys Großmutter.

Schließlich stand ich auf, zog mich an, setzte Kaffee auf und weckte Billy. Ich hatte ihm schließlich versprochen, dass wir angeln gehen würden. Er entschuldigte sich dafür, dass er aus dem Spielzeugladen verschwunden war, ohne mir Bescheid zu sagen. Aber er hatte mir aufs Band gesprochen. Zweimal sogar.

In einem viel zu kleinen blau-weiß gestreiften Schlafanzug, aus dem seine Hand- und Fußgelenke herausragten, saß Billy an der Theke in der Küche und trank ein Glas Milch. Ich machte Toast. Billy fragte, ob ich Marmelade hätte.

Nachdem er gefrühstückt hatte, sagte er, mittlerweile könne er über den Vorfall im Spielzeugladen lachen, und er sei bekümmert – so drückte er sich aus –, dass er so überreagiert habe. Die vielen Spielsachen, all die kleinen Mädchen, das ganze Zuckerzeug und dazu die Babypuppen, die sich so echt anfühlten – das war plötzlich zu viel gewesen. Ich sagte, es sei schon okay, aber er solle mir in Zukunft bitte Bescheid sagen, wenn er irgendwohin ging. Er sah erschöpft aus. Ich hatte ein schlechtes Gewissen.

»Mach dir keine Gedanken, Artie«, sagte Billy. »Es war einfach dieser Riesenzauber, all die Leute, und außerdem waren ein paar von den Videospielen, die sie da unten hatten, ziemlich brutal.« Er fuhr sich mit den Fäusten über die Augen. »Aber jetzt geht's schon wieder«, sagte er. »Hör mal, kann ich dir die Wahrheit sagen? Oder wirst du dann böse?«

»Du kannst mir alles erzählen.«

»Also, dieser Junge, den sie für mich mitgebracht hatten, der Bruder von einem der Mädchen, mit dem ich unten war, bei den Videospielen und der Rennbahn und so, der hatte Gras dabei, und wir haben ein bisschen gekifft. Hinterher war mir ziemlich übel. Erst der Hotdog im Stadion, dann der ganze Süßkram – na ja, jedenfalls bin ich zum Klo gerannt und musste mich übergeben.« Billy sah zerknirscht aus.

»Schon gut. Jetzt aber ab unter die Dusche«, sagte ich.

»Danke. Weil du nicht wütend wirst«, sagte Billy und schlurfte Richtung Bad.

»Billy?«

»Ja?«

»Wenn du meine alte Jeansjacke aus dem Schrank haben willst, dann nimm sie dir.«

Er drehte sich um und strahlte mich an. »Wirklich?«

»Ja.«

»Oh Mann, genial. Danke. Kann ich sie gleich heute anziehen?«

Irgendwie ließ mir Sonny Lipperts Anruf keine Ruhe, dieser Fall, an dem er arbeitete, das unbekannte tote Mädchen in Jersey, die kleine Dreijährige, deren Mörder möglicherweise auch May Luca aus Sheepshead Bay getötet hatte. May Luca, die mit Billy befreundet gewesen war.

Ich wollte Billy nach May Luca fragen, vielleicht erinnerte er sich ja an etwas, das Lippert bei seinen Ermittlungen helfen konnte, aber damit wartete ich besser noch. Ich hörte die Dusche rauschen. Das Letzte, worauf ich jetzt Lust hatte, war, nach Staten Island zu fahren und Vera Gorbatschow einen Besuch abzustatten, aber auch die Sache ließ mir keine Ruhe. Als Billy und ich den Loft verließen, klingelte das Telefon wieder, aber ich ließ es klingeln.

Auf dem Weg nach Staten Island sagte Billy nicht viel. Meine alte Jeansjacke war ihm noch zu groß, aber er schien sich wirklich darüber zu freuen. Er hatte das Buch über

Fliegenfischen auf dem Schoß, das er bei Dubi Petrowsky gefunden hatte, und las darin, während ich fuhr.

Als wir zur Verrazano Bridge kamen, sah Billy von seinem Buch auf und sagte: »Ich mag deine Lily. Ich glaube, ich bin ihr schon mal begegnet, als ich noch ganz klein war, stimmt's? Jedenfalls erinnere ich mich an eine Frau mit roten Haaren.«

»Sie ist nicht *meine* Lily«, sagte ich. Ich hatte seit der vergangenen Nacht ziemlich viel an Lily gedacht.

»Ach so, ja, tut mir leid.«

»Wo warst du gestern Abend, nachdem du den Spielzeugladen verlassen hattest?«

»Nirgends«, sagte Billy. »Ich bin direkt zum Loft gegangen und hab mich schlafen gelegt.«

»Ich habe dich auf dem Handy angerufen.«

»Wahrscheinlich war der Akku leer. Manchmal vergesse ich ihn aufzuladen. Aber du magst Lily doch, oder?«

»Ich bin mit Maxine verheiratet. Ich bin übrigens nicht gerade glücklich darüber, dass du Dope geraucht hast.«

»Ich auch nicht«, sagte er. »Außerdem war mir so übel, da brauchst du dir keine Sorgen zu machen.«

»Tue ich auch nicht.«

»Aber worüber ich mir Sorgen mache, ist Luda. Ich hab versucht, mit ihr zu reden, aber sie hat immer nur geweint. Ich mag sie.«

»Ja, sie ist süß.«

»Aber Val finde ich noch netter«, fügte er verlegen hinzu.

Ich unterdrückte ein Lächeln.

»Luda geht es bestimmt schon besser«, sagte ich. »Val und Tolja wollen mit ihr nach Long Island, das gefällt ihr sicher. He, erzähl mir doch mal bisschen über Florida.«

»Hm. Muss das sein?« Er schaltete das Radio ein.

»Ist die Schule gut?«

»Ja.« Billy beugte sich wieder über sein Buch.

»Aber du willst nicht darüber reden?«

»Nicht jetzt.«

»Gibt es irgendwas, das dir Angst macht?«

»Angst? Wieso?«

»Ich weiß nicht. Dass du von zu Hause fort bist. Oder die anderen Jugendlichen.«

»Die Orkane«, sagte Billy. »Einmal haben sie uns evakuiert, wir mussten in Busse steigen, und auf der Straße waren hunderttausend Leute, Stoßstange an Stoßstange. Keiner hat uns gesagt, wohin wir fahren. Ich glaube, das wussten sie selbst nicht, Hauptsache weg. Die Leute sind total durchgedreht. Also diese Orkane, die machen mir Angst. Zu wem fahren wir denn eigentlich?«

»Zu einer Russin. Es dauert nicht lange. Ich muss nur mit ihr reden.«

»Hast du eine Straßenkarte?«

»Im Handschuhfach«, sagte ich. »Warum?«

Billy nahm die Karte von Staten Island heraus und faltete sie auseinander. »Ich stelle mir gerne Orte vor, zu denen ich irgendwann mal reisen könnte.«

»Zum Beispiel?«

»Ganz egal. Vielleicht Russland. He, du musst dir keine Sorgen um mich machen, Artie. Mir geht's prima. Ich weiß, ich benehme mich manchmal ein bisschen seltsam. Wahrscheinlich ist einiges, was normale Kids so kennen, an mir vorübergegangen, während ich weg war. Willst du ein Kaugummi?« Er bot mir einen Streifen an. »Aber eines ist gut da unten in Florida: Ich hab jede Menge Zeit zum Lesen.«

»Was liest du denn so?«

»Ach, alles Mögliche. Aber ich will kein spießiger Bücherwurm werden, verstehst du?«, sagte Billy. »Also höre ich mir die Musik an, die die anderen auch hören. Aber ehrlich gesagt, finde ich Rap todlangweilig. Ich mag klassische

Musik und deine Art von Jazz, aber wenn ich das Leuten in meinem Alter erzähle, kann ich mich gleich einsargen lassen.«

Während ich mir das Kaugummi in den Mund schob, warf ich einen Blick in den Rückspiegel.

»Siehst du nach, ob uns dieser Wagen wieder folgt?«, fragte Billy.

»Nein, war nur ein harmloser Kontrollblick.«

Wir kauten, und der süßliche Geruch des Kaugummis breitete sich im Wagen aus. Es war nicht viel Verkehr, Billy nickte ein, und ich schaltete um auf einen anderen Sender, auf dem ein altes Stück von Erroll Garner lief. Für einen kurzen Moment war ich zufrieden mit der Welt.

Ein junger Cop in Uniform stand lesend an seinen Streifenwagen gelehnt schräg gegenüber von Vera Gorbatschows Haus, und als ich ausstieg, kam er herübergeschlendert. Ich zeigte ihm meine Marke. Er erklärte mir, er sei dort, um die Augen offen zu halten.

»Gestern war noch niemand hier«, sagte ich.

»Keine Ahnung, was gestern war, ich weiß nur, dass ich heute Morgen den Befehl bekommen habe, das Haus und die Straße im Auge zu behalten, also tue ich das.« Er ging zum Wagen zurück und griff wieder nach seinem Comicbuch, das er auf der Motorhaube abgelegt hatte.

Wenn sie schon einen Cop hier postiert hatten, würde das Ganze wahrscheinlich sehr viel schneller gehen. Ich sagte Billy, der noch im Auto saß, dass ich bald zurück sein würde.

»Darf ich ein bisschen rumlaufen?«, fragte er.

»Ja, aber nicht zu weit, okay?«

Er schwieg.

»Hör zu, Billy«, sagte ich. »Ich möchte, dass du in der Nähe bleibst, während ich mit dieser Frau spreche, und dann will ich mit dir frühstücken und angeln gehen und alles andere vergessen. Einverstanden?«

»Einverstanden.«

Vera Gorbatschow saß zusammengesunken auf ihrem Sofa, den Kopf in die Hände gestützt, lauter zerknüllte Kleenex auf dem Schoß; sie trug dieselbe hellblaue Steghose wie am Tag zuvor. Weinend murmelte sie etwas Unverständliches auf Russisch. Kaum zu glauben, dass dies dieselbe Frau war, die sich gestern an mich herangemacht hatte.

»Erzählen Sie mir, was passiert ist«, sagte ich.

Durch das Fenster sah ich Billy; er stand gegen den Wagen gelehnt und rauchte.

Vera fuhr sich mit der Hand über die Augen. Auf ihrer Wange blieb ein schwarzer Streifen Wimperntusche zurück. »Sie bedrohen mich«, sagte sie.

»Wer bedroht Sie?«

»Das weiß ich nicht. Erst haben sie meinen Mann verschwinden lassen, und dann ging das mit den Anrufen los«, schniefte sie. »Sie haben gesagt, ich solle den Mund halten, sonst würden sie mich auch noch holen. Aber ich habe keine Ahnung, wer sie sind.«

»Sie müssen etwas genauer werden, sonst kann ich Ihnen nicht helfen.« Ich überlegte, wie ich sie dazu bringen konnte, mit dem Geschniefe aufzuhören. »Könnte ich einen Kaffee kriegen?«

Vera stand auf. »Ich mache uns einen Tee.«

»Auch gut.«

Sie ging in die Küche und füllte den Kessel. Ich setzte mich an den Tisch. Erneut erzählte sie mir, wie sie in der Nacht vor zwei Wochen aufgewacht war, wie ihr Mann den Einbrecher überrascht hatte, hinter ihm hergerannt und dann spurlos verschwunden war. Sie wiederholte die Geschichte Wort für Wort, als hätte sie sie auswendig gelernt. In der Marsch, ungefähr eine Meile vom Haus entfernt, waren Fußspuren gefunden worden, sagte sie, aber dort trafen sich nachts oft Jugendliche, um in den vergammelten Booten, die dort am Steg festgemacht waren, zu rauchen und zu trinken.

Das Wasser kochte, und Vera goss den Tee auf. Dann nahm sie einen Teller mit Schokoladenkuchen aus dem Kühlschrank.

»Für mich nicht, danke«, sagte ich.

Unbeirrt schnitt sie den Kuchen auf, deckte den Tisch und sah zu, während ich meinen Tee trank.

»Ich frage mich nur, wie er so schnell laufen konnte.«

»Was?« Ich nahm mir doch ein Stück von dem Kuchen. »Wer?«

»Wegen der Amputation. Er kann nicht gut laufen, erst recht nicht ohne Schuhe.«

»Wer?«

»Mein Mann, Al. Ihm fehlen ein paar Zehen.« Über ihren Kuchen gebeugt, fing Vera wieder an zu weinen.

Schließlich bekam ich heraus, dass Al Laporello sie bei einem Besuch in Russland verloren hatte. Er hatte als junger Mann an einem Austauschprogramm teilgenommen, und weil er so ein Raumfahrtfan war, hatte er es irgendwie geschafft, sich zum Haus von Juri Gagarin durchzuschlagen. Es war mitten im tiefsten Winter gewesen, und Al hatte so lange draußen vor dem Haus gestanden, dass ihm die Zehen abgefroren waren.

Juri Gagarin, der Held der sowjetischen Raumfahrt, hatte uns den Amerikanern überlegen gemacht. In der Schule sprachen die Lehrer von ihm, und sein Gesicht war überall, auf Postern und Plastiktüten. Er war so etwas wie ein Rockstar. Sein Gesicht, der Helm und der Astronautenanzug hatten sich für immer in mein Hirn gebrannt.

Ich war nie zu Gagarin gepilgert, aber Vera Gorbatschows Mann, Al Laporello, ein Amerikaner italienischer Abstammung aus Staten Island, war dort gewesen.

»Haben Sie die Stimme am Telefon erkannt?«, fragte ich Vera.

»Ich bin mir nicht sicher, ob es wirklich Russen sind, sie sprechen mit Akzent.«

»Sie? Waren es mehrere?«

»Ich weiß es nicht.«

»Wie viele Anrufe waren es?«

»Sechs in den letzten zwei Tagen.«

»Warum haben Sie mir gestern nichts davon gesagt?«

Wieder rannen ihr die Tränen übers Gesicht. »Ich hab's vergessen.«

»Können Sie die Stimmen beschreiben?«

»Nicht alt«, sagte Vera. »Etwa um die dreißig, vierzig. Vielleicht auch jünger. Es klang wie jemand, der Russisch lernt. Da war ein Akzent.«

»Was für ein Akzent?«

»Das weiß ich nicht. Noch Tee?«

»Nein danke.«

»Gehen Sie nicht.«

Da begriff ich, dass Vera mich nur angerufen hatte, weil sie Gesellschaft wollte. Sie war fertig mit den Nerven. Ihr Mann war verschwunden, und vermutlich war ihr aufgegangen, dass er nur auf eine gute Gelegenheit gewartet hatte, um sie sitzen zu lassen. Sie sprach es nicht aus, und ich hielt natürlich meinen Mund. Denn möglicherweise war Al auch einfach tot.

Ich ging nach draußen zu dem jungen Cop.

»Sprechen Sie Russisch?«

»Soll das ein Witz sein? Ich bin Ire.«

»Gibt es jemanden, der bei Mrs. Gorbatschow bleiben könnte? Für sie ans Telefon gehen, ihr das Gefühl geben, dass sie in Sicherheit ist?«

»Keine Ahnung. Ich hab den Befehl, ein Auge auf die Gegend zu halten. Mehr kann ich nicht tun«, sagte er und vertiefte sich wieder in seinen Comic.

Vera Gorbatschow hatte mich durch die Fliegengittertür beobachtet, und als ich wieder ins Haus kam, fragte sie: »Wer ist der Junge?«

»Welcher Junge?«

»In Ihrem Auto. Ich habe ihn vorhin gesehen, als Sie kamen. Sieht gut aus, groß und blond. Ihr Sohn?«

»Ich muss jetzt los.«

»Ich will nicht allein sein«, sagte Vera.

»Da draußen ist ein Polizist. Falls jemand anruft, sagen Sie ihm Bescheid. Oder rufen Sie einen Nachbarn. Das mit Ihrem Mann tut mir leid, aber ich muss jetzt gehen. Es sei denn, Sie haben mir noch etwas zu sagen.«

Sie zögerte einen Moment, blieb im Türrahmen stehen. »Na ja, also, mein Mann hatte da ein paar kleinere Sachen laufen, mit dem Müll, wissen Sie. Früher war das hier draußen ja ein Riesengeschäft, aber seit sie die Deponie in Fresh Kills geschlossen haben, kabbeln sich die Leute um die Reste. Mein Al ist ein anständiger Kerl, aber ein bisschen schlicht.« Sie lachte. »Bevor er mit dem Müll angefangen hat, war er Klempner.«

»Sie meinen, jemand hat ihn entführt, weil er ein Klo nicht richtig installiert hat?«

»Er hatte ein paar neue Ideen, was den Müll betrifft. Vielleicht war jemand damit nicht einverstanden. Die Leute hier in der Gegend mögen Russen nicht besonders, und vielleicht passte es jemandem nicht, dass Al eine russische Frau hat. Warum bringen Sie Ihren Jungen nicht mit rein?«

Ich drehte mich um und sah, dass Billy hinter mir stand.

Vera trat beiseite und sagte: »Komm nur. Er spricht doch Russisch, oder?«

Billys Gegenwart schien Vera aufzumuntern, und so gingen wir alle in die Küche. Sie stellte Teller mit Käse und kaltem Braten auf den Tisch, und während Billy sich ein Sandwich machte, klingelte mein Handy. Es war Maxine. Ich ging nach draußen in den Garten.

Es half nichts, ich musste Max sagen, dass ich mit Billy in meine Wohnung gegangen war.

»Deine Wohnung?«, sagte sie. »Ich dachte, wir hätten eine gemeinsame Wohnung.«

Ich ging ein paar Schritte durch Veras Garten, und mein Blick fiel auf ein blaues Kinderplanschbecken.

»Du weißt, was ich meine«, erwiderte ich. »Ich rede von meinem Loft. Du wolltest Billy nicht in unserer Wohnung haben, also habe ich ihn dorthin gebracht. Was hätte ich denn sonst tun sollen, Max? Seine Eltern sind in London. Hast du vielleicht eine bessere Idee?« Mittlerweile war ich genervt, und das hörte sie.

»Vergiss es«, sagte Max und legte auf. Das hatte sie noch nie getan. Ich fühlte mich beschissen.

Von dort, wo ich stand, konnte ich Vera und Billy durch das Küchenfenster sehen. Er wäre ohne Weiteres für achtzehn durchgegangen. Sie lachten, und es sah aus, als ob sie mit ihm flirtete, und es schien ihm zu gefallen; aber vielleicht bildete ich mir das auch nur ein. Es fing an zu regnen. Ich lief hinein. Ich hätte Maxine zurückrufen sollen, aber ich war sauer auf sie.

Billy saß am Küchentisch, lachte und fischte einen Eiswürfel aus seinem Orangensaft. Er schob ihn sich in den Mund und kaute darauf herum.

»Wir sollten jetzt fahren«, sagte ich.

»Es regnet.«

»Du wirst schon nicht einlaufen.« Ich wusste, dass ich

bissig klang, aber das Gespräch mit Max hatte mir die Laune verdorben.

Mit gesenktem Kopf stand Billy auf und starrte auf seine Turnschuhe.

»Steig einfach ins Auto«, sagte ich. »Bitte.«

Er ging hinaus, und ich sagte zu Vera: »Sie haben meine Nummer. Da draußen steht ein Polizist. Ihnen wird nichts passieren. Falls weitere Anrufe kommen, sagen Sie ihm Bescheid.«

Mehr konnte ich nicht für sie tun. Entweder sie wusste, wer sie bedroht hatte, und wollte es mir nicht sagen, oder sie wusste es tatsächlich nicht. Ich war hier jedenfalls fertig.

»Der Junge, heißt er wirklich Farone?«, rief Vera mir nach, als ich zur Haustür ging. »Er sagte, sein Name sei Billy Farone.«

Ich drehte mich um. »Ja. Und?« Ich bemühte mich, mir meine Überraschung nicht anmerken zu lassen.

»Ich kenne die Eltern.«

Es machte mich unruhig, dass sie mich deswegen zurückrief. Ich begriff nicht, was Vera Gorbatschow wollte; die Frage ging mir die ganze Zeit durch den Kopf: Was wollen Sie von mir?

»Johnny Farone, der Vater, hat doch dieses Restaurant in Brighton Beach«, sagte sie. »Jeder hier kennt ihn. Und Jewgenija, die Mutter, ist auch fast immer da und begrüßt die Gäste. Ich habe gehört, ihr Sohn wäre in einem Internat. Ist Billy dieser Sohn? Oder gibt es noch einen?«, fragte sie in übertrieben freundlichem Tonfall.

Vera Gorbatschow kannte die Farones, aber was hatte das zu sagen? Vielleicht hatte sie Geschichten über Billy gehört. Irgendwas an dieser Gorbatschow-Sache war faul, aber ich kam nicht drauf. Lippert hatte mich gebeten, mit Vera zu reden, weil sie mit seiner Freundin Rhonda Fisher verwandt war. Vera Gorbatschow wirkte sehr viel weniger beunruhigt über das Verschwinden ihres Mannes, als man hätte annehmen können. Leute mit merkwürdigem Akzent bedrohten sie am Telefon. Ich hatte meine Zweifel, ob sie die Wahrheit sagte.

Wir waren auf dem Weg zu einem Teich, über den Billy im Internet gelesen hatte. Angeblich ein guter Angelplatz. Mein Handy klingelte. Es war Sonny Lippert.

»Ich war gerade noch mal bei Rhondas Verwandter. Mehr kann ich nicht tun«, sagte ich.

»Deshalb rufe ich nicht an, Mann, ich brauch dich hier in der City.«

Den Rest bekam ich nicht mehr mit, weil die Verbindung abbrach. Er rief noch einmal an.

»Sieh zu, dass du herkommst«, sagte Sonny. »Ist der Junge bei dir?«

»Ja. Wieso?«

»Hab ich dir doch gesagt, ich will mit ihm über May Luca reden. Er könnte mir bei der Sache wirklich helfen.«

»Ich kann dich kaum verstehen, Sonny, hier ist kein Netz«, log ich, und als das Handy erneut klingelte, ging ich nicht mehr dran.

»Musst du zurück?«, fragte Billy.

»Wir gehen jetzt angeln.«

»Echt?«

»Hab ich dir doch versprochen.«

16 »Ach du Scheiße«, hörte ich jemanden sagen, als wir bei Hank Provones großem Haus in der Nähe von Tottenville ankamen. Ach du Scheiße. Der Ausruf versetzte mich sofort zurück an den 11. September, als würde ich Bilder von den Flugzeugen, die in die Twin Towers knallten, sehen. Aber warum? Warum dieser Satz, fragte ich mich, während Billy und ich um Hanks Haus herum zur Terrasse gingen, wo sich eine Gruppe von Leuten um einen tragbaren Fernseher drängte.

»Was ist passiert?«

Hank blickte auf. »Meine Güte, Artie, hast du es noch nicht mitgekriegt?«

»Was denn?«

»London. Heute Morgen. Scheiße, Mann, es geht schon wieder los.«

Hank Provone war jahrelang mein Partner gewesen, der beste, den ich je hatte. Er war jetzt im Ruhestand und lebte in Staten Island. Er war ein prima Kerl, und ich fand es schade, dass wir uns nur so selten sahen. Früher hatten wir ihn Provolone genannt, natürlich wegen seines Namens, aber auch weil er auf alles Käse tat. Fleisch und Käse, das war Hanks Vorstellung von einem Festmahl.

Billy und ich waren ein paar Stunden angeln gewesen; wir hatten nichts gefangen, aber viel Spaß gehabt. Dann war ich mit ihm bei Hank vorbeigefahren, um mal wieder hallo zu sagen. Jetzt standen wir dort auf der Terrasse und starrten auf den Fernseher.

Drei Bomben, vielleicht auch mehr, waren an dem Morgen in der Londoner U-Bahn hochgegangen. Eine weitere Bombe hatte einen Doppeldeckerbus aufgerissen wie eine Sardinenbüchse. In den Straßen drängten sich Autos, Krankenwagen und Polizeifahrzeuge, auf den Gehsteigen kauerten Menschen, in silbrige Rettungsdecken gehüllt, die Gesichter rußverschmiert.

Ich fing an, in den schockierten Menschenmengen dreitausend Meilen entfernt nach Johnny und Genja zu suchen.

Mein Gott, dachte ich und griff nach Billys Hand.

Hank sah es und fragte leise: »Habt ihr jemanden da drüben?«

»Billys Eltern«, sagte ich.

»Kommt mit.« Hank führte uns von der Terrasse weg zum Wasser, wo sich ein paar Segelboote auf den Wellen wiegten. »Alles okay, Billy?«

»Keine Ahnung«, sagte er. »Ich weiß ja nicht, was da drüben los ist.«

»Ich habe die Telefonnummer deines Vaters zu Hause gelassen«, sagte ich. »Weißt du, in welchem Hotel deine Eltern wohnen?«

Johnny und Genja würden doch sicher nicht mit der U-Bahn fahren, oder? Soweit ich wusste, setzte Genja nie einen Fuß in die U-Bahn, zumindest nicht in New York. Aber sie war in London, und sie hatte mich nicht angerufen. Falls sie tot waren, würde das bedeuten, dass Billy für immer bei mir blieb? Ich war sein gesetzlicher Vormund. Einen Moment lang verspürte ich ein unbehagliches Kribbeln, als ob mir ein großer Käfer über den Rücken lief.

Billy nannte mir die Handynummer seines Vaters und fügte hinzu: »Er hat ein Tri-Band-Handy, das überall funktioniert. Er gibt dauernd damit an, als hätte er das Telefon erfunden.« Billy sah verwirrt aus und verängstigt.

Während ich versuchte durchzukommen, blieb Billy dicht bei mir; am liebsten hätte ich ihn in den Arm genommen. Wir versuchten zu verstehen, was im Fernsehen gesagt wurde. Ich schaltete das Handy auf automatische Wahlwiederholung.

»Wahrscheinlich ist das Netz überlastet«, sagte ich. »Aber ich bin sicher, dass deiner Mom und deinem Dad nichts passiert ist.«

Billy sank auf einen Stuhl.

»Was ist?«, fragte ich und hockte mich neben ihn.

»Ich hab Angst.«

»Ich bin doch hier.«

»Falls ihnen etwas zugestoßen ist, kann ich dann bei dir bleiben?«

»Ihnen ist nichts zugestoßen.«

»Aber wenn?«

»Ihnen ist nichts passiert. Ich sehe zu, dass ich den Namen des Hotels rauskriege.«

Hank, der schweigend neben uns gestanden hatte, sagte: »Weißt du was, Billy, ich versuche, übers Festnetz einen Freund zu erreichen, der ist Polizist in London, okay?« Er fuhr sich mit der Hand durch seine störrischen grauen Locken. »Möchtest du so lange vielleicht was trinken? Und außerdem kannst du uns helfen, all die Koteletts, Burger, Steaks und Würstchen zu vertilgen. Und meine Guacamole ist legendär.«

Billy nickte schüchtern. Hank klopfte ihm freundlich auf die Schulter. Abgesehen von Sonny Lippert war Hank der Einzige, dem ich damals die ganze üble Geschichte mit Billy erzählt hatte. Man hatte Billy vorgeworfen, er hätte Heshey Shank draußen in Breezy Point ermordet. Die Leute wollten, dass er wie ein Erwachsener verurteilt wurde. Ich hatte Unterstützung gebraucht, um den Fall aufs Jugendgericht umzulenken und den Zeitungen weiszumachen, es sei Notwehr gewesen. Hank Provone hatte sich hinter mich gestellt und ansonsten den Mund gehalten, und dafür war ich ihm zutiefst dankbar. Plötzlich war ich froh, dass wir hier waren.

Die Leute in Staten Island lebten in engen Gemeinschaften, sie identifizierten sich darüber, dass sie aus Tottenville oder Rossville stammten, nicht aus einem der fünf Stadtbezirke von New York. In Rossville, das im neunzehnten Jahrhundert noch sehr ländlich gewesen war, hatten sich komplette sizilianische Dörfer niedergelassen. Das war natürlich, bevor die Deponie eröffnet worden war, bevor die ganze Gegend so sehr nach Müll stank, dass die Leute jede Fensterritze mit Klebeband abdichten mussten.

Ich hatte den Kontakt zu Hank schleifen lassen, keine Ahnung, warum. Jetzt, wo ich mit Maxine verheiratet war, würde ich öfter herkommen. Sie würde das verstehen, sie hatte mit ihrem ersten Mann in Staten Island gelebt.

Trotz seines Bauches, über dem sich das verwaschene Springsteen-T-Shirt spannte, sah Hank kaum älter aus als damals vor zehn, elf Jahren, als wir zuletzt zusammen gearbeitet hatten. Nach dem 11. September hatte er seinen Hut genommen.

»Mir fallen nicht mal passende Worte für diese Scheißkerle ein, die die Bomben in London hochgejagt haben. Wir sollten ihnen erst die Eier abschneiden und sie dann auf den elektrischen Stuhl setzen«, sagte Hank. »Die Briten sind viel zu zimperlich, die sperren die Kerle bloß für ein paar Jahre ein. Ich würde ihnen die Spritze verpassen. Die Leute dachten, es wäre vorbei, aber Pustekuchen. He, Artie, hast du mich vermisst? Komm, sag den anderen hallo.«

Hank zog mich wieder zu der Gruppe vor dem Fernseher. »Leute, das ist Artie.«

Auf einem Stuhl ein Stück vom Fernseher entfernt saß

eine Frau, die ich schon auf einigen von Hanks Partys getroffen hatte. Sie hatte ihren Sohn bei dem Anschlag vom 11. September verloren, und jetzt liefen ihr die Tränen übers Gesicht, aber sie gab keinen Ton von sich.

Auf der anderen Seite des Gartens hockten ein paar Jugendliche auf dem Rand des Pools, ließen die Füße ins Wasser baumeln und starrten in ihre Limodosen. Einige von den Älteren hatten Bierflaschen in der Hand. Irgendwo im Haus lief eine Springsteen-CD. Was anderes spielte Hank nie.

»Diese verfluchten Terroristen«, sagte Hank.

»Keiner will mehr darüber reden, und die Leute, die davon betroffen sind, sind so dankbar, wenn man sich an sie erinnert, dass es einem glatt das Herz bricht. Ich gehe manchmal noch zu der Witwe eines Feuerwehrmanns, bringe ihr eine Flasche Wein oder setze mich einfach ein bisschen zu ihr, und als ich das letzte Mal da war, sagte sie dauernd ›Gott schütze Sie‹ und so weiter. Scheiße, Artie, erinnerst du dich noch an das Geräusch von den Bewegungsmeldern?«

Und ob ich mich daran erinnerte. Am Tag nach dem Anschlag, als wir rund um die Uhr in dem qualmenden Chaos von Ground Zero im Einsatz gewesen waren, hatte ein gespenstisches Zirpen in der Luft gehangen, wie von Hunderten von Zikaden. Es waren die Bewegungsmelder, die die Feuerwehrmänner trugen, damit man sie orten konnte, falls sie bewusstlos oder verschüttet waren. Sie piepten noch tagelang an den toten Feuerwehrmännern, die unter dem Schutt begraben waren.

»Denk nicht daran.« Ich legte meine Hand auf Hanks Arm. »Wo ist Mary?«

»In der Küche, wie es sich für eine Frau gehört.« Hank lachte.

Die Provones hatten fünf Kinder – Hank war schon mit

einundzwanzig Vater geworden –, und das Haus war immer voll mit ihnen und ihren Kindern und Cousins, Onkel und Tanten, Italienern, Polen, Iren, Griechen. »Wir sind die Vereinten Nationen von Staten Island«, sagte Hank immer.

»He, Artie«, rief mich jemand. Es war Stellene Anastasiades, Mary Provones Nichte. Wir waren ein paarmal zusammen ausgegangen. Ich war damals schwer in sie verliebt gewesen. Sie sah phantastisch aus und war mittlerweile mit ihrem vierten Kind schwanger.

Sie kam mit ihrem Riesenbauch auf mich zugewatschelt, noch immer eine Schönheit, das blonde Haar hochgesteckt, goldene Flipflops an den Füßen. Ich hatte mein Handy in der Hand. Komm schon, Johnny, dachte ich immer wieder, ruf mich an. Ruf mich endlich an!

»Schön, dich zu sehen.« Stellene begrüßte mich mit einem Kuss und tätschelte ihren Bauch. »Sag hallo zu den Jungs.«

»Gleich mehrere?«

»Drillinge. Kaum zu fassen, was? Ich habe drei Jungen, sage zu Stas, komm, jetzt noch ein Mädchen, und was kriegen wir? Wieder Jungen, und gleich drei auf einmal. Einen davon nenne ich nach dir.«

»Welche Ehre.«

»Komm«, sagte sie zu Billy. »Ich stelle dich der restlichen Bagage vor.« Und bevor ich protestieren konnte, steuerte sie mit ihm auf den Pool zu, wie ein blonder griechischer Kreuzer mit einem Jungen im Schlepptau.

Aus der Entfernung beobachtete ich ihn mit zwei anderen Jungen in seinem Alter. Außerdem waren da ein paar Mädchen in Männerunterhemden, die ihnen viel zu weit waren. Billy nahm den Hotdog, den eines der Mädchen ihm anbot, und biss hinein. Anfangs wirkte er ein wenig befangen, aber er taute bald auf.

»Na, Artie, wie wär's mit einem Bier?«, fragte Hank und führte mich zum Tisch, auf dem Grillfleisch, Schüsseln mit Kartoffelsalat und Chips, Kuchen und alle möglichen Getränke standen.

Ich nahm mir ein Corona aus dem Kühlbehälter, und die Flasche fühlte sich angenehm kalt und feucht an. Ich hatte Durst. Die Gruppe vor dem Fernseher löste sich auf; einige der Frauen verschwanden ins Haus, und ein paar von den Männern setzten sich mit einem Kartenspiel an einen Tisch. Ein Schwarzer, den ich nicht kannte, stand von seinem Stuhl auf.

»Ich ertrage das nicht länger«, sagte er. »Ich gehe rein und sehe mir ein Spiel an.«

Ich musste an den Schwarzen in der Pizzeria denken, in der ich gestern mit Sonny Lippert gewesen war.

Hank, der meinen Blick bemerkt hatte, sagte: »Ja, die haben wir jetzt auch hier draußen. Ein Cop ist schließlich ein Cop, stimmt's? Mittlerweile sind wir politisch sehr korrekt. Und mir persönlich war schon immer egal, welche Hautfarbe jemand hat.« Er deutete mit dem Kopf auf das Haus, in dem der Schwarze verschwunden war. »Dave Green ist ein netter Kerl, er stammt aus Guyana. Die haben hier mittlerweile eine richtige eigene Gemeinde, und sie sind nicht auf den Kopf gefallen.« Hank zog sein T-Shirt über den Bauch. »Die alten Männer sterben langsam aus und mit ihnen auch dieser dämliche Rassenhass. Mein Pop hat mir früher noch ein Lied über die heimtückischen Latinos aus Staten Island vorgesungen – kaum zu glauben, oder? Amerikaner ist Amerikaner, habe ich zu meinem Großvater gesagt, schließlich sind wir doch alle Einwanderer. Mein Grandpa ist zweiundneunzig, und manchmal denke ich: Das Einzige, was ihn interessiert, ist sein Zorn.« Hank wandte sich wieder zum Fernseher.

»Diese gottverdammten, beschissenen Terroristen«, sagte

er. »Ich überlege ernsthaft, mich als Freiwilliger nach London zu melden und zu schauen, ob ich da irgendwie helfen kann. Wir wissen schließlich, wie sich das anfühlt. Jeden verfluchten Tag sehen wir die Lücke in der Skyline. Achtundsiebzig Feuerwehrmänner haben wir verloren, achtundsiebzig! Wir haben Witwen des 11. September, Waisen des 11. September, und der Neffe von Stellenes Mann hat seinen Onkel verloren, der war Captain bei der Feuerwehr, und außerdem hat er gesehen, wie sein eigener Vater aus einem der Fenster sprang. Sie haben ihn auf einem der Fotos von den ›Springern‹ identifiziert. So was braucht eine Generation, um zu heilen. Wie geht's deiner Maxine?«

»Gut«, sagte ich. »Sie ist für ein paar Tage drüben in Kalifornien.«

»Ihr solltet öfter mal vorbeikommen, jetzt, wo du endlich unter der Haube bist. Wir freuen uns wirklich für dich, dass ihr zwei geheiratet habt, Mary und ich.«

Mein Handy klingelte, aber es war nur eine Nachricht von Sonny Lippert. Schon die vierte heute. Er sagte immer nur, es sei dringend, und ich solle meinen Hintern so schnell wie möglich in die City bewegen.

»Ich sollte wohl besser gehen«, sagte ich zu Hank. »Lippert lässt mir keine Ruhe. Aber ich will Billy nicht allein lassen, wegen seiner Eltern in London.«

»Ist es was Dringendes?«

»Keine Ahnung. Vielleicht nur heiße Luft. Manchmal ruft Lippert mich an, weil er nicht mehr weiß, wie man pinkelt, aber manchmal ist es auch wirklich wichtig. Wenn er viermal anruft, sollte ich wohl besser mal hinfahren. Du kennst das ja.«

»Ja, das kenne ich«, sagte Hank. »Lass Billy doch einfach hier. Wir würden uns freuen. Und wie gesagt, ich kann mich gerne ans Telefon hängen. Es gibt einige Leute, die mir noch einen Gefallen schuldig sind, und ich kenne diesen Typen bei Scotland Yard, ziemlich gut sogar.«

»Niemand weiß von der Sache mit Billy damals«, sagte ich. »Ich meine, keiner kennt die wahre Geschichte. Nur du und ich.«

»Und Lippert.«

»Ja.«

»Auf mich wirkt Billy ganz normal«, sagte Hank. »Sieh ihn dir an, die Mädchen schwirren um ihn rum, und die Jungs mögen ihn offenbar auch. Er macht einen wirklich netten Eindruck.«

»Danke. Ach, sag mal, hast du zufällig was von einem Italiener gehört, der drüben in Fresh Kills verschwunden ist? Ist einfach aus dem Haus gelaufen, und weg war er.«

»Meinst du diesen Laporello, oder wie er hieß? Der mit einer Russin verheiratet ist?«

»Genau.«

»Ja, hab da was aufgeschnappt. Wieso fragst du?«

»Sonny Lippert hatte mich gebeten, mal mit der Frau zu reden. Ist aber nicht weiter wichtig.«

»Was Klatsch und Tratsch betrifft, ist Staten Island ein Dorf«, sagte Hank. »Wenn ich mich recht entsinne, hatte das Ganze irgendwas mit einem Schönheitssalon zu tun, über den angeblich Geld gewaschen wird. Klingelt da was bei dir? Queen of Soundso heißt der Laden, eines von diesen zwielichtigen Familienunternehmen. Gehört der Schwester des Schwagers von dieser Gorbatschow, und irgendwer hat behauptet, die Gorbatschow schläft mit dem Mann der Schwester oder so. Ich hab nicht so genau zugehört. Soll ich mal nachforschen?«

»Nur wenn's nicht zu viel Mühe macht.«

»Willst du nichts essen?«

»Später. Glaubst du, die haben es wieder auf uns abgesehen? Ich meine, wegen der Sache in London.«

»Keine Ahnung«, sagte Hank. »Weißt du, ich würde sowieso für kein Geld der Welt in die U-Bahn steigen, aber das ist halt mein Tick. Ich bin ein dicker alter Cop, und was weiß ich schon? Du hast mir gefehlt, Kumpel.«

»Sag mal, kennst du hier in der Gegend ein paar gute Stellen zum Angeln?«

»Klar, jede Menge. Warte, ich schreibe sie dir auf.« Hank verschwand im Haus und kam kurz darauf mit einem Zettel und einem Schlüsselbund zurück.

»Hör mal, ich habe noch ein Haus an der Nordküste von Staten Island, fast schon gegenüber von Jersey, am Rand von Fresh Kills. Ich habe das Grundstück gekauft, nachdem sie die Deponie geschlossen hatten«, sagte er. »Das Haus steht im Moment leer, die neuen Mieter kommen erst in zwei Wochen. Wenn du mit dem Jungen aus der Stadt rauswillst, könnt ihr es gerne benutzen. Es liegt direkt am Wasser, und alles Nötige ist vorhanden.«

»Ich glaube nicht, dass wir es brauchen«, sagte ich.

Hank drückte mir den Schlüsselbund in die Hand. »Dann bringst du mir eben irgendwann die Schlüssel zurück. Auf die Weise sehe ich dich wieder. Okay?«

Hank Provone war einer von diesen Typen, die nie eine großartige Ausbildung genossen hatten, aber ein unglaubliches Gespür für andere Leute besaßen. Er hatte einen eingebauten Gefühlskompass. Ich bedankte mich bei ihm und sah noch einmal hinüber zu Billy.

Er unterhielt sich mit einem Mädchen mit langem, braunem Haar, das einen weißen Glockenrock und eine rote, in der Taille geknotete Bluse trug. Sie war ungefähr vierzehn, genau wie er, und sie erinnerte mich an jemanden. Sie trat mit der Spitze ihrer Sandalette gegen einen kaputten Pflasterstein, während die beiden mit ihren Limodosen am Rand des Swimmingpools standen und zu der Batterie von alkoholischen Getränken hinüberschielten, die ein paar Meter weiter für die Erwachsenen aufgebaut war.

»Wer ist das Mädchen?«, fragte ich Hank.

»Das ist Katie, meine Jüngste«, sagte er. »Erinnerst du dich nicht an sie?«

»Sie ist groß geworden.«

»Ja, das haben sie so an sich.« Er betrachtete die beiden. »Sie scheinen sich gut zu verstehen, meine Katie und dein Billy. Die zwei passen gut zusammen, findest du nicht, Artie? Ist doch nett, die beiden zusammen zu sehen.«

Ich sah, wie Katie eine Haarsträhne um den Finger wickelte, Billy schaute sie an, und beide traten von einem Fuß auf den anderen. Er rückte ein wenig näher an sie heran, und sie wich nicht zurück. Ich meinte, Billy lächeln zu sehen.

Ich gab ihm ein Zeichen, und er flüsterte Katie etwas zu und kam uns dann entgegen.

»Na?«

»Hallo, Artie«, sagte Billy.

»Gefällt's dir hier?«

Er nickte.

»Wäre es für dich okay, wenn ich dich ein, zwei Stunden oder so hier lasse? Ich muss in die City, aber wir müssen hinterher sowieso wieder hierhin zurück, wenn wir noch angeln gehen wollen. Was meinst du?«

»Ist dir schon mal aufgefallen, dass die Leute ihre Kinder dauernd irgendwo abgeben oder abstellen, wie schmutzige Wäsche oder Müllsäcke?«, sagte Billy. »He, schon gut, war nur ein Scherz. Mir gefällt's hier, und es lenkt mich von der Sache in London ab. Geh ruhig.«

»Du scheinst dich ja gut mit Katie zu verstehen.«

»Oh Mann, Artie!«

Er knuffte mich in den Arm und schlenderte zurück zu den anderen Jugendlichen am Pool.

Als ich mich von Hank verabschiedet hatte und zum Wagen ging, hörte ich Schritte hinter mir auf dem Kies. Es war Billy.

»Hi.«

»Willst du doch lieber mitkommen?«

»Nein.«

»Was dann?«

»Nichts, ist nicht so wichtig.«

»Jetzt sag schon.«

»Ich hab dich lieb«, sagte Billy.

Bevor ich in die City zurückfuhr, hielt ich an dem Einkaufszentrum, in dem sich der Schönheitssalon befand. Nachdem ich getankt hatte, sah ich mir den Laden an.

Im Schaufenster hingen neben der Preisliste für diverse Behandlungen Fotos von russischen Popstars. Drinnen ließen sich zwei Männer die Haare schneiden, und drei Frauen hatten den Kopf unter der Trockenhaube. Eine von ihnen bekam gerade eine Maniküre. Ich ging hinein. Ich versuchte mich zu erinnern, wie es war, nicht nur Russisch zu sprechen, sondern sich auch als Russe zu fühlen.

Die junge Frau am Tresen las in einer russischen Zeitschrift und aß Süßigkeiten, die vor ihr auf einem Glasteller lagen. Als ich hereinkam, sah sie auf, fuhr sich durch das platinblonde Haar und setzte eine gelangweilte Miene auf.

Ich fragte, ob ich einen Termin zum Haareschneiden machen könne.

Langsam legte sie die Zeitschrift weg und kaute ihren Süßkram zu Ende, dann schlug sie einen großformatigen Terminkalender auf und blätterte gemächlich darin. Das Ganze erinnerte mich an Moskau, die Schmollmiene der Frau, der abgeblätterte Nagellack, ihre herablassende Art.

Im Hintergrund unterhielten sich die Russinnen lautstark über das Dröhnen der Trockner hinweg. Ich wusste selbst nicht, was ich dort suchte, aber sowohl Vera Gorbatschow als auch Hank Provone hatten diesen Schönheitssalon erwähnt.

Auf einem Regal hinter dem Tresen stand ein Fernseher, der Bilder aus London zeigte, Spuren der Verwüstung, Verletzte, Polizisten, Sanitäter.

Ich vereinbarte einen Termin für die kommende Woche und fragte, ob ich die Toilette benutzen dürfe. Die Blondine deutete auf einen Vorhang an der Rückwand des Salons. Dahinter befanden sich zwei Türen, die eine halb offen. Sie führte in einen kleinen Raum mit einem Tisch, an dem ein paar Männer saßen, rauchten und sich unterhielten. Das ganze Zimmer war verräuchert. Einer der Männer blickte auf, sah mich und schloss die Tür. Ich ging zum Klo.

Als ich den Laden verlassen wollte, kam eine ältere Frau herein, gefolgt von einem etwa fünfzehn- oder sechzehnjährigen Jungen. Er war eine auffällige Erscheinung: sehr schlank, sehr blond, bekleidet mit einer Art Piratenhemd mit weiten Puffärmeln und einer eng anliegenden schwarzen Satinhose.

Die Frau stellte sich mir eilfertig als Besitzerin des Salons vor, machte mir ein Kompliment über mein Hemd und sagte, der Junge sei ihr Sohn. Er sei ein erfolgreicher Turniertänzer, erklärte sie, vor allem im Cha-Cha und in der Samba, und er komme gerade aus dem Trainingslager zurück, um in der Tanzschule auszuhelfen, die sie und ihr Mann auch noch betrieben. Die Kurse seien bei den Russen sehr beliebt, sagte sie und gab mir eine Karte mit einem Gutschein für eine Schnupperstunde für meine Frau und mich.

Ich dankte ihr auf Russisch und sagte, ich sei gerade erst nach Staten Island gezogen und hätte den Tipp mit dem Schönheitssalon von Vera Gorbatschow bekommen.

»Sind Sie mit der Gorbatschowa befreundet?«, fragte sie.

»Nein, sie ist nur eine Bekannte.«

»Ich mag sie nicht. Sie mischt sich in Angelegenheiten ein, die sie nichts angehen, und steckt mit merkwürdigen Leuten zusammen. An Ihrer Stelle würde ich ihr aus dem Weg gehen. Ist natürlich nur meine persönliche Meinung, ich kann Ihnen ja keine Vorschriften machen.«

Ich dankte ihr, wir gaben uns die Hand, und ich steckte ihre Karte ein. Ich glaubte zwar nicht, dass ich in der nächsten Zeit tanzen gehen würde, aber vielleicht würde ich mir tatsächlich die Haare schneiden lassen. War eh mal wieder Zeit.

Auf dem Heimweg versuchte ich es noch mal bei Johnny, aber es war zwecklos. Das Netz war völlig überlastet. Als ich auf die City zufuhr, wanderte mein Blick automatisch zu der Stelle, an der die Türme des World Trade Center gestanden hatten. Ein silbriges Flugzeug flog durch die Lücke.

17

»Sonny Lippert sucht dich. Ruf mich an.« Ich hörte von unterwegs meinen Anrufbeantworter ab, und die Nachricht war von Lily. Ihre Stimme klang angespannt, und im Hintergrund hörte ich den Fernseher mit Berichten aus London. Sonny Lippert hatte bei ihr angerufen und sie gebeten, mir eine Nachricht zu übermitteln. Warum rief er bei Lily an?

In Lilys Haus an der 10th Street war der Türsteher nirgends zu sehen. Ich klingelte und ging nach oben zu ihrer Wohnung.

»Ist Beth hier?«

»Nein, sie ist mit Freunden draußen in Long Island«, sagte Lily. »Nach der Geschichte gestern Abend in dem Spielzeugladen wollte ich sie aus der City raushaben.« Sie blickte zum Fernseher. »Und jetzt das. Geht es wieder los, Artie?«

»Ich hoffe nicht.«

Wieder und wieder brachten sie die Bilder aus London: Bomben in der U-Bahn; Trümmer und Verletzte; der aufgerissene rote Bus; die Stadt erst im Verkehrschaos, dann verlassen; weinende Menschen; Blumensträuße, Briefe, Teddybären auf den Gehwegen, zum Gedenken an die Toten.

Scheißkerle, dachte ich und nahm Lily in die Arme. London war ihr zweites Zuhause. Sie lebte seit Jahrzehnten dort. Wenn sie nicht gerade in New York war. Es war die Stadt, die sie am meisten liebte.

»Hast du mit allen gesprochen, die du da drüben kennst?«

»Ja«, sagte sie.

Befangen ließ ich Lily wieder los und setzte mich auf die Armlehne ihres Sofas. Sie trug eine abgeschnittene Jeans und ein altes schwarzes T-Shirt, ihr rotes Haar war hochgesteckt, und sie war barfuß. Sie sah erschöpft aus; unter ihren Augen lagen dunkle Schatten. Auf dem hölzernen Beistelltisch standen zwischen den Stapeln von Zeitschriften und Büchern ein überquellender Aschenbecher und ein leeres Weinglas.

»Was ist mit Wie-heißt-er-noch?«

»Du meinst den Mann, mit dem ich kurzzeitig verheiratet war?«

»Ja, genau. Der mit dem netten kleinen Designerauto. Entschuldige, Lily, ich sollte keine Scherze machen.«

»Doch, doch. Es ist das Einzige, was man tun kann. Ihm geht es gut. Er hat mich angerufen. Ihm ist nichts passiert und seinem Auto sicher auch nicht.« Sie lächelte matt. »Er hat bestimmt schon eine Theorie über das, was passiert ist, weiß genau, wie, wer's war und warum. Scheiße, Artie, ich weiß überhaupt nichts mehr. Wie konnte ich je so sicher sein? Was für eine gottverdammte Arroganz. Wo ist Billy?«

»Ich habe ihn bei Hank Provone drüben in Staten Island gelassen. Erinnerst du dich noch an Hank? Der große, kräftige Typ, der mein Partner war?«

»Klar, den mochte ich immer gern. Ich habe oft davon geträumt, dass wir genauso ein normales Leben führen wie Hank und Mary.«

»Wirklich?«

»Ja.«

»Ich soll dich von ihm grüßen. Hör mal, Billys Eltern sind in London, und ich komme einfach nicht durch, was mich ziemlich unruhig macht. Ich will dich damit nicht belasten, aber ich weiß nicht, mit wem ich sonst darüber reden soll.«

»Oh, das tut mir leid.«

»Wahrscheinlich ist ihnen gar nichts passiert.«

»Hast du es im Hotel versucht?«

»Ja, ich habe mir von Johnnys Restaurant die Nummer geben lassen, aber die Netze sind völlig überlastet«, sagte ich, und plötzlich traf mich mit voller Wucht die Angst, dass Johnny und Genja möglicherweise tot waren. Dass sie nicht zurückkommen würden. Dabei war es eher unwahrscheinlich. Den Berichten zufolge waren nur etwa fünfzig Menschen gestorben.

»Mach dich nicht verrückt«, sagte Lily. »Soll ich mal ein paar Leute in London anrufen?«

»Das wäre sehr nett.«

»Gib mir die Handynummer der Farones oder die vom Hotel, okay?« Sie verschwand in der Küche, kam mit einer Flasche Scotch und zwei Gläsern zurück, schenkte ein und reichte mir ein Glas.

»Danke. Was wollte Lippert eigentlich von dir?«

»Er hat nur gesagt, dass er dich sucht.«

»Klang er gestresst?« Ich spürte, dass ich langsam in Sonny Lipperts Fall hineingezogen wurde, nicht in den mit der Gorbatschow, sondern in den mit dem toten Mädchen in Jersey.

»Ein bisschen. Trink, das tut dir gut.«

»Ich mag es, wenn du mich bemutterst.« Ich kippte die Hälfte von meinem Scotch hinunter.

»Ich versuche, ob ich jemanden erreiche«, sagte Lily, nahm den Zettel mit der Nummer, den ich ihr gegeben hatte, ging zum Schreibtisch, schlug ein dickes Adressbuch auf und griff nach dem Hörer.

Ich saß da und trank meinen Whisky, Lily telefonierte, und der Fernseher lief. Ich dachte an Billy und überlegte, was ich tun sollte, falls Johnny und Genja tot waren. Nach einer Weile drehte Lily sich um.

»Die beiden habe ich nicht erreicht, aber ein Mann an der Hotelrezeption hat gesagt, er hätte sie heute früh gesehen, bevor das alles passiert ist, und sie hätten gefragt, wie man zur Sloane Street kommt, weil die Frau – es muss Genja gewesen sein – in die Armani-Boutique wollte. Er sagte, sie hätte rotes Haar gehabt und mit russischem Akzent gesprochen, und als ich ihn fragte, ob der Mann dick und Amerikaner gewesen sei, sagte er ja. Und nach dem Bummel wollten sie im River Café zu Mittag essen, sie haben ihn nämlich gebeten, dort für sie einen Tisch zu reservieren«, sagte Lily. »Das liegt in einer völlig anderen Gegend, Artie, weit weg von den Anschlägen. Ich habe ihn dann noch gebeten, den Türsteher zu fragen, ob sie wirklich weggegangen sind, und der Türsteher war Russe oder Serbe oder so was und hat mit Genja gesprochen, und sie sind tatsächlich gegangen, aber schon ganz früh, bevor der Mist losging. Also sitzen sie jetzt wahrscheinlich in Hammersmith fest. Gott, ich quassele mir einen zusammen.«

»Wo?«

»In Hammersmith, da ist das River Café, meilenweit von allem entfernt.«

»Nur du schaffst es, eine ganze Hotelbesatzung dazu zu kriegen, dass sie dir hilft.«

»Das ist natürlich alles nichts Definitives, weil niemand weiß, ob sie ihre Pläne nicht noch geändert haben. Ich habe im River Café angerufen, und da sind sie nicht gewesen, aber bei dem Verkehrschaos in der Stadt hat das überhaupt nichts zu sagen. Ich glaube jedenfalls nicht, dass ihnen etwas zugestoßen ist. Der Mann an der Rezeption war sehr nett, und er hat gesagt, er würde versuchen, etwas herauszubekommen.«

»Du bist wunderbar. Danke.«

Lily errötete, ganz untypisch für sie. »Schon gut.«

»Du bist verlegen.«

Lily stand vom Schreibtisch auf, nahm ihre Brille ab und setzte sich neben mich aufs Sofa.

»Artie, du Lieber.«

Ich legte den Arm um sie, und sie lehnte sich an mich.

Eine Weile saßen wir so da, schweigend, und verfolgten die Nachrichten. Ich wusste, ich sollte zu Sonny Lippert fahren. Ich wusste, ich sollte gehen. Aber noch nicht jetzt. Ich konnte nicht. Ich wollte nur hier mit Lily sitzen, sie im Arm halten und versuchen, mir nicht anmerken zu lassen, dass ich am liebsten geweint hätte.

»Du hast möglicherweise Konkurrenz«, sagte Lily schließlich lächelnd.

»Und wen?«

»Valentina, Toljas Tochter«, sagte Lily. »Sie ruft mich andauernd an, bittet mich um Rat, erzählt mir von ihrer Arbeit. Sie hat mich heute Morgen zum Frühstück ins Café eingeladen. Ein sehr nettes Mädchen. Ich glaube, sie schwärmt ein bisschen für mich.«

»Kann ich ihr nicht verübeln. Geht mir genauso.«

»Aber du bist keine Frau, du Dussel.« Lily griff nach einer schwarz-roten russischen Lackkiste, die ich ihr mal geschenkt hatte. Sie klappte den Deckel auf, doch die Kiste war leer.

»Hast du Zigaretten?«, fragte sie.

»Nein. Ich versuche aufzuhören. Soll ich runtergehen und welche holen?« Ich stand auf, und als ich zu Lily hinuntersah, weinte sie.

»Was ist los?«

»Ich weiß nicht, was ich ohne dich tun soll.« Sie drehte die leere Kiste hin und her.

Einen Moment blieb ich stehen, nicht weil ich wegwollte, sondern weil ich bleiben wollte und weil ich Angst vor dem hatte, was passieren könnte. Ich dachte zurück an die Zeit, als wir zusammen gewesen waren: der Abend, an dem wir uns kennenlernten, als mein Onkel Gennadi im Krankenhaus im Sterben lag; die Adoption von Beth in China; dann die Zeit in London, als es immer nur geregnet hatte und sie mit einem anderen weggegangen war.

Es kam mir so vor, als wäre alles, was ich getan und erlebt hatte, alles Wichtige, ob gut oder schlecht, mit Lily verbunden. Sie wusste alles über die Sowjetunion, weil sie dort als Journalistin gearbeitet hatte, und sie verstand den seltsamen Ort, an dem ich aufgewachsen war. Jemand hatte mich mal gefragt, was für mich das wichtigste Erlebnis der letzten zehn Jahre gewesen sei. Ich hatte nicht geantwortet, aber gedacht hatte ich: die Begegnung mit Lily.

Mit ihr konnte ich reden. Die Leute denken immer, für Männer zählt nur der Sex, und der war mit Lily auch toll, aber was für mich zählte, war das Reden. Selbst wenn sie mich wahnsinnig machte, wusste ich, dass sie verstand, dass sie mich verstand. Und sie mochte dieselbe Musik wie ich.

Bei unserer ersten Verabredung waren wir im Bradley's am University Place gewesen, vor ewigen Zeiten, bevor es dichtmachte. Ein gutes Trio hatte gespielt; den Namen wusste ich nicht mehr. Lily hatte meine Musik, meine Musiker schon gemocht, bevor wir uns kennenlernten. Ich blickte wieder zum Fernseher und sah immer mehr Bilder vom terrorgeschockten London. Wenn die Welt erneut zusammenbrach, wollte ich bei Lily sein. Ich würde Maxine nicht verlassen, aber ich musste Lily ab und zu sehen. Mit ihr reden.

Sie erhob sich langsam, sagte: »Ich muss duschen« und ging hinaus. Kurz darauf hörte ich das Wasser im Bad rauschen. Ich setzte mich wieder. Sonny Lippert konnte warten.

Ich überlegte, ob ich ins Bad gehen und zu ihr in die Dusche steigen sollte, aber das hätte alles unmöglich gemacht. Stattdessen ging ich in die Küche. Ich konnte den Kaffee nicht finden. Lily hatte renoviert, alles sah anders aus.

»Da bin ich wieder.«

Die Haare noch nass von der Dusche, kam Lily zurück, jetzt in einer weißen Bluse, die Ärmel hochgekrempelt, und schwarzen Jeans. Sie legte ihre Tasche auf die Arbeitsfläche.

»Du hast alles neu gemacht. In der Küche, meine ich.«

»Gefällt's dir?«

»Ja, sehr.«

»Aber das Rohr habe ich gelassen. Siehst du?« Sie berührte ein altes Abzugsrohr, das an der Wand hinauflief. »Ich habe darauf bestanden, dass es bleibt. Die Handwerker hielten mich für verrückt.«

»Warum hast du es behalten?«

»Weißt du nicht mehr?« Lily streckte die Hand aus und deutete auf eine leichte Kerbe in dem Rohr, das wie der ganze Raum blassgelb gestrichen war. »Ganz am Anfang, als wir uns gerade kennengelernt hatten, wollten wir in ein Konzert, ich glaube, im Village Vanguard, und als du kamst, um mich abzuholen, hattest du eine Pistole dabei, in so einem Ding an deinem Bein. Du hast sie abgenommen, die Handschellen aus der Hosentasche gezogen und die Pistole damit an dem Rohr befestigt. Du hast wohl gespürt, dass ich Waffen nicht mag.«

»Das hatte ich ganz vergessen.«

»Ich nicht«, sagte sie. »Du wirktest unheimlich cool.«

»Und dann hast du die Wahrheit herausgefunden.«

»Ich mochte dich nur noch mehr, als ich merkte, dass du genauso deine Probleme hast wie wir alle.«

»Die Küche hat wirklich gewonnen.«

»Ich verdiene endlich mal ein bisschen Geld«, sagte Lily. »Ich habe meine Seele verkauft und arbeite jetzt ab und zu für eine PR-Firma. Ich hatte einfach die Nase voll von der Politik, davon, ständig das Verhalten aller mit Argusaugen zu beobachten und ganz besonders mein eigenes. Gott, war ich selbstgerecht. Und wenn ich jetzt politisch unkorrekt bin, dann ist mir das auch egal. Ich glaube, der Knackpunkt war, als ich für eine von diesen nichtstaatlichen Organisationen arbeitete und irgendwann mitbekam, dass die Leute in der Verwaltung mehr mit dem Geschlechterkampf beschäftigt waren als damit, in Afrika was auf die Beine zu stellen. Ich fand sie einfach langweilig. Ich fand mich selber langweilig.«

»Ich finde dich nicht langweilig.«

»Ich war froh, als Sonny Lippert hier anrief, so hatte ich einen Vorwand, dich anzurufen.«

»Ich hätte mich auch so bei dir gemeldet.«

»Sie haben ›Someone To Watch Over Me‹ gespielt, als wir im Bradley's waren.«

»Nicht, Lily.«

»Ich glaube, du solltest jetzt bei Lippert anrufen.«

»Gleich.«

»Vielleicht habe ich dich auch unter einem Vorwand hierhergelockt«, sagte sie. »Ich wollte einfach vorher mit dir reden.«

»Vorher?«

»Bevor Sonny dich wieder in irgendeinen Fall reinzieht und du Billy nach Florida zurückbringen musst.«

»Warum sollte ich ihn zurückbringen?«

Wir setzten uns auf das abgewetzte graue Sofa, und Lily spielte mit dem blau-roten Überwurf, der über der Rückenlehne lag.

»Was ist los?«, fragte ich.

»Ich sollte es nicht sagen.«

»Doch, sag es.«

»Ich begreife einfach nicht, warum wir nicht zusammen sind. Klar, ich hab mich wie eine Idiotin benommen, du hast Maxine geheiratet, und ich kann's dir nicht mal verübeln. Aber ich verstehe trotzdem nicht wirklich, warum es kaputtgegangen ist. Warum ich es kaputt gemacht habe. Ach, hör nicht hin. Du fehlst mir einfach.«

»Es wird schon werden.«

»Wie?«

»Irgendwie. Glaub mir.«

»Du hast so eine optimistische Ader«, sagte sie. »Wie ein frisch angekommener Einwanderer, der glaubt, die Straßen wären tatsächlich mit Gold gepflastert.«

Ich musste lachten. »Wirklich?«

»Ja.«

»Ich sollte jetzt gehen.«

»Ich komme mit«, sagte Lily.

»Hat Sonny Lippert dir gesagt, worum es geht?«

»Er hat nur gesagt, er sucht dich, und er hätte einen Hinweis gekriegt, aber dann hat er angefangen, irgendwas von seiner Kindheit zu erzählen.«

»Klang es ernst?«

»Ruf ihn an.«

»Ja. Aber wahrscheinlich will er bloß wieder irgendwas loswerden, das er bei Tolstoi gelesen hat, oder irgendeine Geschichte von früher.«

Nach ein paar Versuchen erreichte ich Sonny. Er war ganz und gar nicht in Plauderstimmung. Erklärte mir, wohin ich kommen solle. Und zwar sofort, fügte er kalt hinzu. Wo zum Teufel warst du, Artie?

Lily zog sich einen Pullover an, hängte sich ihre Tasche über die Schulter und nahm meine Hand. »Du solltest Billy anrufen, bevor wir gehen.«

»Wieso?«

»Um dich zu vergewissern, dass er gut aufgehoben ist.«

»Was meintest du eben, als du sagtest, ich müsse Billy zurückbringen?«

»Gar nichts. Ich meinte, irgendwann. Lass uns gehen, Artie.«

Ich meinte, irgendwann. Ich dachte an das braune Auto und Stan Shanks hässliche Stimme, die mich drohend aufforderte, Billy aus Brooklyn fernzuhalten. Hatte Lily darauf angespielt? Wusste sie etwas? Sie war schon aus der Tür, den Schlüssel in der Hand, und drückte den Aufzugknopf.

Sie gab mir einen Kuss. »Es macht mir nichts mehr aus, dass du mit Maxine verheiratet bist, auch wenn wir nur Freunde sein können. Hauptsache, wir können uns sehen und miteinander reden.«

»Ja«, sagte ich, und dann öffnete sich die Aufzugtür, und wir traten zusammen hinaus auf die Straße.

Lily hatte einen nagelneuen schwarzen Honda.

»Du hast jetzt ein Auto?«, fragte ich, während wir losfuhren.

»Ja, ich weiß, ist nicht gerade umweltfreundlich, aber ich werde langsam alt, und ich brauche ein Auto. Es ist einfacher, wenn Beth hier ist. Um ehrlich zu sein, es gefällt mir, ein Auto zu haben«, sagte sie, den Blick auf die Straße gerichtet. Sie bog nach links in den Broadway und trat das Gaspedal durch. Lily war eine furchtbare Fahrerin.

»Ruf Billy an«, sagte sie, während sie sich zwischen zwei Lastern und einem Taxi hindurchschlängelte. »Du wirst dich wohler fühlen, wenn du weißt, dass es ihm gut geht.«

»Pass auf, das Taxi! Hat Lippert dir irgendwas über Billy gesagt?«

»Ruf den Jungen an.«

Ich wählte Billys Nummer, und er ging sofort dran. Er sagte, er habe noch nichts von seinen Eltern gehört, aber sonst sei alles okay. Ich fragte ihn, ob Hank mich sprechen wolle.

»Er steht gerade am Grill«, sagte Billy. »Er hat eine Riesenschürze um, und die Steaks sind so groß wie Klodeckel«, fügte er hinzu. »Ich seh mir mit den anderen das Spiel an. Das Wetter ist nicht so toll, deshalb sind wir reingegangen, aber ich hab kein Problem damit hierzubleiben, bis du wiederkommst. Wir können ja später noch angeln oder morgen. Wir haben doch Zeit, oder?«

»Und, magst du Hanks Tochter, Katie?«

»Artie, jetzt hör endlich auf damit. Ja, sie ist ganz nett. Mr. Provone hat gesagt, wir könnten ins Kino gehen oder so.«

»Allein?«

»Er hat angeboten, uns hinzufahren, später natürlich.«

»Und, willst du?«

»Mal gucken«, sagte Billy. »Wann kommst du zurück?«

»Sobald ich kann. Hör mal, wegen Katie –«

»Lass mal, Mann«, sagte er lachend. »Wir wollen doch bloß ins Kino.«

»Ich sehe zu, dass ich so bald wie möglich zurück bin«, sagte ich. »Kann ich kurz mit Hank sprechen?«

»Ich weiß nicht. Er rennt gerade ziemlich hektisch rum, weil eines von seinen Steaks Feuer gefangen hat.«

»Welchen Film wollt ihr euch denn ansehen?«

»›Krieg der Welten‹ wahrscheinlich«, sagte Billy. »Klingt ganz spannend.«

Ich hatte ihn mir eine Woche zuvor mit Maxine angesehen und sagte: »Ich glaube, das ist keine so gute Idee«, doch er hatte bereits aufgelegt.

»An der nächsten links«, sagte ich zu Lily, da klingelte mein Handy schon wieder. Es war Sonny Lippert. Er klang angeschlagen. Ich sagte ihm, ich sei in fünf Minuten an der angegebenen Adresse. Sie lag in Chinatown. Ein Hinweis, sagte er. Anonym.

»Was Ernstes?«, fragte ich. »Hat es mit der Sache in Jersey zu tun?«

»Wo warst du, Mann?«

»Unterwegs.«

»Hast du nicht mitgekriegt, dass es dringend war?«

»Also ist es wegen der Kleinen in Jersey?«

»Nein, was anderes«, sagte Sonny. »Wir machen uns gerade bereit reinzugehen.«

Irgendwas in seiner Stimme ließ mich frösteln. »Hast du ein ungutes Gefühl?«

»Ja«, sagte er.

18

Verfaultes Gemüse und Obst und anderer Abfall quollen aus den Mülltonnen auf den Gehweg, als wir bei dem heruntergekommenen Lagerhaus am Rand von Chinatown ankamen, wo Sonny Lippert auf uns wartete.

Lily quetschte sich in eine enge Parklücke. Fast die gesamte Straße war Baustelle – die alten Industriegebäude wurden zu schicken Apartmenthäusern umgebaut –, aber ein paar Lagerhäuser waren noch in Betrieb; die Lebensmittelhändler aus dem Viertel kauften dort frühmorgens ihre Ware ein. Früher hatte ich mir hier manchmal frische Litschis geholt.

»Hallo«, sagte Lippert zu Lily. »Danke, dass Sie meine Nachricht weitergegeben haben.«

»Tag, Sonny«, erwiderte sie.

»Was ist los?«, fragte ich ihn.

»Weiß ich noch nicht.«

»Du weißt es noch nicht? Wieso machst du dann so ein Theater? Und warum wolltest du, dass ich Billy mitbringe? Hattest du Angst, dass ich ihn allein lasse? Ich dachte, du wärst in Jersey, wegen des Mädchens.«

»Ich war in Brooklyn«, sagte er. »Inzwischen hat sich herausgestellt, dass die Kleine nur zu Besuch in Jersey war, als der Mistkerl sie umgebracht hat. Eigentlich kommt sie aus Sheepshead Bay. Genau wie May Luca.«

Ich betrachtete das Lagerhaus. »Und du glaubst, das hier hat was damit zu tun?«

»Nein, glaube ich nicht. Aber wenn ich einen anonymen Hinweis kriege, gehe ich dem nach. Der Typ hat mir drei verdammte Adressen genannt, sonst nichts. Bei den ersten beiden haben wir nichts gefunden, absolut gar nichts. Das hier ist die letzte. Und irgendwie habe ich ein mulmiges Gefühl. Die Stimme hatte einen russischen Akzent, deshalb habe ich dich angerufen, Mann.«

»Dann bringen wir's hinter uns«, sagte ich.

Sonny Lippert befahl einem Uniformierten, die Tür des Lagerhauses zu öffnen, und wir gingen hinein. Drinnen war es kalt, düster und muffig.

Einige Uniformierte, ein Detective und ein paar Angestellte des Lagerhauses drängten sich in der Kälte aneinander wie Pinguine in der Antarktis. Journalisten waren nicht darunter. Offenbar hatte Lippert die Sache unter Verschluss gehalten. Er war sehr schweigsam, was ein schlechtes Zeichen war. Wenn es richtig übel wurde, hielt er den Mund.

Hand in Hand folgten Lily und ich Lippert an den leeren Holzkisten vorbei, die rechts und links aufgestapelt waren. An der Rückwand befand sich eine weitere Tür.

Während wir auf die Tür zusteuerten und die dumpfe Angst vor dem, was wir dahinter finden würden, wie ein zäher, kalter Nebel in der Luft hing, rutschte ich plötzlich auf einem fauligen Salatblatt aus und fiel auf den Betonboden. In dem Moment beschloss ich aufzuhören. Ich wollte das hier nicht für den Rest meines Lebens machen.

Ich wollte nicht in Lagerhäuser und Wohnungen gehen, in denen Tote warteten. Wollte keine Kinder sehen, denen jemand die Füße abgehackt hatte. Wollte mich nicht von irgendwelchen Dreckskerlen verprügeln lassen oder Deals mit ihnen eingehen, um einen Fall zu lösen. Und ich wollte auch nicht am Schreibtisch sitzen und Berge von Papier durchwühlen, obwohl mir von Anfang an klar war, dass diese russischen Geldhaie sowieso immer davonkamen.

Ich hatte genug. Das, was mir bei der Arbeit als Cop am besten gefallen hatte, die Kameradschaft, das Gefühl, Teil von etwas Größerem zu sein, war weg, und der Rest kotzte mich an.

Die Erregung, die mich früher in solchen Situationen gepackt hatte, das Gefühl, etwas Sinnvolles zu tun, war verschwunden. Ich wollte nicht mehr. Als ob sie spürte, was in mir vorging, umfasste Lily meine Hand fester.

Der Raum hinter der zweiten Tür war eiskalt, und es roch säuerlich und metallisch, als wäre hier eine Klimaanlage, bei der die Abluft nicht sauber funktioniert oder irgendwas mit den Chemikalien nicht stimmt. Der ganze Ort war mir zuwider, und dazu der Gestank nach verfaultem Gemüse und die schlechte Luft. Was mich jedoch am meisten beunruhigte, war, dass ich kaum etwas fühlte; das Ganze berührte mich fast nicht mehr.

»Artie?«

Ich ging zu Lippert, dessen Gesicht farblos war wie in einem Schwarz-Weiß-Film. In dem Raum gab es kaum Licht.

»Ich komme«, sagte ich.

In der Ecke des zweiten, kleineren Raums zog einer der beiden Uniformierten ein schmutziges Tuch von einem hohen, rechteckigen Gebilde. Es war ein Restaurantkühlschrank aus Edelstahl mit Glastüren.

Der Motor summte gleichmäßig, dann gluckerte er, schaltete um und begann wieder zu summen. Davon abgesehen, war es vollkommen still. Lily drückte sich enger an mich.

Irgendwo in dem Raum mussten Lebensmittel gelagert sein, denn es roch nach Gurken. Mit zusammengekniffenen Augen spähte ich in die Dunkelheit und fragte mich, warum eigentlich keiner das Licht anmachte. Aber vielleicht gab es auch nur die einsame kaputte Birne, die von der Decke hing.

Der Cop schaltete seine Taschenlampe ein und leuchtete damit auf den Kühlschrank. Instinktiv wollte ich Lily hinter mich schieben, doch sie blieb neben mir. Ich zwang mich, auf den Lichtkegel der Taschenlampe zu schauen.

Durch das Glas der Kühlschranktüren konnte man ihre Umrisse erkennen, vier nebeneinander. Lily sah es auch; ich spürte, wie sie erschauerte. Der Cop trat mit der Lampe näher heran, sodass wir alles etwas besser sehen konnten. Es war nicht genau zu erkennen, wie alt die Säuglinge waren. Höchstens ein paar Wochen. Winzig. Tot. Ich konnte den Blick nicht abwenden; das Einzige, was ich wahrnahm, waren Lilys Hand und der Gurkengeruch.

Wir standen in der kalten Dunkelheit und lauschten auf das Summen des Kühlschranks. Niemand sagte etwas. Das Geräusch meines Atems dröhnte mir in den Ohren.

»Los«, sagte Lippert.

Der Uniformierte griff nach dem Bolzenschneider und brach das Vorhängeschloss an der Kühlschranktür auf. Der Detective zog sich Gummihandschuhe über. Das Schnalzen des Kunststoffs ließ mich zusammenfahren. Der Mann griff in den Kühlschrank und zog einen der toten Säuglinge heraus, dann drehte er sich um. Er war ein Schrank von einem Kerl. Sein Gesicht schimmerte grünlich. Er hielt das Baby im Arm, als wäre es lebendig.

Der Detective wirkte wie gelähmt. Lippert befahl ihm, die übrigen Säuglinge herauszuholen. Los. Der riesige Typ stand reglos da, das winzige Kind im Arm. Dann sagte er etwas. Es klang wie »nicht echt«.

Hinterher, auf der Straße, erschien uns alles viel zu grell. Lily, die die ganze Zeit meine Hand gehalten hatte, ließ los, ihre Knie gaben nach, und sie sackte auf die Kante des Gehwegs. Die Füße im Rinnstein, ließ sie den Kopf auf die Knie sinken.

Um uns herum wimmelte es von Leuten – noch mehr Cops, Spurensicherung und so weiter. Lippert hing am Telefon und versuchte, die Reporter abzuwimmeln, doch einer von Fox war bereits da. Sonny war stinksauer und so klar im Kopf wie zu seinen besten Zeiten.

»Gottverdammte Attrappen«, schimpfte er.

»Wovon redest du?«, fragte ich. »Welche Attrappen?«

»Die Babys. Im Kühlschrank.«

»Ich verstehe nicht.«

»Dann pass gefälligst auf, verdammt noch mal«, sagte Sonny. »Es sind Puppen, Mann. Babypuppen. Spielzeug für kleine Mädchen.«

Immer noch verwirrt, dachte ich an die Party in dem Spielzeugladen am Abend zuvor und die Säuglingsstation mit den täuschend echten Babypuppen.

»Woher kommen sie?«

»Was weiß denn ich? Aus einem Laden, aus einer Fabrik, aus irgendeiner beschissenen Stadt in China, Artie, da kommt heutzutage doch alles her. Willst du sie dir näher ansehen? Mal im Arm halten? Das lässt sich arrangieren.«

»Wieso machst du mich deswegen an, Sonny?«

»Tut mir leid, Mann, wirklich, aber an wem soll ich's sonst auslassen? Du gehörst doch quasi zur Familie.«

Er bedeutete dem Detective, eine der Puppen herzubringen, und der massige Kerl reichte sie mir, als wäre es ein Neugeborenes. Nur dass es aus Kunststoff war.

Die Haut der Puppe fühlte sich beinahe echt an, wie in dem Spielzeugladen, nur ein wenig klebrig. Vielleicht lag es an dem schwülen Nachmittag, oder es war mein eigener Schweiß; ich schwitzte, und mit dem Schweiß fühlte sich das Baby noch echter an. Es war in eine rosafarbene Decke gehüllt und trug eine farblich passende Mütze auf dem Kopf.

»Wer tut so was, Sonny?«

»In Deutschland gab es einen ähnlichen Fall, aber da waren es echte Babys, und das macht mich kirre, Mann. Ich will das auf keinen Fall auf der Titelseite der *Post* sehen. Vier Säuglinge, Spielzeugpuppen, in einem Kühlschrank. Ich kapier's nicht. Ich kapier absolut nicht, was das soll.«

»Die Kleine in Jersey – du hast mir doch ein Foto von ihrer Puppe gezeigt, der auch ein Fuß fehlte. Was war das für eine Puppe?«

»Scheiße, Mann«, sagte Sonny. »Oh Gott.«

»Hier.« Ich drückte die Puppe einem Uniformierten in die Hand. »Nehmen Sie sie.«

Lily hockte immer noch auf dem Gehweg, den Kopf auf den Knien. Ich setzte mich neben sie.

»Schaffst du es allein zurück?«

»Ja«, sagte sie. »Ich bin zu Hause, falls du mich brauchst.«

»Ist gut.«

Sie gab mir einen Kuss auf die Wange, stand auf und ging unter Sonny Lipperts Blicken zu ihrem Auto.

»Hast du was zu rauchen, Mann?«, fragte Sonny. »Ich werde diesen Gestank einfach nicht los.«

»Welchen Gestank?«

»Alles.«

»Hör zu, Sonny, ich helfe dir bei dieser Sache, ich tue, was du willst, aber erst muss ich Billy holen. Ich habe ihn drüben in Staten Island gelassen.«

»Das ist doch gut«, sagte Sonny. »Ich meine, da hat er Gesellschaft in seinem Alter, Hanks Kinder und so. Das gefällt ihm bestimmt. Und heute Morgen war er die ganze Zeit mit dir zusammen, ja?«

»Ich dachte, du wolltest, dass ich ihn mitbringe, damit du mit ihm über May Luca reden kannst.«

»Ich bin froh, dass du ihn nicht dabeihattest, Mann. Das hier ist doch nichts für Kinder. Pass auf, Artie, ich möchte, dass du mir bei dieser Puppengeschichte hilfst, ich meine, weil der Kerl, der mir den Tipp gegeben hat, nach 'nem Russen klang. Ich muss die Sache aufklären, bevor es Nachahmer gibt.«

»Was ist mit Rhondas Verwandter in Staten Island?«, fragte ich.

»Scheiß drauf«, erwiderte er. »Das hier ist wichtiger.«

»Bist du bereit, was springen zu lassen?«

»Wofür?«

»Für Informationen, die ich von jemandem besorgen könnte.«

»Und wie viel würden mich diese Informationen kosten?«

»Wie viel hast du?«

»Hierfür?« Sonny deutete mit der Hand auf das Lagerhaus. »Egal. Ich kriege die Abteilung schon dazu, das Nötige rauszurücken. Bezahl, was er verlangt.«

»Nur Geld?«

»Gib ihm, was immer er will«, sagte Sonny. »Ich bin einfach nicht scharf drauf, noch 'ne Tür aufzumachen und echte Babys im Kühlschrank zu finden, okay? Das hier ist genau das, worauf diese widerlichen Nachahmer abfahren. Die wühlen die Zeitungen nach so was durch und reiben sich die Hände. Geh zu deinem Informanten, und gib dem Kerl, was er haben will. Wie heißt er?«

»Willst du das wirklich wissen?«

»Klar.«

»Samson Britz.«

»Verdammt.«

»Kennst du ihn?«

»Einer von denen, die in einem das dringende Bedürfnis nach einem Bad wecken, wenn man mit ihnen zu tun hatte. Ich bin ihm mal begegnet. Er ist ein Drecksack, aber das ist mir jetzt egal.«

19

Vermisst. Hat jemand diesen Mann, diese Frau, dieses Mädchen gesehen. Vermisst. Es traf einen wie eine Faust in den Magen, wenn man die Nachrichten aus London sah. Vermisst. Vermisst. Junge Frau, Mann, auf dem Weg zur Arbeit, letztes Lebenszeichen Anruf vom Handy, 8.39 Uhr, um zu sagen, bin unterwegs, hat zwei Handys, keins davon erreichbar, hat den Bus genommen oder die U-Bahn? London war überall, auf sämtlichen Fernsehsendern, im Radio, in der Zeitung.

Es war surreal, Rudy Giuliani in London zu sehen, in einem Fernseher im Schaufenster eines Elektronikmarkts auf dem Weg nach Hause. Was für ein glücklicher Zufall für ihn, dass er gerade in London war, als es passierte – die ideale Gelegenheit, seinen großen Moment als Held der Nation noch einmal zu durchleben. Doch was mich wirklich bewegte, waren die Zettel mit Bildern von Vermissten und die Leute, die sie vor sich hertrugen.

Ich war überrascht, wie viele von ihnen Ausländer waren – Afrikaner, Russen, Pakistani; in einer Londoner Moschee erzählte ein alter Mann einem Reporter, seine Enkelin sei zur Arbeit bei einer Bank gefahren und nicht wiedergekommen, und unter Tränen beschrieb er, wie er sie als Säugling im Arm gehalten hatte. Sein Sohn hielt ein Foto von ihr hoch, sie war eine bildhübsche junge Frau.

Nach dem 11. September war New York mit Fotos von Vermissten vollgehängt gewesen, an Zäunen, Krankenhäusern, Kirchen; diese Bildergalerie der Vermissten war ein fester Bestandteil der Szenerie geworden. Noch Monate später hingen sie dort, zerfleddert, verblichen, aufgeweicht, Bilder von Menschen, die niemals wiedergefunden wurden.

Das war der Grund, weshalb ich nicht wollte, dass Billy sich »Krieg der Welten« ansah. Es gab darin Szenen von Menschen, die vor außerirdischen Angreifern flohen und Schilder mit der Aufschrift »Vermisst« hochhielten. Hat jemand diesen Mann, diese Frau, dieses Kind gesehen? Bei dieser Szene war Maxine aus dem Kino gelaufen. Ich war ihr nach draußen gefolgt, und sie hatte gesagt: »Ich kann da nicht wieder rein.«

Die Nachrichten aus London waren wie die fernen Ausläufer eines Tsunamis: Kleine Wellen der Angst rollten über New York und machten uns nervös.

Das Büro hatte bereits mehrmals angerufen; ich sollte mich bereithalten, möglicherweise meinen Urlaub abzubrechen. Sie streckten bereits die Fühler aus, wer eventuell helfen könnte, und es gab Pläne, wieder Cops in der U-Bahn aufzustellen und bewaffnete Wachleute in den Straßen zu postieren. Wir alle dachten an die armen Schweine, die in den Londoner U-Bahn-Tunneln in die Luft gesprengt, in tausend Stücke zerfetzt, zu Staub zermalmt worden waren. Vermisst.

Ich lief das letzte Stück nach Hause, noch angeschlagen von dem, was ich in dem Lagerhaus in Chinatown gesehen hatte. Es lag mir schwer auf der Seele, dass die Kleine, die in Jersey getötet worden war, aus Brooklyn stammte und dass ihr Tod möglicherweise mit diesen Puppen und dem Mord an May Luca vor zweieinhalb Jahren zusammenhing. Im Hausflur wäre ich fast mit einer Frau zusammengestoßen, die einen leeren Buggy in den Aufzug schob.

Ich starrte sie an.

Sie war neu im Haus, eine von diesen egozentrischen Yuppie-Gestalten, die sich in letzter Zeit verstärkt hier in dem Viertel niederließen, und ich kannte sie kaum.

»Ist was?«, fragte sie ein wenig aggressiv.

»Entschuldigung.« Ich stellte mich vor und erkundigte mich nach ihrem Kind, um Small Talk zu machen, doch sie sah mich nur an, als vermute sie hinter der Frage irgendwelche finsteren Absichten, klappte den Buggy zusammen und drehte mir im Aufzug den Rücken zu.

Oben in meinem Loft rief ich als Erstes Hank Provone an. Er sagte mir, Billy sei im Kino.

Allein? fragte ich, und Hank sagte, ich solle mir keine Sorgen machen, zwei von den Älteren seien mit ihnen gegangen. Wer?, fragte ich. Ein Junge und ein Mädchen, erwiderte er, beide zuverlässig und vernünftig. Und seine Tochter Katie sei auch dabei. Es sei alles in Ordnung.

»Hank?«

»Ja, Artie?«

»Kannst du mir einen Gefallen tun? Ich meine, noch einen.«

»Klar.«

»Könntest du die Kids vom Kino abholen?«

Hank fragte nicht weiter nach, sondern sagte nur: »Natürlich, mache ich. Ist alles in Ordnung?«

Ich zog mir ein frisches Hemd an; das andere hatte ich durchgeschwitzt. Ich sah mich um, ob jemand in der Wohnung gewesen war. Dann faltete ich die Decken zusammen, die Billy benutzt hatte, und räumte sie weg. Ich hob einen Pullover auf, den er auf dem Sofa liegen gelassen hatte. Seine Reisetasche lag in meinem Schlafzimmer auf dem Fußboden. Ich zog den Reißverschluss auf, und das Ratschen hallte unnatürlich laut in der Stille der Wohnung.

Anstatt den Pullover hineinzulegen, nahm ich den Inhalt heraus – T-Shirts und Jeans, ein Paar grüne knöchelhohe Turnschuhe, ein Stapel Unterhosen, eine rote Badehose. Genja kaufte ihm schöne Sachen, das meiste von Brooks Brothers, als ob Billy auf ein exklusives Internat ginge.

Ganz unten in der Tasche befanden sich ein paar braune Mokassins, eine Kappe, ein Fleecepulli mit Yankees-Logo und ein Stapel Bücher – ein Angelführer, ein ungelesener Harry-Potter-Roman, russische Kurzgeschichten, ein Russisch-Wörterbuch, diverse Schulbücher und »David Copperfield«. Außerdem ein Buch über Charles Lindbergh mit Fotos von Lindbergh und der Maschine, mit der er über den Atlantik geflogen war, noch in der Tüte vom Buchladen.

Aus der Tasche von Billys Karojacke fiel eine kleine dicke Mappe aus Plastik. Sie war voller Fotos von uns beiden: beim Angeln auf einem Ausflugsboot, bei einem Spiel der Yankees, bei der Feier zu Billys sechstem Geburtstag. Und eins von seiner Kommunion, er aufgeputzt in einem schimmernden weißen Anzug, daneben Johnny Farone mit dickem Bauch und ich mit mürrischer Miene.

Die Farones waren katholisch, und Genja akzeptierte das. Auf einem der Bilder stand ich vorne und Johnny im Hintergrund, wie ein entfernter Verwandter, und es sah aus, als wäre ich Billys Vater.

Ich musste wieder daran denken, wie ich Billy beim Anprobieren meiner alten Jacke überrascht hatte – ich glaubte nicht, dass es irgendwas zu bedeuten hatte, aber trotzdem irritierte es mich, dass er aussehen wollte wie ich –, und so ging ich die Kleider in seiner Tasche noch einmal durch.

Drüben im Wohnzimmer klingelte das Telefon. Ich stürzte sofort hinüber. Es war ein Bekannter, den ich in der

Hoffnung angerufen hatte, er könne mir vielleicht helfen, Genja und Johnny in London aufzufinden. Er sagte, über Leute namens Farone habe er nichts in Erfahrung bringen können, aber er würde es weiter versuchen. Er würde sich melden. Tut mir leid, Artie, sagte er. Sie sind immer noch vermisst.

Heute war Donnerstag. Am Sonntag würde Maxine zurückkommen. Ich hatte keine Ahnung, was ich tun sollte, falls die Farones dann immer noch in London wären. Oder tot. Ich schaltete die Nachrichten ein.

Was, wenn sie tot waren? Was dann?, fragte ich mich immer wieder, während ich mich für den Besuch bei Samson Britz fertig machte.

Britz war in seiner Stammkneipe, drüben in Chinatown, nicht weit vom Wasser und dem ehemaligen Fischmarkt entfernt, den es jetzt nicht mehr gab. Und nicht weit von dem Lagerhaus entfernt, in dem wir die Puppen im Kühlschrank gefunden hatten.

Britz saß hinten, wie immer, und trank im trüben Dämmerlicht seine Diät-Colas. Eine nach der anderen kippte er in sich rein; er war süchtig danach, wie ein Junkie nach seinem Heroin. An den übrigen Tischen saßen ein paar ältere Chinesen, die gemächlich ihr Bier tranken und Karten spielten. In dem Fernseher, der über ihren Köpfen hing, liefen nonstop Nachrichten aus London. Vermisst.

Als Sonny Lippert mir erlaubt hatte, Britz zu schmieren, war mir klar geworden, dass Sonny sich wirklich ernsthaft Sorgen machte wegen der Sache mit den Puppen und den möglichen Nachahmungstätern.

Samson Britz war ein ehemaliger Cop und ein schleimiger Mistkerl, der genau Buch darüber führte, wer ihm und wem er welchen Gefallen getan hatte, und der immer dafür sorgte, dass er im Plus war. Er nannte sich Privatdetektiv, aber in Wirklichkeit sammelte er Informationen und verkaufte sie an jeden, der bereit war, dafür zu zahlen.

Was Sonny Lippert nicht verstand, war, dass Britz die Informationen wichtiger waren als das Geld. Er hortete sie wie ein Eichhörnchen seine Nüsse. Niemand hatte je mitbekommen, dass er etwas aufschrieb, aber man konnte förmlich sehen, wie seine Augen hin und her rollten, wie Kugeln auf einem Rechenbrett, klick, klick, klick, eine für dich, zwei für mich.

Ich griff nur im äußersten Notfall auf Britz zurück. Sonny hatte recht gehabt: Wenn man mit ihm zu tun gehabt hatte, sehnte man sich nach einer Dusche, wegen des moralischen Gestanks.

Stets fein herausgeputzt, selbst in der größten Hitze, trug Britz ein blau-weißes Seersucker-Jackett, eine elegante Baumwollhose, ein rosafarbenes Hemd und eine weiße Fliege mit rosa Pünktchen. Er blickte mir entgegen, als ich durch die Tür der schummrigen Bar trat und auf seinen Tisch zuging.

»Detective Cohen«, begrüßte er mich in einem Tonfall, den er aus einer Polizeiserie abgekupfert haben musste. »Lange nicht gesehen.«

Ich setzte mich, bestellte ein Bier, und als es gebracht wurde, leerte ich in einem Zug das halbe Glas.

»Sie möchten also etwas von mir erfahren?«, fragte Britz. »Wissen Sie was, ich gebe Ihnen einen aus. Mir ist gerade danach.« Sein Angebot gab meinem Wunsch nach Informationen etwas Obszönes, als hätte ich ein perverses Laster, das er nur zu gern befriedigte.

»Wenn Sie meinen.«

»Der kleine Flieger, der über Coney Island abgestürzt ist – ich habe gehört, dass jemand in der Werkstatt am Propeller rumgefummelt hat«, sagte er.

»Wer?«

»Das kostet extra.«

»Ich habe keine Zeit«, sagte ich. »Erzählen Sie mir etwas, das ich nicht in den Nachrichten hören kann.«

»Dann sind Sie vielleicht wegen der Babys hier? Oder glauben Sie etwa, ich hätte noch nichts von den armen Babypuppen im Kühlschrank gehört? War schließlich nur vier Blocks von hier entfernt. Aber das ist ja nichts Neues mehr. Hat sich längst herumgesprochen. Und jetzt warten wir auf die Nachahmer, auf die echten Babys, stimmt's? Und deshalb sind Sie zu mir gekommen, zum guten alten Sammy Britz, nicht wahr?«

»Wie konnte sich das herumsprechen?«

»Oh, Sie wissen doch, wie in New York getratscht wird«, sagte er und griff nach einem Auktionskatalog, der vor ihm lag. Der Handel mit Kunst war ein Hobby von Britz; er glaubte, er könne damit das große Geld machen. Er hatte mir mal erzählt, die Idee habe er von ein paar japanischen Gangstern, die auf diese Weise reich geworden waren. Britz war nicht nur ein Widerling, sondern manchmal auch ein aufgeblasenes Arschloch.

»Mögen Sie die deutschen Expressionisten? Ich finde sie furchtbar deprimierend, aber sie bringen eine Menge Geld«, sagte er.

»Lassen Sie den Quatsch. Was ist mit den Puppen?«

Britz erhob sein Glas. »Alle wissen davon, aber das bedeutet ja nicht, dass sie wissen, wie es passiert ist. Grausige Geschichte, nicht? Abstoßend. Warum würde jemand so etwas tun, wenn nicht als Warnung?«

»Wovor?«

Britz trank von seiner Cola und fingerte mit einer affektierten Geste an seinem Jackett herum.

»Ich hätte da eine Vermutung.«

»Nur zu.«

»Vielleicht möchte jemand Sie warnen, dass bald noch

Schlimmeres kommt, dass die Puppen nur die Ouvertüre sind. Jemand, der zum Beispiel ein kleines Mädchen in Jersey tötet und ihr und ihrer Puppe die Füße abtrennt. Kennen Sie den Teil von Jersey, drüben an der Bayonne Bridge, gegenüber von Staten Island?«

»Ein bisschen.«

»Wie kommt's? Waren Sie vielleicht in letzter Zeit mal in Staten Island?«

»Woher zum Teufel wissen Sie das?«

»Tue ich nicht. War nur eine Frage. Dann lag ich also richtig mit meiner Annahme?«, sagte Britz.

»Was soll das heißen, jemand will mich warnen, dass noch Schlimmeres kommt?«

»Ich glaube, ich bin weit genug in Vorleistung getreten, Artie. Jetzt schulden Sie mir was.«

»Wie viel?«

»Ich sehe mal, was ich rauskriegen kann. Dann sage ich Ihnen, was es kostet.«

»Was zum Teufel haben Sie mit der Warnung gemeint, wer steckt dahinter?«

»Nun, der Teufel sicher nicht.«

»Sparen Sie sich Ihre blöden Sprüche.«

»Wenn ich das wüsste, Artie, wäre ich ein reicher Mann«, sagte Britz. »Ich habe gehört, Ihr kleiner Neffe Billy Farone ist draußen, auf Urlaub aus der Klapse? Ist er bei Ihnen? Oder bei Mom und Dad? Ach, nein, ich vergaß, die sind ja in London. Ich hoffe, ihnen ist nichts passiert.« Britz blickte hinauf zum Fernseher mit den Bildern von dem roten Bus und den Leuten, die nach ihren Verwandten suchten. Vermisst. »Bald sind wir wieder dran. Diese dämliche Homeland Security könnte uns ja nicht mal vor einem Gewitter schützen.« Er griff nach der nächsten Diät-Cola und trank, während er weiter mit gleichmütiger Miene zum Fernseher sah.

Woher zum Henker wusste er das über Billy? Und über Billys Eltern?

Ich spürte, wie mir der Schweiß in den Kragen rann.

»Was ist los, Detective? Brauchen Sie noch ein Bier?« Britz wurde nervös. »Hat es Ihnen die Sprache verschlagen, oder geht's Ihnen nicht gut?«

Plötzlich war es mir wieder eingefallen. Wie ich Britz das letzte Mal gesehen hatte. Wie er mir, genau hier in dieser Bar, gesagt hatte, dass er John Farone senior kenne, Johnnys Vater, Billys Großvater. Und Britz kannte auch Stan Shank, Farones ehemaligen Partner. Er hatte von ihm gesprochen. Ein Spinner, hatte er gesagt. Shank hatte den Spitznamen »der Ratscher«.

Wenn Shank ein großes, teures Auto sah, das irgendwo stand und den Verkehr aufhielt oder vor einem Geschäft wartete, stellte er sich mit gezücktem Schlüssel daneben, und sobald das Auto losfuhr, ratschte er ihm über die ganze Länge den Lack auf. Dafür war er berüchtigt.

Ich hielt den Mund und trank mein Bier. Freute mich im Stillen über Britz' verwirrte Miene und darüber, dass mir das mit Shank wieder eingefallen war. Bis jetzt schuldete ich Britz gar nichts. Ich warf meine Visitenkarte auf den Tisch.

»Rufen Sie mich an«, sagte ich. »Falls Sie irgendwas Interessantes über die Puppen herauskriegen. Ich meine, etwas Brauchbares.«

»Warten Sie.«

»Ja?«

»Ich könnte Ihnen noch was besorgen. Das kostet aber.«

»Wie viel?«

»Ich melde mich.« Britz nahm die Karte vom Tisch, ohne sie anzusehen, und zerriss sie in kleine Stücke. »Ich habe Ihre Nummer«, sagte er.

20

Ich verließ die Bar und Britz, ging zu einem Zeitungsstand und kaufte mir die *Post*. Die Schlagzeile lautete KALTE PUPPEN. Der Bericht – sofern man etwas, das in der *Post* gedruckt war, als Bericht bezeichnen konnte – brachte den Fund der Puppen in Verbindung mit der Tatsache, dass der Obdachlose, der in Chinatown zu Tode getreten worden war, erst vierzehn gewesen war, ein Junge mit einem Pappschild, auf dem stand, dass er kein Zuhause hatte und an Aids erkrankt war. Nach Aussage der Zeitung hatte der Kindesmissbrauch wieder stark zugenommen. Schuld war angeblich die Gewalt in Kino und Fernsehen. Ich warf das Blatt in den Mülleimer.

Auf dem Weg nach Hause sah ich an der Bowery Street ein paar Uniformierte mit Maschinengewehren. Die City wurde nervös. Ein junger Typ, der wie ein Araber aussah, wechselte auf die andere Straßenseite, weg von den Cops, die ihn misstrauisch beäugten. Später las ich, dass ein Polizist in einen Bus gestiegen war, der Richtung Uptown fuhr, und den Leuten einen Vortrag darüber gehalten hatte, woran man einen Terroristen erkennt.

Irgendein Idiot in einem Lieferwagen hupte wie verrückt, sodass ich zunächst nicht mitbekam, dass mein Handy klingelte. Ich kramte es heraus und drückte auf die Rückruftaste. Als ich Johnny Farones Stimme hörte, war ich so überrascht, dass ich ihn trotz meiner Erleichterung anfuhr: »Warum zum Teufel meldest du dich erst jetzt?«

»Hat Billy dir denn nicht gesagt, dass ich ihn angerufen

habe?«, fragte Johnny in seinem gewohnt entschuldigenden Tonfall. »Du meine Güte, das tut mir wirklich leid, Artie. Ich habe Billy schon vor Stunden angerufen und ihn gebeten, dir Bescheid zu sagen. Ich konnte dich nicht erreichen. Bei dir war immer besetzt, wahrscheinlich weil du es gleichzeitig bei mir versucht hast.«

»Ist alles in Ordnung? Wie geht es Genja? Wann kommt ihr zurück?«

»Sie ist völlig fertig mit den Nerven. Ich kann nicht lange reden. Ich stehe draußen im Flur, vor unserem Zimmer. Sie sitzt die ganze Zeit vor dem Fernseher und verfolgt die Nachrichten. Wir waren zu Fuß unterwegs und sahen ein paar Leute, die in der Nähe des explodierten Busses gewesen waren, einer von ihnen blutete, und da ist sie durchgedreht.«

»Was habt ihr denn da gemacht?«

»Genja war auf der Suche nach irgendeinem dämlichen Antiquitätenladen«, sagte Johnny. »Du weißt ja, wie sie ist, wenn's ums Shoppen geht.«

»Wann kommt ihr zurück?«, fragte ich noch einmal.

Johnnys Stimme begann zu wackeln. »Weiß ich nicht, Artie. Die Flughäfen sind geschlossen, und Genja sagt, sie setzt nie wieder einen Fuß in ein Flugzeug. Sie glaubt, die Terroristen sind hinter uns her. Sie hat sich in den Kopf gesetzt, mit dem Schiff zurückzufahren. Verdammt, sie tut mir so leid, Artie, und ich hab keine Ahnung, was ich tun soll. Ich muss aufhören«, sagte er. »Ich ruf dich wieder an. Pass gut auf meinen Billy auf, Artie, hörst du? Das musst du mir versprechen.« Johnny weinte.

Ich wollte ihn noch nach seinem Vater, dem alten Farone, und Stan Shank fragen, doch er hatte schon aufgelegt.

Ich versuchte, wütend auf Billy zu sein, weil er mir nicht Bescheid gesagt hatte, dass seine Eltern am Leben waren, aber ich ahnte, dass er vermutlich völlig mit Katie Provone beschäftigt war; bald würden die Mädchen für ihn viel interessanter sein als das Angeln mit mir. Zum ersten Mal seit einer ganzen Weile musste ich lachen, vor allem über mich selbst, meine Besorgnis und Eifersucht. Ich benahm mich schon wie ein echter Vater. Ich ging nach Hause und holte den Wagen.

Ich wollte mir Shank vorknöpfen, ihm ein für alle Mal klarmachen, dass er uns in Ruhe lassen sollte. Es war Shank, der Billy und mir am Dienstagnachmittag in Brighton Beach gefolgt war; es war Shank, der immer wieder anrief und mir drohte; und ich wäre jede Wette eingegangen, dass es auch Shank war, von dem der anonyme Hinweis mit den Puppen im Kühlschrank stammte. Entweder hatte er mit russischem Akzent gesprochen, oder er hatte einen Russen dafür engagiert.

Es war gut möglich, dass Shank selbst mit den Puppen und dem ermordeten Mädchen in Jersey zu tun hatte. Je länger ich darüber nachdachte, desto überzeugender schien es mir, und wenn es mir gelang, ihm irgendetwas nachzuweisen, könnte ich ihn endlich drankriegen. Oder ihn zumindest für ein paar Tage aus dem Verkehr ziehen.

Ich wusste, wenn ich einfach zu seinem Haus fuhr, würde er mir die Tür vor der Nase zuschlagen oder mir vielleicht sogar die Kehle aufschlitzen. Ich brauchte jemanden, der mir half. Farone senior in Florida war Shanks Freund, somit blieben nur Farones Töchter, Johnnys Schwestern. Donna lebte bei dem Alten, und ihr traute ich ebenso wenig wie ihm. Die andere hieß Tina, wie die Mutter. Sie lebte irgendwo in Long Island – Rockville Center oder so ähnlich.

Ich fand Tina unter ihrem eigenen Namen im Telefonbuch. Zu meiner Überraschung nahm ein Mädchen den

Hörer ab und sagte, sie sei Sara, Tinas Tochter. Da sie meinen Namen offenbar kannte, gab sie mir die Handynummer ihrer Mutter. Sie klang nett, ein freundliches Kind mit hübscher Stimme, und in Anbetracht meiner Verfassung und der Ereignisse der letzten Tage tat mir das ausgesprochen gut. Endlich mal was Positives.

Tina Farone – alle nannten sie Little Tina, um sie von ihrer Mutter zu unterscheiden – saß mit ein paar Freundinnen beim Cocktail in Johnnys Restaurant in Brooklyn, als ich anrief, und sie sagte, sie würde auf mich warten, und wir könnten einen Kaffee zusammen trinken.

Sie war ebenso einnehmend, wie ihre Tochter es am Telefon gewesen war, die Stimme, das Gesicht, ihr Verhalten, alles. An einem Mojito nippend, saß sie mir im Farone's gegenüber, antwortete offen auf meine Fragen und lächelte freundlich. Sie wirkte geradeheraus und unverfälscht.

Sie war jünger als Johnny, hatte blondes Haar und blaue Augen und trug ein hellblaues Sommerkleid. Ich schätzte sie auf Ende dreißig, Anfang vierzig. Ich war ihr ein paarmal bei Familienfeiern begegnet – das letzte Mal bei Billys Kommunion –, hatte aber noch nie wirklich mit ihr gesprochen. Ich bestellte ein Bier. Der Kellner brachte es mir, zusammen mit einem weiteren Cocktail für Tina.

»Ich mag die Dinger nicht mal besonders«, sagte Tina und hielt ihren Mojito hoch. »Aber sie sind angeblich cool. Wie kann ich Ihnen helfen, Artie?«

»Haben Sie schon mit Ihrem Bruder gesprochen? Ihm ist nichts passiert.«

»Ja, er hat mich angerufen, dabei wusste ich nicht mal, dass er in London war. Ich versuche, mit ihm in Kontakt zu bleiben, aber wir sehen uns kaum, eigentlich fast nie, wenn ich ehrlich bin. Leider.«

»Sie müssen sich nicht rechtfertigen«, sagte ich. »Der

arme Kerl. Genja ist völlig hysterisch wegen der Anschläge und weigert sich, in ein Flugzeug zu steigen.«

»Wissen Sie, was ich glaube? Ich glaube, Genja ist hysterisch, weil Billyboy in New York ist und sie Angst davor hat, ihn zu sehen«, sagte Tina. »Der Junge war ihr Ein und Alles, und als diese Geschichte damals passierte, ist sie durchgedreht. Ich will damit nichts Schlechtes über Genja sagen, ich meine nur, sie hat ihr inneres Gleichgewicht verloren, verstehen Sie?«

»Woher wissen Sie, dass Billy hier ist?«

»Johnny hat es mir gesagt.«

»Dem Jungen geht es gut. Er ist bei mir.«

»Das freut mich sehr«, sagte Tina. »Aber irgendwas ist nicht in Ordnung, oder? Sonst hätten Sie mich doch nicht angerufen. Worum geht es, Artie? Ich helfe Ihnen gerne, wenn ich kann.«

Ich beugte mich vor. »Kennen Sie die Familie Shank? Stan Shank?«

»Ja, von früher. Mein Vater und meine Mutter waren damals sehr eng mit ihnen befreundet. Kennen Sie meine Mutter?«

Ich nickte.

»Ich bemühe mich, nicht verbittert zu sein«, sagte Tina. »Meine Mutter bekam mich sehr spät in ihrem Leben, es war eine schwere Geburt, und sie hatte mich nicht gewollt. Trotzdem haben sie mich nach ihr benannt, worunter ich auch sehr gelitten habe, denn ich war immer nur Little Tina. Johnny nannten sie ›Junior‹ und mich Little Tina, und wir haben es beide gehasst, die Namen unserer Eltern zu tragen.

Ich habe schon ziemlich früh mitgekriegt, dass meine Ma mich nicht gewollt hatte, ich habe oft gehört, wie sie meinen Dad angeschrien hat, aber sie waren katholisch, und was hätten sie damals tun sollen? Als ich vierzehn war, habe ich mir gesagt, reiß dich zusammen, Tina, hör auf, deine Eltern zu hassen. Und dann habe ich mich bei einem Internat beworben, es war zwar auch katholisch, aber ich hatte gehört, dass die Lehrer relativ locker sein sollten, wovon meine Eltern natürlich nichts wussten. Ich habe nur gesagt, dass dort einige Nonnen unterrichteten, und alle waren begeistert, oh, das ist ja toll, was für ein braves Mädchen, vielleicht wird sie ja selbst mal Nonne.« Tina griff nach einem Glas Wasser und leerte es in wenigen Zügen.

»Ich bin von zu Hause weg, und das war's«, sagte sie. »Auf dem College habe ich einen Jungen aus dem tiefsten Westen kennengelernt. Eine Zeit lang wollte ich unbedingt Rodeoreiterin werden – lachen Sie nicht, es war mir absolut ernst –, also bin ich mit ihm in den Westen gegangen, um dort zu arbeiten, habe alberne Hüte getragen und unglaubliche Kostüme mit Chaps und Flitterkram. Ich war gar nicht so schlecht, aber jedes Mal, wenn ich den Mund aufmachte, wussten alle, dass ich aus Brooklyn stamme, und das kam nicht gut an. Sie haben noch versucht, was daraus zu machen, indem sie mich The Bucking Brooklyn Babe nannten, aber es funktionierte nicht.« Sie lachte.

»Was wurde aus dem Jungen?«

»Wir heirateten, und wir ließen uns wieder scheiden. Jetzt bin ich mit einem tollen Mann verheiratet, der nicht aus dem Westen stammt. Mack ist Zahnarzt in Long Island, ein netter jüdischer Mann, den es nicht stört, dass ich meinen eigenen Namen behalten wollte – das hat mir meine Mutter übrigens nie verziehen, dass ich einen Juden geheiratet habe –, und ich habe eine wunderbare Tochter, Sara, mit der Sie ja schon gesprochen haben. Aber eigentlich hatten Sie mich ja nach den Shanks gefragt. Was wollen Sie denn wissen?«

»Erzählen Sie einfach ein bisschen.«

»Nun, ich weiß, dass Stan Shank und mein Vater sehr gut befreundet waren, sie hatten als Cops zusammengearbeitet«, sagte Tina. »Sie hatten auch Geschäfte laufen, die nicht so ganz koscher waren; in diesem Teil von Brooklyn lief mehr oder weniger alles unter ihrer Regie. Sie waren keine großen Nummern, sie handelten nur mit Sachen, die vom Laster gefallen waren, wie man so sagt, Elektronikgeräte, Spielzeug und so. Aber sie konnten ziemlich unangenehm werden, wenn ihnen jemand in die Quere kam – Kollegen, die nicht bereit waren mitzuspielen, Schwarze, die die Frechheit besaßen, in Howard Beach aufzutauchen und ihre eigenen Geschäfte abzuwickeln. Aber am meisten hassten sie die Russen, weil die sich in Brooklyn ausbreiteten und cleverer waren als mein Dad und Shank.

Also ließen sie den Frust an ihren Frauen aus. Meine Mom ist zur Hälfte Polin, was für meinen Vater in denselben Topf gehörte wie die Russen, und Shanks Stiefmutter war Russin; sie ist mittlerweile tot. Sie und Shanks Vater, der zum Glück auch nicht mehr lebt, bekamen dann noch Herschel, oder Heshey, wie sie ihn nannten.«

»Erzählen Sie weiter.«

»Das Komische ist, dass Stan Shank selbst eine Russin geheiratet hat. Das war wie eine Art Band zwischen den Männern, beide heirateten Russinnen und machten sich dann einen Spaß daraus, sie zu hänseln, und die Frauen ließen es über sich ergehen, weil sie Immigrantinnen waren und sich nicht trauten, sich dagegen zu wehren, verstehen Sie? Mein Vater ist jetzt in Florida, und Shank hat sich zurückgezogen. Gott sei Dank. Aber es gab noch andere.«

»Hat Shank Kinder?«

»Einen Jungen, der gestorben ist, und ein Mädchen. Debbie. Er ist fast durchgedreht, als der Junge starb. Wundert mich eigentlich, denn der Junge hatte das Downsyndrom. Wie Herschel. Oder eben Heshey. Aber das war ein absolutes Tabuthema.«

»Kannten Sie sie? Ich meine, Debbie.«

»Ja. Sie war ganz nett, viel jünger als ich. Ich habe damals oft auf sie aufgepasst, als sie klein war. Später, nach der Highschool, ist sie abgehauen. Wollte nach Italien oder so.«

»Wissen Sie, wo sie jetzt ist?«

»Ich kann mal schauen, ob ich eine Nummer herauskriege.«

»Und Ihr Vater?«

»Der Mistkerl sitzt nur noch in Florida herum und sabbert.« Tina starrte in ihr Wasserglas. »Was ist los, Artie? Geht es um Billy?«

»Es wäre wirklich nett, wenn Sie Debbies Nummer für mich herausbekommen könnten. Tina, wie kommt es eigentlich, dass sie Billy zu Ihrem Vater lassen?«

Sie griff nach ihrer Handtasche, nahm Puderdose und Lippenstift heraus und zog sich die Lippen nach.

»Sie waren nie hinter kleinen Jungs her, verstehen Sie? Die Jungen haben sie nicht angefasst«, sagte Tina leise. »Mein Vater liebte Billy, und Billy war ganz verrückt nach ihm. Sie gingen zusammen angeln, und er war für den Jungen ein wunderbarer, knuddeliger Großvater. Ich nehme an, Sie wissen, dass meine Mutter meinen Vater nach siebenundvierzig Jahren aus dem Haus geworfen hat, weil er angeblich kleine Mädchen begrapschte?«

»Ja, das weiß ich.«

»Ich glaube nicht, dass er oder einer von den anderen Sex mit Kindern hatte oder so, ich denke, sie haben sie gerne angeschaut und vielleicht auch mal angefasst, wenn sie die Gelegenheit dazu bekamen«, sagte Tina. »Was natürlich schon schlimm genug ist. Diese Männer dachten, sie wären kleine Puppen. Sie haben geglaubt, solange sie zärtlich zu ihnen sind, solange sie ihnen nicht wehtun, würde es nicht zählen. In ihrer verkorksten Altmännervorstellung haben sie nur mit ihnen gespielt.«

»Woher wissen Sie das alles?«

»Manches hat mir meine Mutter erzählt, anderes habe ich mir selbst zusammengereimt. Das mit den kleinen Mädchen wusste ich.«

»Waren Sie selbst auch betroffen?«

»Nein, nie. Dem Himmel sei Dank.«

»Und Ihre Schwester?«

»Donna? Das kann ich mir nicht vorstellen. Sie hat den Alten bei sich aufgenommen, als meine Mutter ihn vor die Tür gesetzt hat. Sie ist eine verkappte Heilige.«

»Was ist mit Shanks Tochter?«

»Ja, ich denke schon, dass die Kerle Debbie begrapscht haben«, sagte Tina. »Sie war noch so klein. Ich hätte etwas unternehmen müssen. Ist Billy in Schwierigkeiten?«

»Ich weiß es nicht genau. Jemandem passt es nicht, dass er vorübergehend hier ist«, sagte ich, dann wünschte ich, ich hätte den Mund gehalten.

»Ich glaube, ich habe eine Idee, wie ich Debbie Shank erreichen kann. Geben Sie mir Ihre Nummer, Artie.« Tina nahm ihre Tasche, stand auf, umarmte mich und ging zur Tür. Ihr Strahlen war erloschen. Ich folgte ihr.

»Wo ist Billy jetzt?«, fragte sie. »Vielleicht sollten Sie besser bei ihm bleiben, Artie. Ich will Sie nicht beunruhigen, und ich weiß auch nichts Genaues, aber an Ihrer Stelle würde ich ihn nicht allein lassen, zumindest bis Johnny aus London zurück ist. Shank ist ein Mistkerl. Er hat einen Riesenwirbel um den Tod seines Halbbruders gemacht.«

»Billy ist in Sicherheit. Er ist bei Freunden von mir in Staten Island.«

Wir gingen hinaus auf den Parkplatz, und als Tina in ihren Wagen stieg, fragte ich mich, ob es klug gewesen war, ihr von Billy zu erzählen. Ich rief ihr nach, doch sie war bereits losgefahren und hörte mich nicht, oder sie tat zumindest so.

Ich stieg ebenfalls in mein Auto und folgte Tina noch ein paar Blocks. Sie telefonierte, und ich fragte mich, mit wem sie sprach. Sie war die Einzige, die den Jungen »Billyboy« nannte. Abgesehen von ihrem Vater in Florida.

21

Wieder war ich in einer verlassenen Sackgasse gelandet; Staten Island schien voll davon zu sein. Offenbar war ich auf dem Weg zu Hank Provone irgendwo falsch abgebogen. Ich wollte zu Billy. Mir gefiel die Art nicht, wie Tina ihn »Billyboy« genannt hatte. Ich wollte mit ihm in die City zurückfahren. Ihn in Sicherheit bringen. Mein Wagen machte komische Geräusche, und ich hielt an und stieg aus.

Als ich die Haube hochgeklappt hatte und am Motor herumfingerte, trat mir plötzlich jemand von hinten in die Kniekehlen, sodass mir die Beine einknickten und ich zu Boden ging. Der Angriff kam wie aus dem Nichts, und bevor ich das Bewusstsein verlor, fürchtete ich, sterben zu müssen.

Als ich wieder zu mir kam, lag ich auf der Seite, und er verpasste mir einen Fußtritt in die Nierengegend. Da war nichts, keine Drohung, keine Furcht, keine Vorahnung, nur ein plötzlicher, wahnsinniger Schmerz, dann noch ein Tritt, das Gefühl, dass irgendwas in meinem Innern zerriss, und dann fiel ich in ein tiefes, schwarzes Loch.

Ich wusste nicht, wie lange ich weggewesen war, eine Minute oder eine Stunde, und ich wusste auch nicht, ob ich innere Blutungen hatte. Blindlings tastete ich nach irgendetwas, woran ich mich festhalten konnte. Meine Hand berührte die Stoßstange des Autos, doch ich hatte nicht die Kraft, mich hochzuziehen. Mein ganzer Körper zitterte, brannte, schrie – der schlimmste Schmerz, den ich je erlebt hatte. Ich öffnete die Augen, doch der Schmerz war so stark, dass ich sie sofort wieder schloss.

Wo war ich? Im Grunde war es mir egal, denn in diesem Augenblick interessierte mich eigentlich nur, was ich tun konnte, damit der Schmerz nachließ. Als ich versuchte, mich auf den Bauch zu rollen, schossen mir Tränen in die Augen. Ich blieb liegen. Ein leichter Duft nach frisch gemähtem Rasen hing in der Luft. Es nieselte, und der Regen vermischte sich mit meinen Tränen. Als ich erneut die Augen öffnete, wusste ich nicht, ob ich wach war oder bewusstlos oder in einem Traum, aber das Einzige, woran ich dachte, der einzige Mensch, den ich herbeisehnte, war Lily.

Wo zum Teufel war Billy? Ich konnte mich nicht mehr erinnern, wo ich ihn gelassen hatte, und ich hatte Angst, jemand könnte ihn entführt haben. Panik schnürte mir die Luft ab. Mein Magen krampfte sich zusammen, als müsste ich mich übergeben.

Der Regen fiel ungleichmäßig und dünn, es wurde dunkel. Mir tat der Kopf weh, und ich hatte Mühe, mich zu konzentrieren. Ich dachte an Gott und wünschte, ich würde an ihn glauben. Irgendwie schaffte ich es, ins Auto zu kriechen. Ich versuchte, den Schlüssel ins Zündschloss zu stecken, doch meine Hand zitterte zu sehr.

Im Handschuhfach fand ich eine halb leere Flasche Wasser und eine Packung Advil. Ich nahm vier davon, in der Hoffnung, dass sie die Schmerzen zumindest so weit lindern würden, dass ich fahren konnte. Nach einer Weile gelang es mir, den Wagen zu starten.

Vorsichtig setzte ich zurück, wendete und versuchte, mich zu orientieren. Während ich noch überlegte, ob es einer von Stan Shanks Kerlen gewesen war, der mich so übel zugerichtet hatte, ging mir plötzlich ein Licht auf: Shank hatte gar nicht vor, Billy etwas anzutun – er wollte ihm etwas anhängen. Shank wollte beweisen, dass Billy böse war, damit er ein für alle Mal hinter Gitter kam, vielleicht um seinen Halbbruder zu rächen, vielleicht weil Shank einfach eine miese Ratte war.

Möglicherweise konnten Little Tina Farone oder ihre alte Freundin Debbie Shank mir etwas gegen Shank in die Hand geben, aber mittlerweile war ich mir nicht mehr sicher, ob ich Tina trauen konnte. Shank und seine Leute wollten, dass Billy verschwand, auf die eine oder andere Weise, und dafür würden sie alles tun und jeden ausschalten, der ihnen dabei im Weg war. Auch mich. Vor allem mich. Billy war ohne mich nicht sicher. Aber mit mir ebenso wenig.

»Er ist nicht hier«, sagte Mary Provone. Sie stand an der Spüle, machte den Abwasch und unterhielt sich mit Stellene, die am Küchentisch saß. »Du siehst ja furchtbar aus, Artie, setz dich, um Gottes willen. Stellene, hol ihm ein Glas Wasser und einen Kaffee. Vielleicht solltest du dich besser hinlegen. Ich rufe einen Arzt. Ein paar Blocks von hier wohnt ein Freund von uns, der ist Arzt und kommt sofort, wenn ich ihn darum bitte. Oder willst du lieber ins Krankenhaus? Artie, hörst du mir überhaupt zu? Setz dich.«

»Was soll das heißen, er ist nicht hier?«, fragte ich.

»Hank hat ihn in die Stadt zurückgebracht.«

Stellene schenkte mir ein Glas Wasser ein. Ich leerte es in einem Zug und bat sie sofort um noch eines.

»Brauchst du sonst noch was?«

»Irgendwas gegen die Schmerzen.«

Stellene nahm eine Packung Percocet aus der Schublade des Küchentischs und reichte mir eine Tablette.

»Gib mir gleich zwei.«

»Eine ist genug. Wenn du zu viel davon nimmst, kriegst du Halluzinationen. Warum lachst du?«

»Im Moment hätte ich nichts gegen ein paar Halluzinationen«, erwiderte ich. »Warum hat Hank Billy in die Stadt gebracht?«, fragte ich Mary.

»Ich weiß es nicht genau«, sagte sie. »Ich glaube, Billy wollte zurück. Er wirkte besorgt. Hast du etwas von seinen Eltern gehört?«

»Ja, denen ist nichts passiert. Aber das ist doch nicht alles, oder?«

Mary schwieg.

»Wo sind die Kinder?«

»Sie wollten sich Burger holen«, sagte Mary und räumte eine Schüssel in den Schrank. »Nach dem Kino gehen sie immer noch was essen.«

»Katie auch?«

»Ja.«

»Sag mir, was passiert ist.«

»Artie, mein Lieber, ich glaube, du solltest jetzt besser nach Hause fahren. Sie warten auf dich.«

»Sie?«

»Hank wollte den Jungen nicht allein lassen, weil du ihn gebeten hattest, bei ihm zu bleiben. Vielleicht hat der Film ihm Angst gemacht«, fügte Mary hinzu. »Oder der Anschlag in London. Wir sind alle ein bisschen unruhig, das weckt natürlich Erinnerungen. Und dann die ganzen Nachrichten und Diskussionen. Möchtest du, dass jemand mitkommt? Einer von den Jungs könnte dich fahren, wenn du dich zu schlecht fühlst. Was ist denn überhaupt passiert?«

»Mary?«

»Ja?«

»Was hast du damit gemeint, dass der Film Billy Angst gemacht haben könnte?«

»Nichts. Mach dir keine Gedanken.«

»Kennst du eine Frau namens Tina Farone?«, fragte ich sie.

»Meinst du Johnnys Schwester? Little Tina?«

»Genau.«

»Ja, die kenne ich, wenn auch nicht sehr gut«, sagte Mary. »Unsere Kinder waren früher in derselben Reitschule, und Tina ritt selbst sehr gut. Wir haben uns ab und zu getroffen, und ich habe sie mal gefragt, wo sie das in Brooklyn gelernt hat. Da hat sie gelacht und mir Fotos von sich gezeigt, als Cowgirl oder Rodeoreiterin oder irgend so was Verrücktes, mit Cowboyhut, Bolerojacke und Paillettenhemd. Ich habe sie aber lange nicht mehr gesehen. Ich glaube, sie ist nach Long Island gezogen. Früher sind wir uns ab und zu hier im Supermarkt begegnet. Warum fragst du?«

»Sie hat hier in der Gegend gewohnt?«

»Ja. Manchmal kam ihr Vater, John senior, hier vorbei, wenn er bei ihr zu Besuch war, um mit Hank zu plaudern, und Hank hat sich immer verpflichtet gefühlt, ihn hereinzubitten, weil er früher auch Polizist gewesen war. Ich mochte den Alten nicht. Hank war auch nicht begeistert von ihm, aber er wollte nicht unhöflich sein, du kennst ihn ja. John senior saß stundenlang auf der Terrasse, trank Bier und aß Erdnüsse, die er immer in einer Papiertüte mit sich herumtrug. Manchmal sah ich, wie er die Schalen auf die Terrasse warf, und Hank bückte sich und hob sie auf. Das mit den Erdnüssen ging ja noch, aber das war nicht alles.«

»Was meinst du damit?«

»Er hat Katie immer so angestarrt, wenn sie im Badeanzug rumlief, und einmal hat er sie gezwungen, sich auf seinen Schoß zu setzen. Da habe ich Tina gesagt, dass ich ihn nicht mehr hier haben will, und danach war zwischen uns irgendwie Funkstille. John senior ist Billys Großvater, nicht?«

»Ja.«

»Hank wollte Billy in die City zurückbringen, mehr weiß ich nicht«, sagte Mary. »Soll ich den Arzt anrufen?«

»Nein, ich muss nach Hause.«

Als ich draußen in den Wagen steigen wollte, kam Stellene aus dem Haus.

»Was gibt's?«, fragte ich.

»Artie, hör mal, Billy sollte zurück in seine Schule oder was das nun ist, oder zu seinen Eltern«, sagte sie. »Wo sind die überhaupt?«

»In London. Nach dem Anschlag auf die U-Bahn weigert seine Mutter sich, in ein Flugzeug zu steigen.«

»Ach herrje. Dann musst du ihn in seine Schule zurückbringen oder dich wenigstens um ihn kümmern.«

»Warum?«

»Ich glaube, er hat vor irgendetwas Angst. Das hat Katie mir erzählt«, sagte sie. »Wir verstehen uns sehr gut. Ich bin ihre Patentante, sie redet über vieles mit mir, und sie hat mir gesagt, sie mag Billy wirklich richtig gern. Das hatte ich mir schon selbst zusammengereimt, denn sie hat dieselbe zarte Haut wie ihre Mutter, und wenn sie aufgeregt ist, kriegt sie ganz rote Wangen. Die beiden haben im Kino nebeneinander gesessen, und sie sagte, Billy sei sehr höflich gewesen. Vielleicht war sie enttäuscht, weil er nicht versucht hat, sie zu küssen, keine Ahnung. Jedenfalls, als die ganze Bande aus dem Kino kam und Hank sie nach Hause fahren wollte, war Billy verschwunden. Katie sagte, er sei sofort nach dem Ende des Films rausgegangen. Sie haben eine geschlagene halbe Stunde nach ihm gesucht.

Hank fand ihn schließlich in einem Imbiss schräg gegenüber vom Kino, wo er einen Schoko-Donut aß, als wäre nichts geschehen. Billy sagte, er sei nur hungrig gewesen. Vielleicht hat das alles gar nichts zu bedeuten, aber Katie meinte, er hätte Angst gehabt, schon auf dem Weg ins Kino hätte er die vorbeifahrenden Autos angestarrt, als halte er nach jemandem Ausschau.«

»Ich muss los«, sagte ich. »Ruf mich an, wenn irgendwas ist. Bist du sicher, dass *du* in dem Zustand fahren kannst?«

»Na klar«, sagte Stellene und tätschelte ihren Bauch. »Die drei passen schon auf mich auf. Kümmere dich um Billy. Er braucht dich.«

»Aber du magst ihn doch, oder?«

»Natürlich, Artie, ich fand ihn sehr nett. Und jetzt fahr los.«

22

»Ist mit Billy alles okay? Was ist passiert? Wo ist Hank?«, fragte ich Lily, als ich zu Hause ankam.

»Beruhige dich«, sagte sie.

Lily saß mit untergeschlagenen Beinen und einem Buch in der Hand auf dem Sofa, Billy an ihrer Seite; sein Kopf lehnte an ihrer Schulter, und er schlief tief und fest.

Vorsichtig löste Lily sich von ihm, stand auf und breitete eine Decke über ihn. »Es ist alles in Ordnung.« Sie trug einen gelben Baumwollrock und ein ärmelloses schwarzes T-Shirt. An ihren Ohrläppchen funkelten die kleinen Brillantstecker, die ich ihr vor langer Zeit geschenkt hatte. Es war das erste Mal seit Jahren, dass ich sie an ihr sah.

»Wo ist Hank?«, fragte ich und sank auf einen Stuhl.

So zugedröhnt mit Schmerzmitteln, wie ich war, hätte ich mich überhaupt nicht ans Steuer setzen dürfen; ich war gefahren wie ein Volltrunkener, um mich herum ein ständiges Hupen und Schimpfen.

»Ich bringe dich ins Krankenhaus«, sagte Lily.

»Nein. Ich will wissen, wo Hank steckt. Mary hat mir gesagt, er hätte Billy nach Hause gebracht.«

»Er musste zurück nach Staten Island. Ich habe vor einer Weile hier angerufen, ich weiß nicht mehr genau, wann, und hatte plötzlich ihn am Apparat. Er sagte, Billy wollte nach Hause, und deshalb habe er ihn zurückgebracht, Billy hat ja einen Schlüssel. Hank wollte ihn nicht allein lassen, weil er dir versprochen hatte, bei ihm zu bleiben, aber er stand ziemlich unter Zeitdruck, und da wir beide nicht wussten, wo du warst, hat er mich gefragt, ob ich rüberkommen und bei Billy bleiben könnte.«

»Mary hat gar nichts davon gesagt, dass Hank dringend zurückmusste.«

»Davon weiß ich nichts«, sagte Lily. »Als ich hier ankam, war Billy ziemlich müde. Er tat mir leid. Er meinte, du würdest ihm nicht vertrauen und ihm dauernd einen Babysitter verpassen. Ich sagte, ich sei kein Babysitter und nur rübergekommen, weil ich ihn möge und weil ich Hunger hätte. Da hat er gelacht, und ich habe uns ein paar Sandwiches gemacht, und dann ist er eingeschlafen, bevor wir mit dem Essen fertig waren. Ich habe tausendmal versucht, dich zu erreichen.«

Ich sah auf mein Handy. »Der Akku ist leer. Wahrscheinlich ist das Ding kaputt. Jemand hat mir ein paar Tritte in die Gegend verpasst, wo ich es in der Tasche hatte.«

»Du brauchst wirklich einen Arzt, mein Lieber.« Lily legte mir die Hand auf die Stirn.

»Das tut gut.«

Mittlerweile war es dunkel. Mir tat alles weh. Wenn ich ins Krankenhaus ging, würden sie mich wahrscheinlich die halbe Nacht auf einer Trage liegen lassen. Außerdem würden sie Lily womöglich wegschicken, aber ich wollte nicht, dass sie ging, nicht jetzt.

Ein heißes Bad würde mir auch schon helfen. Ich ging ins Badezimmer und drehte den Hahn auf.

»Willst du was trinken?«, rief Lily von nebenan herüber, wie sie es tausendmal getan hatte.

»Ja«, sagte ich, und ich hörte das Klirren von Eiswürfeln und dann die Klänge von »I Should Care«, gespielt von Bill Evans. Eines meiner Lieblingsstücke. Eines *unserer* Lieblingsstücke.

Lily brachte mir das Glas ins Bad und setzte sich auf den Wannenrand, während ich trank, das Gesicht feucht vom Dampf. Dann ließ ich mich ins Wasser sinken und hörte auf zu denken.

Später saß Lily auf einem der Küchenhocker, ein Glas Rotwein in der Hand; sie trank nicht davon, sondern starrte nur in die dunkle Flüssigkeit. Dann stellte sie das Glas auf die Bar, stand auf, reckte sich und sah sich suchend nach ihrer Handtasche um, die auf dem Boden lag. Sie hängte sie sich über die Schulter und wandte sich zur Tür.

»Ich sollte jetzt gehen«, sagte sie. »Es ist spät.«

»Geh nicht«, sagte ich. »Bitte. Ich brauche dich. Ich habe Angst.«

Sie lehnte sich mit der Hüfte gegen die Küchenbar, griff nach einer Orange und rollte sie zwischen den Händen hin und her.

»Wovor, Artie? Ist es wegen der Puppen?«

Ich schüttelte den Kopf und setzte mich auf einen der Hocker neben Lily.

»Nein.«

»Wovor dann?«

»Vor mir selbst. Vor Billy. Vor Leuten wie Shank, die ihn am liebsten tot sähen.«

»Wer ist das?«

»Nicht wichtig. Ein Mistkerl.«

»Und sonst? Irgendwas liegt dir doch noch auf der Seele.«

»Maxine will Billy nicht in ihrer Nähe haben.«

»Sie hat Kinder, da reagiert man schon mal irrational«, sagte Lily. »Ich kann das verstehen.«

»Selbst Billys eigene Mutter will ihn nicht bei sich haben.«

»Also bleibst nur du.«

»Du magst ihn doch auch. Oder?«, sagte ich.

»Ja, ich mag ihn sehr.«

»Ich muss immer wieder an die Puppen in dem Kühlschrank denken. Sie sahen genauso aus wie die im Spielzeugladen. Ich traue mich ja selbst kaum, es auszusprechen, aber ...«

»Aber was?«

»Ich habe Angst davor, dass die Leute denken, Billy hätte was damit zu tun. Dass jemand versucht, ihm etwas anzuhängen.«

»Und es macht dir Angst, wie sehr du an ihm hängst, nicht wahr?«

»Ich weiß nicht.« Ich nahm die Flasche Scotch, die Lily auf der Bar stehen gelassen hatte, und schenkte uns beiden etwas davon ein.

»Sie haben ihn in Florida doch geheilt, oder?«, fragte Lily und nippte an ihrem Drink.

»Glaubst du wirklich, dass so etwas möglich ist?«

»Das hast du mich schon mal gefragt. Ja, das glaube ich. Ich muss es glauben, denn sonst würden wir in einer stalinistischen Hölle leben, in der alles vorbestimmt ist. Aber wie dem auch sei, du musst dich um ihn kümmern. Du liebst ihn, also musst du für ihn sorgen. Ganz einfach.«

»Das hat Tolja auch gesagt.«

»Tolja hat ein unglaubliches Gespür für andere Menschen«, sagte Lily und lächelte. »Trotz seiner Klamotten.«

»Manchmal bin ich regelrecht eifersüchtig auf Tolja. Ich meine, es kommt mir manchmal so vor, als ob du ihn liebst.«

»Das tue ich auch. Aber es gibt keinen Grund zur Eifersucht.« Lily strich mir ein wenig befangen über den Arm, dann griff sie nach ihrem Glas und trank den Rest Whisky. »Ich gehe jetzt besser, Artie. Ich hab's dir versprochen, weißt du noch? Als du Maxine geheiratet hast, habe ich dir versprochen, dass ich brav bin und dich in Ruhe lasse. Meine Güte, das sage ich ziemlich oft, nicht?« Sie zuckte die Achseln. »Ich war diejenige, die es vermasselt hat, Artie, ich bin weggelaufen und habe einen Mann in London geheiratet, mit einem kleinen Designerauto.« Sie lächelte. »Es war meine Schuld. Weißt du noch, wie wir damals am Silvesterabend in London mit dem Riesenrad gefahren sind? Du hattest einen Ring dabei und Champagner, und ich habe dich abblitzen lassen. Das ist lange her, und ich war eine Idiotin. Hör zu, wir hatten ein paar schöne Jahre zusammen, dann bin ich weggelaufen, du hast Maxine gefunden, und ich will dir nicht länger das Leben schwermachen, deshalb sollte ich jetzt gehen. Siehst du, ich hab's schon wieder gesagt. Ich versuch's zumindest.«

Eine Weile lehnten wir schweigend an der Küchenbar, hörten Bill Evans zu und vermieden es, uns anzusehen.

»Bitte bleib«, sagte ich. »Bitte.«

Lily löste sich von der Bar, ging zu Billy hinüber, der immer noch auf dem Sofa lag und schlief, und blickte auf ihn hinunter.

»Er sieht dir so ähnlich.«

»Findest du?«

»Ja«, sagte Lily. »Gut, ich bleibe noch ein wenig.«

Sie schlüpfte aus ihren Sandaletten und setzte sich in den großen, zerknautschten Sessel, in dem ich es mir manchmal bequem machte, um mir ein Spiel zu anzusehen.

Ich ging zu ihr.

»Nicht hier«, sagte ich. »Bitte.«

Lily lag neben mir und schlief. Hellwach lauschte ich auf ihren Atem. Es regnete. Ich hörte, wie der Regen gegen die Fenster klatschte, und das Einzige, woran ich denken konnte, war, dass die Fenster mal wieder geputzt werden mussten und dass der Regen vielleicht einen Teil des Drecks abwaschen würde. Ich streckte die Hand aus und berührte sanft Lilys langen, glatten Rücken.

Eine Zeit lang – ein paar Minuten oder auch ein paar Stunden, ich schaute nicht auf die Uhr – fühlte ich mich wohl, und mir wurde bewusst, dass ich mich zum ersten Mal seit langer Zeit wieder wohlfühlte, zum ersten Mal seit Lily mich verlassen hatte. Es war eine besondere Art von Zufriedenheit.

Mein Vater hatte Amerika nie gemocht. Es hatte nichts mit der Politik zu tun. In seiner Zeit beim KGB während des Kalten Krieges hatte er die gegnerische Taktik sogar bewundert. Ich wünschte, er hätte mit nach New York kommen können.

Was ihm an Amerika nicht gefiel, war die besessene Jagd nach dem Glück. Sie macht die Menschen verrückt, sagte er, und selbst wenn sie es finden, was haben sie davon? Zufriedenheit ist viel wichtiger. Das Glück geht vorbei, sagte er oft; das Glück ist nur ein flüchtiger Moment, so wie wenn Dynamo Moskau in der letzten Sekunde des Spiels noch ein Tor schießt.

Wie auch immer, ich war zufrieden. Und glücklich. Mit Lily neben mir und Billy drüben im Wohnzimmer fühlte ich mich zutiefst glücklich. Als wäre dies meine wahre Familie.

Maxine war meine Frau, ihre Töchter waren meine Stieftöchter, und ich hatte sie alle drei wirklich sehr gern, aber manchmal fühlte ich mich rastlos. Ich musste mich zu sehr bemühen, hatte das Gefühl, ein Leben zu leben, das ich erstrebenswert finden sollte, ein Leben, das andere Leute für richtig hielten, weil sie selbst so lebten.

In der Nacht in meinem Loft mit Lily und Billy fühlte es sich echt an.

Als ich das dachte, fühlte ich mich beschissen. Ich war

ein Arschloch. Kaum waren Maxine und die Mädchen aus der Stadt, ging ich mit Lily ins Bett. Tolja Swerdlow hatte recht gehabt, als er gesagt hatte, ohne Lily würde ich niemals glücklich sein. Seine Worte hatten mich seither nicht mehr losgelassen. Du wirst sie niemals aufgeben, hatte er gesagt. Du wirst einer von diesen traurigen, alten Kerlen werden, die nicht bei einer Frau bleiben können.

VIERTER TEIL

Freitag, 8. Juli

23

Als das trübgraue Morgenlicht durchs Fenster hereinfiel, war Lily verschwunden. Offenbar war ich doch noch eingeschlafen, und sie war irgendwann aufgestanden und nach Hause gegangen. Ich fühlte mich besser, weil sie dagewesen war, und zugleich leer, weil sie jetzt nicht mehr da war.

Die Prellungen taten höllisch weh, und an den Beinen hatte ich riesige Blutergüsse. Ich setzte mich auf und tastete nach den Zigaretten, die ich vor mir selbst unter der Matratze versteckt hatte. Da ich sie nicht finden konnte, stand ich auf und ging, ohne mir etwas anzuziehen, ins Wohnzimmer, in der Hoffnung, dass Billy noch welche hatte.

»Billy?«

Die Decke, unter der er gelegen hatte, lag ordentlich zusammengefaltet auf dem Sofa. Es war eiskalt in dem großen, hohen Raum, und ich ging zur Wand und stellte die Klimaanlage ab. An der Steckdose unterhalb der Schalter hatte Billy sein Handy angeschlossen, um den Akku aufzuladen. Ich hob es auf.

Er hatte Fotos damit gemacht. Unter anderem auch eins von mir und eins von Lily, auf dem sie sehr hübsch aussah. Während ich es noch betrachtete, hörte ich, wie von außen ein Schlüssel in die Wohnungstür gesteckt wurde. Hastig legte ich das Handy wieder hin, lief zurück ins Schlafzimmer, quälte mich in die Jeans und zerrte die Pistole aus der Sockenschublade.

»Artie?«

Ich ließ die Pistole sinken und ging ins Wohnzimmer. Billy stand da, den Schlüsselbund in der einen Hand, in der anderen ein Papptablett mit zwei Bechern Kaffee. Unter dem Arm klemmte eine Tüte. Er stellte beides auf der Küchenbar ab.

»Ich war drüben im Coffee Shop von deinem Freund und hab uns Frühstück geholt«, sagte Billy und packte seine Einkäufe aus. »Kaffee so, wie du ihn magst, hat Mister Rizzi gesagt, getoastete Bagels, Zimt-Rosine für mich, Mohn für dich und einen einfachen für Lily – ich hoffe, das ist okay – und ein paar Donuts, und während ich gewartet habe, hat Mister Rizzi mir noch ein Stück Blaubeerkuchen gegeben. War das in Ordnung?«, fragte er, während er alles auf die Bar stellte. Dann setzte er sich auf einen der Hocker und sah mich nervös an.

»Das war eine Superidee«, sagte ich. »Ich kann jetzt wirklich einen Kaffee gebrauchen.« Ich setzte mich neben ihn und nahm den Deckel vom Kaffeebecher. Der Dampf, der mir ins Gesicht stieg, tat mir gut.

»Wo ist Lily?«

»Sie musste nach Hause.«

»Sie ist echt total nett«, sagte Billy. »Sie ist rübergekommen, hat Sandwiches gemacht und mir lauter Bücher geschenkt. Hier, sieh mal.« Er nahm einen Stapel Bücher vom Hocker neben ihm und breitete sie auf dem Tisch aus. »Über Baseball, und das hier ist ein altes übers Angeln. Und ›Herr der Fliegen‹, das haben wir zwar im Englischunterricht gehabt, aber ich wollte es noch mal lesen. Und noch eins von Joseph Conrad. Lily ist wirklich prima. Ich glaube, sie mag mich tatsächlich, nicht nur weil sie deine Freundin ist. Und sie ist witzig, Artie. Wir haben unglaublich viel gelacht. Was ist los? Du guckst so komisch.«

»Warum hast du mir nicht gesagt, dass deine Eltern sich

aus London gemeldet haben? Dass ihnen nichts passiert ist?«

»Hat mein Dad dich nicht angerufen?«

»Ja, aber erst sehr viel später.«

»Er hat mir gesagt, er wolle dich gleich anrufen, sobald wir aufgelegt hatten, ehrlich, Artie, ich schwör's«, sagte Billy. »Meine Mom ist völlig fertig.«

Er griff nach seinem Saftglas, doch plötzlich schien ihn etwas zu irritieren. Er stand auf, ging zum Sofa und tastete die Ritzen zwischen den Polstern ab. Dann ging er auf die Knie und sah unter dem Sofa nach. Als er den Kopf wieder hob, lag Panik auf seinem hübschen Gesicht.

»Was ist?«, fragte ich und nahm mir einen Donut. »Hast du was verloren?«

»Ich kann mein Handy nicht finden.«

»Du hast es zum Aufladen in die Steckdose gesteckt – ich meine, das nehme ich an.«

»Woher weißt du das?« Er sah mich unverwandt an.

»Nun ja, es ist das Naheliegendste, oder?«

»Tut mir leid, dass ich dir nicht Bescheid gesagt habe, wegen meiner Eltern.« Billys Stimme klang kühl, als er sein Handy von der Steckdose nahm und Richtung Bad ging.

»Alles in Ordnung?«

Er antwortete nicht.

»Was ist los?«

»Nichts, Artie. Gar nichts.« Er umklammerte sein Handy. »Ich will nur mal unter die Dusche, okay?«

Im Fernsehen brachten sie an dem Morgen einen Bericht über einen zweijährigen Jungen, der beinahe von der Presse eines Müllwagens zerquetscht worden wäre; ich hatte nicht mitbekommen, in welchem Stadtbezirk es passiert war, aber es sah aus wie Queens oder Staten Island.

Der Mann von der Müllabfuhr, der vor dem Haus der Familie stand, wirkte ziemlich mitgenommen. Die Mutter hielt den Jungen fest an sich gepresst, als wollte sie ihn nie wieder loslassen.

Der Junge war in eine grüne Segeltuchtasche gekrabbelt, und jemand hatte sie in die große Mülltonne geworfen, die vor dem Haus stand. Der Müllmann hatte die Tonne geleert und die Presse eingeschaltet.

»Plötzlich ich höre Schrei«, sagte der Mann mit starkem Akzent – es klang, als käme er irgendwo aus dem Balkan – in die Kamera. »Ich höre schreckliche Schrei, ich mache sofort Presse aus, und dann ich sehe kleine Hand, wo gucken aus Tasche.« Er nickte. »Nur drei, vier Sekunden, bevor er wird zerquetscht. Ich hole ihn raus.«

Das Handy immer noch fest in der Hand, saß Billy im Schneidersitz auf dem Boden und verfolgte aufmerksam den Bericht.

Draußen regnete es, ein trüber, ungemütlicher Tag, und er war enttäuscht, weil er darauf gehofft hatte, dass wir angeln gehen würden. Außerdem war er wütend, weil er wusste, dass ich mir sein Handy angesehen hatte. Eine gereizte Anspannung sirrte durch den Raum.

Ich blieb an der Küchenbar sitzen, trank meinen Kaffee und überlegte, was ich tun sollte. Ich musste mir Stan Shank schnappen.

Zum ersten Mal seitdem ich Billy in Florida abgeholt hatte, wirkte er rastlos, als wolle er fort. Aber vielleicht war er auch einfach nur sauer auf mich. Er sah eine Weile fern. Stand auf. Nahm sich einen Donut und aß die Hälfte davon. Ging ins Bad. Wusch sich das Gesicht. Er war zappelig, und mir ging es genauso.

Als er aus dem Bad kam, spielte er mit dem kleinen Elektroroller herum, den Tolja ihm in dem Spielzeugladen geschenkt hatte. Er war verstockt, weil er fand, ich behandele ihn wie ein kleines Kind. Ich sagte zu ihm, Johnny und Genja würden wahrscheinlich morgen zurückkommen. »Schön«, lautete die einsilbige Antwort.

»Wie war der Film gestern?«, fragte ich.

»Ganz okay.«

»Ich fand die Szenen, in denen die Leute flüchten, ganz gelungen. Obwohl diese Dreibeiner – so heißen sie doch, oder? – ziemlich albern waren.« Meine eigenen Worte kamen mir hohl vor.

»Wenn du meinst«, sagte Billy.

»Das Ende war blöd, viel zu sentimental.«

»Das Ende ist dasselbe wie im Buch«, sagte Billy. »Dasselbe wie bei H. G. Wells. Und wenn es dem Buch folgt, wieso ist es dann blöd? Ich fand es prima.«

»Du hast das Buch gelesen?«

Er wandte sich wieder dem Fernseher zu.

»Mann, Billy, was ist los mit dir?«, sagte ich schließlich.

»Nichts.«

»Komm schon.«

»Bitte, Artie, ich will einfach nur meine Ruhe haben, okay?« Er nahm sich ein Buch und begann zu lesen.

Ich ging ins Schlafzimmer, und als ich mir gerade ein frisches T-Shirt anziehen wollte, kam Billy herein.

»Tut mir leid, Artie.«

Ich drehte mich um. Billy starrte mich an.

»Du hast ja überall blaue Flecken.«

»Ist nicht weiter schlimm.«

Mit Panik in der Stimme sagte er: »Solltest du nicht zum Arzt gehen, oder so? Bist du sicher, dass es nichts Schlimmes ist?«

Ich zog mir das T-Shirt über den Kopf.

»Es tut mir leid, wirklich«, sagte Billy. »Ich bin einfach ein bisschen neben der Kappe, ich meine, der Tag gestern mit all den Leuten, und ich weiß, dass einige von ihnen, zumindest Mister Provone, alles über mich wissen, was damals passiert ist und so, und dann der Film und die Sache mit meinen Eltern. Ich bin heute irgendwie komisch drauf, verstehst du? Aber ich wollte nicht gemein zu dir sein, du bist der Allerletzte, dem ich was Böses will. Es tut mir leid.«

»Ist schon vergeben.«

Er setzte sich auf die Bettkante.

»Ich hab Angst, Artie. Ich hab mitgekriegt, dass da komische Sachen laufen, wie dieses Auto, das uns nachgefahren ist, und die Anrufe, und dass du dir meinetwegen Sorgen machst. Und ich weiß, dass jemand mich von hier weghaben will, zurück nach Florida oder auch ganz weg. Glaubst du, ich bin verrückt?«, fragte Billy. »Manchmal glaube ich das, was die Leute gesagt haben. Dass ich spinne oder irgendwie böse bin, eine Ausgeburt des Bösen oder so ähnlich. Und dann frage ich mich, was mache ich, wenn das stimmt? Wo soll ich hin?«

Ich hatte Billy noch nie zuvor weinen sehen; er hockte auf meinem Bett, Tränen im ganzen Gesicht, und rieb sich mit den Handballen über die Augen.

»Du bist nicht verrückt, und du bist auch nicht böse. Manchmal passieren einfach schlimme Dinge«, sagte ich.

Er schlang die Arme um sich, und ich setzte mich neben ihn. »Es kommt alles in Ordnung, dafür sorge ich schon. Glaubst du mir?«

»Ja, ich glaube dir«, sagte er. »Ich will nicht, dass du meinetwegen Ärger kriegst, dass irgendwelche Leute dir wehtun, weil ich bei dir bin.« Er richtete sich auf und wischte sich die Tränen aus dem Gesicht. »Ist schon wieder besser.«

»Hör mal, ich brauche deine Hilfe.«

Billys Gesicht leuchtete auf. »Du meinst, ich darf dir bei einem Fall helfen?«

»Ja.«

»Wow. Super. Ich mache alles, was du willst. Sag mir, was ich tun soll.«

»Es ist wichtig, dass ich mich auf dich verlassen kann.«

»Das kannst du, ich schwör's.«

»Ich muss weg, und ich werde niemanden holen, der bei dir bleibt. Daran siehst du, dass ich dir vertraue, okay?«

»Ist gut.«

»Ich möchte, dass du hierbleibst und alles beobachtest, was passiert. Wenn jemand anruft, schreib den Namen auf und frag, worum es geht. Falls etwas abgegeben wird, sag dem Überbringer, er soll es unten bei den Briefkästen hinlegen. Stell dich ans Fenster, und behalte die Straße im Auge. Wenn dir etwas auffällt, schreib es auf. Mach Fotos. Dein Handy hat doch eine Kamera, oder?«

»Das weißt du doch.«

»Machst du das?«

»Klar«, sagte er, aber er war enttäuscht.

Billy wusste, dass ich mir nur Aufgaben für ihn ausgedacht hatte, während er mir wirklich bei einem Fall helfen wollte. Ich sah es in seinen Augen. Nicht zum ersten Mal fand ich in Billys Augen die kühlen, blauen Augen meines Vaters wieder. Vielleicht war die Intensität des Blicks ja auch erblich, obwohl ich nicht an diesen Genetikquatsch glaubte, der einen zum Produkt seiner Vorfahren machte.

»Artie?«

Etwas an Billy war jetzt anders, etwas an der Art, wie er mich ansah. Er fühlte sich durch meine Beschäftigungsmaßnahme von mir verraten.

Er frotzelte etwas von wegen Sherlock Holmes. Als ich das Haus verließ und nach oben sah, stand er am Fenster. Er wedelte mit einem Notizblock und einem Stift, aber er lächelte nicht.

Ein Schmerz durchzuckte meinen Arm, als ich die schwere Haustür hinter mir zuzog. Ich hatte keine Zeit, zum Arzt zu gehen. Es war schon Freitag, und am Sonntag kam Max mit den Zwillingen zurück. Sie wollte Billy nicht in der Wohnung haben. Ich musste mir überlegen, was ich mit ihm machen sollte.

Diesmal erreichte ich Johnny beim ersten Versuch. Er versprach mir, am nächsten Tag zurückzufliegen, egal, was passierte. Wenn's sein muss, sagte er, lasse ich Genja halt in London zurück. Ich nehme morgen den Flieger, Artie, versprochen. Ich will meinen Jungen sehen. Ich erzählte Johnny, dass ich mich mit seiner Schwester Tina getroffen hatte, und er fragte, wie es ihr gehe. Er klang traurig.

»Ich liebe meine kleine Schwester, aber wir sehen uns viel zu selten. Sie und Gen mögen sich nicht besonders«, sagte er. »Ach, Artie, ich wünschte, ich wäre zu Hause. Ich meine, ich will einfach nur nach Hause. Ich verstehe ja kaum ein Wort von dem, was die Leute hier reden.«

»Na, dann wünsche ich dir einen guten Rückflug.«

Ich ging rüber zu Mike Rizzis Coffee Shop und setzte mich an die Bar. Außer mir war niemand da. Fragend hielt ich meine Zigaretten hoch, Mike nickte, und so zündete ich mir eine an.

»Gut, dass endlich Freitag ist«, sagte Mike. »Ich bin fix und alle.«

Freitag. Wenn es mir gelang, Stan Shank die Sache mit den Puppen im Lagerhaus nachzuweisen oder ihn zumindest mit dem Überfall auf mich in Zusammenhang zu bringen, wenn ich es schaffte, Sonny Lippert dazu zu kriegen, dass er Shank aus dem Verkehr zog, konnte ich Billy vielleicht für eine Weile irgendwo sicher unterbringen.

Ich trank einen Kaffee und probierte den Kirschkuchen, den Mike mir anbot; ein neues Rezept, wie er sagte, mit Zitronenschale. Die *Times* hatte mal einen Artikel über seine Kuchen geschrieben. Er hing, in Gold gerahmt, neben dem Bild vom World Trade Center mit den als Engeln gemalten Feuerwehrmännern. Auf dem Regal daneben stand ein kleiner Fernseher, in dem ein Nachrichtensender über die Anschläge in London berichtete. Ich musste daran denken, wie oft ich hier gesessen hatte, mit einer Zigarette und einem Stück Kuchen, und mir in diesem Apparat Berichte über Katastrophen angesehen hatte.

Mike, braun gebrannt von seinem Urlaub in Griechenland, blickte kurz auf, schüttelte den Kopf und vertiefte sich wieder in seine Zeitschrift. Ich hängte mich derweil ans Telefon und rief erst Lippert, dann Britz an, um zu fragen, ob es etwas Neues über die Puppen gebe. Da Stan Shank Cop gewesen war, waren seine Fingerabdrücke gespeichert und konnten überprüft werden. Ich klappte das Handy wieder zu.

»Gibt's was, worüber du reden willst?«, fragte Mike und sah von seinem *Pie Annual* auf.

»Ich weiß nicht.«

»Gut, der Kuchen, was? Die Kirschen sind dieses Jahr 'ne Wucht, Mann, rote, weiße, alle möglichen Sorten, groß wie Murmeln, ach was, größer. Man muss sie frisch verarbeiten, die kann man nicht einfrieren wie Blaubeeren. Ich hab zehn Kilo Blaubeeren hinten in der Gefriertruhe, in kleinen Portionen abgepackt, immer zwei Tassen voll für einen Kuchen, aber die hebe ich für den Herbst auf, wenn es nur noch Äpfel und Birnen gibt. Ich streue ein bisschen Rohrzucker darüber«, sagte Mike. »Ich hab schon öfter überlegt, ob ich das alte Ding rausschmeißen soll, manchmal benutze ich es wochenlang überhaupt nicht, aber dann hab ich gedacht, was soll's.«

»Was?«

»Vergiss es. Bin einfach mies drauf«, sagte er. »Die Sache in London macht mich fertig.«

»Ich muss los, Mike. Kannst du mir einen Gefallen tun?« Ich konnte Mike um fast alles bitten. Er hielt ohnehin ein Auge auf die Leute in diesem Viertel, es war schließlich sein Revier. Außerdem kannte ich ihn, seit ich hierhergezogen war.

»Klar.«

»Du kennst doch meinen Neffen Billy, oder?«

»Ja, er war neulich hier, wollte ein Eis, und heute Morgen hat er Frühstück für euch geholt.«

»Könntest du ein bisschen nach ihm schauen? Du hast doch meinen Schlüssel, vielleicht kannst du ja in ein paar Stunden mal raufgehen und ihm ein paar Donuts bringen oder so, damit er nicht denkt, ich hätte dich geschickt.«

»Klar, Artie, kein Problem«, sagte Mike. »Billy scheint ein netter Junge zu sein. Er war nur ein bisschen merkwürdig, als er vorhin hier war. Er wollte ein Foto von mir machen, und als er merkte, dass er sein Handy nicht dabei hatte, wurde er ganz komisch, richtig nervös. Vielleicht hatte er Angst, dass er bestraft wird, weil er etwas Wertvolles verloren hat, keine Ahnung. Aber ich sehe nachher mal nach ihm.«

»Danke.«

Ich war schon halb zur Tür hinaus, als Mike noch etwas hinter mir herrief.

»Was war?«

»Wie geht's Maxine?«

Ohne mich umzudrehen, sagte ich: »Sie kommt Sonntag zurück. Übermorgen.«

»Hi.«

Vor dem gerichtsmedizinischen Institut, wo die Puppen untersucht wurden, traf ich Clara Fuentes, die Ermittlerin, die bei dem Flugzeugabsturz in Coney Island am Strand gewesen war. Mit einer Hand hielt sie sich eine Zeitung über den Kopf, um nicht nass zu werden, die andere hatte sie schützend auf ihren Bauch gelegt, obwohl man noch gar nicht sehen konnte, dass sie schwanger war. Das hatte ich schon häufiger bei schwangeren Frauen bemerkt – die Hand, die das Baby schützte und zugleich der Welt ihr Geheimnis verkündete.

»Artie, nicht wahr?«, sagte sie, genau wie beim letzten Mal. »Was ist? Sie sehen aus, als hätten Sie ein Problem.«

Wie sich herausstellte, hatte sie gerade eine Freundin besucht, die in dem Institut arbeitete. Ich sagte ihr, worum es ging, und sie kehrte mit mir in das Gebäude zurück und bat mich, in der Eingangshalle zu warten.

Ein paar Minuten später kam sie zurück und sagte mir, dass die Puppen, die wir in dem Kühlschrank in Chinatown gefunden hatten, in China hergestellt und unter anderem in dem Spielzeugladen verkauft wurden, in dem Ludas Geburtstagsparty stattgefunden hatte. Dummerweise wurden sie aber auch in zahlreichen anderen gehobenen Spielzeuggeschäften verkauft. Ich fragte sie nach Fingerabdrücken.

»Augenblick«, sagte sie und verschwand noch einmal. Ich setzte mich auf eine Bank in der Halle. Die Warterei machte mich ganz kribbelig. Als Clara zurückkam und mich ansprach, zuckte ich zusammen. »Entschuldigung, ich war gerade in Gedanken.«

»Kennen Sie einen Mann namens Stanley Shank?«, fragte Clara. »Er war mal Polizist, drüben in Brooklyn.«

»Ich habe von ihm gehört.«

»Sie wissen ja, dass die Fingerabdrücke von allen städtischen Beamten gespeichert werden, Polizisten, Lehrer und so weiter?«

»Ja, natürlich.«

»Tja, aus irgendeinem unerfindlichen Grund befinden sich auf einer der Puppen Abdrücke von diesem Shank, obwohl er schon seit Jahren im Ruhestand ist.«

»Sonst waren keine darauf? Nur die von ihm?«

Clara schüttelte den Kopf. »Haben Sie jemand Bestimmtes im Auge?«

»Nein, nur so. Danke, Sie haben mir wirklich sehr geholfen.« Jetzt erst bemerkte ich, dass sie unter ihrer roten Jacke Uniform trug.

Sie sah meinen Blick.

»Ich musste eine Schicht in der U-Bahn schieben, kaum zu fassen, was?«, sagte sie. »Ich habe stundenlang Rucksäcke und Einkaufstüten kontrolliert, und jetzt bete ich zu Gott, dass mir keiner eine Dienstaufsichtsbeschwerde einbrockt, weil ich rassistische Ziege einen jungen Hiphop-Latino, dem die Jeans bis in die Kniekehlen hing, aufgefordert habe, seinen Rucksack zu öffnen, während eine alte weiße Rentnerin mit ihrer Handtasche unkontrolliert passieren durfte. Wegen der Sache in London wollen sie jetzt an jeder verdammten Haltestelle einen Cop haben. Obwohl ich Detective bin, haben sie mich wieder in eine Uniform gesteckt, und jetzt darf ich mir mit so einem Grünschnabel, der von Tuten und Blasen keine Ahnung hat, in der U-Bahn die Beine in den Bauch stehen. Zum Kotzen, sage ich Ihnen. Wie auch immer, ich gebe Ihnen sicherheitshalber meine Nummer, falls noch was ist, okay?« Clara zog eine Visitenkarte aus der Tasche.

»Vielen Dank noch mal«, sagte ich.

Sie zögerte.

»Sie sehen nicht gut aus«, sagte sie. »Habe ich Ihnen eigentlich schon erzählt, dass ich schwanger bin? Wahrscheinlich. Ich erzähle es jedem.«

»Herzlichen Glückwunsch«, sagte ich. »Ich meine es ernst.«

»Na, dann alles Gute. War nett, Sie mal wieder zu sehen, Art. Rufen Sie mich an, wenn Sie mögen.«

Auf dem Weg nach Brooklyn verkniff ich es mir, noch einmal bei meinem Loft vorbeizufahren und nach Billy zu sehen. Damit würde ich auch noch den letzten Rest seines Vertrauens verspielen. Stattdessen rief ich Max an.

»Ich bin's.«

»Artie?«

»Hi, Max.«

»Ist das alles – hi, Max?« Sie war gereizt, wahrscheinlich auch verletzt, und ich hatte ein schlechtes Gewissen und wusste nicht, was ich sagen sollte.

»Ist es immer noch schön bei euch? Habt ihr gutes Wetter?«, fragte ich und hörte, wie meine sinnlosen Worte in der Distanz zwischen uns verhallten.

»Ja, haben wir«, sagte Maxine.

»Wann kommt ihr zurück?«

»Sonntag, wie geplant, aber ich versuche, einen früheren Flug zu kriegen. Die Mädchen können es kaum erwarten, nach Hause zu kommen. Und mir geht's genauso. Du fehlst mir, Artie«, sagte sie, ganz schlicht und schnörkellos. »Du fehlst mir.«

»Du mir auch«, sagte ich. »Wann landet der Flieger?«

»Um fünf. Aber ich sag noch mal Bescheid, ob es auch wirklich klappt. Ich spreche dir auf Band, falls du nicht da bist. Oder soll ich im Loft anrufen?«

»Ruf mich einfach auf dem Handy an. Ich lasse es eingeschaltet. Ich hole euch dann ab.«

»Ist gut«, sagte sie und legte auf. Fragte nicht, wo ich war oder was ich gerade machte.

Der Regen prasselte herunter; ich konnte kaum durch die Windschutzscheibe sehen. Es war idiotisch gewesen, mit Tina Farone zu sprechen, ohne zu wissen, auf welcher Seite sie stand. Und obendrein hatte ich sie noch gebeten herauszufinden, wo Debbie Shank war.

Ich rief Tolja Swerdlow an, hinterließ ihm eine Nachricht, versuchte es in East Hampton und hinterließ auch dort eine Nachricht. Mir war nicht ganz wohl dabei, weil ich Tolja nicht in Shanks Nähe haben wollte. Vor ein paar Jahren hatte Tolja mir helfen wollen und war dank Shank halb tot in einem schäbigen Krankenhaus in Coney Island gelandet. Ich wollte nur, dass er wusste, wo ich war.

Für den Fall, dass Shank mich zusammenschlug oder Schlimmeres – immer noch besser mich als Billy –, wollte ich sichergehen, dass genügend Leute Bescheid wussten und ihn sich schnappten. Ich rief Hank Provone an und sprach auch Lily aufs Band.

Tolja rief mich zurück, sagte, er habe meine Nachricht bekommen, und erbot sich, von Long Island herüberzukommen.

»Ich kann mir einen Hubschrauber nehmen«, schlug er vor.

»Danke, aber vorläufig nicht«, sagte ich.

»Ich bin immer für dich da und Valentina auch.«

»Ich weiß.«

»Artjom, du bist für mich wie ein Bruder, für dich und deine Familie würde ich alles tun, verstehst du? Das hier ist nicht irgendeine von diesen amerikanischen Freundschaften«, sagte Tolja, der die amerikanische Art zu leben oberflächlich fand, nur auf den Augenblick gerichtet, und meinte, die Leute besäßen nur Wegwerfgefühle. Das stimmte nicht, aber ich dankte ihm trotzdem, und er wiederholte die Worte noch einmal feierlich auf Russisch.

Ich überlegte, ob ich auch Maxine Bescheid sagen sollte, ließ es dann jedoch bleiben. Da wir immer über unsere Fälle sprachen, wusste sie ebenso gut wie ich, wie gerne Stan Shank mit Messern hantierte.

24

Gerritsen Beach war eine kleine Gemeinde an der Küste von Brooklyn, gleich hinter Brighton Beach. Hier wohnten hauptsächlich Weiße, Italiener und Iren, und jede Straße war gesäumt von lauter Einfamilienhäusern mit amerikanischen Flaggen, von denen die meisten jetzt klatschnass herunterhingen. Man hatte sofort den Eindruck, dass die Einwohner von Gerritsen Beach keine Leute von außerhalb mochten. Es gab keinen U-Bahn-Anschluss und nur eine einzige Buslinie. Unter dem trüben Himmel wirkte es isoliert, abgetrennt von der restlichen Stadt, beinahe verstockt.

Ich fuhr zu Shanks Haus, und die Frau, die mir die Tür öffnete, das Haar unter einem Tuch verborgen und ein Geschirrtuch in der Hand, sah mich ausdruckslos an, als ich ihr meinen Namen nannte. Sie war Russin. Das eine Mal, als ich Shank hier aufgesucht hatte, war sie nicht da gewesen, oder ich erinnerte mich nicht an sie. Sie zeigte keinerlei Reaktion, als ich meinen Namen nannte, aber vielleicht war sie auch nur eine gute Schauspielerin.

Mrs. Shank – so stellte sie sich mir vor – sagte, ihr Mann sei nicht zu Hause, hielt mir jedoch die Tür auf und fragte, ob ich nicht hereinkommen wolle. Ihre Freundlichkeit weckte mein Misstrauen. Sie bat mich, einen Moment zu warten, während sie in die Küche ging, um die Adresse der Kneipe herauszusuchen, in der Stan sich mit seinen Freunden ein Spiel ansah. Sie schloss die Tür, und kurz darauf hörte ich sie telefonieren, sehr leise und drängend.

In dem Wohnzimmer, in dem ich wartete, hing ein riesiger, teurer Flachbildfernseher an der Wand, und die Möbel, die auf einem dicken smaragdgrünen Kunststoffteppich standen, trugen seidige Schonbezüge. Über dem Kaminsims hing ein Porträtfoto von Heshey Shank.

Mit den Kerzen, die darunter aufgereiht waren, sah es aus wie ein Schrein. Ich trat näher heran und betrachtete das aufgedunsene Gesicht und die verständnislosen Augen des armen Heshey; er war ein wenig zurückgeblieben gewesen.

Neben dem Bild lehnte ein großes vergoldetes Kruzifix an der Wand, daneben eine kleine goldfarbene Vase mit ein paar Seidenrosen und die gerahmte Todesanzeige.

Stan Shank hatte mir einmal erzählt, er hätte seinen jüngeren Halbbruder nur bei sich aufgenommen, weil er ein guter Christ sei; jetzt war Heshey so was wie ein Hausheiliger, und überall hingen Bilder von ihm. In Shanks Augen war Billy Farone der Antichrist, der Heshey getötet hatte.

Die Küchentür öffnete sich, und Mrs. Shank kam heraus, einen Zettel in der Hand und ein gezwungenes Lächeln auf dem Gesicht. »Hier ist die Adresse. Gehen Sie doch einfach zu ihm rüber.« Aus der Küche drang ein kräftiger Duft nach Fleisch und Zwiebeln. »Ich bin gerade beim Kochen. Sagen Sie ihm doch bitte, das Essen ist gleich fertig, ja?«, bat sie mich, als gehörte ich zum Haushalt.

An der Haustür wäre ich um ein Haar über einen Puppenwagen gestolpert, der noch verpackt war.

»Den haben wir für unsere Enkelin gekauft, Debbies Tochter«, sagte Mrs. Shank.

Ich ließ mir meine Überraschung nicht anmerken. Als ich das Haus verließ, rutschte ich auf der unebenen Stufe aus und fiel auf die Knie wie ein alter Mann. Ich stöhnte auf vor Schmerz und humpelte zum Auto.

Debbies Tochter? Debbie Shank? Tina Farone hatte mir

gesagt, dass Debbie keinen Kontakt mehr zu ihren Eltern hatte, dass sie nach Italien abgehauen war.

Stanley Shank saß zusammen mit zwei anderen Männern in einer Kneipe in Sheepshead Bay, ein paar Blocks von Johnnys Restaurant entfernt, und trank Kaffee aus einer dickwandigen Tasse. Der Vierte im Bunde war Samson Britz, wie immer eine Diät-Cola vor sich auf dem Tisch.

Sobald die beiden Männer mich bemerkten, standen sie auf und setzten sich an einen anderen Tisch; ich wusste nicht, ob sie es von sich aus taten oder ob Shank sie dazu aufgefordert hatte. Er wirkte nicht überrascht, mich zu sehen. Aber seine Frau hatte ihn ja offenbar vorgewarnt.

Shank war ein kleiner Gauner, der sich hinter moralischer Selbstgerechtigkeit verschanzte, genährt von seinem Glauben und seinem Zorn: Fremde wanderten ein, Schwarze machten Karriere, während er es zu nichts brachte. Er war voller Zorn auf die ganze Welt.

Obwohl mich niemand dazu aufgefordert hatte, setzte ich mich an Shanks Tisch. Ich musste an mich halten, um ihm nicht ins Gesicht zu schlagen.

»Möchten Sie sich vielleicht dafür entschuldigen, dass Sie Ihre Handlanger auf mich gehetzt haben, um mich drüben in Staten Island zusammenzuschlagen?«, sagte ich. »Oder sind Sie nicht in der Stimmung dazu?«

»Ich hab keine Ahnung, wovon Sie reden.«

»Gut, ich nehme sie an«, erwiderte ich sarkastisch. Das war die einzige Art, wie man mit Shank umgehen konnte.

Er war unglaublich fett. Wie er so dasaß und sein Frikadellensandwich mit Spaghetti attackierte, sah er aus, als würde er mit mindestens demselben Elan auf Leute losgehen.

Das Samovar Café sah immer noch so aus wie das italienische Restaurant, das früher hier drin gewesen war, und neben Huhn Kiew und Borschtsch gab es immer noch jede Menge Pizzen und Nudelgerichte auf der Karte. An den fünfzig Jahren italienischer Prägung konnten auch der große Samowar aus lackiertem Blech auf einem Tisch, ein paar Fotos von russischen Athleten an der Wand hinter der Bar – unter anderem auch eines von Oksana Bajul aus dem Jahr, als sie Olympiasiegerin im Eiskunstlauf wurde – und das Ölgemälde von Birken im Schnee nichts ändern. Es war eines von diesen Lokalen, in die die Leute aus dem Viertel kamen, um über den Lauf der Welt zu lamentieren und Karten zu spielen.

Mein Hemd war auf dem Weg vom Auto zum Eingang nass geworden, und dank der Klimaanlage klebte es mir jetzt kalt am Rücken. Shank war fett und Sammy Britz klein, und beide waren ein gutes Stück älter als ich, aber trotzdem war ich froh, dass ich meine Waffe dabeihatte.

»Was nehmen Sie an?«, fragte Shank.

»Wie ich schon sagte, Ihre Entschuldigung dafür, dass Sie mir die Nieren zerquetscht haben.«

»Verschwinden Sie.«

»Aber meine Herren, wollen wir das nicht lieber in Ruhe besprechen?«, sagte Britz mit öliger Stimme.

»Schnauze«, sagte Shank.

»Sehe ich auch so«, sagte ich.

Shanks Mundwinkel verzogen sich zu einem angedeuteten Lächeln.

»Ihre Frau war sehr hilfsbereit«, sagte ich, nur um ihn zu ärgern. »Freut mich, dass Sie eine nette russische Frau geheiratet haben, Stan, wirklich.«

Er ging nicht darauf ein. »Es war keiner von meinen Leuten, der Sie zusammengeschlagen hat. Ob Sie's glauben oder nicht, ich hab überhaupt kein Interesse daran, Sie zu verprügeln, okay? Was wollen Sie?«

Das mit den Puppen erwähnte ich vorerst noch nicht,

die Tatsache, dass auf einer von ihnen seine Fingerabdrücke gefunden worden waren.

»Ich will, dass Sie mich in Ruhe lassen, verdammt noch mal«, sagte ich. »Hören Sie gefälligst auf, mir nachzuspionieren und mich mit Anrufen zu belästigen.«

»Soll ich vielleicht vergessen, was mit meinem Bruder Heshey passiert ist? Sie können mich mal.«

»Halbbruder.«

»Mein Fleisch und Blut«, entgegnete Shank. »Ich hab sogar dafür gesorgt, dass er seine Firmung gekriegt hat. Er war ein guter Katholik.«

»Es war Ihr Wagen, der mir am Dienstag gefolgt ist. Eine hässliche braune Karre.«

Er zuckte die massigen Achseln. »Und wenn schon.«

Ich wollte Shank fragen, woher er schon am Dienstag gewusst hatte, dass Billy in der Stadt war, doch er stand plötzlich auf und sagte: »Ich muss mal pinkeln.«

»Ich würde mich nicht mit Shank anlegen«, sagte Britz, als wir allein waren, und starrte seine leere Coladose an. »Haben Sie gehört?«

Ich antwortete nicht. In dem Moment, als Shank zum Klo verschwand und Britz sich eine neue Diät-Cola holte, ging mir schlagartig auf, wie Shank davon erfahren hatte.

Ich wartete. Shank kam aus der Herrentoilette, die Hand noch am Reißverschluss der Hose.

»Der alte Farone, Ihr Expartner, hat Sie angerufen und Ihnen gesagt, dass sein Enkel Billy in die City kommt, nicht wahr, Shank?«

»Der kann doch seit dem Schlaganfall kaum noch reden. Hockt im Rollstuhl, der arme Kerl. Und was er ins Telefon brabbelt, versteht kein Mensch.«

Doch ich hatte gehört, wie Farone senior gerufen hatte: »Alles klar da draußen, Billyboy?«, als wir sein Haus in Florida verließen. Seine Stimme war ein wenig verzerrt und die Worte undeutlich, aber reden konnte er. Shank wollte mich verarschen. Der alte Mann konnte durchaus telefonieren, vorausgesetzt, jemand wählte für ihn.

Ich beugte mich dicht vor Shanks hässliche Visage und sagte ganz leise: »Hören Sie auf, uns zu verfolgen.«

»Sonst?«

»Ich würd's nicht drauf ankommen lassen.«

Von meinem Platz aus sah ich, wie ein paar Typen um mein Auto herumlungerten.

Ich kam mit Shank nicht weiter. Ich wollte ihn hinter Gittern sehen. Ich wusste, dass er die Puppen in den Kühlschrank des Lagerhauses gelegt hatte, aber das reichte nicht. Vielleicht gelang es mir ja, seine selbstgefällige Fassade ins Wanken zu bringen, überlegte ich; vielleicht konnte ich ihn wegen tätlichen Angriffs auf einen Polizisten drankriegen. Dafür war ich sogar bereit, einen Haken von ihm zu kassieren.

Ich sah ihm in die Augen. »Stehen Sie und Ihre Kumpel eigentlich immer noch auf kleine Mädchen?«

Shanks Gesicht verzerrte sich, als hätte er auf etwas Giftiges gebissen.

»Was zum Teufel wollen Sie damit sagen?«

»Ich weiß, dass Sie und der alte Farone gerne kleine Mädchen begrapscht haben, sie haben ihnen unter den Rock gefasst und sie fotografiert. Vielleicht haben Sie auch noch andere Sachen mit ihnen gemacht. Sie waren noch ein junger Kerl, als Sie und Farone senior Partner wurden. Er hat Ihnen alles Nötige beigebracht, und dafür haben Sie ihm besorgt, was er brauchte, nicht wahr?« Mein Gesicht war so nah an seinem, dass wir uns fast berührten. »Sie haben ihm besorgt, was er brauchte. Erzählen Sie das eigentlich Ihrem Beichtvater? Wollen Sie, dass ich die Leute daran erinnere, was mit May Luca passiert ist, bevor sie ermordet wurde? Und haben Sie schon gehört, dass vor Kurzem drüben in Jersey wieder ein kleines Mädchen getötet wurde? Wussten Sie das, Stan?«

Shank stürzte sich auf mich. Britz erhob seine zierliche, manikürte Hand, um ihn davon abzuhalten, doch nichts hätte Shank jetzt noch bremsen können. Er war erstaunlich flink und umklammerte mit seinen dicken Fingern meinen Hals.

»Sie mieses Arschloch«, brüllte er. »Das war Farone, nicht ich, kapiert? Ich hab so was nie gemacht.«

»Wie kommt es dann, dass Ihre Tochter Debbie Sie nie besucht? Dass Ihre eigene Tochter Sie nicht sehen will?« Ich dachte an den Puppenwagen im Haus der Shanks und wagte einen Schuss ins Blaue. »Sie haben sogar Spielzeug für Debbies Tochter gekauft, für Ihre Enkelin, aber sie kommt nie, stimmt's? Ich wette, Debbie lässt die Kleine nicht in Ihre Nähe, aber Sie geben die Hoffnung nicht auf, obwohl die beiden niemals kommen.«

Er presste mir die Kehle zusammen, ich rang nach Luft, und als ich dachte, ich würde ohnmächtig, ließ er los und stieß mich von sich, sodass ich mitsamt meinem Stuhl umkippte. Ich fand mich auf dem Boden wieder, die Beine in der Luft, und kam mir ziemlich dämlich vor. Am liebsten hätte ich meine Pistole gezogen und den Scheißkerl abgeknallt. Mühsam stand ich auf.

»Wollen Sie die Wahrheit hören?«, fragte Shank.

Ich wartete.

Er war so rot angelaufen, dass ich dachte, er kriege gleich einen Herzinfarkt, aber er schnappte sich Britz' Diät-Cola und trank sie in einem Zug aus.

»Die Wahrheit ist, Ihr widerlicher Neffe hat Heshey umgebracht, und dafür hätte er die gerechte Strafe verdient. Das ist die Wahrheit, aber Sie und dieser Wichser Sonny Lippert haben nicht die Wahrheit gesagt, sondern irgendeinen Deal mit dem Gericht eingefädelt.«

Je wütender er wurde, desto besser; wenn er durchdrehte, würde er vielleicht reden oder auf mich losgehen, und dann hätte ich etwas in der Hand, womit ich ihn drankriegen konnte.

»Was Sie fertigmacht, Shank, ist, dass Ihr eigener Sohn, der obendrein noch behindert war, gestorben ist, während Billy lebt und putzmunter ist.«

Shank zog ein Messer aus seiner Hosentasche. Ich sah, wie die Klinge in dem trüben Licht aufblitzte.

»Ich könnte Sie umbringen, wissen Sie«, sagte Shank. »Ich könnte Ihnen den Bauch aufschlitzen. Aber den Jungen, Ihren Neffen oder was immer er ist, rühre ich nicht an.«

»Das glaube ich Ihnen nicht.«

»Ich bin katholisch, und der Pfarrer hat zu mir gesagt, du darfst niemanden töten, erst recht keine Kinder, dafür kommst du in die Hölle, und da unten gibt's Dämonen, die stechen dir tausend Jahre lang mit dem Messer in die Augen und in die Eier«, sagte Shank. Offensichtlich glaubte er diesen Quatsch tatsächlich und hatte eine Heidenangst davor. »Farone hat mich aus Florida angerufen und gesagt, pass auf meinen Enkel auf, behalte Billyboy im Auge, damit ihm keiner was tut, und das habe ich gemacht, okay? Der alte Mann war mein Partner, und jetzt sitzt er im Rollstuhl, und ich habe ihm versprochen, dass ich auf den Jungen aufpasse.« Er beugte sich zu mir herunter. »Aber was Sie betrifft, habe ich nichts versprochen.«

Die Luft an meinen Armen war so kalt, dass die Härchen sich aufstellten und wie winzige Eiszapfen zu gefrieren schienen, und meine Haut fühlte sich dünn und rau an wie Papier.

»Reden wir doch mal von dem Spielzeug, dass Sie unter der Hand verkaufen, zum Beispiel Puppen für kleine Mädchen.«

»Sie haben überhaupt nichts in der Hand, stimmt's?« Shanks Gesicht schwebte eine Handbreit über meinem. »Außer vielleicht ein paar Fingerabdrücken, nicht wahr?«

Ich sagte nichts.

»Glauben Sie im Ernst, jemand verknackt mich, weil ich eine Ladung Puppen verkauft habe, die vom Laster gefallen sind, wie es so schön heißt, und von denen dann ein paar in einem Schickimicki-Spielzeugladen an der Fifth Avenue gelandet sind, ein paar an der Madison und ein paar in Chinatown, hä? Ich habe Hunderte davon verscherbelt. Die Kinder reißen sich förmlich darum. Irgendwer hat sich ein paar davon geschnappt und sie auf Eis gelegt. Ja, ja, ich weiß davon. Na und? Und jetzt sehen Sie zu, dass Sie hier rauskommen.«

Draußen auf der Straße schob ich mich an Shanks Kerlen vorbei, die zu nah an meinem Auto standen. Sammy Britz kam hinter mir her.

»Sie sollten Shank nicht so reizen«, sagte er, eine neue Diät-Cola in der Hand. »Er kann ziemlich ungemütlich werden.«

»Sie haben's gerade nötig – Sie haben ihm doch erzählt, dass ich bei Ihnen war. Jetzt schulden Sie mir was.«

Ich sah, wie Britz im Geist rechnete.

»Wenn das so ist, hätte ich noch was für Sie«, sagte er und schnippte ein imaginäres Staubkörnchen von seinem Revers.

»Nämlich?«

»Shank hat mir erzählt, als er Ihren Neffen beobachtet hat, ist ihm aufgefallen, dass der Junge ständig sein Handy hochgehalten hat, als würde er Fotos machen. Hat das Ding nicht eine Sekunde aus den Augen gelassen. Können Sie damit was anfangen? Sind wir damit jetzt quitt, Detective? Ich möchte die Woche nämlich nicht gern damit beenden, dass ich bei irgendwem Schulden habe, verstehen Sie?«

So nervös hatte ich Britz noch nie erlebt, und ich ließ ihn noch eine Weile zappeln, tastete meine Taschen nach Zigaretten ab, schloss das Auto auf und genoss den angespannten, ängstlichen Ausdruck auf seiner schleimigen Visage.

»Was denken Sie?«

»Ich denke, wir sind quitt.« Britz trank gierig von seiner Diät-Cola, und selbst als die Dose leer war, nuckelte er weiter daran, als könne er nicht genug davon kriegen. »Wissen Sie, Detective Cohen, Shank hat Ihnen die Wahrheit gesagt.«

»In Bezug worauf?«

»Alles, was er tut, tut er für seinen Bruder Heshey«, sagte Britz.

»Blödsinn, Heshey war ihm scheißegal, außerdem war er nur sein Halbbruder, der Sohn von der zweiten Frau seines Vaters, der verhassten russischen Jüdin«, entgegnete ich. »Kommen Sie, Sammy, Sie wollen doch, dass das Konto ausgeglichen ist, oder?«

Ich öffnete die Wagentür und stieg ein.

Britz beugte sich zu mir herunter, ließ die leere Coladose auf die Straße fallen und trat darauf.

»Sie haben ihn wirklich getroffen, als sie von seiner Tochter und der Enkelin angefangen haben.«

»So?«

»Na ja, es war Debbies Mann, Shanks Schwiegersohn, der nicht wollte, dass die Kleine in die Nähe von Shank oder seinen Freunden kam. Debbie selbst hat nichts dazu gesagt, aber sie hat die Entscheidung ihres Mannes akzeptiert.«

»Und weiter?«

»Ihre Hand zittert«, sagte Britz. »Sie haben doch gesagt, Sie wären kürzlich in Staten Island gewesen, oder nicht?«

Hatte ich das? Ich konnte mich nicht erinnern. Ich schwieg.

»Debbie und ihre Familie haben nach ihrer Rückkehr aus Italien eine Weile dort gelebt, draußen beim großen Einkaufszentrum, nicht weit von Fresh Kills«, sagte Britz.

»Warum sollte mich das interessieren?«

»Debbies Mann wurde unruhig wegen Shank, und deshalb sind sie mit dem Kind weiter raus gezogen, irgendwo in die Catskill Mountains. Nach Accord, glaube ich. Von da an haben sie jeden Kontakt zu ihren Familien abgebrochen, er auch. Seine Mutter war gestorben, und sein Vater hatte wieder geheiratet, eine Russin.«

»Wie heißt der Mann von Debbie?«

»Frank Laporello«, sagte Britz. »Sind wir damit jetzt quitt?«

Draußen neben dem Haus von Vera Gorbatschow hatte ein Dreirad gestanden, und auf meine Frage, ob sie und ihr Mann Al Laporello Kinder hätten, hatte sie gesagt: »Nicht mehr.« Eine merkwürdige Antwort, die jetzt plötzlich einen Sinn ergab.

Das Haus, in dem May Luca gewohnt hatte, war vernagelt. Im Vorgarten, der von Unkraut überwuchert war, stand ein Schild mit der Aufschrift »Zu vermieten«. An dem niedrigen Zaun, der das Grundstück umgab, hingen die Fetzen eines rosafarbenen Luftballons und die Überreste eines Rosenkranzes, und ich erinnerte mich, wie in der Nacht nach der Entdeckung von May Lucas Leiche Leute mit Blumen und Plüschtieren gekommen waren und stundenlang vor dem Haus gestanden hatten, betend, weinend, mit Kerzen in der Hand. Der Fall schien damals klar: Kurz nach dem Fund der Leiche im nahe gelegenen Hafen hatte die Polizei einen Drogensüchtigen mit blutbeschmierten Händen gefunden, er war geflohen und erschossen worden.

Jetzt hatte Sonny Lippert wieder ein totes Mädchen, das aus dieser Gegend stammte, und einiges wies darauf hin, dass derselbe perverse Dreckskerl, der für Mays Tod verantwortlich war, auch das andere Mädchen umgebracht hatte. Und vielleicht noch einige andere Fälle, die nie aufgeklärt worden waren.

Ich hatte bereits Stan Shank als Mörder im Visier. Seine verzweifelten Versuche, Billy etwas anzuhängen, die Tatsache, dass Billy und May damals befreundet gewesen waren – vielleicht war es wirklich Shank gewesen. Vielleicht hatte er May Luca aus dem Weg geräumt, weil sie herumerzählte, dass sein Freund, der alte Farone, sie begrapscht hatte; vielleicht hatte Shank die Kleine in Jersey getötet, um Billy in Verdacht zu bringen.

Vera Gorbatschow hatte mit mir sprechen wollen, weil ihr Mann Al Laporello verschwunden war, und Laporellos Sohn war mit Stan Shanks Tochter verheiratet.

Welche Rolle spielte ich in dem Ganzen? Steckte ich womöglich so tief in der Scheiße, dass ich Billy mit hineinzog?

»Wer ist da?«, rief Rhonda Fisher durch die Tür, als ich bei Sonny klingelte.

Ich hörte, wie Schlösser geöffnet und eine Kette gelöst wurden, dann ging die Tür auf, und Rhonda sagte: »Hi, Artie, komm rein. Sonny schläft.« Im Hintergrund spielte John Coltrane »My Favorite Things«. Sonny hatte eine edle Bose-Anlage mit einem phantastischen Klang.

»Du siehst ganz schön angeschlagen aus.« Rhonda küsste mich auf die Wange, führte mich in die Küche und bot mir ein kaltes Bier an, das ich in wenigen Zügen leerte.

Bevor Lippert Rhonda in sein Leben gelassen hatte, war in der Küche nichts außer abgestandenem Instantespresso und ein paar Flaschen Scotch gewesen. Jetzt gab es etwas zu essen, ein paar rote Becher auf dem Trockengestell und einen Strauß gelber Rosen auf dem runden Tisch. Rhonda wohnte nicht hier, aber sie kam oft her und kümmerte sich um Sonny.

Neben dem Rosenstrauß lag ein ordentlicher Stapel Zeitungen, hauptsächlich die *New York Review of Books* und die *London Literary Review*, die Sonny gewissenhaft las und mit mir besprach. Oder es zumindest versuchte. Einmal war ich während eines langen Vortrags über Charles Dickens und Darwin und die Frage, ob sie sich in London je begegnet waren, am Esstisch eingeschlafen.

»Setz dich«, sagte Rhonda. Sie hatte ein paar Pfund abgenommen und sah blendend aus mit den weißen Shorts, der rot-weiß gestreiften Bluse und den goldenen Ohrringen, die Sonny ihr geschenkt hatte. Sie lehnte am Herd, einen Tomatensaft in der Hand, und verfolgte mit einem Auge das Spiel der Yankees in dem tragbaren Fernseher auf dem Küchenschrank.

»Du siehst gut aus«, sagte ich. »Und die Wohnung auch.«

»Danke, Artie, aber nun sag schon, weshalb du hier bist. Und setz dich endlich, du machst mich ganz nervös.«

»Geht's ihm gut?«

»Sonny? Er musste sich mal hinlegen, aber sonst ist alles in Ordnung. Ich wünschte nur, er würde endlich aufhören. Diese Geschichte macht ihn fertig.«

»Du meinst die Puppen?«

»Die Puppen, das Mädchen, das in Jersey ermordet wurde, diese ganzen Kinderfälle, das geht ihm wirklich an die Nieren. Soll ich ihn wecken?«

»Nein, ich wollte mit dir sprechen.«

»Soll ich dir was zu essen machen?«, fragte Rhonda.

»Es geht um deine Cousine, oder was sie nun ist, in Staten Island. Vera Gorbatschow. Du hast Sonny gebeten, mich zu ihr zu schicken, damit ich mit ihr rede. Was genau hat sie gesagt?«

»Hat sie dir das nicht erzählt?«

»Ich würde es gerne von dir hören. Bitte.«

»Sie ist nicht meine Cousine«, sagte Rhonda. »Wir sind irgendwie über drei Ecken verwandt, aber genau weiß ich es selbst nicht. Vera Gorbatschow – ich musste fast lachen, als ich den Namen hörte. Na ja, jedenfalls hatte mir jemand von der Familie meiner Mutter damals erzählt, dass sie nach Brighton Beach gekommen war, das war irgendwann in den Siebzigern oder Achtzigern, als sie alle rüberkamen, aber mir war das völlig schnuppe. Ich interessierte mich nicht für ein paar Russen, die ich überhaupt nicht kannte. Ein einziges Mal bin ich hingefahren, und ich fand es unglaublich deprimierend, diese ganzen Leute, die immer nur davon sprachen, wie sehr sie Russland vermissten. Verstehst du, was ich meine?«

»Und ob.«

»Also habe ich mich nicht weiter gemeldet, nur etwas Geld geschickt, um mein schlechtes Gewissen zu beruhigen. Ich hatte zwar vor, sie mal wieder zu besuchen. Aber du weißt ja, wie das ist, man macht es dann doch nicht. Und dann ziehen die Leute weg, oder sie werden alt und sterben.«

»Sonst gab es keinen Grund?«

»Ich hatte anderes zu tun. Ich war jung. Ich wartete darauf, dass es bei Sonny zündete«, sagte Rhonda. »Ich habe jeden Morgen Stunden gebraucht, um mich für die Arbeit fertig zu machen, weil ich wollte, dass er auf mich aufmerksam wird. Was interessierten mich da ein paar russische Einwanderer? Außerdem hatte ich es gerade aus Brooklyn rausgeschafft in die City, wozu also dorthin zurückkehren? Als Vera Gorbatschow dann nach Staten Island rüberzog, rief sie an, um es mir zu sagen. Ich war einmal dort, ich glaube, ich habe ihr Räucherfisch mitgebracht, und damit hatte es sich. Meine Güte, diese Saison kriegen die Yankees aber auch nichts gebacken«, sagte Rhonda, die ein eingeschworener Fan war, mit einem verdrossenen Blick auf den Fernseher.

»Und dann hat diese Vera dich aus heiterem Himmel angerufen. Wann war das?«

»Hm, das muss etwa eine Woche her sein oder auch zehn Tage.«

»Gut, und was hat sie gesagt?«

»Sie hat gesagt, ihr Mann sei verschwunden. Jemand sei mitten in der Nacht in ihr Haus eingebrochen, und ihr Mann, Al Leporello oder so ähnlich, sei hinter dem Kerl hergerannt, raus auf die Straße, und nicht wieder aufgetaucht. Sie klang ziemlich hysterisch, deshalb habe ich Sonny gefragt, ob er sich darum kümmern kann, und er hat dich angerufen.«

»Laporello«, sagte Sonny, der zu uns in die Küche kam. »Er heißt Laporello, Süße, Leporello ist eine Figur aus *Don Giovanni*, einer Oper von Mozart. Das Libretto stammt von Lorenzo da Ponte. Wusstest du, dass da Ponte der erste Professor für Italienisch an der Columbia University war?«

»Ich weiß, wer das ist, Blödmann, ich kenne Mozart«, sagte Rhonda und gab ihm einen Kuss.

Lippert, in dunkelgrünen Shorts und weißem Polohemd, setzte sich, sah auf den Fernseher, dann zu mir.

»Was gibt's?«, fragte er.

»Artie wollte wissen, wieso Vera Gorbatschow mich angerufen hat«, sagte Rhonda.

»Aha. Na, dann lasst euch nicht stören.« Sonny nahm Rhondas Hand.

Rhonda rückte ihren Stuhl näher an Sonnys heran. »Also, Vera hat gesagt, sie brauche Hilfe. Sie kenne hier draußen niemanden, der Russisch spricht.«

»Wusste Vera, dass Sonny mit jemandem zu tun hat, der Russisch kann?«

»Ja«, sagte Rhonda. »Sie wusste von dir. Sie hat deinen Namen nicht genannt, aber wen hätte sie sonst meinen können? Sie sagte: dieser Kollege von deinem Mann, der Russe, der oft für ihn arbeitet.«

»Warum hast du mir das nicht gesagt?«

»Es erschien mir nicht wichtig. Ich habe Sonny nur gefragt, ob du mal bei ihr vorbeifahren könntest. Ich hatte ein schlechtes Gewissen. Ich hätte mich um sie kümmern sollen. Stattdessen habe ich es auf dich abgeschoben, Artie. Es tut mir leid.«

Rhonda stand auf und nahm verschiedene Lebensmittel aus dem Kühlschrank. Ich rutschte auf dem Küchenstuhl herum, konnte keine bequeme Position finden. Mir tat immer noch alles weh.

Sonny, früher ein notorischer Kostverächter, rieb sich förmlich die Hände, während er zusah, wie Rhonda das Essen vorbereitete. Sie schnitt Bagels in drei perfekte Scheiben – sie sagte, sie habe gelesen, dass Mel Brooks seine Bagels in drei Scheiben schnitt und dass sie so viel besser schmeckten – und toastete sie. Dann machte sie daraus Zungenaufschnitt-Sandwiches, die Sonny liebte, und gab jedem von uns eines davon.

»Ich brauche deine Hilfe«, sagte ich und beugte mich über den Tisch zu Lippert. »Ich muss wissen, wer mich wegen dieser Laporello-Sache haben wollte, wer dahintersteht, okay?«

»Wie ich schon sagte, ich bin sicher, sie wussten von dir«, sagte Rhonda. »Sonst kennt Sonny niemanden, der gut Russisch spricht. Sie muss es gewusst haben, aber es gibt eine Menge Leute, die wissen, dass ihr beide befreundet seid.«

Jahrelang hatte Lippert überall erzählt, er habe mich aufgebaut; er habe mich damals als Neuling entdeckt und mitgekriegt, dass ich mehrere Sprachen beherrschte und auf der Uni gewesen war. Ich hatte es immer gehasst, wenn er sich aufplusterte und so tat, als würde ich ohne ihn überhaupt nicht existieren. Und was noch schlimmer war, er gab mir immer das Gefühl, ich schuldete ihm etwas. Wahrscheinlich stimmte es sogar, und das war mir immer gegen den Strich gegangen. Aber irgendwann hatte ich das Gefühl abgeschüttelt. Alle wussten, dass wir zusammengehörten. Offenbar sogar Vera Gorbatschow.

»Vera Gorbatschow braucht also so dringend jemanden, der Russisch spricht, dass sie dich anruft – eine entfernte Verwandte, die sie kaum kennt – und dich bittet, deinen Mann – ein hohes Tier bei der Polizei – zu fragen, ob er ihr einen seiner Mitarbeiter vorbeischicken kann, von dem sie weiß, dass er Russisch kann, nämlich mich. So weit korrekt?«

»Ja«, sagte Rhonda.

»Wie zum Teufel hat sie dir das alles auf Englisch verklickert? Oder sprichst du etwa Russisch?«

»Nein, woher denn?«, sagte Rhonda.

»Wie hat sie dann mit dir geredet?«

»Dafür reichte ihr Englisch.«

»Kann es sein, dass sie besser Englisch konnte, als sie vorgibt?«

»Ja, jetzt, wo du fragst – sie hatte einen starken Akzent, aber ihr Englisch war nicht schlecht. Meine Güte, Artie, du hast recht. Sie ist schon viele Jahre hier, sie hat einen Job, ich meine, wie um alles in der Welt hätte sie zurechtkommen sollen?«

»Hat dich das bei dem Anruf nicht stutzig gemacht?«

»Ich nahm an, sie wollte jemanden, mit dem ihr das Reden leichterfiel, oder vielleicht hatte sie auch einfach Sehnsucht nach jemandem aus der alten Heimat. Ich weiß es nicht, Artie. Ich habe nicht weiter darüber nachgedacht.«

Sonny sagte: »Lass uns auf den Balkon gehen, eine rauchen.«

»Ich habe aber nicht viel Zeit.«

Ich folgte Sonny nach nebenan. Rhonda blieb in der Küche sitzen und sah sich weiter das Spiel an.

Wir standen auf Sonnys Balkon, rauchten und sahen hinaus auf den Fluss.

»Du bist nicht gerade nett mit Rhonda umgesprungen«, sagte Sonny. »Das war ja wie bei einem Verhör, Mann.«

»Ich musste wissen, warum Vera Gorbatschow von Rhonda wollte, dass sie dich bittet, mich zu ihr zu schicken. Ich musste wissen, ob es Zufall war oder nicht.«

»Und wozu das Ganze?«, fragte Sonny.

»Glaubst du immer noch, dass es eine Verbindung zwischen deiner Toten und den alten Fällen gibt? Insbesondere May Luca?«

»Willst du die Einzelheiten hören? Wir haben an der Kleinen, die in Jersey ermordet wurde – ihr Name ist übrigens Ruthie Kelly, sie ist irischer Abstammung –, DNA-Spuren entdeckt, die mit einigen von denen übereinstimmen, die wir damals an der Leiche von May Luca gefunden haben. Ich hab dir bisher nichts davon gesagt, weil ich dich nicht in den Mist reinziehen wollte. Ich hatte dich ja nur gebeten, mir bei der Sache mit den Puppen zu helfen und Billy mal zu fragen, ob er sich noch an irgendwas in Bezug auf May Luca erinnert.«

»Schon gut, ich glaube dir ja«, sagte ich. »Ich frage Billy heute Abend. Erinnerst du dich noch an Stan Shank?«

»Heshey Shanks Bruder?«

»Halbbruder.«

Ich erzählte Lippert, was ich über Stan Shank wusste.

»Das gefällt mir«, sagte Sonny. »Das gefällt mir richtig gut – Shanks Fingerabdrücke auf den Puppen. Ruthie Kelly hatte ihre Puppe dabei, als sie ermordet wurde; die Fotos habe ich dir doch gezeigt, oder? Ich lasse sie bereits mit denen aus dem Lagerhaus in Chinatown vergleichen. Ich bin echt beeindruckt, Mann.«

»Danke.«

»Vielleicht solltest du doch wieder für mich arbeiten«, sagte er und stand auf.

»Ich muss jetzt los, Sonny.«

»Ist Billy Farone noch bei dir?«

»Warum?«

»Ich frage mich nur, ob Billy in Sicherheit ist, solange Shank da draußen rumläuft.«

»Ja, der Gedanke beschäftigt mich auch.«

»Artie, vielleicht solltest du den Jungen besser wieder nach Florida bringen. Damit ihm nichts passiert. Nicht auszuschließen, dass Shank ein Psychopath ist.«

»Dann schnapp ihn dir.«

»Ich versuch's ja, Mann, ich bin dabei«, sagte Sonny. »Und denk du noch mal drüber nach, Billys wegen.«

»Was glaubst du, wie schnell du Shank festsetzen kannst?«

»Ich hoffe, innerhalb der nächsten achtundvierzig Stunden.« Sonny hatte schon den Hörer in der Hand. »Ich will den Mistkerl haben, so schnell es geht.«

»Shank hat eine Schwäche für große Anglermesser«, sagte ich. »Hilft dir das weiter?«

Sonny richtete sich auf. »Na klar, Mann, und ob mir das hilft. Ich muss mal 'ne Runde telefonieren.«

Mir blieben nicht mal mehr achtundvierzig Stunden. Es war Freitagabend. Stanley Shank war irgendwo da draußen und jagte Billy oder dachte sich etwas Neues aus, das er ihm anhängen konnte. Sonntag kam Maxine zurück. Ich konnte Billy nicht in meinem Loft einsperren. Und selbst wenn Johnny und Genja rechtzeitig nach Hause kamen, wusste ich nicht, ob Genja Billys Anwesenheit verkraften würde, besonders nach der Sache in London.

Billy würde mich hassen, weil ich mein Versprechen brach. Wahrscheinlich würde ich ihn sogar austricksen müssen, um ihn in ein Flugzeug zu kriegen. Ich wollte nicht, dass er an May Luca dachte, dass er wieder in die Vergangenheit gesogen wurde. Vor allem aber wollte ich ihn in Sicherheit haben, und so, wie die Dinge jetzt standen, würde mir das in New York nicht gelingen.

25

»He, stop!« Ein junger Typ in einem schmierigen gelben Regenmantel hob die Hand, als ich aus dem Wagen stieg. Er zupfte an seinem dünnen Kinnbärtchen. »Bleiben Sie da stehen.« Hinter ihm stürzten sich Filmstatisten wie Kakerlaken auf einen Tisch mit Essen.

Mein ganzer Block war abgesperrt. Nach der Anzahl der Fahrzeuge und Leute, die sich überall drängten, musste es ein größerer Film sein. Einige der Typen standen mit Golfschirmen mitten auf der Straße herum und schienen nicht zu bemerken, dass sie alles blockierten. Offenbar war es ihnen auch egal. Riesige, meterhohe Scheinwerfer strahlten in die Dunkelheit, die die Farbe von nassem Schiefer hatte. Schirme aus weißem und silberfarbenem Material reflektierten das Licht und den Regen, der in schrägen Bahnen niederprasselte, und verliehen der Szenerie etwas Apokalyptisches.

Fahrzeuge mit Umkleidekabinen säumten die Straße gegenüber meinem Hauseingang. In einem Laster dröhnte ein Generator, der garantiert die ganze Nacht weiterlaufen würde. Aus mehreren anderen LKW wurde technische Ausrüstung ausgeladen. Die dicken Fahrer saßen herum und stopften Rosinenschnecken und Apfeltaschen in sich hinein. Dicke Kabel schlängelten sich über den Gehweg. Statisten drückten sich in Hauseingänge, um nicht nass zu werden.

Ich sah nach oben. Meine Fenster waren erleuchtet. Wieder versuchte ich, die Straße zu überqueren, und wieder stellte sich mir ein Typ in den Weg.

»Wir filmen«, sagte er, als gäbe es nichts Wichtigeres auf der Welt.

Ich musste an mich halten, um ihn nicht beiseitezustoßen. Ich zeigte ihm meine Marke und forderte ihn auf, mich durchzulassen. Seine Überheblichkeit ging mir auf den Wecker.

»Zu welcher Serie gehören Sie denn?«, fragte er. Offenbar konnte er sich ein Leben außerhalb des Films gar nicht vorstellen. Bevor ich ausfallend werden konnte, kam zum Glück ein Uniformierter herbei und fragte, ob er mir helfen könne. Dann sah ich, dass Mike Rizzis Coffee Shop dunkel und fest verschlossen war, und ich fragte mich, wann er nach Hause gegangen war.

Im Hausflur drückte ich auf den Aufzugknopf. Komm schon. Komm schon!

Rizzi hatte Billy im Auge behalten sollen, und er war nach Hause gegangen. Es dauerte mir zu lange. Ich rannte die Treppe hinauf, immer zwei Stufen auf einmal, bis in den dritten Stock. Am Rahmen meiner Wohnungstür waren Kratzer, aber ich hätte nicht sagen können, ob sie neu waren oder alt. Außerdem funktionierte das eine Deckenlicht im Flur nicht, und es war ziemlich düster. Ich steckte den Schlüssel ins Schloss. Er hakte, wie immer, wenn ich es eilig hatte. Verfluchter Mist!

»Billy?«

Keine Antwort.

»Billy, bist du da?«

Das Licht war an. Der Fernseher lief.

»Ich bin hier, Artie«, sagte Billy und rappelte sich gähnend vom Fußboden auf. »Ich hab nicht gehört, dass du reingekommen bist. Der Fernseher ist so laut. Ich seh mir gerade die Nachrichten an.«

Auf der Mattscheibe zeigten sie Fotos von den Selbstmordattentätern in London; der Jüngste war erst achtzehn gewesen. Auf dem Boden, wo Billy gesessen hatte, lag das gerahmte Foto von meinem Vater, das sonst auf meinem Schreibtisch stand.

»Hast du schon was gegessen?«

»Ich hab mir ein paar Kekse und ein Stück Käse genommen«, sagte Billy und setzte sich wieder vor den Fernseher.

Ich setzte mich zu ihm. »Ich muss mit dir reden.«

Billy griff nach dem Bild von meinem Vater.

»Wie war er so?«, fragte er.

»Mein Dad?«

»Ja.«

»Du siehst ihm unglaublich ähnlich.«

»Du auch«, sagte er. »Wir sehen uns alle ähnlich. Wie in einer echten Familie. Erzähl mir was über ihn, Artie. Ich möchte ihn kennenlernen.«

»Lass uns später darüber reden, okay?«, sagte ich. »Jetzt erzähl du mir erst mal, was heute so los war.«

Billys Aufmerksamkeit ließ nach. Er wandte sich wieder dem Fernseher zu.

»Kann ich das hier erst zu Ende gucken?« Er lehnte kurz den Kopf an meine Schulter, dann zog er, als ob es ihm peinlich wäre, die Knie an und stützte das Kinn darauf. Ich erwähnte die Kratzer an der Wohnungstür nicht. Ich wusste nicht, wie ich ihm sagen sollte, dass wir New York verlassen mussten.

Wie er so dasaß, den Rücken an mein altes Sofa gelehnt, seine Bücher, ein paar Zeitungen und Fotos um sich herum ausgebreitet, dazu die Limodosen, eine leere Schachtel Mallomars, eine Packung Ritz-Cräcker und ein Teller mit Käserinden, sah es aus, als hätte er sich ein Nest gebaut.

Ich konnte weder ihm noch sonst jemandem sagen, was los war, außer vielleicht seinen Eltern, und selbst bei ihnen war ich mir nicht sicher. Johnny Farone war ein anständiger, guter Kerl, der seinen Sohn liebte, daran gab es keinen Zweifel, aber die Farones waren eng mit den Shanks verbunden und über sie möglicherweise auch mit Al Laporello in Staten Island.

Ich stand auf und schaltete das Licht aus, abgesehen von der Lampe auf dem Beistelltisch neben dem Sofa. Dann setzte ich mich wieder.

»Warum hast du das gemacht?«, wollte Billy wissen.

»Ist angenehmer zum Fernsehen.«

In Wirklichkeit fühlte ich mich so sicherer; in dem hellen Licht boten wir eine erstklassige Zielscheibe. Alle möglichen verrückten Dinge schossen mir durch den Kopf, während ich auf ungewohnte Geräusche im Haus lauschte. Doch mit dem Lärm der Filmcrew unten auf der Straße war es schwer zu sagen, woher die Geräusche kamen.

Ich hatte das Gefühl, in der Falle zu sitzen, umstellt zu sein. Vor lauter Paranoia brach mir der Schweiß aus. Früher oder später musste ich uns hier rausschaffen. Immerhin waren wir jetzt wieder zusammen, Billy und ich.

Innerhalb des Gebäudes hörte ich nur das Wummern irgendeiner grässlichen Heavy-Metal-Musik, Hundegebell, das Brummen einer Klimaanlage und das Rauschen einer Klospülung.

Billy schaltete um auf eine Sportsendung, irgendeine Talkrunde mit ehemaligen Athleten, die darüber mutmaßten, wer derzeit gerade Steroide nahm. Ich stand wieder auf und ging nach nebenan. Mein geliebter Loft kam mir vor wie ein Gefängnis.

Es war die einzige Wohnung, die mir je wirklich gehört hatte. Während ich das nötige Geld für eine Anzahlung zusammensparte, hatte ich in verschiedenen Ecken von Chinatown und einmal auch in Brooklyn zur Miete gewohnt. Damals in Moskau, als ich noch ein Kind war, hatten wir in einer engen Zwei-Zimmer-Wohnung in der

Nähe des Arbat gewohnt. Wir hatten Glück, sie lag zentral und hatte ein Bad, aber sie gehörte nicht uns.

Wem gehörte sie denn?, hatte mich ein Freund mal gefragt, und ich hatte lachen müssen. Niemandem, hatte ich erwidert. Dem Staat. Der Freund hatte es nicht verstanden, aber es war auch nicht wichtig gewesen. Die ganze Chose war den Bach runtergegangen. Aus, vorbei. Kommunismus gab's jetzt nur noch für Touristen: In Beijing verkauften sie kleine Figürchen von Mao und seiner Frau, wie sie Tee tranken, in Deutschland standen die Leute Schlange für echte DDR-Klamotten und -Möbel, und bei Auktionen wurden Unsummen für Revolutionsplakate aus Kuba oder der UdSSR gezahlt. Ich ging in die Küche und nahm noch eine Percocet.

»Artie?«

Ich setzte mich wieder zu Billy ins Wohnzimmer.

»Was ist los?«, fragte er.

»Nichts. Mach dir keine Gedanken.«

»Lass mich nicht wieder allein.«

»Nein, ganz bestimmt nicht. Vielleicht hätte ich dich nicht mit hierhernehmen sollen. In meinem Leben kommt immer irgendwas dazwischen«, sagte ich zu ihm. »Es hat nichts mit dir zu tun«, fügte ich hinzu, doch er wusste, dass ich log. »Ist irgendwas passiert, während ich weg war?«

»Mister Rizzi von gegenüber ist dreimal hier oben gewesen, und obendrein hat er noch dauernd angerufen. War ja nett gemeint, aber es hat mich wahnsinnig gemacht, deshalb hab ich ihm gesagt, *ich* würde mich bei *ihm* melden. Als er das letzte Mal raufkam, meinte er, er müsste jetzt nach Hause, und ich hab gesagt, kein Problem, ich komme schon zurecht. Er war irgendwie komisch, und er hat sein Handy und die Dinger hier liegen lassen.« Billy hielt das Handy und ein Paar zerknautschte Latexhandschuhe hoch, wie Mike sie trug, wenn er mit Lebensmitteln hantierte. »Ich bin ihm noch hinterhergerannt, aber drüben war schon alles zu.«

»War sonst noch was?«

»Ich will nicht zu meinen Eltern zurück. Ich will bei dir bleiben, aber ich weiß, dass bei euch kein Platz für mich ist, wenn Maxine mit ihren Töchtern zurückkommt.« Billy klang verzweifelt. »Was soll ich machen? Ich will ja nicht rumnerven, aber wo soll ich hin?«

»Sag mir, was passiert ist.«

Er stand auf und tigerte im Raum auf und ab.

»Komm, setz dich zu mir«, sagte ich.

Billy hockte sich auf den Rand des Sofas.

»Da waren ein paar Anrufe«, sagte er. »Du hast mir gesagt, ich soll alles aufschreiben, weißt du noch?«

»Ja.«

»Lily hat angerufen, sie ist wirklich schwer in Ordnung. Wir haben über die Bücher geredet, die sie mir geschenkt hat, das war echt cool, und dann noch über andere Sachen.«

»Zum Beispiel?«

»Sie hat mir angeboten rüberzukommen, wenn ich wollte.«

»Worüber habt ihr sonst noch gesprochen?«

»Über dich«, sagte er. »Wir haben über dich geredet, was für ein netter Kerl du bist und so. Und dann hat Mister Swerdlow angerufen.«

»Tolja? Hat er gesagt, wo sie sind?«

»Er sagte, sie wären aus East Hampton zurück und wieder in der City, und dann sollte ich der kleinen Luda auf Russisch hallo sagen.« Billy verdrehte die Augen. »Die redet echt wie ein Wasserfall.«

»Magst du sie nicht?«

»Doch, klar mag ich sie, hab ich dir doch schon gesagt. Sie macht mich nur manchmal rappelig. Ich geb mir echt

Mühe, nett zu sein, Artie, aber es ging die ganze Zeit nur so: Wo ist Artemi, wo ist er, ich will ihn sehen, blablabla, und ich kam mir blöd vor, weil ich es nicht wusste. Und mit ihr Russisch zu reden ist auch doof, weil sie es viel besser kann als ich, obwohl sie viel jünger ist, und das macht mich dann neidisch. Bescheuert, nicht?«

»Na ja, dafür kann sie kein Englisch, das gleicht es doch wieder aus«, sagte ich. »War sonst noch was?«

»Irgendein alter Mann hat angerufen. Klang zumindest alt. Er hat gesagt, ich solle verschwinden und nie wieder herkommen, ich wär krank in der Birne – so hat er sich ausgedrückt. Und er wusste meinen Namen, das war das Unheimlichste.«

»Er wusste deinen Namen?«

Billy nickte. »Ja, Vor- und Nachnamen.«

»Warum hast du mir nicht Bescheid gesagt?«

»Wollte ich gerade machen, als du kamst. Ich bin froh, dass du wieder hier bist. Ach ja, und dann hat noch jemand an der Tür geklingelt, aber als ich die Sprechanlage eingeschaltet habe, hat niemand geantwortet. Ansonsten habe ich nur hier rumgesessen.«

»Tut mir leid.«

»Artie?«

»Ja?«

»Bitte, bitte, schick mich nicht zu meinen Eltern.«

Ich fragte mich, ob Billy irgendwie ausgeblendet hatte, dass er in knapp zehn Tagen nach Florida zurückmusste.

»Warum willst du nicht zu ihnen?«

»Ich bin da nicht glücklich«, sagte er. »Niemand ist da glücklich. Mein Dad ist so dick, und er schläft am Tisch ein, mit offenem Mund, und er beobachtet mich ständig. Ich weiß, er meint's nur gut, aber es ist, als würde er sich besonders viel Mühe geben, weil die anderen mich alle für einen Psycho halten. Und dann kommt seine verrückte

Mom mit diesem dämlichen Pfarrer angerückt, und ich hab gehört, wie sie von Exorzisten geredet haben. Wusstest du, dass sie in der Hochschule des Vatikans echt noch Exorzismus unterrichten? Ich meine, sind wir im Mittelalter, oder was? Dabei will ich doch bloß, dass sie mich in Ruhe lassen, damit ich lesen kann oder meine Fische füttern oder was weiß ich. Und meine Mom, na ja, ich weiß, sie liebt mich und so, aber sie kann meinen Dad nicht ausstehen. Sie sagt nie, dass sie ihm dankbar ist, und das macht alles irgendwie noch schlimmer.« Billy schlenkerte mit seinen Armen, als wüsste er nicht, wohin damit. Dann kreuzte er sie über der Brust. »Ich weiß, dass ich nach Florida zurückmuss, aber bis dahin habe ich noch über eine Woche Zeit, und die möchte ich mit dir verbringen. Du, Artie?«

»Ja?«

»Es ist wegen meines Dads, wegen Johnny, und ich weiß nicht, ob ich dich das überhaupt fragen soll.«

»Frag ruhig.«

»Es ist nur so ein Gefühl«, sagte Billy. »Meine Mom hat einen Freund, der ein paarmal bei uns war, und ich hab gemerkt, wie er mich angesehen hat, und er hat mir Bücher mitgebracht. Einmal hab ich gehört, wie meine Mom am Telefon mit ihm geflüstert hat. Die Erwachsenen denken immer, Kinder kriegen nichts mit, sie glauben, sie wären so gute Eltern, weil sie nach nebenan gehen, um über bestimmte Sachen zu reden, aber natürlich wissen sogar kleine Kinder, was da abläuft, und ich bin immerhin vierzehn.«

»Worauf willst du hinaus?«

»Kann es sein, dass in Wirklichkeit dieser andere Mann mein Vater ist?«, fragte Billy mit unsicherer Stimme.

»Weißt du, wie er heißt?«

»Mister Saizew. Bitte sag's mir. Ich muss es wissen.«

»Da musst du deine Mom fragen. In jedem Fall liebt Johnny dich, und für ihn bist du sein Sohn.«

»Das ist keine Antwort.«

»Ich weiß es nicht«, sagte ich.

»Meinst du, Johnny weiß es?«

»Keine Ahnung, Billy. Hör mal, ich muss dir was sagen. Du willst doch, dass ich ehrlich zu dir bin, oder?«

»Ja«, sagte Billy, aber er begann wieder, ziellos im Raum herumzulaufen und aus dem Fenster zu schauen, als wolle er die Wahrheit lieber nicht hören.

»Ich muss dich früher nach Florida zurückbringen.« Ich sprach es aus, so schnell ich konnte, so wie man ein Pflaster mit einem Ruck von der Haut reißt, und ich sah ihm an, wie schockiert er war. Sofort bereute ich, dass ich es ihm gesagt hatte. Ich wünschte, ich wäre einfach mit ihm zum Flughafen gefahren und hätte ihn dazu gebracht, mit mir in den Flieger zu steigen.

Billy wandte sich von mir ab.

»Billy?«

Eine Weile stand er still da, und ich wusste, dass er weinte. Was sollte ich tun? Ich hatte eine Höllenangst davor, mit ihm auch nur das Haus zu verlassen. Ich konnte ihn nicht beschützen, und außer mir gab es niemanden.

»Ich weiß, dass sie dich für einen prima Jungen halten. Bestimmt kommst du viel früher raus, als du denkst, und vielleicht können wir irgendwas organisieren, dass du dann bei uns leben kannst, ich meine, bei mir und Maxine und den Mädchen, das würde ihnen gefallen, da bin ich ganz sicher.«

Er drehte sich zu mir um und sagte: »Bitte lüg mich nicht an, Artie.«

»Ich meine es ernst.«

»Ja, ich verstehe.«

»Ich sage dir, wie es ist. Ich behandle dich so, wie du es wolltest, wie einen Erwachsenen.«

»Es ist nicht wichtig.«

»Doch, ist es. Mir ist es wichtig, sehr sogar.«

»Wann?«, fragte er. »Wann müssen wir los?«

»Bald. Es tut mir leid.« Ich brachte es nicht fertig, ihm zu sagen, wie bald. Noch nicht.

»Ich hätte nur noch eine Bitte.«

»Was immer du willst.«

»Versprochen?«

Ich zögerte. Wenn ich ihm jetzt etwas versprach, musste ich es auch halten.

»Ja, versprochen.«

Billy lächelte plötzlich. »Können wir noch einen Tag zusammen verbringen? Nur wir beide?«

»Was meinst du?«

»Morgen. Können wir zusammen angeln gehen, wie wir es geplant hatten, und ein Picknick machen? Laut Wettervorhersage soll es richtig schön werden, und es ist Samstag. Geht das? Ich hätte so gerne noch einen Tag mit dir.«

»Ja, das machen wir, wir machen uns einen richtig schönen Tag zusammen. Komm, wir bereiten alles für morgen vor, und dann solltest du zusehen, dass du in die Falle kommst.«

Ich kniete auf dem Boden der Abstellkammer und suchte zwischen verstaubten Zeitschriften, Luftpumpen, uralten Winterstiefeln und einem Paar Hanteln, die ich noch nie benutzt hatte, aber ich konnte meine Angelausrüstung nicht finden, und dann klingelte auch noch mein Handy. Es war Sonny Lippert.

Ich kroch aus der Kammer, Lipperts brüchige Stimme im Ohr. Wir haben noch ein Baby gefunden, sagte er. Wieder in einem Kühlschrank. Aber diesmal ist es echt. Ein Mädchen.

Tot?

Ja, sagte er, sie ist tot.

Ich sagte Billy, ich müsse noch mal weg, und er solle sich in mein Schlafzimmer legen. Es ging nach hinten raus. Von der Straße konnte niemand hineinsehen. Eigentlich konnte man sowieso nicht hineinsehen, weil meine Wohnung im dritten Stock lag, aber trotzdem war mir so wohler. Nach hinten raus ist es ruhiger, sagte ich zu Billy, und er widersprach nicht. Ich sah, dass er Angst hatte, es aber zu verbergen versuchte. Ich sagte, ich käme bald zurück.

Als er im Bett lag, setzte ich mich noch zu ihm, bis er eingeschlafen war, dann verriegelte ich die Fenster, steckte meine Pistole ein und tat etwas, das mir zutiefst widerstrebte: Ich nahm die Schlüssel, die ich Billy gegeben hatte, aus seiner Jackentasche und schloss ihn ein. Ich wollte nicht, dass er das Haus verließ, für den Fall, dass Shank oder einer seiner Männer unten auf der Lauer lag.

Als ich im Erdgeschoss ankam, hörte ich die Sirenen. Meine Kehle war wie zugeschnürt; ich räusperte mich, doch es half nichts. Ich schob mich an dem Filmteam vorbei und stieß dabei gegen einen Tisch voller Süßigkeiten, die auf die Straße fielen.

Erst als ich schon ein Stück gegangen war, fiel mir Billys Handy wieder ein. Doch ich mochte nicht noch mal hochgehen, wollte Billy nicht aufwecken. Ich würde es später holen müssen, denn ich brauchte es, womöglich würde ich darauf sehen, wer uns gefolgt war, nicht nur Shank, sondern auch seine Kumpane. Sammy Britz hatte mir gesagt, laut Shanks Aussage hätte Billy das Handy die ganze Zeit dabeigehabt und dauernd Fotos gemacht.

26

Das Grauenvollste war die Größe des Leichensacks. Einer der Cops am Tatort sagte, der dramatische Anstieg von Verbrechen an Kindern habe dazu geführt, dass die Hersteller mittlerweile auch extrakleine Säcke produzierten, die man für Kinder oder Überreste verschiedenster Art verwenden konnte; ich fragte nicht nach, was er damit genau meinte.

Was mich aber genauso schockierte und mir an diesem ungemütlichen, nassen Abend eine Gänsehaut über den Rücken jagte, war die Tatsache, dass das Baby in Mike Rizzis Gefriertruhe draußen hinter dem Coffee Shop gefunden worden war, in dem schmalen Gang, in dem er eine Art Schuppen gebaut hatte.

Der Regen ließ endlich nach. Ich stand auf dem Gehweg, neben dem Cop mit dem Leichensack auf dem Arm, als ich Sonny Lippert erspähte. Er sprach gerade mit Bingo, einem Obdachlosen aus unserem Viertel. Ich ging zu ihnen. Bingo sagte mir, er habe das Baby gefunden. Er hatte seine Geschichte schon mehreren Cops und Sonny Lippert erzählt, aber an mich wollte er sie unbedingt auch noch loswerden.

Überall liefen Cops herum; einige versuchten, die Aufnahmen abzubrechen, was natürlich großes Lamento unter den Filmleuten hervorrief; andere stellten orangerote Plastikkegel auf und spannten Absperrband darum, damit niemand den Tatort betrat. Überall standen Passanten herum und glotzten. Eine Frau nahm ihren winzigen Hund auf den Arm, als wäre er in Gefahr. Diese Minihunde sah man in letzter Zeit immer öfter, Frauen trugen sie mit sich herum wie teure Handtaschen.

»Wann wurde das Baby gefunden?«, fragte ich Lippert.

»Sagen Sie's ihm.« Lippert nickte Bingo zu.

»Ungefähr vor 'ner Stunde, Mann«, sagte Bingo. »Glaub ich zumindest. Hab meine Patek Philippe grad nicht bei mir.«

»Er ist in Ordnung«, sagte ich zu Lippert. »Ich kenne Bingo. Ist sie tot?«

»Sah jedenfalls so aus, das kleine Würmchen«, sagte Bingo. »Ich war dabei, als sie das Schloss an dem Gefrierdings aufgebrochen haben.«

Es war purer Zufall, dass er das Baby gefunden hatte. Bingo war ein Schwarzer, der sich, wie er oft erzählte, nach seinem Lieblingsfilm »The Bingo Long Traveling All-Stars & Motor Kings« benannt hatte. Er war ein Säufer, aber einer von der fröhlichen Sorte. Er trug einem die Einkaufstaschen, bevor er um einen Dollar bat. Früher hatte er angeblich mal Saxophon gespielt, und gegenüber Touristen verkündete er, er sei kein Bettler, sondern sammele für den »United Negro Pastrami Fund«.

Mike Rizzi gab Bingo oft etwas zu essen, die Leute gaben ihm Geld, und wenn er mal eine Weile nicht auftauchte, fingen zwei alte Damen aus meinem Haus an, sich Sorgen um ihn zu machen. Eine von ihnen hatte ihn mal gefragt, ob er einen Platz zum Unterschlüpfen bräuchte, doch er hatte gesagt, er habe ein Zimmer bei einer Tante irgendwo in Jersey. »Das Trinken macht mir einfach Spaß«, sagte Bingo oft.

Jetzt war er nicht betrunken. Er führte mich in den schmalen Gang, und Lippert folgte uns. Mühsam schob ich mich voran. Wir waren zu sechst dort eingepfercht: Bingo, Lippert und ich, außerdem zwei Uniformierte und ein Gerichtsmediziner.

Bingo erklärte, er sei hierhergekommen, um sich eine Weile vor dem Regen zu schützen, wie er es oft tat. Unter dem Wellblechdach des Schuppens war es trocken, und auf dem Glasdeckel der altmodischen Gefriertruhe konnte man gut ein Nickerchen halten, rauchen oder auch mal ein Kreuzworträtsel lösen.

Er sagte, er hätte das Baby schreien hören, zumindest meinte er das, aber vielleicht hätte er sich das auch nur eingebildet, nachdem er den Säugling entdeckt hatte. Jedenfalls hätte er sofort Zeter und Mordio geschrien, bis ein Cop gekommen sei und das Schloss der Truhe aufgebrochen habe.

Vielleicht habe eine Vorahnung ihn dorthin geführt, sagte Bingo zu mir. Das Baby hatte zwischen den Kuchenschachteln und den in Plastik eingeschweißten Fleischstücken gelegen, in eine rosafarbene Decke und einen Bogen Alufolie gewickelt. Das Gesicht hatte herausgeguckt.

Ich fragte Sonny: »Wo ist die Kleine jetzt?«

»Sie bringen sie ins Krankenhaus, aber sie ist tot, Mann.«

Ich schob mich erneut durch den Gang und lief zum Rettungswagen, der gerade abfahren wollte. Ich nervte den Fahrer so lange, bis er mich hereinließ. Ich musste sie sehen. Hinterher bereute ich es.

Das Baby war winzig und völlig verschrumpelt, wie eine alte Frau, wie eine von den Toten aus der Vorzeit, die sie manchmal in der Tundra fanden. Ich konnte sie nicht ansehen, konnte den Blick aber auch nicht abwenden.

Ich kehrte wieder in den Gang zurück und fragte Lippert: »Glaubst du, sie war schon tot? Glaubst du, Bingo hat sich das mit dem Schreien nur eingebildet?«

»Keine Ahnung.«

»Nee, Mann«, sagte Bingo. »Ich hab sie gehört. In der

Scheißkälte hält keiner lange durch, schon klar, aber ich hab gehört, wie sie geschrien hat.«

Rizzi bewahrte in der Gefriertruhe seine Vorräte auf, Blaubeeren für die Kuchen, eine Speckseite, Unmengen fertigen Pfannkuchenteig und anderes. Ich wusste nicht, wie oft Rizzi irgendwas davon brauchte. Einmal, an einem heißen Sommertag, hatte ich ihn hier draußen gefunden, wie er auf der Truhe saß und eine rauchte.

Die Mauer, an die ich mich lehnte, war feucht. Ich spürte die Wärme der anderen, roch Lipperts Atem, hörte mein Blut in den Ohren rauschen, schmeckte das Entsetzen, das in der Luft hing.

Der Typ von der Gerichtsmedizin kam herüber und sagte zu Sonny Lippert, soweit er feststellen könne, habe das Baby nicht lange in der Gefriertruhe gelegen. Es sei möglich, dass Bingo etwas gehört habe, vielleicht sei es aber auch nur der Kühlmotor der altmodischen Truhe gewesen.

»Wollen Sie damit sagen, sie hat allen Ernstes noch gelebt, als irgendein Drecksack sie da reingelegt hat?«, fragte Lippert.

»Das weiß ich nicht«, sagte der Gerichtsmediziner, dann schob mich jemand zurück auf den Gehweg, während zwei weitere Cops hineingingen.

Ich fischte mir eine Zigarette aus der Tasche und rief Mike Rizzi an. Er war schon unterwegs.

Lippert hielt zwei Handys in einer Hand, und an seinem Gürtel hing noch ein drittes. Der Einsatztrupp um uns herum wurde immer größer.

»Willst du reden, Mann? Willst du, dass ich dir helfe?« Lipperts Stimme war ruhig, fast sanft. Unter dem offenen Regenmantel trug er noch die dunkelgrünen Shorts von vorhin, und seine nackten Füße steckten in teuren Mokassins, denselben, die er am Strand von Coney Island angehabt hatte. Sie waren klein, wie die eines Jungen.

»Mir helfen? Wobei?«

Ich wollte nicht reden. Ich wollte zurück zu Billy. Hier, nur ein paar Schritte von meinem Loft entfernt, war ein totes Baby gefunden worden, und überall wimmelte es von Polizei.

Mein Viertel, mein Revier, der Ort, an dem ich fast zwanzig Jahre gelebt hatte, an dem ich jeden kannte, an den ich gehörte. Hier hatte ich von Anfang an das Gefühl gehabt, ein New Yorker zu sein, kein Immigrant.

Ich fühlte mich diesem Viertel zugehörig, ging zu Gemeindetreffen, schleppte Freunde zu Straßenfesten, wo wir fettige Calzone aßen, um Geld für neue Bäume und dergleichen zusammenzubringen. Ich beschwerte mich, wenn kleine Geschäfte dichtmachten und dafür Starbucks & Co. einzogen. Der Engländer mit den Dreadlocks im Fahrradladen an der Lafayette Street, dem besten Fahrradladen der Stadt, reparierte mir mein Rad umsonst, weil ich gerne mit ihm fachsimpelte und er unter seinen Kunden nur wenige Cops hatte, und die Koreaner in meiner Reinigung waren so höflich, als gehörten sie zu einem alten Adelsclan.

Manchmal ging ich in eine kleine Bar ein paar Blocks entfernt, dessen verrückter Barkeeper sich für ein verkanntes Filmgenie hielt. Und dann war da natürlich Mike Rizzi mit seinen Kuchen. Wenn mich irgendwas bei Verstand hielt, dann war es das Leben in diesem kleinen Teil von Lower Manhattan.

Das Bild von dem winzigen, verschrumpelten, eisigen Gesicht des Säuglings hatte sich mir ins Hirn gebrannt; es sah unechter aus als die Gesichter der Babypuppen.

»Woher kommt das Baby?«, fragte ich Lippert. »Du denkst an Shank, stimmt's? Aber woher hatte er es?«

»Wir überprüfen sämtliche Krankenhäuser, Waisenhäuser, Kindertagesstätten und alle Meldungen über gestohlene Babys. Es gibt immer noch Leute, die ihre Kinder irgendwo abstellen und dann sagen, ich hab mich nur eine Sekunde umgedreht. Verdammte Idioten«, sagte Lippert. »Komm, Artie, lass uns verschwinden, es sind genug Leute an der Sache dran, du kannst jetzt eh nichts tun. Setzen wir uns irgendwohin. Sollen wir zu dir raufgehen?«

»Gehen wir dahin«, sagte ich und deutete auf einen chinesischen Imbiss, der noch geöffnet hatte. »Ich will in der Nähe bleiben, bis Mike Rizzi hier ist.«

»Wer?«

»Mike Rizzi, du kennst ihn, der Typ, dem der Coffee Shop gehört. Er ist ein Freund von mir.«

»Du hast immer irgendwelche Freunde, Artie, 'ne Menge Freunde, vielleicht zu viele«, sagte Lippert, aber diesmal war es nicht sarkastisch gemeint. Er spottete oft, ich würde immer wieder auf Leute hereinfallen, die nett zu mir waren, aber jetzt klang es anders. Er nahm meinen Arm.

»Tut mir echt leid für dich, Mann. Sag deinem Freund, diesem Rizzi, er soll sich einen guten Anwalt besorgen. Seine Fingerabdrücke werden überall auf der Gefriertruhe sein.«

»Mike würde so was nie tun.«

»Das mag sein, aber er braucht trotzdem jemanden. Komm, setzen wir uns«, sagte Lippert, und wir gingen zu dem Imbiss.

Unter der Neonröhre stand nur ein einziger Tisch. Hinter dem Tresen hockte ein Chinese und schlief, den Kopf an die Wand gelehnt.

Außer uns war niemand da. Sonny und ich nahmen uns zwei Dosen Mineralwasser aus dem Kühlschrank und setzten uns. Durch das Schaufenster konnten wir die Straße sehen, das Hin und Her der Einsatzleute, Streifenwagen mit blinkenden Lichtern, Leute, die aus den Fenstern hingen, Passanten mit Hunden, die stehen blieben und gafften. Ich bemühte mich verzweifelt, nicht an das Gesicht des Babys zu denken, das aus dem Leichensack herausschaute, doch ich wurde das Bild einfach nicht los.

»Hältst du es wirklich für möglich, dass das Baby noch gelebt hat, Sonny?«

Er blickte hinunter auf sein Mineralwasser, dann hob er den Kopf und sah mich an. »Wahrscheinlich nicht«, sagte er. »Was ist los, Mann? Du bist so nervös.«

»Ich bin müde, Sonny. Hundemüde. Vielleicht sollte ich besser nach Hause gehen.«

»Tut mir leid, die Sache mit Billy, aber du hast doch gewusst, dass er nach Florida zurückmuss. Du wusstest, dass es nicht gut ist, wenn du ihn zu dir nimmst, oder, Artie?«

Ich antwortete nicht.

»Glaubst du, es war schon immer so, diese ganze Scheiße mit den Kindern?«, fragte Sonny. »Ich erinnere mich nicht mehr. Ich kann mich nicht entsinnen, dass früher, als ich Kind war, so viel Schlimmes passiert ist, aber vielleicht hat einfach keiner darüber geredet. Es blieb in der Familie, wenn einer sein Kind fast zu Tode geprügelt hat, weil es ganz normal war, Kinder zu schlagen. Hast du Dickens gelesen, wie ich's dir gesagt habe?«

»Ja.«

»Wieso behandeln Menschen Kinder wie Dreck, Mann? Ich kapier's nicht. Erst setzen sie Himmel und Hölle in Bewegung, um eins zu kriegen, und dann lassen sie sich scheiden und benutzen das Kind wie einen verdammten Fußball«, sagte Sonny. »Es ist, als wär die ganze Gesellschaft explodiert wie eine Atombombe, und die Kinder sind der radioaktive Niederschlag. Müll. Dreck. Ich weiß es nicht.« Er stützte sich auf den Resopaltisch. »Artie, ich muss dich was fragen. Erinnerst du dich an den armen Kerl, der in Chinatown totgetreten worden ist?«

»Was?« Der plötzliche Themawechsel überraschte mich.

»Vielleicht hast du's ja nicht mitgekriegt: In Chinatown ist ein junger Obdachloser überfallen und zu Tode getreten worden.«

»Ja, ich glaube, ich hab's in den Nachrichten gehört.«

»Er war noch ein halbes Kind, erst vierzehn und klein für sein Alter. Kannst du mir sagen, wo Billy am Mittwoch war?«

»Bei mir.«

»Die ganze Zeit?«

Ich sagte nichts. Wir saßen eine Weile schweigend da, und ich hörte alles überdeutlich, das Pochen meines Herzschlags, das Ticken meiner Uhr, das Schnarchen des Chinesen hinter der Theke. Draußen jaulte die Alarmanlage eines Autos los.

»Artie, wir beide kennen uns jetzt schon verdammt lange«, sagte Sonny. »Ich habe dir geholfen, so gut ich konnte, damals, als wir Billy draußen in Breezy Point mit Heshey Shank gefunden haben, ich habe dir geholfen, das Ganze so hinzubiegen, dass sie ihn nach Florida geschickt haben und nicht nach Spofford oder in eines von den anderen beschissenen Jugendgefängnissen. Wir beide haben den Deal mit dem Gericht eingefädelt, und der arme, alte Sid McKay hat die Presse so manipuliert, dass der Junge hinterher quasi als Held dastand. Haben sie ihn nicht sogar Billy the Kid genannt? Es hieß, er wäre entführt worden und hätte Heshey in Notwehr getötet.« Sonny schwieg einen Moment. »Ich weiß nicht, warum sie ihn überhaupt auf Urlaub rausgelassen haben, aber sie haben es getan, und ich will nicht, dass die Scheiße wieder von vorne losgeht.«

»Red keinen Quatsch.«

»Herrgott noch mal, Artie. Bei uns werden Kinder mit elf oder zwölf Jahren verurteilt wie Erwachsene. Hast du 'ne Ahnung, wie viele Kids unter sechzehn in diesem Land im Knast sitzen, und zwar lebenslänglich? Weil sie keinen anständigen Anwalt kriegen oder aus lauter Angst sagen, was der Staatsanwalt hören will. Die werden für den Rest ihres beschissenen Lebens eingesperrt, und die Leute sagen noch, sei froh, dass sie dich nicht auf den elektrischen Stuhl gesetzt haben, Kleiner. Vor all dem haben wir Billy bewahrt. Also bring ihn zurück nach Florida, denn das ist der beste Deal, den er in seinem Leben je gekriegt hat.«

»Warum erzählst du mir das?«

»Weil ich glaube, du hast Scheuklappen auf den Augen, was den Jungen betrifft. Du willst es nicht sehen. Ich war wirklich platt, als ich dich am Dienstag mit ihm am Strand gesehen habe.«

»Ja, das hast du dir auch deutlich genug anmerken lassen.«

»Artie, verdammt noch mal, wach auf. Der Junge hat einen Mann getötet.«

»Ich bringe ihn zurück nach Florida, aber damit er vor Shank in Sicherheit ist.«

»Meinetwegen. Morgen Abend rufe ich in dem Zentrum an, hast du verstanden? Sieh zu, dass er bis dahin wieder zurück ist.« Lipperts Blick wurde glasig; offenbar hatte er vor dem Einsatz ein paar Drinks gekippt. »Artie, ich bitte dich, nimm dich vor dem kleinen Farone in Acht. Ich weiß, wie sehr du an ihm hängst.«

»Er war zwölf, als es passierte, Sonny.«

»Er war verdammt clever. Er hat das Ganze so geschickt aufgezogen, wie es kaum ein Erwachsener hingekriegt hätte. Er war intelligent, und er war böse.«

»Er ist geheilt.«

»Ja, aber Heshey Shank ist und bleibt tot. Hör zu, Mann, ich habe dir geholfen, das Ganze so hinzubiegen, dass Billy keine Nadel in den Arm gekriegt hat, ich habe mit dem

Richter gesprochen und dafür gesorgt, dass der Junge stattdessen in diese Einrichtung in Florida gekommen ist«, sagte Sonny. »Das habe ich für dich getan. Aber das bedeutet nicht, dass ich Billy auf einmal für einen Heiligen halte, der nie wieder irgendwelchen Scheiß anstellt.«

»Vielleicht haben sie ihn rausgelassen, weil er geheilt ist. Er ist noch ein Kind, und Kinder verändern sich. Vielleicht war er krank. Vielleicht hat er das, was wir glauben, gar nicht getan.«

»Du träumst, Mann. Soll ich es dir buchstabieren?«

Ich stand auf. »Ich muss gehen.«

»Du willst es nicht begreifen, Artie. Wenn ich auch nur irgendwas über den Jungen höre, das mir komisch vorkommt, rufe ich den Laden in Florida an. Also tu mir einen Gefallen, und sorg dafür, dass er pünktlich da unten auftaucht.«

Damit er Ruhe gab, sagte ich: »Ja, gut, mache ich.«

»Eines möchte ich noch loswerden. Ich weiß nicht, was Billy genau hat, aber ich habe Kids erlebt, die ganz ähnlich waren wie er und die völlig unberechenbar wurden, wenn sie das Gefühl hatten, dass ihnen jemand in die Quere kommt, sich zwischen sie und ihre Bezugsperson stellt.« Sonny erhob sich ebenfalls. »Ich muss jetzt gehen, aber denk mal darüber nach, ob es vielleicht jemanden gibt, den Billy als Konkurrenz ansehen könnte.«

»Das Ganze trägt doch eindeutig Shanks Handschrift«, sagte ich zu Sonny, als wir draußen auf der Straße waren. »Er hat mir selbst gesagt, dass er geklaute Puppen verkauft, und seine Fingerabdrücke waren auf mindestens einer der Puppen aus dem Lagerhaus in Chinatown. Du bist völlig auf dem falschen Dampfer, Sonny. Er versucht, Billy was anzuhängen; er will ihn tot oder zumindest für immer hinter Gittern sehen. Er spielt den guten Christen und behauptet, er würde Billy niemals etwas antun, obwohl Heshey ihm zu Lebzeiten schnurzegal war, aber so hat er wenigstens ein Ziel für seine Wut.«

»Was ist mit May Luca und dieser Ruthie Kelly, die drüben in Jersey ermordet wurde – willst du behaupten, das geht auch auf Shanks Konto?«, fragte Sonny.

»Wieso nicht? Er ist ein Tier. Er und der alte Farone standen auf kleine Mädchen. Vielleicht hat eines von ihnen den Mund aufgemacht und erzählt, dass die beiden Alten sie begrapscht oder sogar vergewaltigt haben.«

»Okay, nehmen wir mal rein theoretisch an, Shank steckt hinter der Sache mit den Puppen und auch hinter den Morden an den beiden Mädchen, was die DNA-Untersuchung noch klären wird. Nehmen wir also an, er war's. Was ist dann mit dieser Sache? Mit dem Baby in der Gefriertruhe?«

»Traust du Shank so was nicht zu? Ich muss los.«

Sonny packte mich am Ärmel.

»Jetzt hör mir mal gut zu, Mann. Hast du vergessen, dass Billy Farone den armen, zurückgebliebenen Heshey Shank, einen Kerl, der keiner Fliege etwas zuleide tun konnte, dazu gebracht hat, mit ihm wegzulaufen?«, sagte Sonny. »Muss ich dich daran erinnern, wie Billy sich alles ausgedacht und eingefädelt hat, wie er Heshey entführt hat, wenn man es so nennen will, und die Spuren so gelegt hat, dass es genau nach dem umgekehrten Fall aussah, als ob Heshey Billy entführt hätte? Wie er alle auf die falsche Fährte gesetzt hat, vor allem dich, Artie? Und dann ist er mit Shank nach Breezy Point rausgefahren und hat ihn filetiert. Ganz langsam. Weißt du nicht mehr? Er hat kleine Stücke aus ihm herausgeschnitten, hat ihn in Fischernetze eingewickelt und elendig verrecken lassen. Es muss mindestens zwei Tage gedauert haben, bis der arme Kerl tot war. Und Billy saß direkt daneben. Du hast mir selbst erzählt, wie er dagesessen hat, als ob nichts geschehen wäre.«

Ich schwieg.

»Und da ist noch was, Artie.«

»Ja?«

»Ich habe Stan Shank schon vor ein paar Stunden festnehmen lassen.«

27

Billy schlief noch, als ich zurückkam. Ich schloss die Schlafzimmertür, ging in die Küche und schaltete nur eine Lampe ein, damit er nicht aufwachte. Es war ein Uhr nachts. Draußen vor dem Haus hörte ich die Fernsehteams vorfahren, begierig auf die Story von dem toten Baby in der Gefriertruhe, die sie noch in die Morgennachrichten bringen konnten, wenn sie sich beeilten. Ich trank Scotch aus der Flasche. Versuchte, mir das Bild von dem winzigen Kopf aus dem Hirn zu spülen.

Noch war nicht klar, wann das Baby gestorben war. Selbst wenn Shank in U-Haft war, hätte er das Baby vielleicht vorher töten können. Unmöglich war es nicht, und dann waren da ja auch immer noch Shanks Kumpane. Das Baby in der Gefriertruhe war wie geschaffen dafür, Billy etwas anzuhängen. Und das wusste Shank.

Billys Reisetasche lag neben der Wohnungstür, seine Jacke hing am Haken darüber. Ich durchsuchte beides, konnte das Handy aber nicht finden.

Ich schlich ins Schlafzimmer und sah mich um. Das Handy lag auf dem Fußboden. Ich hob es auf und ging zurück in die Küche. Ich brauchte noch einen Drink, bevor ich mir die Fotos ansehen konnte. Mir war mulmig bei dem Gedanken an das, was ich vielleicht finden würde. Am liebsten hätte ich gar nichts gefunden.

Es dauerte ein paar Minuten, bis ich kapiert hatte, wie das Ding funktionierte, aber selbst für einen Technikidioten wie mich war es einfach zu begreifen, und schließlich fand ich den Ordner mit den abgespeicherten Bildern.

Als Erstes kamen Fotos von Stan Shank in dem braunen Lincoln, die Billy vermutlich aufgenommen hatte, als Shank hinter uns hergefahren war. Dann das Haus der Farones, Billys ausgeräumtes Zimmer, das leere Aquarium. Leute draußen in Staten Island, die Provones, Vera Gorbatschow, sogar der junge Cop, der vor dem Haus der Gorbatschow seinen Comic las.

Überall, wo Billy gewesen war, hatte er Fotos gemacht, und er hatte sie sorgfältig gespeichert, als wollte er eine Art Dokumentation seines Besuchs in New York erstellen.

Es gab keine Bilder aus Florida, von der Schule oder seinem Großvater oder irgendwelchen Freunden, nichts. Vielleicht hatte er das alles aus seinem Gedächtnis gestrichen. Dann fand ich noch ein Foto. Es sah aus, als wäre es unter Wasser aufgenommen worden, eine Weitwinkelansicht von Wasser und Fischen. Ich wusste nicht, ob man eine Handykamera auch unter Wasser benutzen konnte.

Ich versuchte, irgendeine Verbindung zwischen den Bildern herzustellen, aber da war keine, abgesehen davon, dass ich auf vielen zu sehen war. Ich hatte nicht bemerkt, dass Billy mich fotografiert hatte.

Es gab auch Aufnahmen von der Party in dem großen Spielzeugladen, und als ich sah, was auf einem davon abgebildet war, drehte sich mir der Magen um. Ich sprang auf und griff nach dem Autoschlüssel.

Das Telefon klingelte, doch ich rannte aus der Wohnung und hinunter zu meinem Wagen. Ich raste los, ohne die Ampeln und die Cops vor dem Haus zu beachten. Mein Schädel dröhnte von dem Lärm, den Tabletten, den Dingen, die ich gesehen hatte und über die ich nicht nachdenken wollte. Ich brauchte exakt fünf Minuten bis zu Tolja Swerdlows Wohnung. Lily war bereits dort.

»Wo ist Luda?«, sagte ich, noch bevor ich ganz durch die Tür war. Valentina und Lily saßen auf dem roten Ledersofa und sahen aus, als hätten sie schon einiges intus.

Neben Val stand eine Flasche Rum. Lily hielt ihre Hand und murmelte ihr beruhigend zu, als wäre sie ein kleines Kind. Vals Gesicht war tränennass. Trotz allem, oder vielleicht gerade deswegen, war ich unendlich froh, Lily zu sehen.

Der Fernseher lief, und die Lokalnachrichten zeigten bereits einen Reporter neben dem Gang, in dem das Baby gefunden worden war.

Den Blick starr auf den Fernseher gerichtet, griff Val nach der Rumflasche und setzte sie an den Hals. Dann stellte sie sie auf den Boden und begann, an einer Haarsträhne herumzuzwirbeln. Ihr Gesicht wirkte bleich und angespannt, ihre Augen waren gerötet und feucht vom Weinen. Sie umklammerte Lilys Hand, als fürchte sie, ohne diesen Halt unterzugehen.

Tolja, der sich über die Rückenlehne des Sofas beugte, als wolle er die beiden Frauen beschützen, telefonierte mit wütender Stimme.

»Woher weißt du davon?«, fragte er mich, die Hand auf der Sprechmuschel. »War was in den Nachrichten? Ich hab schon ein Dutzend Mal versucht, dich anzurufen.«

»Wovon soll ich wissen?«

»Von der Sache mit Luda.«

»Ich habe mir nur Sorgen um sie gemacht«, sagte ich. »Ich weiß gar nichts. Was ist denn los?«

»Sie ist weg«, sagte Lily. »Tolja hat mich angerufen, und ich bin rübergekommen, so schnell ich konnte. Sie ist spurlos verschwunden. Wir haben zigmal versucht, dich zu erreichen. Ich habe Billy eine Nachricht für dich hinterlassen. Hat er dir denn nichts gesagt?«

»Er hat gesagt, er hätte mit Luda gesprochen.«

»Das war früher«, sagte Lily. »Viel früher. Ich habe danach noch mal angerufen. Ich habe ihn ausdrücklich gebeten, dir zu sagen, dass du zurückrufen sollst. Ich habe gesagt, es sei dringend.«

»Was soll das heißen, sie ist verschwunden?«, fragte ich. »Tolja, was genau ist passiert?« Ich sprach ihn auf Russisch an, doch er blickte nicht einmal auf, bedeutete mir nur mit einer Handbewegung, ich solle still sein, während er telefonierte.

»Mein Dad hat ein paar von seinen Leuten auf sie angesetzt«, sagte Val. »Er will keine Polizei dabeihaben.«

»Warum nicht?«

»Ich habe Luda ohne richtige Papiere hierhergebracht. Du meldest das doch nicht, oder?« Auf Vals hübschem Gesicht lag Angst.

»Sei nicht albern.« Ich nahm sie in die Arme. »Was sollte ich denn überhaupt melden? Du bist doch Amerikanerin.«

»Aber Luda nicht«, sagte Val. »Ich hatte einfach genug von dem Hin und Her, ich meine, Luda ist ein Kind, und sie hat sich so auf die Reise gefreut. Ich bin mit ihr zur amerikanischen Botschaft in Moskau gegangen, und als sie nach ihren Eltern gefragt haben, habe ich gesagt, sie wäre mehr oder weniger Waise. Dann haben sie ihr einen Haufen idiotischer Fragen gestellt, und irgendwann ist mir der Kragen geplatzt. Ich habe die Typen gefragt, ob sie Luda vielleicht für eine Terroristin halten. Das passte ihnen natürlich überhaupt nicht, und sie haben mir ziemlich deutlich gesagt, dass wir das mit dem Visum vergessen könnten. Da habe ich Daddy angerufen und ihn gefragt, ob er vielleicht seine Beziehungen spielen lassen kann.« Val brach in Tränen aus. »Oh Gott, was habe ich bloß getan? Es sollte doch nur ein Urlaub sein, Artie. Ich wollte die Kleine für ein paar Wochen mit hierhernehmen, aber diese blöde Botschaft in Moskau hat mich total auflaufen lassen. Und jetzt habe ich natürlich Angst, die Polizei einzuschalten, denn wenn sie sie finden, schicken sie sie sofort wieder zurück in eines von diesen elenden Waisenhäusern in Russland.«

»Jetzt erzähl mir erst mal genau, was passiert ist«, sagte ich.

Val sprang plötzlich auf und lief im Wohnzimmer auf und ab. Nur mit einem extralangen T-Shirt bekleidet, die Haare zu einem unordentlichen Knoten geschlungen, sah sie aus, als stünde sie kurz vor einem hysterischen Anfall.

Ich streckte ihr meine Hand entgegen. Sie wandte sich ab. Lily ging zu ihr und legte den Arm um sie. Val sah sie dankbar an und begann zu reden, hektisch, wie getrieben.

»Nach dem Vorfall in dem Spielzeugladen war Luda völlig fertig, ich meine die Sache mit den Babypuppen. Sie hatte so was vorher noch nie gesehen, aber das Schlimmste waren die Puppen, die sie extra für Luda gemacht haben, mit ihrem eigenen Gesicht. Erinnerst du dich? Sie wollte sie nicht haben, allein bei der Vorstellung fing sie schon an zu weinen, und irgendwann später – ich glaube, du warst gerade draußen, um zu rauchen – sah sie eine ganze Reihe von ihnen da sitzen, alle mit ihrem Gesicht, und da ist sie durchgedreht.«

»Ja, das habe ich mitgekriegt«, sagte ich.

»Wir haben dann erfahren, dass Luda eine Zwillingsschwester hatte, die bei einem Bombenanschlag in der Moskauer U-Bahn ums Leben gekommen ist. Als sie die Puppen sah, muss die Erinnerung daran wohl wieder hochgekommen sein. Später hat sich herausgestellt, dass Billy derjenige war, der sie dazu überredet hat, sich fotografieren zu lassen, und dann die Puppen in Auftrag gegeben hat.«

»Er hat das nicht gewusst«, sagte ich. »Wahrscheinlich

dachte er einfach, sie würde sich darüber freuen. Er mag sie, das hat er mir selbst gesagt, und sie tut ihm leid.«

Lily sah mich schweigend an.

»Ich habe nicht gehört, was Billy zu ihr gesagt hat«, fuhr Val fort, »aber am Tag danach – das war Mittwoch, glaube ich – hatte sie sich beruhigt, und als wir mit ihr nach East Hampton rausgefahren sind, ging es ihr wieder besser.«

»Ich könnte Sonny Lippert anrufen«, schlug ich vor. »Er ist doch Spezialist für Verbrechen an Kindern.«

»Nein!« Tolja packte mich am Arm und hielt mich fest. Dann bellte er auf Russisch in sein Handy: »Tun Sie, was ich Ihnen sage.«

Er klappte das Handy zu und griff nach der Zigarre, die glimmend im Aschenbecher lag. Dann sagte er auf Englisch, aber mit dem Gangsterakzent, den er immer auflegte, wenn er wütend war oder sich über mich lustig machte: »Ist alles Scheiße. Polizei tut nichts für Luda, weil sie ist illegal. Wie kann sein kleines Kind illegal? Was heißt das? Mistkerle.« Er stieß eine Flut russischer Flüche aus.

»Reden immer nur von Terroristen, aber tun nichts. Amerika«, fauchte er. »Warte nur, bis kommt richtige Katastrophe in diese Land, was glaubt nicht mal an Erwärmung von Erde, obwohl überall Flüchtlinge wegen Überflutung.«

»Sie ist aber nun mal illegal, Tolja«, sagte ich. »Ich kann versuchen, das hinzubiegen, wenn du mich lässt. Ich kenne ein paar Leute von der Einwanderungsbehörde. Bitte pass auf, dass deine Jungs keinen Fehler machen, mit Muskelkraft erreichst du in so einem Fall gar nichts.«

»Nein. Ich finde sie.«

»Was ist denn überhaupt passiert?«

Auf einmal sank er in sich zusammen; wie ein verwundetes Tier schien Tolja seine Ausstrahlung, seine Präsenz, seine Kraft zu verlieren. Er ließ sich auf einen Stuhl fallen.

»Wir kommen zurück aus East Hampton heute späte Nachmittag, frühe Abend. Val geht weg, einkaufen, dann ich höre Luda am Telefon, und danach sie ist sehr ruhig, sehr still. Sie fragt mich, ob ich kann machen was zu essen, sie hat Hunger. Sagt, sie guckt Kinderfilm im Fernsehen. Ich gehe in Küche und mache Essen für sie, und als ich komme raus, sie ist weg. Verschwunden, Artjom. Entweder einfach gegangen, oder jemand hat entführt. Spurlos verschwunden.«

»Kann ich dir helfen?«

Tolja sagte leise: »Nein, Artjom. Diesmal nicht.«

»Es tut mir leid.«

»Geh und tu, was du tun musst.«

Ich nahm die Treppe, als ich Toljas Wohnung verließ. Hinter mir hörte ich Schritte. Es war Lily, ihre Sandaletten klackten auf dem Beton. Auf dem Treppenabsatz im zweiten Stock holte sie mich ein, legte die Arme um mich und fragte: »Weißt du irgendwas über Luda, Artie?«

»Nein.«

»Ich bin für dich da, egal, was passiert«, sagte Lily. »Das meine ich ernst. Ich laufe nicht noch einmal weg. Aber wenn du irgendetwas weißt, musst du uns helfen, Luda zu finden. Sie hat schon so viel Schlimmes erlebt. Valentina ist völlig aufgelöst. Sie gibt sich die Schuld. Bitte, Artie, wenn du irgendeine Idee hast, dann sag's mir, und ich suche sie.«

Ich lehnte mich an sie, und einen Moment lang fühlte es sich so an, als hielte sie mich aufrecht. Vielleicht war es auch so.

»Ich weiß nicht, wo Luda ist.«

»Meinst du, Billy weiß irgendwas? Sie haben viel miteinander geredet. Du hast gesagt, er mag sie.«

»Tut er auch. Natürlich kann ich ihn fragen, aber was sollte er damit zu tun haben?«

Lily zog mich hinunter auf die Stufen, und wir setzten uns nebeneinander.

»Ich muss gehen.«

»Bleib noch eine Minute. Hast du Zigaretten dabei?«

Es hatte sich immer ein bisschen verschwörerisch angefühlt, wenn wir beide abseits von anderen Leuten geraucht hatten. Ich holte mein Päckchen heraus, gab ihr eine, und wir saßen eine Weile schweigend da.

»Weißt du, dass ich oft von dir träume?«, sagte Lily.

Ich war überrascht. »Ich auch von dir.«

»Wirklich?«

Ich nickte.

»Hör mal, ich will nicht, dass du irgendjemandem wehtust. Ich muss dich nur ab und zu sehen, auch wenn wir nur miteinander reden. Das wollte ich noch loswerden, bevor du weg bist.«

»Weg? Wieso?«

»Willst du es mir nicht sagen?«

»Mach dir keine Sorgen wegen Luda«, sagte ich ausweichend. »Ich rufe Sonny Lippert an, auch wenn es Tolja nicht passt. Es geht nicht anders.«

»Warte wenigstens noch ein paar Stunden. Du weißt, dass Tolja das nicht will. Wie geht es Billy?«

»Ganz gut so weit«, sagte ich. »Du magst ihn doch, nicht wahr, Lily? Du hast gesagt, er sei in Ordnung.«

»Ich kenne ihn ja kaum. Aber doch, ja, ich fand ihn ganz nett.«

Ich stand auf. »Ich muss jetzt los.«

Sie ging mit mir bis zur Eingangshalle, dann küsste sie mich und sagte: »Ich liebe dich, weißt du.«

Ich sagte niemanden, wohin wir fuhren, Billy und ich, nicht mal Lily oder Tolja oder Sonny Lippert. Ich konnte niemandem vertrauen, bis ich uns beide in einen Flieger und zurück nach Florida verfrachtet hatte. Der Flug ging heute Abend. Aber vorher würde ich mein Versprechen einlösen und mit Billy zum Angeln fahren. Damit er etwas hatte, woran er sich erinnern konnte.

Es dämmerte schon, als ich nach Hause kam. Ich hatte keine Gelegenheit mehr, Billys Handy zurückzulegen, bevor er aufwachte. Vielleicht wollte ich es auch gar nicht. Ich behielt es in meiner Jackentasche.

Er lächelte verschlafen und fragte: »Ist es schön draußen? Können wir angeln gehen?«

»Ja, der Himmel ist ganz klar«, sagte ich. »Und die Wettervorhersage ist auch gut. Komm, zieh dich an.«

»Mein Handy ist weg.«

»Das taucht schon wieder auf.«

»Ich brauch's aber.«

»Ich besorge dir ein anderes.«

»Nein, ich will meins«, beharrte er.

»Dann such's halt, aber beeil dich.«

Fünf Minuten später hatte er den ganzen Loft abgesucht. »Ich kann's nicht finden.«

»Wir müssen los.«

»Na gut«, sagte er. »Wohin geht's?« Billy war in Jeans und T-Shirt geschlüpft und zog sich einen grünen Pulli über. Ich konnte nicht einschätzen, ob er wütend war wegen des Handys oder ob er den Verlust akzeptiert hatte. Seine Miene verriet nichts.

»Das wird eine Überraschung«, sagte ich. »Nimm deine Tasche mit.«

»Wozu?«

»Den Tag über angeln wir, und dann bleiben wir über Nacht in Staten Island. Ich dachte, das würde dir gefallen. Ich weiß einen Ort, an dem wir übernachten können.«

»Wow«, sagte er. »Das ist cool. Danke. Muss ich immer noch früher als geplant nach Florida zurück?«

»Darüber reden wir später.«

Ich griff nach einer kleinen Reisetasche, in die ich das Nötigste für den Kurztrip nach Florida eingepackt hatte – ich wollte wieder zurück sein, bevor Maxine am Sonntagnachmittag nach Hause kam –, und ermahnte Billy, leise zu sein, weil es sehr früh war und die Leute noch schliefen.

Die Baseballkappe auf dem Kopf und den Rucksack in der Hand, stand Billy neben der Tür, fast in Habachtstellung. Vielleicht wusste er, dass wir nicht hierher zurückkommen würden. Er lächelte mich zögernd an, als versuche er, es mir recht zu machen.

Billy lernte schnell, hatten seine Lehrer gesagt; er besaß ein unglaubliches Talent, alles nachzuahmen, was man ihm zeigte. Ein paarmal hatte ich mich für den Bruchteil einer Sekunde gefragt, ob er die Gefühle nur spielte.

Jetzt sah Billy mich einen Moment mit ausdruckslosem Gesicht an, als erkenne er mich nicht, dann lächelte er, als wäre es etwas, das er an- und ausknipsen konnte.

Die Straße lag verlassen da, bis auf ein paar übrig gebliebene Cops und Reporter im Hausdurchgang, wo das Baby gefunden worden war.

»Was ist da denn los?«, fragte Billy.

»Wahrscheinlich ein Junkie oder eine Prügelei«, log ich und hielt die Beifahrertür auf. »Steig ein.«

Es war kaum jemand unterwegs, und während der Himmel über der City langsam hell wurde und einen perfekten Sommertag versprach, fuhren wir durch die leeren Straßen. Billy machte es sich bequem und lächelte.

»Wo ist denn dieser geheimnisvolle Ort?«, fragte er.

»In Staten Island«, sagte ich. »Da wolltest du doch gerne hin, oder?«

»Nur wir beide? Oder besuchen wir wieder Leute?«

»Nein, nur wir beide.«

»Versprochen? Und wo übernachten wir?«

»Hank Provone hat ein Haus ganz weit draußen, an der Küste gegenüber von Jersey. Normalerweise vermietet er es, aber im Moment steht es leer. Er hat mir die Schlüssel gegeben. Und da du doch gerne angeln gehen wolltest, dachte ich, das wäre was Besonderes.«

Billy kniete sich auf den Sitz, beugte sich nach hinten und kramte in seiner Reisetasche. Mein Handy klingelte. Erst wollte ich nicht drangehen, aber es hörte nicht auf, und ich sah, dass es Sonny Lipperts Privatnummer war. Ich nahm ab.

»Was gibt's?«

»Ich habe möglicherweise eine gute Nachricht für dich, Mann.«

»Und?«

»Es könnte tatsächlich Shank gewesen sein«, sagte Sonny.

»Was heißt das?«

»Es könnte sein, dass er Ruthie Kelly getötet hat. Möglicherweise auch May Luca. Wir haben erste Ergebnisse.«

»Na bitte, super«, sagte ich und dachte: Shank war's. Shank steckte hinter all den Morden.

»Ich hab gesagt, *könnte*, Artie. Da ist noch einiges, was geklärt werden muss, also freu dich nicht zu früh, hörst du? Wir müssen noch weitere Untersuchungen durchführen, wir brauchen Beweise. Das, was wir haben, reicht noch nicht für eine Anklage. Also halt dich zurück, okay? Wo bist du?«

»Zu Hause«, log ich. »Ich habe geschlafen.«

»Ja, aber nicht allein, oder? Du klingst so merkwürdig.«

Ich legte auf.

»Bitte lächeln.« Billy setzte sich wieder hin, eine kleine Kamera in der Hand, die er auf mich richtete.

»Was?«

»Ich will dich fotografieren. Mein Handy ist weg, aber ich habe ja noch meine Kamera. Ich möchte ein paar Bilder von dir machen. Zur Erinnerung«, sagte Billy.

FÜNFTER TEIL

Samstag, 9. Juli

28

Und dann waren wir allein. Nur wir beide. Ich und Billy, am Samstagmorgen bei Tagesanbruch, auf der Fähre nach Staten Island. Billy hatte mich gefragt, ob wir statt der Brücke die Fähre nehmen könnten. Mir war nicht ganz wohl dabei, weil uns dort mehr Leute sehen würden, aber so früh war kaum jemand unterwegs, und Billy wünschte es sich, also gab ich nach.

In den Radionachrichten ging es immer noch um London – die Selbstmordattentäter, die Vermissten, trauernde Eltern und Freunde und Kinder. Johnny Farone hatte mir noch nicht durchgegeben, mit welchem Flieger er und Genja zurückkommen würden. Samstag, hatte er gesagt. Heute war Samstag. Billy hatte aufgehört, nach seinen Eltern zu fragen. Er schien ganz zufrieden zu sein. Ich erzählte ihm nichts von Ludas Verschwinden. Im Moment konnte ich nichts daran ändern, und sobald es herauskam, würde ohnehin die ganze Stadt nach ihr suchen, schließlich war sie ein niedliches, weißes Mädchen mit einer traurigen Geschichte. Ich hatte trotz meines Versprechens Tolja gegenüber Sonny Lippert Bescheid gesagt, und jetzt konnte ich nichts anderes tun, als auf Billy aufzupassen.

Ich fuhr auf die Fähre. Der Regen war vorbei, die Wolken verschwunden. Die aufgehende Sonne spiegelte sich orange und golden in den Fenstern der Wolkenkratzer. Vor gar nicht so langer Zeit war ein Kapitän der Staten Island Ferry am Steuerrad eingeschlafen, die Fähre war gegen den Pier gekracht, und es hatte Dutzende von Toten und Verletzten gegeben. An diesem Tag jedoch war alles friedlich, strahlend, in goldenes Licht getaucht.

»Lass uns rausgehen«, sagte Billy, und so stiegen wir aus, holten uns einen Kaffee und gingen hoch auf das Oberdeck. An die Reling gelehnt, blickten wir auf die allmählich zurückweichende Skyline, die Freiheitsstatue, das leicht gewellte Dunkelblau des Wassers, den klaren Himmel. Die Luft war mild.

Eine ganze Weile standen wir schweigend da, während Billy mit schokoladenverschmierten Lippen die beiden Donuts aß, die er aus dem Loft mitgebracht hatte. Der Kaffee in meiner Hand war warm. Dann und wann gab Billy mir ein Stück von seinen Donuts ab. Ich zog eine Grimasse, weil mir die Glasur zu süß war, und Billy lachte.

»Alles okay bei dir?«

»Mir geht's bestens.« Billy setzte sich auf eine Bank und betrachtete die kleiner werdenden Umrisse der City. »Ist es nicht irre? New York ist die tollste Stadt der Welt, findest du nicht auch, Artie?«

»Ja, keine Frage«, sagte ich, und dann schwieg Billy wieder, während ich meinen Kaffee trank. Ich nahm mein Handy raus, um zu sehen, ob irgendwelche Nachrichten gekommen waren.

»Es ist noch ziemlich früh für Anrufe«, bemerkte Billy.

»Deine Eltern hätten sich gemeldet haben können«, log ich.

Ich wollte Billy nicht sagen, dass ich bei Andy Swiller angerufen hatte, dem Psychiater, mit dem ich gesprochen hatte, als ich in das Therapiezentrum gekommen war, um Billy abzuholen. Ich mochte Swiller und vertraute ihm, soweit man jemandem vertrauen konnte, der Kinder einsperrte.

Vielleicht hatte Sonny recht, und ich wollte wirklich nicht wahrhaben, wie es um Billy stand. Jedenfalls behielt ich für mich, dass ich für diesen Abend den Rückflug nach Florida gebucht hatte. Die einzige Möglichkeit, Billy in Sicherheit zu bringen, sagte ich mir immer wieder. Aber vor wem? Nach allem, was ich wusste, saß Shank auf Rikers Island hinter Gittern.

In der Tasche hatte ich den Schlüssel zu Hanks Haus draußen in Fresh Kills, das momentan leer stand. Ganz in der Nähe gab es einen Strand, außerdem mehrere Bäche, in denen man angeln konnte, und am Anleger hinter dem Haus lag ein kleines Boot. Eine ruhige Straße, hatte Hank gesagt. Nur wenige Nachbarn.

Ich blickte zu Billy hinüber, der Donutkrümel ins Wasser warf. Vielleicht sah er Fische unter der Oberfläche.

Vier Tage zuvor, am Dienstag, waren wir am Strand von Coney Island gewesen. Danach in Brighton Beach, wo wir zu Abend gegessen hatten und ein bisschen herumgelaufen waren, dann hatte ich Billy beim Haus seiner Eltern abgesetzt und ihn eine Weile dort allein gelassen, während ich mich mit Sonny Lippert getroffen hatte.

Wann genau hatte Stan Shank angefangen, uns in dem braunen Auto zu folgen? Wann genau hatte ich Billy an dem Abend zum Haus seiner Eltern gebracht, wann war ich wieder dort gewesen, und wann hatte Shank angerufen? Wie lange war Billy allein gewesen?

Ich überlegte, wo Shank gewesen sein mochte, als der Junge mit dem Skateboard getötet worden war, drüben in Midwood. Angeblich ein Bandenmord. Wann genau war das passiert? War es schon dunkel gewesen? War es dunkel gewesen, als ich zum Haus der Farones zurückgekommen war?

Ich konnte mich nicht erinnern, das Licht eingeschaltet zu haben, als ich das Haus betrat. Ich war mir auch nicht mehr sicher, ob Billy das Außenlicht angemacht hatte, als er schwimmen gegangen war. Vielleicht war er im Dunkeln geschwommen. Nein, jetzt wusste ich es wieder: Das Licht war angewesen. Ich hatte ihn von der Küche aus gesehen.

»Artie?«

»Hm?«

»Was ist los? Ich hab dich schon zweimal angesprochen«, sagte Billy.

»Tut mir leid«, sagte ich. »Ich war in Gedanken.«

»Woran denkst du denn?«

»Nichts Besonderes.«

Ein Windstoß fegte gegen das Schiff und mein Gesicht. Ich zog den Reißverschluss der Jacke hoch. Billy blickte von der Bank zu mir hoch und lächelte. Er war wirklich ein gut aussehender Junge.

Mit was für einem Messer hatte die Bande in Midwood den Jungen angegriffen? Jemand hatte ihm mit dem Skateboard den Schädel eingeschlagen, aber an seinem Körper waren auch Stichwunden gewesen.

Die Fähre begann mit dem Anlegemanöver; das Wasser über der Schraube schäumte auf wie geschlagenes Eiweiß.

»Sollten wir nicht zum Auto zurückgehen, Artie?«, fragte Billy. »Wir sind gleich da.«

Ich folgte Billy zum Unterdeck. Vor uns standen noch ein paar Autos. Während die Fähre sich langsam an den Anleger heranschob, lehnten wir uns an meinen Wagen und rauchten noch eine Zigarette. Das Schiff rummste gegen die Holzpfeiler des Piers. Ich warf den Zigarettenstummel in das schäumende Wasser.

Immer wieder grübelte ich über die Ereignisse der letzten vier Tage nach. Billy hatte mir versichert, er habe die Wohnung am Dienstagabend nicht verlassen, während ich mit Tolja in der Bar Champagner getrunken hatte.

Dienstagabend. Schwor, er habe keinen Fuß aus der Tür gesetzt, und Jorge, der Türsteher in Battery Park City, hatte ebenfalls gesagt, er glaube nicht, dass Billy weggegangen sei. Ganz sicher war er aber nicht; er hatte sich zwischendurch etwas zu essen geholt. Aber irgendwas war anders gewesen, als ich in die Wohnung zurückkam: die Art, wie die Zeitschriften auf dem Tisch neben der Tür lagen; der Geruch, der in der Luft lag. Am nächsten Morgen hatte Billy mir Orangensaft ans Bett gebracht, aber jetzt erinnerte ich mich, dass kein Saft im Kühlschrank gewesen war. Ich hatte vergessen, welchen zu besorgen.

War Billy doch draußen gewesen? Hatte er so getan, als wäre er in der Wohnung geblieben, während er in Wirklichkeit in Chinatown herumgelaufen war? Aber das mit dem Obdachlosen, den jemand zu Tode getreten hatte, das war doch später gewesen, oder?

Mir fielen noch weitere Lücken ein. Und dann der Nachdruck, mit dem Billy mich gebeten hatte, ihn auch mal allein zu lassen. Er wollte so sehr, dass ich ihm vertraute. Sogar Tolja hatte gesagt, lass dem Jungen ein bisschen Freiheit. Dann die Puppen. Und das erfrorene Baby mit dem schrumpeligen, winzigen Gesicht. Ich mochte nicht daran denken.

Wo zum Teufel war Luda? Ich traute mich nicht, Billy zu fragen, ob er es wusste. Ich hatte Angst, er würde lügen. Oder die Wahrheit sagen. Vor allem aber hatte ich Angst, dass Billy überhaupt nichts mit all dem zu tun hatte und es mir für den Rest seines Lebens übel nehmen würde, wenn ich ihn fragte.

Ich schloss den Wagen auf, Billy kletterte auf den Beifahrersitz, ich setzte mich ans Steuer. Ich wollte das Radio einschalten, doch Billy fing meine Hand ab und bat mich, es auszulassen, es sei so schön still draußen. Dann schob er mir das letzte Stück Donut in den Mund, sagte, er habe es extra für mich aufgehoben. Er knüllte die Tüte zu einem festen kleinen Ball zusammen und warf sie von einer Hand in die andere, blickte aus dem Fenster, summte, sah mich an, lächelnd, aber rastlos.

»Was ist los?«, fragte ich.

»Nichts«, sagte er. »Soll ich die Karte rausholen und dich leiten? Ich hab sie extra eingepackt.«

»Gute Idee.«

Billy holte die Karte aus seinem Rucksack und studierte sie, während ich durch den kleinen Ort St. George fuhr.

»Wie ist die Adresse?«, fragte er.

Ich nannte sie ihm. Konzentriert fuhr er mit dem Finger über die eingezeichneten Straßen und murmelte die Route leise vor sich hin.

»Hast du es gefunden?«

»Ich bin noch dabei«, sagte er. »Ich will mich erst vergewissern, dass wir den besten Weg nehmen. Sonst mäandern wir endlos durch die Gegend.«

»Mäandern«, sagte ich. »Das Wort gefällt mir.«

Ich fuhr weiter, vorbei an einer langen Reihe gepflegter Vorstadthäuser, deren Bewohner noch schliefen, mit Ausnahme eines älteren Mannes, der in seinem knallblauen Schlafanzug auf der Veranda Zeitung las.

Überall flatterten die Flaggen im Wind, an Einkaufszentren, Nagelstudios, italienischen Restaurants. Auf den Campingplätzen drängten sich die Wohnmobile. In einem Park mit einem ausgetretenen Baseballfeld schlug ein einzelner Junge lustlos ein paar Bälle.

Ich hatte mich wieder verfahren. Ich bekam einfach kein Gefühl dafür, wie Staten Island angeordnet war. Ich hielt an und spähte hinüber auf die Karte, die Billy vor sich ausgebreitet hatte. Er erklärte mir den Weg.

Wir fuhren weiter. Es war Samstag und herrliches Wetter, und einige Leute steuerten mit ihren Angeln auf den Holzsteg zu, der parallel zum Strand verlief.

Auf einer Art Campingplatz direkt an der Straße standen mehrere Pick-ups und Transporter mit Hunden darin, manche davon in Käfigen. Ein Schild verkündete, dass heute in Staten Island Hundetag war. Ein großer Wohnwagen warb mit einem mobilen Hundesalon. Kinder in gelben T-Shirts verteilten kleine Tüten mit Leckerlis an die Hundebesitzer. Leute saßen auf Liegestühlen, umgeben von ihren Vierbeinern, und unterhielten sich mit anderen Leuten, die ebenfalls ihre Hunde um sich geschart hatten.

»Was ist, Artie? Du guckst so komisch«, sagte Billy. »Keine Sorge, wir sind jetzt auf dem richtigen Weg.«

Im Rückspiegel bemerkte ich einen grünen Jaguar. Ich fuhr gleichmäßig weiter, ohne zu beschleunigen oder mich umzusehen. Dann schloss der Jaguar auf und überholte mich. Die Fahrerin, die allein im Wagen saß, war eine gepflegte, gut aussehende Frau mit vorzeitig ergrautem Haar und einer Sonnenbrille auf dem Kopf. Auf dem Beifahrersitz lag eine edle Golftasche aus weißem Leder mit Schlägern darin.

Am Mittwochmorgen war Billy eine Zeit lang allein gewesen, als ich ihn bei Tolja gelassen hatte, um bei Vera Gorbatschow vorbeizufahren. Billy hatte mir gesagt, er sei weggegangen, um sich ein Eis zu holen. Mint Chocolate Chip. Als ich nach Hause kam, wartete er mit genau so einem Eis unten vor der Tür. Und gestand mir mit schuldbewusster Miene, er hätte vorher noch ein Cherry Garcia von Ben & Jerry's gegessen. Dasselbe an dem Abend nach der Party im Spielzeugladen. Er hatte einfach genug gehabt und war zum Loft zurückgegangen. Billy war ein Stadtkind, er kannte sich aus. Wusste, wie man mit der U-Bahn fuhr oder sich ein Taxi besorgte.

»Ich hab's«, sagte Billy. »Ich habe einen superguten Weg gefunden.«

»Was?«

Er deutete auf die Karte. »An der nächsten rechts.«

»Billy, ich muss dir was sagen.«

»Was gibt's?«

»Luda ist verschwunden.«

Billy ließ die Karte sinken und drehte sich mir zu. »Was soll das heißen, verschwunden? Ich habe doch gestern noch mit ihr geredet.«

»Ich war bei Tolja, während du schliefst. Sie ist weg. Entweder ist sie selbst gegangen, oder jemand hat sie mitgenommen, jedenfalls ist sie verschwunden. Spurlos. Hast du eine Ahnung, was passiert sein könnte? Hat sie irgendwas zu dir gesagt?«

»Nein. Natürlich nicht. Sonst hätte ich's dir doch erzählt.« Billy sah mich an, überrascht und vielleicht auch ein wenig verletzt.

»Bist du sicher?«

»Klar bin ich sicher. Ich mochte sie wirklich gern. Sie war so was wie eine kleine Schwester für mich. Oh Mann, das ist ja furchtbar«, sagte er, und ich sah, dass ihm die Tränen in die Augen stiegen. »Wir sollten zurückfahren und helfen, sie zu suchen. Wo fährst du denn hin? Das ist doch ganz falsch.«

Wir fuhren nicht zurück. Ich sagte Billy, dass wir nichts tun konnten, was Luda betraf. Ich wusste, dass ich im Kreis fuhr, aber ich wollte nicht anhalten, wollte nicht bei dem Haus ankommen. Ich hatte das Gefühl, allmählich den Verstand zu verlieren.

Drüben an der nordöstlichen Küste von Staten Island konnte ich die Bayonne Bridge sehen, die nach New Jersey hinüberführte. Billy rückte näher an mich heran, vielleicht weil er Trost suchte, vielleicht als Zeichen der Zuneigung, ich wusste es nicht.

»Hast du Kaugummi, Artie?«, fragte er. »Ich brauche

irgendwas, Pfefferminzbonbons tun's auch. Ich geb mir wirklich Mühe, nicht zu rauchen, ich meine, wenn ich weitermache, bis ich so alt bin wie du, dann habe ich über dreißig Jahre lang geraucht – wenn ich dann nicht schon tot bin. Außerdem ist Passivrauchen schädlich für andere Leute. Also versuche ich aufzuhören.« Er schob die Hand in meine Jackentasche. »Als ich jünger war, fand ich Rauchen cool, aber es ist überhaupt nicht cool.«

Ich sagte ihm, er solle seine Finger aus meiner Tasche nehmen, und schob ihn weg, bemüht, es spielerisch wirken zu lassen, aber es war zu spät. Billy hatte sein vermisstes Handy bereits gefunden.

29

Eine ganze Zeit lang saß Billy nur da und starrte wortlos sein Handy an. Ich entschuldigte mich bei ihm, sagte, ich hätte es gefunden und nicht daran gedacht, es ihm wiederzugeben, doch meine Worte klangen hohl, und das wussten wir beide.

Wie aus dem Nichts tauchte das Bild von dem Baby in der Gefriertruhe wieder auf, halb begraben unter den Plastiktüten mit Blaubeeren. Ich wurde es einfach nicht los, ganz gleich, worauf ich meine Aufmerksamkeit richtete.

Billys Schweigen machte mich nervös. Er saß stocksteif aufgerichtet da, gegen den Zug des Sicherheitsgurts gestemmt. Er fragte nicht, ob er ans Steuer dürfe, obwohl kaum Verkehr war und ich ihn bei solchen Gelegenheiten sonst meistens fahren ließ. Er legte auch nicht die Füße aufs Armaturenbrett, wie er es bisweilen tat. Sein Blick war starr nach vorn gerichtet.

Als ich wieder anfing, mich zu entschuldigen, wandte er schließlich den Kopf ein Stück, sah mich an und gab mir zu verstehen, dass er nicht reden wollte. Da ich mir nicht sicher war, wo es langging, bat ich Billy um Hilfe. Wortlos reichte er mir die Karte.

Es wäre ein Leichtes für Billy gewesen, die Puppen aus dem Spielzeugladen mitzunehmen. Überall liefen Kinder herum. Ludas Geschrei. Eltern, die ihren Nachwuchs abholten. Er hätte sich einfach die Puppen nehmen können, aus dem Laden marschieren und mit dem Taxi oder der U-Bahn verschwinden.

Wahrscheinlich hatte er sie über Nacht in meinem Loft versteckt, womöglich sogar unter dem Bett, bevor er sie in den Kühlschrank im Lagerhaus gelegt hatte – wenn er es gewesen war. Man hatte zwar seine Fingerabdrücke nicht auf den Puppen gefunden, aber was hieß das schon? Dann fielen mir die Gummihandschuhe wieder ein. Billy hatte gesagt, Mike Rizzi hätte sie oben liegen lassen.

Billys ausdruckslose Miene, seine starre Haltung, seine Weigerung, mit mir zu reden, machten mich misstrauisch. Der Verdacht fuhr mir wie eine Faust in den Magen und ließ mich frösteln.

»Du zitterst ja«, sagte er.

»Mir geht's gut, danke. Was ist mit dir?«

Er setzte sich anders hin, sodass er mich ansehen konnte, während ich fuhr.

»Es gehört mir«, sagte er. »Das Handy gehört mir, und ich hätte es dir gegeben, wenn du mich gefragt hättest, ich hätte dir alles gegeben, aber du hast es dir einfach genommen, während ich schlief.«

»Du hast es gewusst?«

»Natürlich. Es war noch da, als ich ins Bett ging, und dann war es weg. Außer uns beiden war niemand im Loft.«

»Warum hast du nichts gesagt?«

»Ich glaube, hier sind wir falsch, Artie. Gib mir die Karte zurück, okay? Fahr da drüben mal nach links.«

»Warum hast du nichts gesagt, wenn du wusstest, dass ich das Handy hatte?«

»Wieso hast *du* nichts gesagt? Ich wollte, dass du was sagst. Ich wollte dir vertrauen.«

»Es tut mir leid.«

»Mir auch. Hast du dir die Fotos angesehen, die darauf sind?«

»Ja.«

»Links, noch mal links und dann an der nächsten Ecke rechts. Links, Artie!«

»Willst du mir erzählen, was es mit den Bildern auf sich hat?«

»Nicht so gern«, sagte Billy. »Ich freue mich auf unseren gemeinsamen Tag«, fügte er förmlich hinzu, wie ein Erwachsener, der eine Einladung annahm. »Haben wir an alles gedacht? Brauchen wir noch Köder? Oder irgendwas anderes?« Er zog sein Schweizer Messer aus der Hosentasche und kontrollierte die Klingen, eine nach der anderen.

»Was machst du da?«

»Ich wollte nur nachsehen, ob alles in Ordnung ist. Was hast du denn gedacht?«

Auf den Vorstadtstraßen, durch die wir kamen, kurvten mittlerweile ein paar Kinder auf Skateboards und Fahrrädern herum. In den Einfahrten stiegen Familien in ihre Geländewagen und Vans und fuhren los, wahrscheinlich zum Strand oder zum Einkaufen.

Ich schaltete das Radio ein, und Billy begann, nach einem bestimmten Countrysender zu suchen. Ich wollte die Nachrichten hören, doch er drückte sie einfach weg.

Wollte er nicht, dass ich sie hörte? Ich musste wissen, was los war, ob es etwas Neues über Luda gab, und als ich eine Tankstelle erblickte, fuhr ich darauf. Ich wollte nicht, dass Billy den Anruf mitbekam.

Ich stieg aus, und Billy folgte mir.

»Worüber hast du mit Luda noch mal gesprochen, als ihr miteinander telefoniert habt?«, fragte ich ihn.

»Hab ich dir doch gesagt. Du wirst alt, Artie, alt und vergesslich.« Er lachte gutmütig. Sein Zorn war offenbar verraucht. Dann knuffte er mich in die Schulter und sagte voller Zuneigung: »Du bist der Beste.«

»Hilf mir auf die Sprünge.«

»So genau weiß ich es gar nicht mehr. Luda hat irgendwas auf Russisch geplappert, und ich habe ihr ein paar Witze und Geschichten erzählt, glaube ich. Sie hat immer wieder gesagt, ich muss mit Onkel Artie sprechen, aber du warst ja nicht da, und dann hat sie angefangen zu weinen. Also habe ich versucht, sie zu trösten.«

»Kannst du mir einen Kaffee holen?«, sagte ich zu Billy. »Und irgendwas Süßes?«

»Na klar.«

Billy schlenderte zu dem Laden der Tankstelle.

Ich rief Sonny Lippert an. Besetzt. Dann Tolja. Auch besetzt. Hektisch drückte ich die Tasten meines Handys. Vergeblich. Niemand war zu erreichen.

Billy kam mit zwei Bechern Kaffee zurück, und als wir wieder im Auto saßen, sagte ich: »Das mit Luda ist wirklich furchtbar. Val wollte mich als Patenonkel für die Kleine haben.«

Es war ein Test. Sonny Lippert hatte mich gefragt, ob es jemanden gab, auf den Billy eifersüchtig war, jemanden, den ich gern hatte. Vielleicht würde Billy sich mir anvertrauen, falls er tatsächlich Angst hatte, dass Luda mich ihm wegnehmen könnte.

»Ich weiß«, sagte Billy. »Das hat sie mir erzählt. Sie hat gesagt, ich mag Artemi richtig gern, ich möchte, dass er mein Patenonkel wird, und ich hab gesagt, das wär toll, denn dann wären wir ja sozusagen verwandt.« Er trank einen Schluck von seinem Kaffee und holte Kaugummi und Bonbons aus der Tasche. »Ich wollte schon immer eine kleine Schwester haben«, sagte er. »Also, ich habe Juicy Fruit, Weingummi und Twizzlers. Willst du was davon? Die weißen Weingummis kannst du alle haben, die mag ich sowieso nicht, aber natürlich auch die anderen.«

Während er sich mit der einen Hand die Augen rieb, bot er mir mit der anderen großzügig die Süßigkeiten an. Ich nahm mir ein Kaugummi.

Nicht weit von der Bayonne Bridge ragten Ölterminals in die Höhe. Drüben in New Jersey legten jetzt die großen Containerschiffe an, und Bayonne und die Gegend drum herum – wenig einladende Arbeiterviertel – waren expandiert.

Der Wasserlauf des Kill Van Kull trennte New Jersey und Staten Island, und auf dieser Seite gab es nur einige heruntergekommene Häuser, ein paar feudale Neubauten, Wälder und Bäche. Von der City war nichts mehr zu sehen, und es kam mir vor, als wäre ich tausend Meilen von zu Hause entfernt. Kill Van Kull. Muss ein holländischer Name sein, kam mir in den Sinn. Ich war müde, übernächtigt.

»Hier in der Nähe ist eine Insel«, sagte Billy, »mit einem Vogelschutzgebiet. Da könnten wir doch mal hin, was meinst du? Wär doch toll.«

»Ich glaube nicht, dass da noch Boote rüberfahren. Soweit ich weiß, wurden diese Inseln früher als Quarantänestationen benutzt, für Pocken und andere ansteckende Krankheiten.«

»Na und, dann fahren wir eben selbst rüber.«

»Um noch mal auf Luda zurückzukommen, was hältst du davon? Ich meine, würde es dir was ausmachen, wenn ich auch ihr Patenonkel wäre?«

»Ich dachte, das Thema wäre abgehakt. Nein, natürlich nicht«, sagte Billy beiläufig. »Warum sollte es mir was ausmachen? Ist doch kein Problem.«

Verstohlen musterte ich ihn, doch er saß völlig entspannt da, den Kopf zurückgelehnt, die Füße auf dem Armaturenbrett, ein Junge, der seinen Ausflug genießt. Er fischte die Weingummis aus der Tüte, die grünen zuerst, legte sie sich einzeln auf die Zunge und schluckte sie hinunter.

»Kaust du Dinger nicht?«

»Klar kaue ich.« Er lachte.

Warum konnte ich ihn nicht einfach geradeheraus fragen, wegen Luda und der anderen Dinge? Doch wenn ich ihn fragte, dachte ich erneut, wäre es dasselbe, als würde ich ihn beschuldigen. Ich würde ihn verlieren. Es war schon schlimm genug, dass ich ihm nichts von dem Rückflug nach Florida heute Abend gesagt hatte.

Billy musste doch bei mir im Loft gewesen sein, als Luda aus Toljas Wohnung verschwand. War ich da bereits zu Hause? Wieder rechnete ich die Zeiten nach. Nein, er konnte sie unmöglich entführt haben, außerdem saß er ja hier neben mir. Ich atmete aus. Ich suchte nach meinen Zigaretten.

»Hier.« Billy gab mir sein Päckchen. Dann kurbelte er die Scheibe herunter und lehnte sich hinaus. »Puh, was für ein Gestank!«, sagte er. »Was ist das? Mann, das zieht einem ja die Schuhe aus.«

Ich öffnete mein Fenster ebenfalls und schnupperte.

»Das ist Methan«, sagte ich.

»Wo sind wir?«

»In Fresh Kills. Hier war früher mal die städtische Mülldeponie«, sagte ich. »Sie haben sie mit einer Art Plastikfolie abgedeckt, mit Kies und Erde und irgendwelchem anderen Kram zugeschüttet und dann Grünzeug obendrauf gepflanzt.«

»Mit der Natur hast du's nicht so, stimmt's?« Billy kicherte.

»Kann sein. Jedenfalls mussten sie überall Belüftungsrohre einsetzen, damit die Gase von dem Müll darunter entweichen können, sonst würde das Ganze irgendwann explodieren.«

»Ist ja Wahnsinn«, sagte Billy. »Was für eine Vorstellung – da verwesen Unmengen von Müll unter dem Rasen, und eines Tages fliegt der Golfplatz in die Luft. Verrückt. Können wir uns das mal ansehen? Vielleicht kann ich darüber einen Aufsatz schreiben. Verwesen ist doch das richtige Wort, oder?«

»Da gibt es nichts zu sehen, es sei denn, du willst zu der alten Verbrennungsanlage. Aber wozu?«

»Oh, bitte lass uns hinfahren«, sagte Billy. »Ich finde das spannend.«

Als wir die Straße gefunden hatten, die zur Müllverbrennungsanlage führte, parkte ich den Wagen, und wir stiegen aus.

Nach ungefähr hundert Metern hörte der Asphalt auf, und wir standen vor einem Zaun mit verschlossenem Tor und einem »Zutritt verboten«-Schild. In der Ferne ragten ein paar Schornsteine in die Luft. Der penetrante Methangestank schlug mir auf den Magen.

»Komm, lass uns verschwinden.«

Billy stand direkt am Zaun, aufmerksam, voller Neugier.

»Jetzt komm schon.«

Keine Reaktion.

»Du wolltest doch angeln, also lass uns endlich fahren.« Allmählich wurde ich sauer.

Billy trödelte weiter herum. Er spähte durch den Zaun, ging in die Hocke, um sich ein paar Kiesel anzusehen, kickte eine leere Coladose vor sich her.

Ich holte mein Handy heraus. Der Empfang hier draußen war katastrophal, aber zumindest erreichte ich endlich Tolja. Noch immer keine Spur von Luda, und er war stinkwütend, dass ich Sonny Lippert informiert hatte. Jetzt waren so viele Cops im Einsatz, fauchte er, dass Luda so gut wie tot war; wenn man bei einer Entführung die Polizei einschaltete, konnte man davon ausgehen, dass das Opfer tot aufgefunden wurde.

Ich hörte zu, während Tolja mich auf Russisch anbrüllte. Ich sagte ihm, Luda würde bestimmt wieder auftauchen, obwohl ich selbst nicht daran glaubte. Er war wütend und verletzt, weil ich mein Versprechen nicht gehalten hatte. Als ich das Handy wegsteckte, sah ich, dass Billy mich beobachtete; aber er sagte nichts.

Die Hände in die Hosentaschen gesteckt, schlurfte er auf mich zu, trat gegen Steinchen, ließ sich alle Zeit der Welt, wie ein typischer Teenager. Was mich jedoch vor allem irritierte, war das Gefühl, dass Billy das Ganze nur spielte. Es war, als hätte er eine Rolle einstudiert, um mir zu beweisen, dass er ein ganz normaler Junge war. Ich hatte einen säuerlichen Geschmack im Mund.

Hier draußen in Fresh Kills fühlte ich mich von allem abgeschnitten. Außer Billy und mir war niemand zu sehen, wir spazierten auf einer ehemaligen Mülldeponie herum, aus der Methan entwich, und der Gestank fraß sich in jede Pore, schnürte mir die Kehle zu.

Während ich, den Blick auf Billy geheftet, dastand und wartete, kamen die Gedanken zurück. Dinge, die ich weggeschoben und ganz tief nach unten gedrückt hatte, kamen an die Oberfläche.

Den ganzen Morgen über hatte ich versucht, die Einzelteile zusammenzufügen. Hatte versucht zu rekonstruieren, wann Billy wo gewesen war. Ich ließ das Gift eindringen.

Ich setzte mich ins Auto und schaltete den Nachrichtensender ein; erst kamen Berichte über das tote Baby in der Gefriertruhe, dann über die kleine Ruthie Kelly, die in Jersey getötet worden war und in Brooklyn gelebt hatte.

Zehn Minuten später kickte Billy immer noch Steine durch die Gegend. Er war Genjas Sohn. Mein Vater war sein Großvater. Wenn ich mich nicht um ihn kümmerte, wer würde es dann tun? Ich versuchte, mich darauf zu konzentrieren. Ich stieg wieder aus dem Wagen, um Luft zu schnappen, doch es half nichts.

Bei der Party im Spielzeugladen am Mittwochabend hatte Billy Luda völlig aus der Fassung gebracht. Irgendwie hatte er gewusst, dass der Anblick der Puppen, die genauso aussahen wie sie, die Kleine verstören würde. Vielleicht steckte gar nichts dahinter. Vielleicht hatte er es für einen Jux gehalten. Er hatte Russisch mit ihr gesprochen, ein netter amerikanischer Junge, der Russisch mit ihr sprach, ein gut aussehender Junge, der beinahe zur Familie gehörte. Billy war der Enkel meines Vaters.

Irgendwie tauchte es immer wieder auf, das Russische. Wie oft hatte Tolja mich gewarnt, dass es niemals aufhören würde. Es war ein Teil von mir, von meiner Geschichte, aber bis jetzt hatte ich mich geweigert, ihm zu glauben.

Ich hatte aus mir einen Amerikaner gemacht, einen New Yorker, ich sprach ohne jeden Akzent. Ich hatte die ganze beschissene Vergangenheit begraben, so gut es ging. Aber wenn ich Billy ansah – er stocherte in einem Grasbuckel neben einem der Entlüftungsrohre herum –, konnte ich ihr nicht mehr entkommen. Wenn ich Billy ansah, sah ich meinen Vater.

Als ich nicht mehr ganz so klein war, fand ich einiges von dem heraus, was mein Vater beim KGB gemacht hatte. Er sprach nie mit mir darüber. Ich erfuhr es von anderen. Zu Hause hörte ich, wie meine Mutter im Raum nebenan meinen Vater anschrie. Als Heranwachsender gab ich mir größte Mühe, ihn nicht zu mögen, ihn nicht zu lieben. Es funktionierte nicht.

Er war mein Vater, und er blieb groß und gut aussehend und liebenswürdig und humorvoll, blieb der Mann, der mir Schokoladenbonbons in Goldpapier mitbrachte und später Jazzplatten, die man in Moskau nicht bekam, es sei denn, man hatte Beziehungen. Meine erste Miles-Davis-Scheibe. Meine ersten Alben von Stan Getz und Ella und Charlie Parker.

Aber mein Vater war immer einer von den Überzeugten gewesen. Damals glaubte er noch an den Sozialismus, an das System, an das große Projekt. Er erzählte mir von Juri Gagarin und Tupolew und dem Raumfahrtprogramm der UdSSR. Von seiner Jugend, als er, noch keine zwanzig, im Großen Krieg gegen die Deutschen gekämpft hatte.

Manchmal fragte er mich nach der Schule, nach meinen Freunden, nach meiner Lektüre; er wusste, dass ich heimlich Bücher las, die mehr oder weniger verboten waren. Meine Mutter besorgte mir auf dem Schwarzmarkt Taschenbücher auf Englisch – Western, Krimis und dergleichen. Mein Vater brüllte mich nie an, und er drohte mir auch nicht.

Ich hatte einen Schulfreund namens Michail, wir nannten ihn Mischa Drei, weil es drei Michails gab, die von ihren Freunden alle Mischa genannt wurden. Er stammte aus einer Arbeiterfamilie; der Vater war Fabrikarbeiter, ein echter Stachanowist, der Auszeichnungen für seine Produktivität bekam.

Als Mischa Drei vierzehn wurde, erklärte er seinem Vater, er hasse die UdSSR, und er werde abhauen, der Gedanke daran sei das Einzige, was ihn aufrecht halte. Darauf sagte sein Vater, wenn er das versuche, werde er ihn dem KGB melden. Ein Jahr später, auf einer Klassenfahrt nach Polen, sprang Mischa in einem heruntergekommenen Haus in Warschau aus dem Fenster. Der Vater musste hinfahren, um den Leichnam abzuholen. So war mein Vater nicht. Er drohte mir nie.

Einmal schwänzte ich die Schule, und er bekam Wind davon. Es war Frühling, und ich hatte mich mit ein paar Freunden zum Fluss verdrückt. Als ich nach Hause kam, erwartete mein Vater mich bereits. Ich muss damals ungefähr zwölf gewesen sein. Wir setzten uns an den Küchentisch, und ich starrte das Paris-Plakat an, das meine Mutter an die Wand geheftet hatte, während mein Vater uns Tee einschenkte und einen Löffel von der Kirschmarmelade in die Gläser tat. Meine Mutter war nicht da; vielleicht war sie bei der Arbeit, vielleicht auch beim Einkaufen, in der ewigen Hoffnung, ein Paar französische Schuhe zu finden.

Noch heute, nach all den Jahren, erinnere ich mich genau, wie wir dort saßen, mein Vater und ich. Der Tee wurde kalt. Ich trank ihn trotzdem und fischte die matschige Kirschmarmelade mit dem Finger aus dem Glas. Die ganze Zeit über tappte ich nervös mit dem Fuß auf das Linoleum. Mein Vater ermahnte mich, still zu sitzen. Ich konnte ihm nicht in die Augen sehen, und er sagte, mein ausweichender Blick gebe mir etwas Verschlagenes.

Er klang nicht wütend. Er sprach höflich und leise, nur ein klein wenig reserviert, aber in seinem Blick und seiner Stimme lag etwas Kaltes. In dem Moment wurde mir klar, dass dies vermutlich genau die Art war, die er bei Verhören an den Tag legte. Mir brach der Schweiß aus. Wenn man von einem hochrangigen KGB-Offizier verhört wurde, musste man etwas Schlimmes getan haben, und danach passierte einem auch etwas Schlimmes. Meine Schulfreunde flüsterten nur, wenn sie davon erzählten, und auch Erwachsene erwähnten den KGB allenfalls mit gedämpfter Stimme.

Mein Vater ließ nicht locker, immer wieder stellte er mir Fragen und musterte mich mit diesen kalten blauen Augen, bis meine Mutter nach Hause kam und ihm Einhalt gebot.

Später, als ich in New York war und als Cop arbeitete, stellte ich fest, dass ich im Umgang mit Verdächtigen genauso geschickt war. Ich hatte nicht nur seine Augen geerbt, sondern auch seine Fähigkeit, Leute zum Reden zu bringen. Ich hasste mich dafür und versuchte es abzustellen. In Billy sah ich ihn vor mir. Meinen Vater – und mich selbst.

Mir war heiß, ich zog die Jacke aus und warf sie auf den Rücksitz. Billy, der immer noch auf der ehemaligen Mülldeponie herumtrödelte, winkte mir zu. Er warf Kieselsteine und spielte mit seinem Schweizer Messer herum, und ich rief ihm zu, er solle sich beeilen.

Nach einer Weile kam er gemächlich herübergeschlendert und stieg ins Auto. Ich setzte mich ans Steuer. Billy zog sein T-Shirt zurecht. Dann fuhr er sich durch die Haare, legte den Sicherheitsgurt an und verriegelte die Beifahrertür. Es dauerte ewig.

Ich startete den Wagen und fuhr los. Billy begann, durch die Radiosender zu zappen, ohne sich für einen zu entscheiden, und da platzte mir der Kragen.

Ich trat auf die Bremse, löste meinen Gurt, drehte mich zu ihm und sagte mit derselben leisen, schneidenden Stimme, die ich gegenüber Verdächtigen benutzte: »Hör auf mit den Spielchen. Ich weiß, dass du gestern mit Luda telefoniert hast, und ich weiß, dass du sie in dem Spielzeugladen zum Weinen gebracht hast, also sag mir, worüber ihr geredet habt. Wo ist sie?« Ich beugte mich so weit zu ihm vor, dass unsere Nasen sich fast berührten. Er wich zurück und begann so heftig zu zittern, als würde ihn jemand schütteln.

»Du wusstest, dass Luda verschwunden ist, stimmt's? Du hast am Telefon irgendetwas zu ihr gesagt, das sie dazu gebracht hat, die Wohnung zu verlassen. Sie ist noch ein Kind, und sie kann kein Englisch. Also sag mir gefälligst, wo sie ist, verdammt noch mal.«

»Ich weiß es nicht.« Billy kämpfte mit den Tränen. »Ich schwöre bei Gott, ich weiß es nicht. Sie hat nichts davon gesagt, dass sie wegwollte, aber so gut ist mein Russisch auch wieder nicht, vielleicht habe ich irgendwas nicht verstanden. Vielleicht hat sie mich auch nicht verstanden. Bitte, Artie, schimpf nicht mit mir. Ich habe nichts getan.

Ich weiß, die Leute denken, ich wäre böse, und ich weiß, dass ich mal was Schlimmes gemacht habe, aber ich schwöre dir, ich habe Luda nichts getan, und ich weiß nicht, wo sie ist. Ich bin nicht mehr so wie damals, das musst du mir glauben.«

30

Wie sich herausstellte, war Hank Provones Haus ein Mobile Home, einer von diesen Bungalows auf Rädern, wie man sie in New York nur selten zu Gesicht bekam. Im Westen, zum Beispiel in Montana, wo ich mal gewesen war, gab es jede Menge davon, aber nicht hier in der City.

Das Ding sah ganz solide aus, es stand auf einem Betonsockel und war frisch gestrichen, weiß mit gelben Fensterrändern. Die Zufahrt war mit frischem Kies aufgeschüttet, und an der Rückseite gab es einen Garten mit einem Tisch und Stühlen.

Vor dem Haus blühte ein Beet mit weißen und gelben Blumen, und es gab sogar einen Brunnen mit einer steinernen Meerjungfrau, aus deren Mund ein dünner Wasserstrahl plätscherte. Mittlerweile war ich so angespannt, dass ich mir vorkam wie ein Hochseilakrobat, der sich bemüht, nicht das Gleichgewicht zu verlieren, während er krampfhaft überlegt, wohin er den nächsten Schritt setzen soll.

Ich hatte kaum den Wagen in die Einfahrt gelenkt, da sprang Billy schon raus und sah sich um.

Im Vorgarten des gegenüberliegenden Hauses stand ein »Zu verkaufen«-Schild, und bei dem Nachbarhaus, vor dessen Tür eine umgekippte Mülltonne lag, waren die Fensterläden geschlossen. Hier schien nicht viel los zu sein.

»Der Garten liegt direkt am Wasser«, rief Billy. »Komm her, Artie, das musst du dir ansehen. Wir können gleich hier angeln, da ist sogar ein richtiger kleiner Anleger!«

Ich nahm unsere Taschen und eine Tüte mit Lebensmitteln, die ich aus dem Loft mitgebracht hatte, aus dem Auto und brachte sie ins Haus. Auf dem Boden hinter der Tür lagen ein paar Rechnungen. Ich öffnete die Fenster, und die Luft, die hereinkam, roch ein wenig salzig. Ich räumte die Vorräte in den Kühlschrank – Brot, Käse, Schinken, etwas Obst, Eier, Milch, Limo und Bier – und wartete darauf, dass Billy hereinkam.

Auf meine Frage, was er zu Luda gesagt hatte, hatte er mich angesehen, als hätte ich ihn geschlagen. Als er mich anflehte, ihm zu glauben, war mir nach Weinen zumute. Ich glaubte ihm. Ich musste ihm glauben. Doch nachdem ich einmal angefangen hatte, über Billy und Luda nachzudenken, konnte ich nicht mehr damit aufhören.

Und nun stand ich in der Küche und beobachtete Billy durch das Fenster. Schließlich ging ich hinaus und setzte mich auf die Stufen.

Ohne ein Wort kam Billy vom Wasser zurück und marschierte an mir vorbei ins Haus. Ich folgte ihm. Er begann, in der Angelausrüstung herumzukramen. Im hereinfallenden Licht lag Billys Gesicht halb im Schatten. Er richtete sich auf und lehnte sich an den Tisch, auf dem eine blaue Schale mit Deko-Obst stand. Er griff nach einem grünen Apfel.

»Sag's mir«, drängte ich ihn erneut.

»Ich glaube, Luda hat gar nicht so richtig verstanden, was ich gesagt habe«, erwiderte Billy. »So gut ist mein Russisch halt nicht.«

»Blödsinn.«

Als hätte er mich nicht gehört, sagte er: »Ich bin echt froh, dass wir hier allein sind, Artie. Ich wollte so gerne, dass wir ein bisschen Zeit zusammen verbringen, nur wir beide.«

»Wir sind doch die ganze Woche zusammen gewesen.«

»Ich meine, nur du und ich. Die Woche über waren dauernd andere Leute dabei. Ich wollte dich ganz für mich.«

Hatte er mich manipuliert? Hatte er es die ganze Zeit darauf angelegt, mit mir allein hier rauszufahren? Ach, Unsinn. Billy wollte bloß meine Aufmerksamkeit.

»Ich hab Durst«, sagte er.

»Im Kühlschrank ist Limo.«

Er holte sich eine Dose Sprite, riss sie auf und trank sie in einem Zug halb leer. Dann rülpste er laut und kicherte.

»Tschuldigung, aber das tat echt gut. Willst du auch?«

»Ich will wissen, was mit Luda ist.«

»Sie hat mir leid getan«, sagte Billy. »Ich habe an dem Morgen bei deinem Freund mit ihr geredet – Tolja, nicht wahr? Er hat gesagt, ich kann ihn Tolja nennen – und dann später in dem Spielzeugladen, und sie tat mir wirklich leid, Artie. Sie konnte kein Englisch, und die anderen Mädchen, die zu der Party kamen, waren grässliche kleine New Yorker Gören. Gerade mal zehn, aber aufgetakelt wie Erwachsene, total affektiert und nichts anderes im Kopf als Mode und so ’nen Mist. Luda wusste überhaupt nicht, was sie da sollte. Sie wirkte so einsam, also habe ich ihr ein bisschen Gesellschaft geleistet und vorgeschlagen, ihr ein paar Puppen machen zu lassen, mit denen sie spielen konnte. Sie hat mich gefragt, wie es ist, in Amerika zu leben, und ich habe ihr gesagt, dass es ganz schön schwierig sein kann, wenn man die Sprache nicht beherrscht und Ausländer ist. Dann habe ich sie gefragt, ob sie die Leute in Russland vermisst, und da hat sie angefangen zu weinen.«

»Sie wollte die Puppen nicht.«

»Anfangs nicht, aber später. Du warst nicht da. Ich glaube, du warst mit Lily draußen, eine rauchen oder so.«

»Und weiter?«

»Ich habe versucht, Luda zu trösten. Ich habe ihr gesagt, dass es völlig okay ist, wenn sie nach Russland zurückwill.

Darüber haben wir auch gestern am Telefon gesprochen, sie wollte wissen, ob sie hier in Sicherheit ist, weil sie so viel über Terroristen gehört hat, und sie meinte, vielleicht wäre es hier ja gar nicht anders als in Russland. Ich habe ihr gesagt, ich würde ihr helfen, weil sie doch mehr oder weniger illegal hier ist. Ich habe gehört, wie Valentina oder jemand anders gesagt hat, mit Ludas Papieren wäre irgendwas nicht in Ordnung. Ich habe ihr versprochen, dass ich ihr helfen würde. Das wollte ich auch, ehrlich.«

Ich war sicher, dass Billy Luda einen üblen Schrecken eingejagt hatte. Vielleicht war sie aus Toljas Wohnung verschwunden, um sich irgendwie nach Russland durchzuschlagen – ich hatte schon öfter von Kindern gehört, die von zu Hause weggelaufen waren und zu Fuß riesige Entfernungen zurücklegen wollten, um an irgendeinen Ort zu gelangen, an dem sie sich in Sicherheit wähnten –, oder vielleicht wollte sie sich auch mit Billy treffen. Schließlich hatte er gesagt, er würde ihr helfen.

»Hast du dich mit ihr verabredet? Ist sie deshalb verschwunden? Es ist ja völlig in Ordnung, dass du ihr deine Hilfe angeboten hast, deswegen macht dir niemand Vorwürfe, aber wolltest du dich auch tatsächlich mit ihr treffen?«

Billy schüttelte den Kopf. »Nein, davon war nicht die Rede, Ehrenwort. Ich habe ihr nur gesagt, was ich denke und dass sie mich jederzeit anrufen kann, wenn was ist, und dann hat sie gefragt: Was ist mit Artemi? Wo ist er? Kann er mir helfen? Ich habe ihr gesagt, dass du bald wieder da wärst und dass wir beide uns um sie kümmern würden. Und jetzt mag ich nicht mehr darüber reden«, sagte Billy. »Komm, lass uns nach draußen gehen, ans Wasser. Wir können uns auf den Anleger setzen. Ich trage deine Sachen, wenn du willst.«

»Geh schon mal vor, ich komme gleich.«

»Warum?«

»Tu's einfach.«

Billy ging hinaus und den Pfad hinunter, wobei er sich mehrmals nach mir umsah. Sobald er außer Sichtweite war, wollte ich Tolja anrufen.

Mein Handy war weder in meiner Jeans noch in meiner Jacke, weder in der Reisetasche noch irgendwo im Haus. Auch im Auto Fehlanzeige. In mir stieg Panik auf. Ich lief ins Haus zurück und griff nach dem Telefon in der Küche. Kein Freizeichen. Vielleicht hatte Hank es abgemeldet, nachdem die letzten Mieter ausgezogen waren.

Ich lief durch den Garten zum Wasser, wo Billy gerade mit einer eleganten Bewegung aus dem Handgelenk die Angel auswarf. Er holte die Schnur wieder ein, griff nach der Fliege am Ende und musterte sie eingehend. Sie hatte bronzefarbene und rote Federn.

»Hast du dein Handy dabei?«, fragte ich ihn.

Er drehte sich um und sah mich an. »Es ist mir ins Wasser gefallen. Aus Versehen.«

»Und wo ist meins?«

Er zuckte die Achseln.

»Ich kann mein Handy nicht finden«, sagte ich. »Wo ist es?«

Sein Blick wanderte zum Wasser.

»Hast du meins etwa auch da reingeworfen? Du hast mein Handy ins Wasser geworfen?«

»Ich wollte einfach nur, dass wir beide zusammen sind, ohne dass du dauernd mit irgendwem telefonierst«, sagte Billy. »Du kennst so viele Leute, Artie, und wir haben nie wirklich Zeit für uns allein, so wie du früher mit deinem Dad, wenn ihr zum Angeln wart, nur ihr beide, ohne dass irgendwer gestört hat. Du hast mir von dem Fluss außerhalb von Moskau erzählt, wo ihr immer hingefahren seid, von dem dicken Schwarzbrot mit Käse und der russischen Eiskrem, die ein bisschen säuerlich schmeckte, wie Vanillejoghurt, und wie ihr im Sommer am Ufer gesessen habt und manchmal schwimmen gegangen seid, ohne andere Leute und ohne Handy, und genau das wollte ich auch. Verstehst du?« Billy lächelte mich an, dann wandte er sich wieder der Fliege zu.

31

Ich hatte kein Telefon. Eine Waffe hatte ich auch nicht, die hatte ich zu Hause gelassen, weil ich keine Pistole in Billys Reichweite haben wollte.

Billy saß im Schneidersitz auf dem maroden Anleger, das blaue Wasser hinter ihm, die Sonne auf dem Gesicht, und entwirrte eine Angelschnur.

Wieder beobachtete ich ihn durch das Küchenfenster. Ich nahm mir ein Bier aus dem Kühlschrank; so richtig kalt war es noch nicht, aber ich trank es trotzdem. Ich überlegte eine Weile, ob jemand die Telefonleitung gekappt hatte, ob einfach irgendwas kaputt war oder – meine erste Vermutung – ob Hank den Anschluss abgemeldet hatte, solange das Haus unbewohnt war. Vielleicht fing ich auch einfach an zu spinnen.

Es wurde zusehends heißer. Im Schlafzimmer war eine Klimaanlage; ich schaltete sie ein und ließ die Tür zum Wohnzimmer offen. Dann griff ich nach den Rechnungen, die ich auf den Küchentisch gelegt hatte, und blätterte sie durch.

Eigentlich hätte ich mir Billy schnappen, ihn ins Auto verfrachten und in die City zurückfahren sollen. Stattdessen suchte ich nach einer Telefonrechnung. Ich fühlte mich, als würde ich mich auflösen, und mir lief der Schweiß in Bächen über den Rücken.

Vielleicht war ich verrückt. Ich kannte dieses Gefühl von früher, wenn an allen Fronten etwas schiefging, wenn ich an Fällen arbeitete, die mich zum Saufen brachten, und ich nicht mehr wusste, ob ich noch ganz richtig im Kopf war.

In diesem Zustand konnte viel falsch laufen: Einbildungen, Müdigkeit, Alkohol, übersehene Zusammenhänge, ein allzu oberflächlicher Umgang mit Beweisen. Schließlich war ich kein Supercop, sondern nur ein ganz normaler Idiot, und manchmal setzte ich eben auch mal was in den Sand. Wenn ich diesmal falsch lag und Billy etwas anhängte, das er nicht getan hatte, würde ich sein ganzes Leben ruinieren. Den Makel würde er nie wieder loswerden.

Er sagte, er wolle einfach nur mit mir zusammen sein. Während der vier Tage, die er mit mir in der City verbracht hatte, waren ständig andere Leute dabei gewesen. Das hatte sich eben so ergeben. Mir war schwindelig. Billy wollte nur Zeit mit mir. Jetzt, wo wir allein waren, war er glücklich.

Auf der Fensterbank, neben ein paar Töpfen mit irgendwelchen Kräutern, stand ein Radio. Als ich es einschaltete, sah ich, dass die Erde in den Töpfen feucht war. Seltsam. War Hank Provone hier gewesen, um die Pflanzen zu gießen und nach dem Rechten zu sehen? Oder war es Billy gewesen? Hör auf, ermahnte ich mich. HÖR AUF!

Ich trank den letzten Rest Bier, warf die Flasche in den Mülleimer unter der Spüle und riss die Telefonrechnung auf.

Mein T-Shirt war nass geschwitzt, und die Klimaanlage brachte nicht viel. Ich ging nach draußen und setzte mich auf einen der dunkelgrünen Metallstühle hinter dem Haus. Hier knallte mir zwar die Sonne auf den Kopf, aber dafür wehte ein leichter Wind vom Wasser herüber.

Auf der Telefonrechnung – sie war erst drei Tage alt, musste also gerade angekommen sein – war keine Abmeldegebühr verzeichnet. Vielleicht hatte Hank erst nach Absendung der Rechnung bei der Telefongesellschaft angerufen. Vielleicht auch nicht.

Es hatte nichts zu bedeuten.

Aus dem Haus klang Radiomusik herüber, irgendein Song von Sting, drüben auf dem Anleger sah ich Billy sitzen, und plötzlich kam mir alles unwirklich vor, ich fühlte mich wie gelähmt. Ich hatte nicht die leiseste Ahnung, was ich tun sollte. Ich saß auf einem rostigen Gartenstuhl, die Turnschuhe vor mir im viel zu langen Gras, und starrte auf das gelbliche Schilf entlang dem Ufer. Billy war ganz in seine Ausrüstung vertieft, und abgesehen vom Radio war es vollkommen still. Ich hörte meinen Pulsschlag, das Ein und Aus meines Atems.

Ich starrte auf den Sekundenzeiger meiner Uhr und beschloss zu warten, bis er zweimal die Zwölf passiert hatte, bevor ich irgendetwas tat. In dem Moment hätte ich mich zusammenreißen und aufstehen sollen, aber ich konnte mich nicht rühren.

»Wo willst du hin?«

Von meinem Stuhl aus sah ich, wie Billy plötzlich aufstand, die Angel noch in der Hand, als hätte er etwas vergessen. Groß, das blonde Haar so tief in der Stirn, dass seine Augen kaum zu sehen waren, steuerte Billy auf meinen roten Cadillac zu, der in der prallen Sonne stand. Ich wusste sofort, was er vorhatte. Er wollte sich den Autoschlüssel holen. Wenn er den auch noch ins Wasser warf, würden wir hier festsitzen, nur wir beide, ganz allein. Er war verrückt. Es war unsinnig, den Schlüssel wegzuwerfen. Wir waren schließlich nur in Staten Island, in New York City, und ich konnte jederzeit weggehen und Hilfe holen. Aber er wusste, dass ich das nicht tun würde.

Bevor ich den Wagen erreichte, hörte ich die Hupe. Billy saß auf dem Fahrersitz und drückte auf die Hupe, immer wieder, als spiele er einen Rhythmus. Er hatte den Schlüssel nicht abgezogen. Er wollte ihn gar nicht wegwerfen. Ich hatte mir alles nur eingebildet.

»Wie wär's mit einer kleinen Tour, Artie?«, rief Billy mir zu. »Hast du Lust auf eine Pizza oder ein Sandwich oder einen Burger? Ich hab nämlich Hunger, und wir könnten unterwegs gucken, ob wir einen besseren Angelplatz finden. Ich glaube nicht, dass hier viel zu holen ist. Ich hab mir das Wasser genau angeschaut, und es sah nicht gerade vielversprechend aus.«

Ich hatte mich geirrt, was Billy betraf. Vielleicht waren ihm die Handys wirklich aus Versehen ins Wasser gefallen. Manchmal stellte er sich ziemlich ungeschickt an, wie ein typischer Teenager eben, schlaksig, mit schlenkernden Armen und Händen, wie eine große Marionette.

Also stieg ich ins Auto, und er fragte mich erneut, ob wir irgendwo etwas essen könnten und ob er fahren dürfe, und ich willigte ein, zum Teil auch in der Hoffnung, dass wir irgendwo landeten, wo es ein Telefon gab. Ich plauderte mit ihm über das Angeln und dachte dabei im Stillen, wie groß er mittlerweile war, fast so groß wie ich.

Taxierte ich ihn, für den Fall, dass ich mit ihm kämpfen und die Wahrheit über Luda mit Gewalt aus ihm herausholen musste?

Er fuhr. In diesem Teil der Insel war nicht viel Verkehr, obwohl die Jachthäfen und Strände sicher gut besucht waren. Nach einer Weile sagte ich: »Sollen wir zum Strand fahren, eine Runde schwimmen? Oder wir könnten versuchen, ein Boot aufzutreiben, das uns nach Perth Amboy rüberfährt. Da kann man prima angeln, ich war schon mal da, es war wirklich genial.«

Ich spielte ihm etwas vor, und wahrscheinlich wusste er

das, aber ich redete weiter, erzählte erfundene Geschichten von einer Angeltour vor der Küste von New Jersey, von den Leuten, die dabei waren, wie nett es gewesen war und was für einen tollen Fang ich gemacht hatte. Blaufische. Streifenbarsche. Die falsche Jahreszeit. Billy wusste es bestimmt.

Er fuhr weiter.

Den Blick geradeaus gerichtet, saß ich da, eine Zigarette in der Hand. Ich hatte die Scheibe heruntergekurbelt, sodass ich den Ellbogen aufstützen konnte und der Rauch nach draußen wehte. Der Himmel war makellos blau, und die Sonne brannte auf meinen Arm. Ich warf Billy einen verstohlenen Seitenblick zu und fragte mich: Wer ist dieser Junge?

Damals, als Billy zur Welt kam, kannte ich Genja kaum, aber sie hatte mich gebeten, sein Pate zu sein. Ich sagte, dass ich nicht wisse, was es bedeute, eine Patenschaft zu übernehmen, und auch mit der Kirche nichts am Hut hätte, aber sie wollte unbedingt jemanden mit dem gleichen Hintergrund wie sie, jemanden aus Russland. Bitte, Artemi, hatte sie mich angefleht, bitte tu mir den Gefallen. Ich kenne sonst niemanden in Amerika.

Ich war pleite. Genja ging mit mir einkaufen. Bei Brooks Brothers, wo sich nach ihrer Vorstellung echte Amerikaner einkleideten, fanden wir einen schicken grauen Anzug für mich, den sie bezahlte. Ich kaufte mir dazu noch ein weißes Button-down-Hemd und eine rote Seidenkrawatte, und danach gingen wir rüber ins Plaza und tranken im Palm Court Tee.

Nach dem Tee und dem Kuchen bestellte Genja uns noch zwei Manhattan-Cocktails. Wegen des Namens, sagte sie. Es war einer der netten Momente, die wir miteinander erlebten. Wir ließen uns über die Taufe aus; wir waren beide nicht gläubig. In der Sowjetunion waren wir zu guten Atheisten erzogen worden. »Opium des Volkes«, kicherte Gen und ließ sich noch einen Cocktail bringen.

Johnny Farone hatte eine große katholische Familie, und Genja akzeptierte die Taufe und das ganze Brimborium. Ich ging hin. Alles, was ich über Taufen wusste, stammte aus der Wahnsinnsszene in »Der Pate«, wo die Taufe in einer blutigen Schießerei endet.

Mit meinem grauen Anzug kam ich mir in der Kirche in Brooklyn vor wie ein Typ von der Wall Street. Ich las irgendwelche Gebetsformeln von einem Zettel ab, in denen es unter anderem um Jesus Christus und den Teufel ging.

In dem langen, mit Rüschen verzierten Taufkleid, das Genja für ihn besorgt hatte, sah Billy aus wie ein kleiner Engel, blonde Locken, blaue Augen. Genja – sie trug ein bronzefarbenes Kostüm – hielt ihn auf dem Arm, und die Paten standen in ihrem besten Sonntagsstaat drum herum. Ich musste mir das Grinsen verkneifen, als ich zu der Stelle kam, dass er dem Teufel entsagen solle; oder vielleicht nannten sie ihn Satan.

Hinterher gab es ein großes Fest im Gargiulo's in Coney Island mit vielen Italienern und Russen. Johnny war einer der wenigen Außenseiter, denen die Russen trauten.

Eine Frau in einem dunkelroten Samtkleid mit tiefem Ausschnitt erhob sich und sang ohne Begleitung ein russisches Lied, und der Klang ihrer Stimme ließ mich wochenlang nicht wieder los.

So wurde ich Billys Pate. Ich sagte Dinge, an die ich nicht glaubte, in einer Kirche, der ich nicht angehörte. Als Billy acht oder neun war, fingen wir an, zusammen zu angeln. Er wuchs mir ans Herz.

Er war unglaublich gescheit, aber auch sehr ernst und geradezu besessen vom Angeln und von Fischen jeder Art, ob in seinem Aquarium zu Hause, auf dem Markt oder in einem Eimer bei den Fischerbooten am Anleger. Damals war er ein Einzelgänger. Andere Kinder fand er langweilig, nur mit May Luca, die auf dieselbe katholische Schule ging wie er, spielte er ab und zu.

Was auch immer mit ihm nicht in Ordnung war, ich hatte immer gedacht, es würde sich mit der Zeit von selbst geben. Jedenfalls schob man ein Kind nicht irgendwohin ab, nur weil es sich nicht so entwickelte, wie man es gerne hätte. Er war eben anders als die anderen – na und? Dann verletzte er Heshey Shank. Tötete ihn. Sag es, befahl ich mir: Billy hat Heshey getötet.

Ich versuchte mich an die Szene zu erinnern, wie ich ihn neben Heshey Shanks Leichnam gefunden hatte, draußen in der Hütte am Strand von Breezy Point. Als hätte er es gespürt, unterbrach Billy meine Gedanken.

»Lass uns da drüben hingehen«, sagte Billy und deutete auf eine silberfarbene Imbissbude mit einer Neonuhr in Pink über der Tür. »Von dort kannst du jemanden anrufen und Bescheid sagen, dass sie mich abholen und einsperren sollen.«

»Niemand wird dich einsperren. Sei nicht albern.«

»Dann essen wir eben nur was. Ich will unbedingt einen Cheeseburger. Mit gebratenen Zwiebeln.«

»Wie kommst du darauf, dass ich dich einsperren lassen will?«

»Weil ich wegen Luda gelogen habe«, sagte Billy.

Wir setzten uns auf die gepolsterten Bänke aus rotem Kunstleder. Die Kellnerin war Russin. Billy bestellte seinen Burger auf Russisch, was sie beeindruckte. Ich kannte sie; sie war eine von den Frauen, die an dem Tag, als ich bei Vera Gorbatschow gewesen war, in dem Schönheitssalon unter der Trockenhaube gesessen hatten. Ich wusste nicht, ob sie mich auch erkannt hatte.

Ich bestellte ebenfalls einen Cheeseburger und Cola für uns beide.

»Kann ich Zwiebelringe dazu haben?«, fragte Billy. »Und Pommes?«

»Ja, klar.«

»Cool.«

Der Laden war fast leer. Ganz hinten am letzten Tisch hingen zwei dicke, junge Weiße zusammengesunken auf ihren Sitzen. Sie sahen aus, als kämpften sie noch mit dem Kater der letzten Nacht.

Während wir auf unser Essen warteten, blätterte Billy in einer Zeitung, die auf dem Tisch gelegen hatte. Dann brachte die Kellnerin die Burger und blieb noch eine Weile am Tisch stehen, um sich mit Billy auf Russisch zu unterhalten. Sie erzählte ihm, dass sie aus einem Dorf in der Nähe von Saratow stammte und wie das Leben dort gewesen war, und er hörte aufmerksam zu. Dann rief einer von den beiden Dicken herüber, sie solle ihnen noch Kaffee bringen.

»Geh ruhig telefonieren, Artie«, sagte Billy schließlich. »Das mit den Handys tut mir echt leid, das war idiotisch von mir, ich hatte feuchte Hände, und sie sind mir einfach weggerutscht. Da drüben an der Wand ist ein Münztelefon. Keine Sorge, ich bin mit meinem Essen beschäftigt.«

Er biss in seinen Burger, dass der Käse an den Seiten heraustropfte.

Ich sah auf meinen Teller.

»Was meintest du eben damit, du hättest wegen Luda gelogen?«

»Ich habe nicht nur wegen Luda gelogen«, sagte er mit vollem Mund. Er legte den Burger auf den Teller, griff nach dem Ketchup und kippte etwas davon auf das Fleisch, dann tat er noch Pickles darauf.

»Hör auf zu essen, verdammt noch mal, und sag mir, was du damit gemeint hast.«

»Luda war sozusagen eine Zugabe«, sagte Billy. »Sie gehörte ursprünglich nicht zu meinem Plan.«

32

Billy hatte das Ganze geplant, von dem Moment an, als die Albträume anfingen. In seinen Träumen sah er, dass nur Artie ihn retten konnte, sah die Buchstaben seines Namens vor sich in der Luft hängen. Er streckte die Hände aus und wusste, er musste so schnell wie möglich zu Artie gelangen. Manchmal bestanden die Buchstaben aus Eis und zerschmolzen, wenn er sie berührte. Manchmal war er zu Hause in Brooklyn, und seine Mutter verbot ihm, die Buchstaben an die Wand zu malen.

In Florida erfuhr er, dass die Jugendlichen das Zentrum bei guter Führung manchmal für ein paar Tage verlassen durften. Als Erstes musste man zusehen, dass man aus der Krankenstation herauskam; so nannten sie es jedenfalls, obwohl es in Wirklichkeit ein Gefängnis war, mit verschlossenen Türen. Danach hatte man eine Chance – wenn man in der Therapie Fortschritte machte, seine Medikamente gewissenhaft nahm, gut in der Schule war, nicht versuchte wegzulaufen, beim Sport mitmachte, so tat, als hätte man Spaß daran, und den anderen Kids nicht den Kopf in den Bauch rammte.

Neben all den Spinnern und Nieten, aus denen die restliche Besatzung bestand, hatte Billy es leicht. Er wurde zum Vorzeigeobjekt. Er wusste, dass die meisten anderen arm und dumm waren. Neunzig Prozent von ihnen stammten aus wirtschaftlich benachteiligten Familien, wie es so rücksichtsvoll hieß; die Formulierung brachte Billy zum Lachen, denn die meisten waren einfach dämlich.

Billy wusste, dass er klug war. Er wusste, wie man mit Erwachsenen reden musste. Die Ärzte und Lehrer mochten ihn. Mit ihm konnten sie reden. Sie gaben ihm Bücher, die er auch las. Man lud ihn ein, sich beim Essen an den Lehrertisch zu setzen, ihn und ein oder zwei andere Jungen, die nicht wie die Schweine aßen.

Die großen Bosse, die den Laden leiteten, witterten in ihm eine Erfolgsstory. Sie erzählten ihm, dass einer von ihren Jungs sogar nach Princeton gegangen war. Woraufhin er sagte, er würde sehr gerne auch nach Princeton gehen. Er wisse, dass Albert Einstein dort gelehrt und F. Scott Fitzgerald in Princeton studiert habe, und »Der große Gatsby« sei eines seiner Lieblingsbücher. Und dann gebe es ja noch diesen Film mit Russell Crowe über einen genialen Mathematiker, der ebenfalls in Princeton studiert habe.

Billy wurde bald zum Liebling der Erwachsenen, schließlich war die Auswahl gering. Mit welchem anderen Jungen sollten sie sich darüber unterhalten, was in den Nachrichten kam? Welcher andere Junge erklärte ihnen, er hasse gewalttätige Videospiele und lese lieber Zeitungen und Bücher? Er gab ihnen das Gefühl, mit ihrer Arbeit erfolgreich zu sein, indem er sich bemühte, aufmerksam war, Besserung zeigte.

Billy entdeckte auch, dass er ein Talent dafür besaß, andere Menschen nachzuahmen, und brachte die anderen Kinder zum Lachen, indem er die Lehrer imitierte. Er fuhr einen geschickten Kurs innerhalb des Zentrums.

Nach einer Weile erkannte er, dass er sein Talent, Leute nachzuahmen, nicht nur auf die Lehrer anwenden konnte, sondern auf jeden beliebigen Menschen. Er sah sich Fernsehserien über nette Familien und normale Leute an; fast alle Sendungen, die sie sehen durften, handelten von mehr oder weniger glücklichen Familien. Billy begriff, dass er diese Rolle perfekt zu spielen in der Lage war. Es war ganz egal, was man fühlte; wichtig war nur, wie man sich verhielt. War es etwa nicht so? Schließlich beurteilten einen die Leute nach dem, was sie sahen.

Billy sagte sich, dass er für seine Überfahrt nach Hause arbeitete. Den Ausdruck hatte er in irgendeinem Roman über Matrosen gelesen; irgendein Matrose war in einem fernen Hafen gestrandet und musste an Bord eines üblen Schiffes anheuern, um sich die Überfahrt in die Heimat zu verdienen.

All das erzählte Billy mir, leicht vorgebeugt, die Hände auf dem Rand des Tisches gefaltet, während wir in dem Imbiss saßen.

Es war nicht so, dass er sich in Florida schlecht behandelt fühlte, er wollte nur einfach nicht dort bleiben. Und der Wille war das, was zählte. Warum sollte er dort bleiben, wenn er es nicht wollte? Also war er fleißig, bekam gute Noten, war folgsam und schmiedete Pläne für später, wenn er rauskam.

Um sich die Zeit zu vertreiben, wenn er nicht im Unterricht war oder las oder fernsah oder Baseball spielte – allmählich entwickelte er sich sogar zu einem guten Werfer –, sah er sich alte Filmklassiker an, Western wie »Zwölf Uhr mittags« oder Kriegsfilme wie »Die Brücke am Kwai«, wo richtige Heldentaten vollbracht wurden und die Guten die Bösen besiegten. Ganz besonders aber gefiel ihm »Gesprengte Ketten«.

Er liebte diese Fluchtfilme, Männer in Gefängnissen, die sich mit Löffeln aus ihrer Zelle gruben oder unter Stacheldraht hindurchrobbten und es in die Freiheit schafften. Billy wusste, dass es nur Filme waren. Natürlich wusste er das. So entkam man nicht.

Mit einem der Ärzte verstand er sich besonders gut.

Andy Swiller, der junge Mann, den ich kennengelernt hatte, stammte aus Brooklyn; wie Billy war er ein Fan der Yankees. Billy gab Swiller das Gefühl, ihn wirklich zu mögen. Es gab noch einen anderen Arzt, der sich viel leichter einwickeln ließ als Swiller, und nach zwei Jahren und vier Monaten sprach er die Empfehlung aus, Billy einen Heimaturlaub zu gewähren. Swiller zögerte zunächst, doch Billy schaffte es, ihn umzustimmen.

Normalerweise ließen sie die Jugendlichen nur für ein paar Tage raus, aber weil Billy so weit weg lebte, genehmigten sie ihm zwei Wochen. Er richtete es so ein, dass ich ihn abholte, nicht seine Mutter. Billy hatte über Johnny von der Reise nach London erfahren. Er wusste genau, dass Genja seinetwegen nicht auf die Reise verzichten würde, und so fragte er sie, ob ich ihn nicht abholen könnte.

Als er von den Anschlägen in London erfuhr, hoffte ein Teil von ihm, dass seine Eltern tot waren. Wenn sie tot waren, konnte er bei mir bleiben. Wir könnten für immer zusammen sein, sagte Billy.

»Was ist mit Luda? Was heißt das, du hast gelogen?«, fragte ich immer wieder, aber es war, als hörte er mich nicht, er sprach einfach weiter, fest entschlossen, seine Geschichte in einer bestimmten Reihenfolge zu erzählen.

»Und dein Großvater?«, fragte ich. »Ich dachte, du verstündest dich gut mit Farone senior.«

»Ja, als ich klein war, fand ich ihn nett«, sagte Billy. »Ich mochte ihn.«

»Und dann?«

»Als ich rausgekriegt habe, dass Johnny gar nicht mein richtiger Vater ist und der alte Mann auch nicht mein Großvater, war alles anders. Seltsam, genau genommen war das mit dem Heimaturlaub sogar Grandpas Idee. Er hat mich überhaupt erst darauf gebracht. Das Vertrauen zwischen uns war weg, und er mochte mich nicht mehr, weil ich nicht sein richtiger Enkel war«, sagte Billy. »Er mochte mich nicht mehr. Das habe ich genau gespürt.«

Billy wiederholte sich, beschrieb mit sorgfältig gewählten Worten, was er getan hatte. In dem scheinbar so gelassenen Jungen, der mir in dem Imbiss in Staten Island gegenübersaß, tobte der Zorn. Billy konnte seine Gefühle gut verbergen, aber ich wusste es. Er blickte zu dem Telefon, dann zu mir. Wartete darauf, dass ich jemanden anrief. Die Polizei. Oder Florida. Um ihn loszuwerden. Ich blieb sitzen.

»Und Luda?«

»Ja, ich hab dich angelogen. Tut mir leid«, sagte Billy. »Bevor du gestern nach Hause kamst – ich glaube, du warst bei deinem Freund, Mister Lippert –, habe ich Luda angerufen. Sie waren gerade aus East Hampton zurückgekommen. Ich habe sie gebeten, sich mit mir zu treffen. Ich habe ihr gesagt, dass sie Ärger mit der Polizei kriegen würde, das habe ich dir ja schon erzählt. Ich wusste, wie ich sie dazu kriegen konnte, sich mit mir zu treffen.«

»Woher?«

Er nahm einen Zwiebelring von seinem Teller, betrachtete ihn und legte ihn wieder hin.

»Ich wusste von meiner Mom, dass Leute aus Russland Angst vor der Polizei haben, also habe ich Luda gesagt, die Bullen wären hinter ihr her, weil sie illegal hier ist.«

»Hat sie deshalb immer wieder nach mir gefragt?« Mein Blick wanderte zu den beiden Dicken, die ihren Kaffee bezahlten und nach draußen schwankten.

»Vielleicht dachte sie, du könntest sie beschützen«, sagte Billy. »Gleich von Mittwochmorgen an, als wir bei Tolja waren, wollte sie ständig zu dir.«

»Was sollte das mit den Puppen?«

»Ich wollte sie warnen.«

»Wovor?«

»Vor dem, was ihr passieren könnte, wenn sie erwischt würde. Ich fand das mit den Puppen eine gute Idee. Ich hab gehört, wie Mister Lippert von dem kleinen Mädchen erzählt hat, das in Jersey ermordet wurde, dass sie ihre Puppe dabeihatte und dass jemand der Puppe die Füße abgetrennt hat. So bin ich darauf gekommen.«

»Hast du unsere Telefonate belauscht?«

»Weiß ich nicht mehr. Vielleicht hast du mir davon erzählt.«

»Und du hast die Puppen während der Party aus dem Laden geschafft, am Mittwochabend?«

»Ja. Es war so schön bei dem Baseballspiel, nur du und ich, und dann mussten wir zu dieser blöden Party von Luda. Es war ganz einfach, ein paar von den Puppen mitzunehmen. Im Grunde ist doch alles einfach, wenn man ein bisschen darüber nachdenkt, findest du nicht? Ich meine, das ist es doch, was sie uns in der Schule beibringen: Denkt darüber nach, was ihr tut. Ich habe sie in eine Plastiktüte gepackt und bin damit aus dem Laden marschiert. Ich dachte, jetzt geht die Alarmanlage los, wegen dieser Metalldinger, aber alles blieb ruhig«, sagte Billy. »Ich wollte Luda damit erschrecken, verstehst du?«

»Wolltest du ihr eine Puppe mit abgetrenntem Fuß unter die Nase halten?«

»Ich war mir nicht sicher. Irgendwas in der Art. Ich hatte ja kaum Zeit, und ich war ein bisschen nervös.«

In Chinatown entdeckte Billy ein Lagerhaus, das nicht abgeschlossen war, und legte die Puppen in den Kühlschrank. Ein Kinderspiel, sagte er. Aber danach konnte er sie Luda ja nicht zeigen, was ihn frustrierte, wie er sich ausdrückte. Also rief er mit einem imitierten russischen Akzent bei Sonny Lippert an; die Nummer hatte er auf meinem Schreibtisch gefunden. Das Ganze hatte ihm Spaß gemacht, sagte er. Wie eine Schnitzeljagd.

Aber danach war er unruhig geworden, vor allem wegen des dicken Typen aus Brooklyn – er meinte Stan Shank –, der ihm nachspionierte.

»Was hattest du mit Luda vor?«

Billy sah auf; der Blick aus seinen blauen Augen war auf einmal ganz sanft. »Ich wollte ihr nicht wehtun oder so, verstehst du, ich wollte nur, dass sie verschwindet. Ich brauch 'ne Zigarette«, sagte er. »Können wir rausgehen?«

Ich legte Geld auf den Tisch und folgte ihm auf den Parkplatz.

»Willst du nicht jemanden anrufen?«, fragte Billy zum dritten Mal, nicht drohend oder herausfordernd, nur neugierig, was ich wohl tun würde.

»Willst du deine Geschichte nicht erst zu Ende erzählen?«

»Ich glaube, ich möchte gerne zu dem Haus zurückfahren, wenn das für dich okay ist.« Billy suchte in seinen Taschen nach einer Zigarette, fand jedoch keine.

Ich gab ihm mein Päckchen, er nahm sich eine heraus, zündete sie an und gab mir das Päckchen zurück. Ich nahm mir ebenfalls eine.

»Ich war ganz schön getroffen, als du mir mein Handy gestohlen hast, Artie. Ich hatte das Gefühl, du vertraust mir nicht mehr«, sagte Billy. »Aber ich bin dir nicht mehr böse.«

Ich inhalierte, so tief ich konnte, saugte das Nikotin in meine Lungen, in der Hoffnung, dass es mich beruhigen würde. Mir war übel. Von dem Moment an, als er erfahren hatte, dass es eine Möglichkeit gab, das Institut in Florida zu verlassen, hatte Billy an seinem Plan gearbeitet.

Vielleicht drohte das Ganze zu kippen, als Billy seinem Großvater sagte, dass er nach New York fliegen würde. Vielleicht hatte der Alte seinem Freund Stan Shank davon erzählt. Vielleicht war Vera Gorbatschow auch darin verwickelt; schließlich war ihr Stiefsohn Frank Laporello mit Shanks Tochter Debbie verheiratet. Die Gorbatschow hatte sich Rhonda Fishers schlechtes Gewissen zunutze gemacht und sie dazu gebracht, Sonny Lippert zu bitten, dass er mich nach Staten Island schickte. Ich war meinem eigenen Schatten nachgejagt. Es machte mir Angst, wie ein scheinbar kleiner Gefallen – Sonnys Bitte an mich, mal bei Vera vorbeizuschauen – so viel Schreckliches auslösen konnte. Was, wenn ich nie hingefahren wäre?

»Ich bin müde«, sagte Billy. »Können wir erst mal zu dem Haus zurückfahren? Ich würde mich gerne ein bisschen hinlegen, Artie.« Er warf seine Zigarette auf den Parkplatz.

»Wo ist Luda?«

»Ich weiß es nicht. Wirklich. Ich habe ihr nur gesagt, sie solle sich mit mir treffen, sie war einverstanden, und ich habe ihr erklärt, wo ich auf sie warte und dass sie ein Taxi nehmen und was sie dem Fahrer sagen solle, aber sie ist nicht gekommen. Ich habe sie nicht mehr gesehen.«

»Bist du nicht auf den Gedanken gekommen, dass sie sich verlaufen könnte? Oder dass sie Angst kriegt? Oder dass ihr etwas zustößt?«

Billy setzte sich ins Auto, lehnte sich zurück und schloss die Augen. Er beobachtete mich nicht, lauerte nicht darauf, ob ich vielleicht telefonieren ging. Er schien mir zu vertrauen. Ich stieg ein.

»Ich wollte einfach nicht, dass sie mir dich wegnimmt«, sagte Billy.

Wir konnten nirgendwo anders hin. Billy schlief. Ich fuhr vom Parkplatz und zurück zu dem Haus; etwas Besseres fiel mir nicht ein. Wenn wir durch Staten Island fuhren, könnte uns jemand von den Russen sehen, jemand, der mit Vera Gorbatschow oder dem Schönheitssalon zu tun hatte, und ich wusste nicht, ob Stanley Shank noch in Gewahrsam war. Und Sonny würde mich auch nicht vom Haken lassen, diesmal nicht.

Johnny und Genja waren möglicherweise schon zu Hause oder zumindest auf dem Weg hierher, aber Genja wollte ihren eigenen Sohn nicht bei sich haben. Und Luda war immer noch verschwunden. Mittlerweile wusste ich nicht mal mehr, ob ich Billy überhaupt zum Flughafen bringen konnte. Womöglich hatte Lippert bereits den Befehl ausgegeben, ihn festzuhalten. Aber selbst wenn es mir gelang, mit ihm nach Florida zurückzufliegen, was dann?

Im besten Fall würden sie Billy in die geschlossene Abteilung stecken. Das konnte ich ihm nicht antun. Außerdem würde er nicht freiwillig nach Florida zurückgehen. Das hatte er nie vorgehabt. Ich konnte ihn nicht mehr lange hierbehalten, aber ich konnte ihn auch nicht mit zu mir nehmen.

Morgen würde Maxine in unsere Wohnung drüben am Fluss zurückkommen, und ich würde dasein und auf sie warten. Irgendwie würde ich es hinkriegen.

Mir war übel von den Zwiebeln, ich schwitzte, mir war schwindelig, und ich fühlte mich völlig ausgetrocknet, wie ausgedörrt, ausgepumpt, als wäre kein Tropfen Wasser mehr in mir.

Inzwischen herrschte mehr Verkehr. Überall vollgepackte Autos, manche mit Segel- oder Surfausrüstung auf dem Dach, auf der Rückbank Kinder, die lachten oder sich stritten, alle unterwegs zum Strand oder zu Grillpartys. Vor mir flitzte ein Kind auf einem Skateboard über die Straße. Die Sonne brannte vom Himmel. Aus den Gärten klang Musik herüber. Mein Mund war staubtrocken.

Ich war ganz allein auf dieser riesigen, halb gezähmten, halb wilden Insel mit ihren endlosen Reihen von Bungalows und Mobile Homes, Doppelhäusern, Apartmenthäusern und Villen, den gepflegten und den vernachlässigten Vorgärten, den Einkaufszentren, die in der Hitze glühten, und den Sümpfen und Bächen, den Müllhalden und Vogelschutzgebieten, den Stränden, Buchten, Häfen und Docks.

In diesem abgelegenen Teil von New York gab es jede Menge offenes Gelände, in dem man sich verlaufen konnte, aber ich hatte das Gefühl, in der Falle zu sitzen. Und Billy hatte es darauf angelegt. Er hatte es so eingefädelt, dass ich mit ihm hierhergefahren war, nur wir beide, ganz allein.

Ich bog in die kleine Straße ein, die zu dem Haus führte, und überlegte, ob ich Hank Provone anrufen sollte. Mit ihm konnte ich reden. Hank würde mir nichts abschlagen, aber mit dieser Sache würde ich ihn richtig tief reinziehen.

Als wir vor dem Mobile Home ankamen, trat ich etwas abrupt auf die Bremse, und Billy schreckte hoch. Er rieb sich die Augen, gähnte, stieg aus und schlurfte ins Haus, wo er sich wie ein kleines Kind aufs Bett fallen ließ und sofort weiterschlief.

Ich ließ die Schlafzimmertür offen und setzte mich an den Küchentisch. Billy würde mir nichts tun. Selbst wenn er die Gelegenheit dazu hätte, würde er mir nichts tun. Er wusste, dass ich ihn nicht im Stich lassen oder an die Behörden ausliefern würde.

Wir waren ganz allein in diesem kleinen Haus am Wasser, und einige Zeit später kam er aus dem Schlafzimmer, setzte sich zu mir und erklärte mir ohne Einleitung, dass er den Jungen in Brooklyn mit dem Skateboard nicht getötet hätte. Ich fragte ihn nach dem Obdachlosen in Chinatown, und Billy sagte, nein, das sei er auch nicht gewesen.

Ich brachte es nicht über mich, ihn nach dem Baby in der Gefriertruhe zu fragen, noch nicht, vielleicht auch nie, denn wenn er es getan hatte, wenn er das winzige Mädchen getötet und in die Gefriertruhe gelegt hatte – wenn er sie gar noch lebend dort hineingelegt hatte –, was sollte ich dann um Gottes willen tun?

Ich konnte Billy nicht einfach wegwerfen. Ich würde nicht zulassen, dass sie ihn wieder einsperrten. Wenn man jemanden liebte, dann sorgte man für ihn. War das nicht das Einzige, was zählte?

Ich liebte ihn, und daran hielt ich mich fest, während ich einen letzten tiefen Zug von der Zigarette nahm. Billy saß leicht vorgebeugt da und pfiff vor sich hin, wie er es manchmal tat. Er sah zu mir hoch und grinste, weil er wusste, dass er keinen Ton traf, genauso wenig wie ich. Wir waren uns einig, dass wir beide verdammt schlechte Sänger waren. Auch jetzt lachten wir wieder darüber. Dann gähnte Billy erneut und sagte, er würde sich noch mal aufs Ohr hauen. Irgendwie bekam er nie genug Schlaf. Lag vielleicht am Wachsen, sagte er. Er strubbelte mir durchs Haar, als wäre er der Erwachsene und ich das Kind, und ging zurück ins Schlafzimmer.

Während ich noch überlegte, wohin ich Billy bringen konnte, wenn weder die City noch Florida infrage kamen, hörte ich Reifen über den Kies in der Einfahrt knirschen.

33

»Wo ist der Junge? Wo ist Billy?« Hank Provone stieg aus seinem Auto, gefolgt von Tolja Swerdlow, der mit seinem Hummer hinter ihm geparkt hatte.

Die beiden boten einen kuriosen Anblick. Hank trug zeltartige, rot-grün geblümte Badeshorts, noch feucht vom Schwimmen, darüber seinen nackten Bierbauch und ein rosafarbenes Handtuch um den Hals, und seine Füße steckten in dicken weißen Socken und Turnschuhen. Ich fragte mich unwillkürlich, ob er unter seinen voluminösen, heruntergerutschten Socken ein Knöchelholster mit einer Waffe versteckt haben konnte.

Tolja sah aus, als hätte er seit Ewigkeiten nicht mehr geschlafen. Er hatte dunkle Ringe unter den Augen, und seine Schultern schienen unter ihrem eigenen Gewicht in sich zusammenzusinken.

»Billy ist drinnen und schläft«, sagte ich zu Hank.

»Tut mir leid, Artie. Ich musste Tolja herbringen, wegen des kleinen russischen Mädchens. Er hat es mir erzählt, und da konnte ich nicht anders.«

»Schon okay«, sagte ich.

Ich rechnete damit, dass Tolja wütend auf mich losgehen würde, aber er legte mir nur seine Hand auf die Schulter.

»Alles in Ordnung?«

»Ich weiß nicht.«

»Wir haben Luda gefunden.«

»Sie ist tot.«

»Nein«, sagte Hank, »ist sie nicht. Sie ist nicht tot. Setz dich.«

Ich sank auf einen Plastikgartenstuhl, dann stand ich wieder auf und ging zu der Holzbank, sodass ich zwischen Tolja und der Haustür saß.

»Warum bist du hier?«, fragte ich Tolja.

»Um mit Billy zu reden. Um dir zu helfen«, sagte er. »Willst du ihn holen?«

»Auf die Art kannst du mir nicht helfen.«

Hank sagte: »Ich habe versucht, dich anzurufen, auf dem Handy und übers Festnetz, aber du bist nicht drangegangen.«

»Ich dachte, du hättest das Telefon abgemeldet.«

»Nein«, sagte er. »Lily Hanes hat bei mir angerufen, weil sie wusste, dass wir uns vor Kurzem gesehen haben. Ich habe ihr gesagt, dass du möglicherweise hier draußen bist. Soll ich hierbleiben, Artie? Ich tue, was du willst, du musst es mir nur sagen.«

»Eines könntest du für mich tun.«

»Na klar, was ist es denn?«

Ich kramte den Zettel mit Vera Gorbatschows Adresse aus der Hosentasche und gab ihn Hank.

»Versuch herauszufinden, was diese Frau mit einem Typen namens Stan Shank oder seiner Familie zu tun hat, einem ehemaligen Cop, lebt in Brooklyn.«

Hank blickte auf den Zettel. »Gorbatschow?«

»Ist nicht mit ihm verwandt.«

Er nickte. »Du weißt, wie du mich erreichen kannst.«

»Ja. Vielen Dank. Ach, Hank?«

»Ja?«

»Wieso bist du gestern aus meinem Loft verschwunden, nachdem du Billy dorthin gebracht hattest?«

»Lily ist rübergekommen«, sagte Hank.

»Das meine ich nicht, ich weiß, dass du Billy nicht allein gelassen hast, aber warum musstest du weg?«

»Frag mich nicht, Artie. Ich hab mich mit dem Jungen einfach nicht wohlgefühlt. Also, wenn du mich brauchst, melde dich.« Damit drehte er sich um, stieg in sein Auto und fuhr davon.

»Was ist mit Luda?«, fragte ich Tolja, als Hank verschwunden war.

»Valentina ist bei ihr. Und Lily. Artjom, warum bist du gestern Abend zu mir gekommen? Du wusstest es, oder? Du wusstest, dass Luda etwas zugestoßen war.«

Es war eines der Fotos auf Billys Handy gewesen, das mich zu Tolja getrieben hatte. Das Bild zeigte Luda bei der Party in dem Spielzeuggeschäft, mit einer der Puppen, die so aussahen wie sie. Auf ihrem Gesicht lag die nackte Angst.

»Und wo sind sind sie jetzt?«

»Im St. Vincent's Hospital«, sagte Tolja.

»Um Gottes willen, was ist passiert?«

»Genau wissen wir es noch nicht, Luda rückt nicht so recht mit der Sprache raus, aber offenbar hat Billy sie gestern Abend angerufen, ihr Angst gemacht, weil sie angeblich illegal hier ist, und ihr vorgeschlagen, sich mit ihm zu treffen, damit er ihr helfen kann. Er hat ihr gesagt, sie solle ein Taxi nehmen. Luda ist einfach aus dem Haus gelaufen und hat versucht, ein Taxi zu kriegen, aber sie hatte gar kein Geld. Sie ist zehn, Artjom, sie hat den größten Teil ihres Lebens in einem beschissenen russischen Waisenhaus zugebracht, und dann läuft sie in New York herum, in Shorts und Flipflops, es ist dunkel, und sie hat keinen Cent.«

»Lass uns ein paar Schritte gehen«, sagte ich. »Nur bis zum Wasser. Ich brauche eine Zigarette.«

»Wo ist er?«

»Er schläft, habe ich dir doch gesagt. Er läuft nicht weg«, sagte ich, zog aber sicherheitshalber den Schlüssel aus dem Zündschloss.

Unten am Wasser lag eine dicke Holzplanke, auf die wir uns setzten.

»Sie hat auf jemanden eingestochen, Artjom. Das ist fast das Schlimmste daran.«

»Wer?«

»Luda.«

»Ach du Scheiße. Wie ist das denn passiert?«

»Als sie ging, hat sie nur eine Sache mitgenommen: ein Küchenmesser. So was tun russische Kinder, wenn man sie ins Waisenhaus steckt.«

»Woher weißt du, dass sie es mitgenommen hat?«

»Ich hatte es auf dem Schneidbrett in der Küche liegen lassen. Ich habe eine Zitrone aufgeschnitten, bin dann rausgegangen, und als ich wieder zurückkam, war das Messer weg. Als ich hörte, was passiert war, wusste ich sofort Bescheid. Vielleicht sogar schon vorher.«

»Wie bist du darauf gekommen?«

»Ich habe die Wut in ihr gespürt, in ihren Augen, ihrer Stimme«, sagte Tolja. »Ich ahnte die Dinge, über die sie nie sprach, das Waisenhaus, die Kinder, die an den Folgen von Tschernobyl gestorben sind, die Kinder, die in Moskau und in Beslan von Terroristen als Geiseln genommen und getötet worden sind. Ihre eigene Zwillingsschwester. Ihnen ist nichts geblieben außer der Wut, und das Einzige, was sie am Leben hält, ist der Gedanke an Rache.«

»Genau das Gleiche hat Billy auch gesagt.«

»Ja, er wusste es. Er verstand sie.« Schwerfällig erhob Tolja sich von der Planke. »Wir müssen Billy mitnehmen.«

»Hat Luda das Messer zu ihrem Schutz mitgenommen?«

Tolja nahm sein Zigarrenetui aus der Hemdtasche und

zündete sich ein schmales Zigarillo an. »Ich weiß es nicht – vielleicht zu ihrem Schutz, vielleicht um Billy wehzutun, vielleicht auch nur weil sie Angst hatte.«

»Hm.«

»Luda ist die halbe Nacht durch die Straßen gelaufen, dann ist sie einem Jungen begegnet, und sie hat auf ihn eingestochen«, sagte Tolja.

Ein Polizist hatte Luda zusammengerollt im Eingang eines Ladens im Village gefunden, der russische Antiquitäten und Bücher verkaufte. Sie sagte, sie hätte den Namen des Geschäfts über dem Schaufenster gesehen, die kyrillischen Buchstaben hätten sie ein wenig getröstet, und so wäre sie dort geblieben, in der Hoffnung, dass jemand käme. Sie sprach nicht viel, zumal der Cop sie ohnehin nicht verstand.

Sie hatte das Messer noch bei sich. Der Cop sah, dass Blut an der Klinge und an ihrer Hand war. Er wusste nicht, was er mit ihr machen sollte, weil sie noch so klein war – er schätzte sie auf sieben oder acht –, und so trug er sie in seinen Streifenwagen und brachte sie ins St. Vincent's, das nur ein paar Blocks entfernt war.

Als er den Vorfall bei seiner Bezirkswache meldete, erfuhr er, dass eine Frau aus der 13th Street Anzeige erstattet hatte, weil ein durchgedrehtes kleines Mädchen, das kein Englisch sprach, ihren Sohn mit einem Messer angegriffen hatte. Der Junge war ganz früh, noch vor Tagesanbruch, mit seinem Basketball losgezogen, um für ein Spiel zu trainieren. Er war blutend nach Hause gekommen, und seine Mutter war mit ihm ins St. Vincent's gefahren, wo man die Wunde genäht und ihn dann wieder entlassen hatte.

In einer anderen Abteilung desselben Krankenhauses lag Luda im Bett und weigerte sich zu sprechen. Es gab niemanden, der Russisch konnte. Sie trug ihre rosafarbenen Shorts, das T-Shirt in derselben Farbe und die roten Flipflops. An ihren Beinen waren Schürfwunden und blaue Flecke, und niemand wusste, ob sie vom Kampf mit dem Jungen stammten oder ob sie irgendwo gestürzt war.

Schließlich kam eine russische Krankenschwester aus Washington Heights zu ihrer Schicht, und noch bevor sie ihre Tasche abstellen konnte – ein riesiges Louis-Vuitton-Imitat, in dem sie die Behälter mit ihrem Mittagessen hatte –, brachte man sie zu Luda.

Die Schwester – ihr amerikanischer Name war Michelle – blieb bei Luda, bis diese ein wenig Milch trank und anfing zu reden. Michelle setzte sich auf die Bettkante und ließ Luda erzählen. Luda nannte ihr Valentinas Namen, aber Val stand nicht im Telefonbuch und Tolja auch nicht. Es dauerte Stunden, bis sie sie gefunden hatten, aber schließlich kam Val zusammen mit Lily in das Krankenhaus.

Doch Luda hatte sich tatsächlich mit Billy getroffen. Sie hatte sich das Messer genommen, es in eine Plastiktüte von dem Spielzeugladen gesteckt und war losmarschiert. Irgendwo, sie wusste nicht mehr wo, hörte sie, wie ein Mann und eine Frau Russisch miteinander sprachen. Sie fragte sie nach dem Weg. Die beiden boten ihr an, sie mitzunehmen, und sie willigte ein. Es regnete.

Luda wusste, dass man eigentlich nicht mit Fremden mitfahren durfte, aber die beiden sahen nett aus, ein junges Paar, und schließlich hatte sie ja das Messer dabei, also stieg sie ein. Die beiden brachten sie zu Billy, der an der Ecke Broadway/Walker Street stand, nicht weit von meinem Loft entfernt. Die beiden netten Russen warteten, bis Luda zu ihm gegangen war, und als sie sahen, wie Billy sie umarmte, fuhren sie weiter.

Billy lobte Luda dafür, dass sie es ganz allein bis zum

Treffpunkt geschafft hatte, und sagte, er wolle ihr etwas zeigen. Er nahm ihre Hand, doch sie riss sich los. Sie hatte Angst vor ihm, aber er versprach, er würde ihr helfen, und sie hoffte, dass sie dann nicht wieder nach Russland zurückmusste.

»Aber erst muss ich dir etwas zeigen«, sagte er auf Russisch. »Ich muss dir zeigen, was sie in Amerika mit Leuten machen, die gegen das Gesetz verstoßen.«

Es war Freitagabend, kurz bevor ich von Sonny zurückkam. Die Leute hatten es eilig. Vor dem Haus wimmelte das Filmteam herum. Alle waren beschäftigt, und falls überhaupt jemand die beiden bemerkte, so kümmerte sich doch niemand um einen Jungen und seine kleine Schwester.

Die Plastiktüte fest umklammert, folgte Luda Billy in den schmalen Gang, wo die Gefriertruhe stand. Er öffnete den Deckel und zeigte es ihr. Zeigte ihr das tote Baby. Das, sagte er, passiert mit Kindern, die böse sind. Sie starrte fassungslos hinein, und dann rannte sie davon. Sie rannte, so schnell sie konnte, ohne sich umzudrehen, ohne zu wissen, wohin sie lief.

Stundenlang kauerte sie im Eingang des russischen Antiquitätenladens. Vielleicht schlief sie auch ein. Viel später jedenfalls, es wurde schon hell, stand plötzlich ein Junge mit einem Basketball vor ihr und fragte, ob alles in Ordnung sei. Als sie ihn sah, dachte sie, es sei Billy, stürzte sich mit dem Messer auf ihn und stach ihn in die Hand.

»Woher weißt du, dass sie die Wahrheit gesagt hat?«, fragte ich Tolja. »Vielleicht war sie einfach völlig durcheinander, vielleicht hat sie das mit dem toten Baby im Fernsehen gesehen und sich dann ihre Geschichte zusammengesponnen.«

»Sie war bereits weg, bevor es im Fernsehen kam«, sagte

Tolja. »Außerdem hätte sie mit ihren paar Brocken Englisch gar nichts verstanden.«

»Vielleicht hat Billy nur davon gehört und es ihr erzählt, um sie zu erschrecken. Ist mittlerweile eigentlich klar, wer das Baby in der Gefriertruhe war? Hast du mit Lippert gesprochen?«

»Ja. Es gab eine Meldung, dass ein Baby aus einem Kinderwagen gestohlen wurde, vor einem koreanischen Lebensmittelgeschäft in der Nähe der Canal Street. Die Mutter ist reingegangen, um sich Zigaretten zu holen, und hat das Kind im Wagen draußen stehen lassen. Es waren jede Menge Leute da, und sie sagt, sie wäre nur ein paar Sekunden im Laden gewesen, aber als sie wieder rauskam, war die Kleine weg«, sagte Tolja. »Artjom, es war Billy. Er hat Luda das Baby in der Gefriertruhe gezeigt, bevor irgendwer sonst davon wusste. Das ist eine Tatsache.«

»Woher weißt du, dass Luda nicht einfach nur Angst hatte? Sie könnte Gott weiß was erzählen.«

»Billy wollte nicht, dass sie sich zwischen ihn und dich drängt, das war mir vom ersten Tag an klar. Du bist das Einzige, was er hat, und dann taucht plötzlich dieses Mädchen auf, und er kriegt mit, dass du dich um sie kümmerst.« Tolja zögerte. »Er hat kein Gewissen, Artie. Er ist nicht krank oder irgendwie gengeschädigt, er hat schlicht und einfach kein Gewissen. Wie ich dir schon mal gesagt habe, ich finde, er ist wie dieses Land: attraktiv und intelligent, aber völlig gleichgültig allen anderen gegenüber.«

»Du irrst dich«, sagte ich. »Du irrst dich.«

»Ich weiß nicht, wie jemand so wird, aber ich sehe es ganz deutlich.«

Ich dachte an meinen Neffen, diesen gut aussehenden Jungen, dem die Haare in die Stirn fielen, wie er lachte, wie die Schnürsenkel seiner Turnschuhe über den Boden schleiften.

»Wo sind die Beweise? Du hast nichts außer Ludas Behauptungen«, sagte ich verzweifelt. Ich wollte es nicht wissen. Geh weg, dachte ich und wartete doch schweigend ab, was noch kam.

»Luda hat ein Foto davon gemacht«, sagte Tolja. »Sie hat ein kleines Handy, das sie bei der Geburtstagsparty im Spielzeugladen bekommen hat, und wir haben ihr gezeigt, wie es funktioniert. Sie war da. Luda war in dem Schuppen, mit Billy, sie hat in die Truhe gesehen und ein Foto davon gemacht. Die Uhrzeit steht drauf. Ich habe einen Abzug, falls du ihn sehen willst.«

34

Als wir ins Haus gingen, war Billy verschwunden. Er hatte sich verdrückt, während Tolja und ich am Wasser saßen und redeten. Ich hatte mir schon gedacht, dass er abhauen würde, wenn ich ihm den Rücken zukehrte, und Tolja hatte es auch gewusst. Ich ließ Billy gehen, weil ich nicht glauben wollte, was er getan hatte. Und weil ich nicht wusste, was ich tun sollte.

Mein Auto stand noch in der Einfahrt. Weit konnte er nicht gekommen sein. Ich sah aus dem Fenster zum Wasser hinunter. Einen Moment lang überlegte ich, ob Billy vielleicht einfach hineingegangen war, das Wasser durch Mund und Nase eingesogen hatte und langsam unter die Oberfläche gesunken war. Doch wie hätte er das unbemerkt bewerkstelligen sollen? Seine Sachen waren noch im Schlafzimmer.

Ich ging wieder hinaus in den Garten.

»Hier ist er nicht«, sagte ich zu Tolja.

»Weißt du, wo er ist?«

»Ich werde ihn suchen.«

»Ich komme mit.«

»Das würde ich lieber allein machen. Keine Sorge, Tolja, ich tue, was nötig ist. Ich schaffe das schon. Vertrau mir, okay? Geh nach Hause, zu Luda und Val.«

»Und Lily«, sagte Tolja. »Sie ist so freundlich zu uns, sie hilft Valentina, und sie kümmert sich um Luda. Val mag sie sehr. Sie tut uns gut.«

»Mir auch«, sagte ich.

»Ich glaube, wenn sie nicht zu dir gehörte, würde ich sie heiraten.«

»Verstehe ich gut.« Ich wandte mich zum Wagen, dann hielt ich noch einmal inne. »Tolja, hast du eine Waffe bei dir? Du hast mir mal erzählt, du hättest eine.«

»Willst du das wirklich wissen?« Er lächelte kaum merklich.

»Kannst du sie mir bitte geben?«

Er ging zu seinem Auto, öffnete die Beifahrertür, beugte sich hinein und holte eine Pistole heraus. Er gab sie mir. Ich schob sie in meinen Hosenbund und zog die Jacke an, damit man sie nicht sah.

»Kommst du zurecht?«, fragte Tolja.

»Ja, keine Sorge. Ich fühle mich nur so nackt ohne Waffe, bin ja schließlich ein Cop.«

»Schon klar.«

Ich klopfte ihm auf den Arm, weil ich nicht wusste, was ich sonst tun sollte, dann stieg ich ins Auto und setzte aus der Einfahrt. Tolja stand nur da, die Schultern gebeugt, eine Zigarre in der Hand, und sah mir nach.

Ungefähr eine halbe Meile vom Haus entfernt fand ich Billy in einem Waldstück in der Nähe des Ufers; er saß auf dem Boden, von der Straße aus unsichtbar. Er sagte, er sei gestolpert und mit dem Fuß im Unterholz hängen geblieben.

»Ich wusste, dass du kommen würdest, Artie«, sagte er. »Ich habe auf dich gewartet.«

Ich ging in die Hocke und befreite vorsichtig seinen Fuß. Ich musste ihm den Turnschuh ausziehen, da die langen Schnürsenkel sich im Gestrüpp verfangen hatten.

»Alles in Ordnung?«

Billy rieb sich den Fuß. »Ja. Aber ich glaube, ich habe irgendwas knacken hören, vielleicht einen von den kleinen

Knochen.« Er sah zum Himmel. Die Sonne neigte sich bereits. »Das mit dem Angeln wird wohl nichts mehr.«

»Nein.« Ich setzte mich neben ihn, den Turnschuh in der Hand.

»Ich kann nicht zurück nach Florida«, sagte Billy. »Das weißt du doch, oder? Ich kann einfach nicht, Artie.«

Ich sagte ihm nicht, dass Florida vermutlich gar nicht mehr zur Debatte stünde. Ich sagte ihm nicht, dass er diesmal wie ein Erwachsener behandelt und für den Rest seines Lebens hinter Gittern sitzen würde – wenn er Glück hatte. Und dort gab es keine freundlichen Psychiater, keine wohlwollenden Lehrer, keine Krankenstationen mit himmelblauen Wänden und aufgemalten Wolken.

»Ja, das verstehe ich«, sagte ich.

Ich holte meine Zigaretten heraus und bot ihm eine an, und eine Weile saßen wir einfach da auf dem Waldboden und rauchten. Billy lehnte sich ein wenig an mich, schien aber keine Schmerzen zu haben.

»Glaubst du, meine Mom und mein Dad sind inzwischen wieder zurück? Aus London?«

»Wahrscheinlich. Johnny hat jedenfalls gesagt, dass sie heute kämen.«

»Wie geht's dem Mädchen? Luda, meine ich. Haben sie sie gefunden?«

»Ja.«

»Gut.«

Hinter mir hörte ich ein Geräusch, und ich fuhr herum, aber es war nur ein Hund.

»Warum trägst du eine Waffe?«, fragte Billy.

»Was?«

»Die Pistole. Deine Jacke ist hochgerutscht, da habe ich sie gesehen.«

»Ich bin Polizist«, sagte ich. »Ich trage immer eine Waffe.«

»Vorhin hattest du sie aber noch nicht.«

»Nein.«

»Artie? Ich glaube, ich brauche deine Hilfe, um zum Haus zurückzukommen. Mein Fuß tut weh.«

»Ich bin mit dem Auto hier«, sagte ich. »Es steht oben an der Straße.«

»Sollen wir gehen?«

»Gleich. Es ist schön hier. Lass uns noch einen Moment sitzen bleiben, ja?«

»Okay.« Jetzt sah Billy wieder wie ein Teenager aus, nicht wie ein beinahe erwachsener Mann. »Ich wollte dich noch fragen, was mit dem kleinen Flugzeug am Strand war. Hat jemand rausgefunden, warum es abgestürzt ist?«

»Keine Ahnung«, sagte ich. »Manchmal passieren Dinge einfach so, ohne jeden Grund.«

»Verstehe«, sagte er. »So wie Zauberei.«

Ich gab Billy den Schuh zurück, doch er schaffte es nicht, ihn sich wieder anzuziehen, sein Fuß schmerzte zu sehr. Den Turnschuh in der Hand, versuchte er sich aufzurichten, verlor jedoch das Gleichgewicht. Ich half ihm. Auf mich gestützt, hüpfte er mühsam zum Auto zurück.

An der Straße angekommen, lehnte er sich gegen den Wagen und rang nach Luft.

»Gibt es irgendwas, das du mich fragen willst?«, sagte Billy, und zum ersten Mal fiel mir auf, wie wohlklingend seine Stimme war, geradezu melodisch.

»Gibt es irgendwas, das ich wissen sollte?«

»Ich will, dass du alles über mich weißt, Artie. Ich will, dass du mich magst, ganz gleich, was passiert.«

Ich brachte kein Wort heraus.

»Du kannst mich alles fragen, und ich antworte dir ganz ehrlich, aber du darfst nicht böse werden, okay?«

»Okay.«

»Dann frag.«

»Hast du es getan?«

»Was?«

»Das mit dem Baby.« Ich hätte einen Arm oder ein Bein oder zehn Jahre meines Lebens gegeben, um diese Frage nicht stellen zu müssen, und noch viel mehr, um die Antwort nicht hören zu müssen. »In der Gefriertruhe. Hinter Mike Rizzis Coffee Shop.«

»Ja«, sagte er. »Ja.«

Als wir beim Haus ankamen, wartete Tolja auf uns. Er saß auf dem Plastikstuhl im Vorgarten, einen Zigarrenstummel im Mund, und sobald ich in die Einfahrt fuhr, stand er auf und winkte. Ich stieg aus.

Ich half Billy aus dem Wagen, und Tolja gab ihm die Hand. Wir setzten uns alle drei in den Vorgarten, und Tolja und Billy unterhielten sich übers Angeln. Tolja beschrieb uns, wie er einmal vor der Küste von Kuba zum Hochseeangeln rausgefahren war und ein anderes Mal in Alaska Lachs gefangen hatte. Er erzählte Billy, dass es in Russland ein paar wunderbare Gegenden zum Angeln gab, wild und unberührt, mit einsamen Seen und mächtigen Flüssen, und sagte, sie könnten ja vielleicht mal dorthin fahren, er und Billy.

Am schönsten war es im Sommer, sagte Tolja, stellte sich auf den struppigen Rasen und tat, als werfe er eine Angel aus. Er könne Billy zeigen, wo er aufgewachsen sei und wo ich aufgewachsen sei. Wir könnten alle zusammen angeln gehen.

Billy sagte, das fände er toll.

»Hast du deine Sachen dabei?«, fragte Tolja.

»Ja, das meiste habe ich hier in meiner Tasche.«

»Alles, was du sonst noch brauchst, können wir kaufen«, sagte Tolja.

»Dann pack mal zusammen«, sagte ich.

»Habe ich schon«, sagte Billy zu mir. »Ich würde gern mal sehen, wo du mit deinem Vater angeln warst. Meinem Großvater. Den Fluss, von dem du mir erzählt hast.« Sein Gesicht leuchtete voller Vorfreude. »Wir können ja alle zusammen hinfahren.«

Tolja nickte. Ich schob die Hände in die Taschen, weil sie zu sehr zitterten. Ich brachte keinen Ton heraus, und ich musste mich von Billy abwenden, damit er mein Gesicht nicht sah.

»Toll«, sagte Billy. »Ist das nicht toll, Artie?«

Ich drehte mich wieder um, sah ihn aber nicht an. Mein Blick fiel auf die Schnürsenkel seines einen Turnschuhs, die auf den Rasen hingen.

»Ja«, sagte ich. »Komm, hol deine Sachen.«

Lächelnd humpelte er auf das Haus zu.

Ich sagte zu Tolja: »Ich kann es nicht tun.«

»Ich weiß«, sagte er. »Dafür bin ich ja hier.«

»Sag's mir nicht, okay? Nicht jetzt.«

»In Ordnung.«

Ich gab Tolja seine Waffe zurück.

Während Billy seine Sachen zusammensuchte – ich hörte, wie er drinnen herumhantierte und dabei irgendwas Schiefes pfiff –, stieg ich ins Auto und rollte, so leise ich konnte, aus der Einfahrt. Ich hoffte, Billy würde aus dem Haus kommen, damit ich ihn noch einmal sah, bevor ich fuhr, und zugleich hoffte ich verzweifelt, er würde es nicht tun.

Er kam nicht heraus. Als ich die Straße erreicht hatte, wendete ich den Wagen und fuhr, ohne mich noch einmal umzublicken, zurück in die City.

PIPER

Reggie Nadelson
Rote Wasser

Kriminalroman. Aus dem Amerikanischen von Claudia Feldmann. 384 Seiten. Klappenbroschur

»Niemand schreibt so über das heutige New York«, urteilt der Guardian über Reggie Nadelson und ihr besonderes Gespür für die verletzte Seele der amerikanischen Metropole. In ihrem neuen Artie-Cohen-Krimi ermittelt der schwermütige Cop zwischen den eleganten Wolkenkratzern am Hudson River und den verfallenen Hafenanlagen von Brooklyn, wo ein rätselhafter Fall seinen Anfang nimmt: Im trüben Hafenbecken von Red Hook treibt ein Toter, der Arties Freund, dem schwarzen Journalisten Sid McKay, zum Verwechseln ähnlich sieht. Schnell findet Artie heraus, daß sein verängstigter Freund etwas mit der Ermordung des Unbekannten zu tun hatte, und gerät so immer tiefer in ein zwielichtiges Milieu aus russischen Oligarchen, illegalen Einwanderern und amerikanischen Reportern.

04/1071/02/L

PIPER

Heinrich Steinfest

Die feine Nase der Lilli Steinbeck

Kriminalroman. 352 Seiten. Piper Taschenbuch

Lilli Steinbeck, die international anerkannte Spezialistin für Entführungsfragen, wird in einen brisanten Fall eingeschaltet. Die Wienerin in deutschen Landen ist eine ausgesprochen elegante Person, jedoch ausgestattet mit einer äußerst auffälligen Nase, die zu korrigieren sie sich hartnäckig weigert. Die Polizei hofft auf ihren feinen Spürsinn in dem so heiklen wie unerklärlichen Entführungsfall. Lilli Steinbeck muß das gekidnappte Opfer rechtzeitig finden und gerät dabei in ein Spiel mit zehn lebenden Figuren, um die ein weltweit operierendes Verbrecherteam auf allerhöchstem Niveau kämpft. Zum Zeitvertreib. Es gewinnt, wer alle zehn Spieler getötet hat …

»Heinrich Steinfests Romane lesen sich, als hätten Heimito von Doderer und Raymond Chandler eine Schreibgemeinschaft gegründet – der eine liefert die farbige, elegante Sprache, der andere den spannenden, immer wieder durch neue Erzählstränge angereicherten Plot.«
Süddeutsche Zeitung

01/1777/01/R